二見文庫

公爵に囚われた一週間

キャロライン・リンデン／村山美雪＝訳

MY ONCE AND FUTURE DUKE

by

Caroline Linden

Published by arrangement with Avon,
an imprint of HarperCollins Publishers
through Japan UNI Agency, Inc., Tokyo

この題名とさらにたくさんのものを与えてくれたミランダ・ネヴィルに
親愛なる友よ、あなたはきっと深く惜しまれることでしょう

公爵に囚われた一週間

登　場　人　物　紹　介

ソフィー・グレアム	メイクピース子爵の孫娘
ジャック・リンデヴィル	ウェア公爵
フィリップ・リンデヴィル	ジャックの弟
イライザ・クロス	ソフィーの友人
ジョージアナ・ルーカス	ソフィーの友人、伯爵令嬢
アプトン夫人	〈若き淑女の学院〉学院長
ニコラス・ダッシュウッド	〈ヴェガ・クラブ〉のオーナー
ジャイルズ・カーター	〈ヴェガ〉でのソフィーのパートナー
レディ・フォックス	子爵未亡人。ソフィーの元雇い主
シドロウ伯爵未亡人	ジョージアナの付添人（シャペロン）
ルシンダ・アフトン	前のストウ伯爵令嬢
リチャード・パーシー	ウェア公爵の秘書
エドワード・クロス	イライザの父。資産家
コリーン	ソフィーの女中
ウィルソン	アルウィン館の執事
ギボン夫人	アルウィン館の家政婦

プロローグ

一八〇七年

お茶の時間のすぐあとに、〈アプトン夫人の若き淑女《しゅくじょ》の学院〉にさざめきが広がった。新入生が到着したらしく、しかも格式ある資産家の令嬢のようだ。生徒のひとりが、外で待機する艶《あで》やかな黒い馬車の扉に施《ほどこ》された紋章《もんしょう》付きの盾形《たてがた》をちらりと目にして、そのさざめきはたちまち熱を帯びた。ひょっとしたら公爵の愛娘《まなむすめ》なのか、異国の王女なのかもしれない。

生徒たちの憶測《おくそく》は間違っていた。十二歳のソフィー・グレアムは孤児で、公爵や異国の貴人ではなく、メイクピース子爵の孫娘だった。ソフィーは子爵との関わりを求めてはいなかったし、子爵のほうもまったく同じ思いであるのをあらわにしていた。孫娘がリンカンシャーの陰鬱《いんうつ》なメイクピース屋敷《マナー》にやって来て一週間と経たずに、できるかぎり速《すみ》やかに学校へやらなければと宣言した。というわけで、ソフィーはいまアプトン夫人の執務室に黙って立ち、祖父が孫娘をここに押し込めるべく学院長に滔々《とうとう》とまくしたてているのを聞いていた。

「失礼ながら、子爵様、通常、新入生の中途入学は認めていないのです」アプトン夫人はやんわりと受け入れを拒んだ。どちらかと言えば長身で、飾り気のない落ち着いた色合いのドレスを上品に着こなしていて、メイクピース子爵にまったく動じていない。ソフィーは即座にこの学院長に敬意を抱いた。

「受け入れてもらわねばならない。この子の両親は貧民街で蔓延《まんえん》している熱病か何かで死んでしまったのだ」子爵が孫娘をねめつけ、ソフィーは無表情で見返した。「両親は何も遺《のこ》さず、私の慈悲のもとへこの子を投げだしたというわけだ。女性の庇護《ひご》者のもと、何かまともな商いでもできるようにそれなりの教育を受けさせる必要がある」

「メイクピース卿《きょう》、こちらは若き淑女のための学院です」アプトン夫人は若き淑女という言葉をやや強調して返した。「生徒たちに学ばせているのは商いではなく、芸術、社交儀礼――」

メイクピース子爵が手を払ってその先を退《しりぞ》けた。「あなたがこの子に何を教えようがかまわない。無能な親にないがしろにされて野蛮《やばん》に育った。私には手に負えない、おてんば娘だ」

学院長がじっと押し黙ったままのソフィーにちらりと目をくれた。ソフィーはおてんば娘ではないし、両親にないがしろにされていたわけでもなかった。けれどアプトン夫人にどうしても受け入れてほしかったので、祖父の悪意に満ちた嘘には否定せずにこらえた。「子爵様、本学院の生徒たちは英国でもきわめて良家の子女たちです。ここで学ぶ若き淑女たちはみな今後の人生において求められる最上の品位と振る舞いを身につけられるとの当学院の評判は、わたくし自身への信頼にかかわる問題なのです」

子爵は怒気のこもった笑い声をとどろかせた。「言いたいことはわかっておる！わが息子はオペラ歌手と駆け落ちしたのだ――それもなんとフランス人と。どうなったと思う？　名馬は駄馬と交わるものではない。つまり、この孫娘は半分野生で、それについてはどうしようもないわけだが、私の名を継いでいるかぎり、よいかな、ご婦人、あなたが定めている基準は上回っておる」子爵は蔑《さげす》みをあらわに質素な部屋を見まわした。「この学院を勧められてあずけに来たのだ。できるだけ速やかに決断してもらいたい。金は惜しまん」

子爵の毒々しい長広舌を淡々と無表情で聞いていたアプトン夫人が、とたんに推し量るような目つきでソフィーをあらためて見やった。つまるところ、少女の表情なのか祖父の最後のひと言のどちらかが学院長のためらいを押しのけたらしい。お金のほうだろうとソフィーは見てとった。アプトン夫人を責めることはできない。それどころか、この学院長が祖父から大金をせしめられますようにとソフィーは願った。メイクピース子爵は孫娘の自分を追いだせるなら、いくらでも払うだろう。メイクピース屋敷にあずけられてからの三週間でそのことは断言できるくらいよくわかっていたし、どうせならすっからかんになるまでお金を巻き上げられてしまえばいいと思うほど、ソフィーは祖父に憎しみを抱いていた。

「三〇パーセントではいかがです、子爵様」学院長は口を開いた。「通常の授業料の三割増しでお支払いくだされば、孫娘さんに部屋をご用意できるでしょう」

「手を打とう」メイクピース子爵はステッキを手にして椅子から腰を上げた。「この子の鞄《かばん》は外にある」

「構内をご案内いたしましょうか？」

「けっこう」子爵はさっさと馬車へと歩きだした。ソフィーの小さな旅行鞄はすでに馬車の足もとから砂利の車道に移されていた。

メイクピース子爵は手袋をぐいと引き上げ、ふさふさの濃く白い眉をいかめしく寄せた。「成人するまでは授業料を払う」唸《うな》るようにソフィーに告げた。「そこできっかり打ち切りだ。せいぜいここで価値あることを学べ。もう私の世話にならずともすむように」

「お願いした憶《おぼ》えはありません」ソフィーは顎《あご》を上げて視線を合わせた。「さようなら」

祖父は束《つか》の間《ま》目を合わせてすぐに嘲《あざけ》るように鼻を鳴らした。「高慢な小娘だな。そのような口を利ける立場ではないだろう。私の名がなければ、母親同様、卑しく身を落としていたのだぞ」子爵は馬車に乗り込み、出すよう御者《ぎょしゃ》を怒鳴りつけた。すぐさま手綱《たづな》が引かれて馬車が走りだした。メイクピース卿は一瞬たりとも振り返らなかった。

「ミス・グレアム、寄宿舎に案内しましょう」アプトン夫人が気づまりな沈黙を破った。その声はほんのかすかながらも憐れみを帯びていた。ソフィーがそのような声を聞いたのは初めてではなかったが、今回は思いやりも感じとれた。「あなたが努力してめざましい成果を上げれば、おじい様のお気持ちもきっとやわらぐはずです」

「それはありえません。わたしが何をしたって、あの人は喜ぶはずがない。いなくなってくれて、せいせいしています」ソフィーは馬車が走り抜けていった背の高い鉄の門を見つめ、ほんとうに祖父が目の前から消えたことを確かめた。「あの人が追いはぎに襲われて撃ち殺されても、なんとも思いません」率直な眼差しを唖然《あぜん》としている学院長のほうに移した。「わたしを受け入れてくださって感謝します、学院長。優秀な生徒になると誓います」そしてモスクワの最高峰のバレリーナさながらに膝を曲げて完璧《かんぺき》なお辞儀をしてみせた――なにしろそのバレリーナから直接教わったのだ。

　アプトン夫人はソフィーを連れて建物のなかに戻ると、ひとりの教師にミス・エリザベス（イライザ）・クロスとレディ・ジョージアナ・ルーカスを呼びに行かせた。

「今学期はふたりと同室になります」とソフィーに説明した。「ふたりとも親切で礼儀正しい淑女たちです」

「わたしと同じ歳なのですか？」ソフィーは興味津々《しんしん》に尋ねた。これまで同年代の友人を作る機会はほとんど得られなかった。

「ふたりとも二学年生ですよ。あなたの年齢だと通例は四学年となるのだけれど、これまでにどのくらいの教育を受けているのかがまだ見定められないので、二学年から始めてみてはどうかしら」学院長はソフィーに心もとなげな眼差しを向けた。「ミス・グレアム、ある程度の教育は受けているのよね？」

「はい、受けています」下の学年に入れられると聞いてソフィーは少し傷ついたものの、フランス語を流暢《りゅうちょう》に話せて、イタリア語も多少はできるし、算数と地理は大好きで、ダンスも踊れて、四歳からピアノも習っていたことを学院長に伝えるのは慎《つつし》んだ。この学院の誰より優秀な成績を収めるつもりなので、驚かせる楽しみを取っておくのも悪くない。

先にソフィーと同じくらいの身長だけれど華奢《きゃしゃ》で色白なレディ・ジョージアナが現れた。ミス・クロスもすぐあとから息を切らして少し慌《あわ》てた様子でやって来た。レディ・ジョージアナより背が低く、ぽっちゃりしていて、美しい同級生と並ぶとなんとも親しみの湧《わ》く容貌だ。ソフィーはふたりに微笑みかけた。「はじめまして」さらに続けた。「友人になれたら嬉《うれ》しいです」

ミス・クロスは恥ずかしそうに微笑《ほほえ》んで、レディ・ジョージアナは〝それはどうかしら〟とでも言いたげに見定めるような視線を返した。ソフィーは気にしなかった。自分も反対の立場なら、慎重になるのは当然だ。それでも父から陽気さを、母からは行動力を受け継いでいるソフィーはさっそくふたりの友人になろうと努めた。

そうしなければならなかった。なんとしても、祖父の不機嫌な沈黙に支配されたメイクピース屋敷に送り返されるわけにはいかない。これまではオペラ歌手の母が仕事でまわっていたヨーロッパの都市で過ごしてきた。両親の死によって、不安定ながらも幸せだった暮らしは一変し、両親がおかした罪や無礼の咎《とが》めはすべてその娘に負わせると決意したかのような祖父の手にソフィーの運命はゆだねられた——しかも祖父からすれば、亡き息子夫妻がおかした罪と無礼は数限りなくあるらしい。ソフィーの後見人を遺言書で子爵に定めていたのは生前の父なのだから、死去したのは父の最大の罪なのかもしれないとソフィーはやがて悟った。その定めを破り、孫娘と完全に関係を断つ方法があれば、メイクピース卿は間違いなくそれを実行していたはずだ。学院に追い払ったのは次善の策だったのに違いない。

若き淑女たちの学院はヨーロッパでの暮らしほど刺激に満ちたものではなかったとしても、ただひとつ、それまでの十二年間には得られなかったものをソフィーに与えてくれた。定住の地だ。アプトン夫人の学院へ着くまで果てしなく長い道のりに感じられた馬車のなかで、メイクピース卿から、授業が休みに入ってもほかの生徒の家に招かれなければ寄宿舎に残るよう言い渡されていた。ソフィーは学校が休みのあいだも寄宿舎に残るのはかまわないとしても、友人たちがいないところでひとりきりで過ごすのは寂しかった。

その不安については、イライザとレディ・ジョージアナが嬉しい望みを与えてくれた。イライザは内気でやさしく、つねに芯の通った誠実な人柄だった。ソフィーはそんなところに感心していた。かたや、レディ・ジョージアナの潑剌《はつらつ》として誰からも高く認められ憧《あこが》れられるところにも惹《ひ》かれた。イライザが名家ではないものの裕福な男性の一人娘で、ジョージアナは英国屈指の有力な一族の令嬢で、ウェイクフィールド伯爵の歳の離れた妹であることを知るまでにそう長くはかからなかった。

夕食後に生徒たちは部屋に戻って勉強を始めた。ソフィーはフランス語――母の母国語だ――の教科書に目を通し、まず一科目は後れを取ることはないとほっとしていたところに、同室になった生徒のひそひそ声を耳にした。

「もう一度やってみて」ジョージアナが急《せ》かした。「きっと覚えられるから」

「やってるわ」イライザが泣きそうな声で返した。「だけど、どうしても――」

「計算問題？」ソフィーはふたりの前に開かれているページをちらりと見て尋ねた。

「わたしにはとてもむずかしいの」イライザが恥じらう顔つきでつぶやいた。

ソフィーはにっこりした。「手伝うわ」鞄のなかを探り、一組のトランプカードを取りだした。

レディ・ジョージアナが眉を上げた。「賭け事《ギャンブル》？」

ソフィーは茶目っ気たっぷりに笑った。「お金を賭けなければギャンブルにはならない。でも、カードは算数を学ぶのにとても便利な手段なの」カードを数枚取り分けた。「カードの価値を高めていくゲームよ。心のなかですばやく計算して、新たなカードを加えるべきかどうかを決めなくてはいけない」

「カードゲームは淑女がすることではないのよね」レディ・ジョージアナはベッドの端に腰かけて、興味深そうにカードを見ていた。

「そうなの？」ソフィーには意外な言葉だった。「パリでは淑女たちが誰でもカードゲームをしている。ロンドンでも。英国の淑女たちより賭け事に熱心なのは英国の紳士たちくらいのものだと父は言ってたし」

レディ・ジョージアナが驚いた顔で鼻をひくつかせて笑った。「まさか！」

「あら、ほんとうよ」ソフィーは父がそうした人々と賭け事をしていたから知っていたのだとは言わなかった。母が喉《のど》を化膿《かのう》させて声が出づらくなると、一家はヨーロッパから英国に戻り、父が人柄と名声を生かしてカードゲームのテーブルについて生活を支えた。ソフィーも、さりげなくゲームをしているように見せかけてじつはすべての動きから勝率を割りだしていた父の練習を手伝った。

イライザがじりじりと近づいてきた。「ほんとうに計算に役立つの？　わたし——ものすごく苦手で」

「もちろん！」ソフィーはカードの一手を並べた。「この手はどれくらいの価値がある？　数字を足して」

「六」イライザがハートの4とクラブの2を見つめて答えた。

「こうしたら？」ソフィーはハートの7をひっくり返した。

「十三」イライザがゆっくりと言う。

「その調子！　これは？」ダイヤの8が現れた。

「二十……」イライザが口ごもった。「二」

「そのとおり」ソフィーはにっこり笑った。

「教科書に書いてある数字を足していくより、このほうがずっと楽しいわね」レディ・ジョージアナが楽しげに笑ってきっぱりと言った。「どこで覚えたの？」

「父から」ソフィーはふたりがちらっと視線を交わしたのに気づいた。「父も母も死んだの」言い添えた。「祖父はわたしを望んではいなかったから、ここに連れてきた」

「まあ、なんて酷《むご》いの」イライザがつぶやいた。

ソフィーは笑みをこしらえた。両親の死は酷いことで、祖父は酷い人だ。それに比べればアプトン夫人との出会いはいまのところ、自分の人生にとってそんなに酷いことでもない。「あの人といるよりはここのほうがまし。あなたたちは家にいたかったの？」

「えっ」イライザはぎくりとしたようだった。「わたしも生まれてすぐに母を亡くしたの。淑女になる教育を受けるために父にここへ連れてこられた。父には会いたいけど……」

「わたしも兄に追い払われたのよ」レディ・ジョージアナはみずから説明を始めた。「でも、あなたと同じで、わたしもここにいるほうがいい。兄は変わり者だもの。追い払われてかえって喜んでるくらい」

ソフィーはいたずらっぽく笑った。「アプトン夫人の望まれない人々の学院」

ジョージアナがぷっと吹きだして笑い、イライザは息を呑み込んだ。「それはひどすぎ……」と言いながらも、ジョージアナと並んでベッドの端に腰かけた。ソフィーはさらにカードを配り、和気あいあいと計算を続けた。そのうちにソフィーはゲームのルールを説明しつつ、確率の計算方法もふたりに教えはじめた。イライザはしだいに自信をつけて、ジョージアナと同じくらいすばやくカードの数字を計算できるようになった。

「この手の場合にはどうすればいい？」ソフィーは問いかけた。

イライザはクラブの10とハートの5のカードを見つめた。「もう一枚取る。だってあとのカードの半分近くが6か、それより小さい数字でしょう?」

「そのとおり! もうじゅうぶんできてる」ソフィーが太鼓判を押したところで、突如ドアが開いた。

「あなたたち」アプトン夫人は呆然と立ちつくした。「何をしているの?」

イライザが蒼《あお》ざめた。ジョージアナはばつの悪そうな顔をして大きなため息をついた。三人の女生徒たちはすばやく立ちあがった。

アプトン夫人は部屋のなかに入ってきて、ソフィーがとっさにカードを覆《おお》った上掛けをめくり上げた。「カードゲーム」学院長が深い失望のこもった声で言った。「若き淑女たちには不適切な振る舞いです」

「ゲームをしてたのではありません」ソフィーは弁解した。「誰もお金を持っていないので」

学院長に面白がるそぶりはなかった。「それでもほとんど違いはないのです、ミス・グレアム、わたくしは認めませんよ。カードゲームは不道徳であるばかりでなく、品位を貶《おとし》め、評判と富をも危険に晒《さら》す行為なのです。まともな紳士は誰も賭け事をする女性との関わりを望みません。堕落しやすい性質の持ち主だと見なされますし、そのような損失をあえて負担しようと考えるはずもないでしょう」

「賭け事に強い女性だとしたら？」ソフィーはつぶやいた。

アプトン夫人は戒《いまし》めの眼差しを向けた。「賭博師《とばくし》はそのような考えで破滅へと追い込まれるのです。勝てば大金を得られるという誘惑に駆られて危険を冒し、ついには身を滅ぼして一族の財産まで失う。毎回勝てる賭け事がありますか、ミス・グレアム？」

ソフィーは黙り込んだ。父が思うように勝てずに気落ちして夜更けに帰ってきた晩がどれほどあったかはよく憶えていた。

「賭け事によって多くの礼節ある有能な男性たちが身を滅ぼしてきたのです」アプトン夫人は続けた。「女性の場合には、どれほど悲惨な末路をたどるか想像する気にもなりません。わたくしの忠告を憶えておくのですよ、若き淑女たち――ギャンブルは破滅への道。何があろうと関わってはいけません」

「はい、学院長」イライザが涙ぐみながら、か細い声で答えた。

「はい、学院長」ジョージアナも口をそろえた。

アプトン夫人は片方の眉を上げた。「ミス・グレアム？」

ソフィーは肩をすくめかけて、慌てて取りやめた。「はい、学院長」

学院長は三人をそれぞれとくと見つめた。「ミス・グレアム、あなたはまだこの学院の規則に不慣れなので、今回は大目に見ましょう。ですが、二度と道をはずさないように」アプトン夫人はカードを集め、ランプを吹き消して部屋を出ていった。

「べつの方法で計算を勉強するわ」それぞれのベッドに入るとイライザが言った。

「アプトン夫人にわたしが賭け事をしていたなんて手紙を書かれたら、パパはものすごく怒るはず。わたしが紳士と結婚することを望んでいるのだもの、そのためには淑女にならないと。計算ができなくても紳士があまり気にしないでくれればいいんだけど……」

「気にしないわよ」ジョージアナが自分のベッドから請け合った。「我慢強く計算している紳士なんて見たことがないし。計算の仕事もしてくれる秘書とその話をしたいとすら思わないんじゃないかしら」

「カードの組み合わせを考えても誰かが傷つくわけではないでしょう。それに、わたしたちは賭け事をしてたんじゃない」ソフィーはアプトン夫人に取り上げられたのが自分の古いトランプで、父のものではなかったことに密かに感謝の祈りを捧げた。父のトランプや、両親の数少ない形見の品を取り上げかけられていたら、きっと野生動物のように抵抗して、無慈悲なメイクピース卿のもとへ送り返されることとなっていただろう。

両親のことを思うと哀しみがこみあげて胸が痛んだ。四カ月前まではふたりとも元気に生きていて、暮らしは苦しくても幸せな家族だった。それなのにすべてが失われた。ふたりとも肺病で、きみが罹《かか》らなかったのは幸運だったと医師は言った。

幸運。なんて腹立たしい言葉だろう。

ソフィーは落ち着いて深く息を吸おうと努めた。人生では何もかもがいつどうなるかわからない。運命がやさしくて寛大であることなどたいして望めないのだから、幸せになれるかどうかは本人の努力のみにかかっている。ソフィーはそれを早々に学び、これからもけっして忘れようがなかった。幸運に期待などできない。

「だけど、計算も淑女にとって役立つと思っているから、アプトン夫人は教えるのよね」イライザがソフィーの心の葛藤《かっとう》には気づかずに疑問を投げかけた。「そうだとすれば、身につける方法を何か見つけないと……ほんとうは確率なんて知らなくてもよければいいのに……」

ジョージアナがくすくすと笑った。「イライザ、あなたは確率の計算は〝もうじゅうぶんできてる〟んだから、きっとハンサムですてきな旦那様を見つけられるわ。家《か》計簿《けいぼ》の勘定ができてもできなくても、公爵夫人のような気分にさせてくれる人を」

「そうだといいんだけど」イライザが沈んだ声で言った。「わたしはあなたみたいな美貌《びぼう》に恵まれてないし、ソフィーのように賢くもないから、危険は冒せない」

ソフィーはふたりの会話を聞きながら顎の下まで上掛けを引き寄せた。賢いと言われただけでなく、自然に名前を呼んでくれたというだけで、思いがけずじんわりと胸が熱くなった。父と母がこの世を去り、祖父は人食い鬼も同じで、母の親族は海の向こうにいて、すっかりひとりぼっちだ。おじがひとりかふたりいて、いとこもどこかにいるような話を聞いていた気もするけれど、誰も助けに来てはくれない。

知っておく価値のある親類はいないかもしれないが、信頼できる誠実な友がいれば、これからに希望を持てるだろう。しかもソフィーは、イライザとジョージアナとすばらしい友人になれそうな確信めいたものを感じていた。

1

一八一九年
ロンドン

〈ヴェガ・クラブ〉はロンドンのなかでも異趣な存在だった。セント・ジェームズ・スクエアからさほど離れていない奥まった場所、優雅な高級住宅街メイフェアと荒涼として薄汚いホワイトチャペルの貧民窟とのちょうど中間の袋小路にある。両極端な人々を受け入れることを憚《はばか》らず、公爵であろうと港湾労働者であろうと、淑女も通りに立つ女も、誰でも会員になれると言われていた。刻印のある銀の会員証コインを手にする幸運に恵まれるための条件はふたつだけ。

借りは返し、口を慎むこと。

〈ヴェガ〉のなかでの出来事はいっさい他言しないと誓約させられると噂されていた。

それについては誰も口にできないのか、口を開かないので、確かめられないのだから、あくまで噂だ。面と向かって尋ねても、会員たちは何も知らないと言い張って、そそくさと立ち去ってしまう。それでも粘り強い噂好きたちはこの賭博《とばく》クラブについて少しでも知りたくてうずうずさせられているので、事実はどうあれ、守秘の誓約が〈ヴェガ〉の伝説のひとつとなっていた。そのせいでなおさら、そこで起こっていることについて様々な憶測が流れている。

ウェア公爵、ジャック・リンデヴィルは〈ヴェガ〉についてはなんでも知っていた。実際に訪れたことがないにもかかわらず、弟のフィリップが友人たちと連れだって足繁く通っている場所で、ジャックの悩みの種でもあった。しじゅう同行しないかと誘われるが、そのたびに断わっていた。同席を求められる理由はあきらかで、人柄や機知のおかげではない。収入のかぎられた若者たちは、多額の定収入を得ていたとしても、つねに裕福な対戦相手を求めており、弟のフィリップが事あるごとにわざわざ思いださせてくれるとおり、ウェア公爵領はイングランドでも屈指の豊かな所領だからだ。

いうなれば、フィリップのすっからかんの友人たちからすれば格好のカモなのだとジャックは自覚していた。あいにく、その手に乗るほど愚かではないが。ちょっとした不運がきっかけで、人は身を滅ぼしかけない。

ジャックは馬車が〈ヴェガ・クラブ〉へ向かってセント・マーティンズ・レーンに入ったところで口もとをゆがめた。このところ負け込んでいるのは不運のせいなのだとフィリップは嘆いている。ともかく3以上のカードが出れば勝てたのに、クラブの2が出たのだと。フィリップは会員証を剝奪《はくだつ》されかねないので表立っては言わないが、自分の計算が正しく、ディーラーが間違えているのだと信じていた。だが結局、払える見込みもない二千ポンド近くの約束手形に署名した。

フィリップは悔いていた。謝って寛大な助けを請うた。すでに何度も繰り返していることだというのに、もう二度としないと誓った。だが弟は母にも打ち明け、母はジャックの書斎に猛然と踏み入ってきて、フィリップが辱《はずかし》められたり窮乏したりしないよう借金を清算するよう迫った。

当初ジャックは聞き入れるつもりはなかった。フィリップがみずから引き起こしたことで、それだけの手形に署名する立場となったからには、引き受ける方法も見いだせる大人の男であるはずだった。だが母は反論し、それから説得にかかり、ついには泣きながら、家族としての義務をないがしろにする薄情者だと罵《ののし》りはじめた。それでジャックは折れた。先代の公爵未亡人がいったん決意したら、揺るがす術《すべ》はない。

馬車ががたんと音を立てて停まった。従僕が扉を開き、ジャックは降りた。今回のフィリップの借金は肩代わりするが、ただではすませられない。弟には不労収入があるが——母のおかげで——ウェア公爵家の所領からも収入を得ており、こちらはジャックの裁量に任されていた。この七年間、ジャックが守りつづけてきたもので、その苦労をフィリップのカードテーブルでの不運の尻ぬぐいに浪費するわけにはいかなかった。

ジャックは唇を引き結んでクラブへ大股で入っていった。二歩目を踏みだすより早く、夜会服をぴしりと着こなした逞《たくま》しい男が立ちはだかった。「こんばんは、いらっしゃいませ。ご用件を承《うけたまわ》ります」

「ダッシュウッドにお目にかかりたい」ジャックはこのクラブのオーナーの名を出して答えた。名刺を取りだして渡す。

「お約束なさってますか?」

ジャックは乾いた笑みを浮かべた。「私の訪問を驚きはしないはずだ」フィリップは臆面もなくウェア公爵家の名を利用していた。ミスター・ダッシュウッドが評判の半分でも抜け目なさを備えているのなら、フィリップが賭けの損失金の約束手形に名前を殴り書きした瞬間からジャックが訪問することは見越していたはずだった。

支配人は見定めるような視線を投げかけた。「どうでしょうか。応接間でお待ちいただけますか?」

冗談じゃない。知り合いに出くわすかもしれず、そうすれば立ち話に付き合わざるをえなくなる。なるべくならこのことは誰にも知られないうちに、できるかぎり速やかに片づけて立ち去りたかった。「ここで待たせてもらおう」ジャックは長く待つつもりはないことがあきらかに伝わる口ぶりで返した。

支配人は軽く頭をさげた。「お待ちのあいだに、一、二勝負いかがです?」

その肩越しに〈ヴェガ〉の中央大広間が見えた。想像していたほど低俗でもけばけばしくもなく、むしろ洗練されていて、ごくふつうの紳士のクラブに見える……女性たちがいることを除けば。男たちのそばに見えるのはこの館付きの娼婦ではなく、上流婦人たちだ。〈ホイスト〉ゲームに興じているレディ・ロザーウッドを見つけ、ジャックはほんのわずかに眉を上げた。

「〈ヴェガ〉ではご婦人がたを締めだしてはおりません」支配人がジャックの視線の先を追って説明した。「少々驚かれる紳士もおられますが、すぐにその利点にお気づきになります」

ジャックはむっつりと押し黙った。浅はかな上流婦人たちは向う見ずな若者たちと同じようにまんまとたやすく大金をすってしまう。「だろうな」フィリップの場合には反対に女性にがっぽりせしめられてしまったこともあるのではないかとジャックは想像し、すぐにそんなことはどうでもいいと思い直した。相手が誰であろうと、損失に変わりはない。

それでも興味をそそられた。男性たちとギャンブルをする女性たち。なんと大胆なことを。支配人がミスター・ダッシュウッドに来客を知らせに行ったので、ジャックは踏みだして、背の高い椰子《やし》の鉢植えが並ぶ目隠し越しにクラブ内を眺め渡した。

フィリップの遊び仲間のアンガス・ホイットリーとファーガス・フレーザーの顔が見えた。もうひとりの男と、こちらに背を向けている鮮やかな深紅のドレスの女性とテーブルを囲んでいた。女性は髪を巻き上げて結っているので、白い背中があらわになっている。首に付けた細い黒のリボンはうなじできっちりと小さく蝶結びにされていて、そのくるんと垂れた先端が、手を伸ばしてほどきたくなる気持ちをそそった。

ジャックは彼女の後ろ姿をつくづく眺めた。賭博クラブの会員になるとはいったいどのような女性なのだろう？　礼儀をわきまえた女性ならみな、そのようなことを考えるだけでも恥じ入るはずだ。いささか身持ちの悪いことで知られる子爵夫人、レディ・ロザーウッドはべつにして。会員資格はどのようなものだったかとジャックは思い返した。男性と女性とでは異なるのだろうか？　フィリップが難なく入会を認められたのだとすれば、〈ヴェガ〉が格別に厳しい条件を定めているとは思えない。弟が歓迎される理由と言えば、華々しい家名、ずば抜けた愛嬌のよさ、カードゲームのツキにはすこぶる見放されていることくらいのものだ。

ホイットリーが声をあげて、持ち札をテーブルの上に放りだした。フレーザーが得意げに勝利の笑い声を立てて、テーブルの中央に積まれた賭け金のマーカーに手を伸ばしたが、女性がその手首を軽く押さえてとめた。女性がなんと言ったのか、ジャックには見当もつかなかったが、フレーザーの呆然とした顔からすると、嬉しい言葉ではなかったらしい。もうひとりの男が持ち札を見せて置き、腹の底から高らかに笑い声を響かせたので、周囲の人々の目を引いた。女性が対戦相手の男たちをぼろ負けさせたのに違いなかった。

しかも注目されてうろたえるどころか、鷹揚《おうよう》に応じている。ホイットリーが女性に何か言われて笑い声を響かせ、隣のテーブルの男たちもくっくっと笑っていた。ジャックのところからは女性の顔は見えなかったが、賭け金を引き寄せたときにほんのわずかに頭を傾けたしぐさから満足そうであるのが見てとれた。ホイットリーが次の一戦のためにカードを切りはじめた。

フィリップがここを気に入っているのもうなずけた。弟もあの深紅のドレスの女性を知っているのだろうか。

「公爵閣下」背後で声がした。ジャックは振り返り、思い煩《わずら》いが断ち切られてほっとした。支配人が戻ってきていた。「ミスター・ダッシュウッドがお目にかかります」

支配人は椰子の鉢植えの脇にひっそりとあるドアを抜け、短い廊下を進んで、またべつのドアの前へジャックを案内した。支配人がノックをしてドアを開き、頭をさげて、ジャックを部屋のなかへ通した。

「公爵閣下、ニコラス・ダッシュウッドがなんなりと承ります」ダッシュウッドが会釈した。ひょろりとした長身の男で、細く骨ばった鋭角な顔をしている。「お待たせして申し訳ありません。突然のご訪問でしたので」

「弟の借金の件で来た」

ジャックの冷ややかな口調に、ダッシュウッドが口角の片端を上げた。「お支払いいただける可能性については伺っていました」

ジャックはフィリップがあえてダッシュウッドにそう口にするほど当て込んでいたことにかっとしつつも、憤《いきどお》りをこらえた。弟が苦境を脱するのにどんな恥も厭《いと》わないのはとうにわかっていたことだ。

クラブのオーナーは自分の机の向こう側にまわり、そこに広げてあった紙を取り上げた。「二千百二十ポンド」

ジャックは息を吸い込んで、もう一度いらだちを抑えた。二千ポンドに満たないと聞いていたのだから、フィリップはまたも嘘をついたのだ。「拝見しても？」

ダッシュウッドは薄い笑みを浮かべて紙を差しだした。この男からすればよくあることなのだろう。さっと見ただけでも、フィリップの筆跡で、サー・レスター・バグウェルへの大金の返済を誓約しているのは確認できた。「会員に借金の返済を誓約させるのは、こちらの慣例なのだろうか？」ジャックは約束手形を返した。

「私は何も誓約させていませんよ」ダッシュウッドは机に寄りかかった。「会員がみずから借用書を交わし、返済を行なっています。こうして頼まれて、その借用書をお預かりすることもありますが、保証人としてではなく、世話人としてです。いわば仲介人とでも申しましょうか。この〈ヴェガ〉にはほんのいくつかの規則があり、そのうちもっとも重要なのが、借金の返済なのです」

サー・レスターはフィリップが返済しないことを懸念し、ダッシュウッドにクラブの規則の執行を求めたというわけだ。ジャックは渋面で心ひそかに弟を咎めつつ、持参した銀行手形に金額を書き入れた。その手形を無言で差しだすと、ダッシュウッドは引き換えにフィリップの借用書を渡した。

「光栄です、公爵閣下」ダッシュウッドはドア口へ導いた。「ゲームテーブルをお求めの際は、ぜひまた〈ヴェガ〉にお越しください」

二度と来るものか、とジャックは胸のうちで返した。

ダッシュウッドは玄関先まで見送りに来た。ふっとジャックは椰子の葉の隙間から中央大広間をまたのぞいた。弟は罰として一カ月間は賭けテーブルにはつかず、倹約生活を心がけ、悪癖を慎むことを神妙に誓った。フィリップは来ていないはずだ。だがあの深紅のドレスの女性……どういうわけかジャックはその顔を見たくてたまらない衝動に駆られた。賭博場に来る女性がどのような人物なのか、ともかく知りたかった。

そのときなんと、ジャックは広間の中央でテーブルを囲む小さな人だかりのなかに弟の濃い色の髪を目にした。ぴたりと足をとめた。フィリップは早くもそこに戻ってきて、身の丈に合わない賭けをして、尋ねられれば誰にでも、今夜もあすも、未来永劫に兄に借金を肩代わりしてもらえると答えているのはまず間違いなかった。そのうちに歓声が沸き、フィリップが手札を放りだして笑い声をあげた。

お決まりのしぐさだ。フィリップは負けかかっている。笑い、軽口を叩き、大げさな身ぶりをして、弟は必ず負ける。あとになって負けた結果を考えざるをえない羽目に陥り、深く悔いることとなる。多額の借金を片づけたばかりなのだから、また同じ過ちをおかす前に弟をこのクラブから引きずりだすのが当然だと考えたところで、もはやまた負けは見えているのだとわかってジャックは怒りにふるえた。フィリップがいま行なっているのは、ほぼ運任せでしかない、サイコロ賭博の〈ハザード〉だ。ジャックは踵《きびす》を返してダッシュユウッドの脇をすり抜けて広間のなかへつかつかと進んだ。

「どうせ負けるなら」さらに近づくとフィリップのおもねるような声がした。「せめてロンドン一美しいご婦人にひれ伏したい」取り巻きの人々が賑《にぎ》やかに感嘆の笑い声をあげた。

　愚か者めが、とジャックは煮えくり返る思いで人だかりのなかへ割り込んでいった。あえて負けるまでもなく、賭博をやめればいいことだ。ジャックが借金を返してやらなければ、ダッシュユウッドは会員資格を剝奪するだろう。それどころか、弟がロンドンじゅうの賭博場から締めだされたとしてもジャックに異存はなかった。ウェア公爵家の所領を守る務めに人生を捧げる定めは甘んじて受け入れても、フィリップの借金返済に身を粉《こ》にするつもりなど毛頭ない。

人だかりの内側に入ったが、残念ながら弟は向こう側に坐っていた。兄が憤然と立っていることにも気づかず、フィリップは芝居がかったしぐさで頭をさげて、サイコロを差しだした——先ほどまで弟の無能な友人たちとカードゲームをしていた深紅のドレスの女性に。

「ありがとうございます」女性は笑いを含んだ艶やかな声で応じた。「あなたを負かすのはいつも楽しいわ」テーブルに向き直り、サイコロを持ち上げて、唇に軽く擦らせた。「5」誘い込むかのように数字を宣言してから、サイコロを放った。取り巻きが賑やかな歓声をあげたが、ジャックの目はその女性のみに釘付けとなっていた。

正統な美女というわけではないが、魅了された。顔の輪郭は完璧な卵形で、シェリー酒色の瞳をしている。首に巻いた黒いリボンには銀のロケットペンダントが吊されていて、サイコロを拾おうとテーブルに身を乗りだしたときには、深紅のドレスの襟ぐりからいまにもあふれだしそうな豊かな胸がのぞいた。女性は背をまっすぐに起こし、フィリップに誘いかけるようにちらりと目を向けてから、二投目を放った。ジャックはどうにかその女性から興味津々な熱っぽい顔つきの弟のほうへ視線を移した。

とたんにふたつのことがジャックの頭をめぐった。ひとつは、この女性はおそらく真鍮《しんちゅう》並みに面の皮が厚く、蛇並みに狡猾《こうかつ》な昔ながらの妖婦で、フィリップは女の乳房に目を奪われ、すでに派手に負けかけていることにすら気づいていないということだ。

そしてもうひとつは、ジャック自身がこの女性を欲しているということだった。

2

〈ヴェガ・クラブ〉はソフィー・キャンベルのほとんど別宅のようになっていた。

　ここがかつては紳士の館、それも伯爵か侯爵の屋敷だったのかもしれないのだと空想することもある。着心地のよい装いのように張りめぐらされた濃い色の羽目板に、クリスタルのシャンデリアとフラシ天の絨毯《じゅうたん》がしっくりなじんでいる。陽光が疫病であるかのごとくさえぎられて息苦しく感じられる賭博場もあるが、〈ヴェガ〉は違う。カーテンが閉じられるのは夜だけで、壁面には背の高い窓が並び、暖かな夕暮れにはさわやかな風が吹き抜ける。喫煙できるのは奥の一室のみで、女性の会員がことに居心地よくいられるのはマイヴァート・ホテルにも引けをとらない食堂のおかげでもあるのだろう。

　そこが〈ヴェガ〉の特筆すべき点だった。女性の入会が認められているのだ。男性の連れとしてだけでなく、女性本人が正会員になれる。会員資格を得るのは簡単ではないが、ソフィーからすればむしろ目的に適った理想の場所だとすぐに気づいた。〈ヴェガ・クラブ〉は様々な男性たちが集う場所で、しかもその誰もが女性に負けることをまるで嫌がらない。ソフィーにとっては生計を立てる手段なのだから、それはきわめて重要な条件だった。

アプトン夫人の学院に入ったときから、ソフィーは成人したら自力で生きていかなければいけないことを覚悟していた。十八歳の誕生日の朝、アプトン夫人に呼ばれ、メイクピース卿が授業料の支払いを打ち切ったことを静かに告げられた。子爵の手紙は誕生日の朝に到着したのだから、あの酷い老人がいかにこの日を待ちわびていたかは想像するまでもない。学院長が算数の教師となることを提案してくれたものの、ソフィーは丁重に断わった。アプトン夫人の学院にとどまって、豊かな暮らしが開ける見込みは低い。けれど広い世界に出れば、どうだろう？　ソフィーはもともと賭けてみなければいられない性分だった。

もちろん、その道のりは平坦ではなかった。当面の生活費もなく、子爵未亡人のお話し相手《コンパニオン》の職を得た。雇い主のアンナ、レディ・フォックスとの出会いはまさしく天の思し召しだった。慣習にとらわれず、気丈で思いやり深く機知に富んだ婦人で、ソフィーの頭に発想の種を授けてくれた。女性はみな自分の資産を持つべきだというのが口癖で、ソフィーは苦笑してうなずきつつ、それがたやすく叶えば苦労はしないと思っていた。けれどレディ・フォックスは本心からそう考えていたのだ。死後、ソフィーに三百ポンドを遺していたことがわかった。遺言書には〝幸せの元手に〟と書かれていた。ソフィーはかけがえのない幸運に恵まれたのだから、無駄にはできないと決意した。その三百ポンドとささやかな貯蓄を元手に、夫を亡くしたことにして姓を変え、二十一歳で〝大計画〟を叶えるためにロンドンにやって来た。

といっても、いたって単純な計画だ。しっかりと自立し、みずから運命の舵を取り、生きる道を選んで進む。自立——つまりはお金——が幸福への鍵ではなかったとしても、とても大切な要素には違いないので、ソフィーは唯一の得意な技能を生かして利益を得ようと取りかかった。賭け事《ギャンブル》だ。

たまに、ほかの人々を負かして得た利益で生きることへの罪悪感で胸が痛んだ。賭け事を禁じたアプトン夫人の叱責を忘れてはいないし、破滅に陥らせる危険な行為だという学院長の主張が正しいことも承知していた。大損を避けるために鉄壁の掟《おきて》をみずから定めていても、評判の問題はつねにつきまとう……つまるところ、そういう行為だ。

友人たちもその点を心配していた。アプトン夫人の学院に入った日から十二年にわたり、ジョージアナとイライザとは親友の絆を築いてきた。ソフィーがレディ・フォックスのもとで過ごし、ふたりがまだ学院に残っていた数年間も、毎週手紙をやりとりしていた。現在は三人ともロンドンにいる。イライザはグリニッジの父親の家に、ジョージアナは付添人《シャペロン》のシドロウ伯爵未亡人のもとで暮らしていて、二週に一度はたいがいアルフレッド・ストリートのこぢんまりとした居心地のよいソフィーの家でお茶会を楽しんでいる。

「いくらかのお金を投資してもいいわけよね？」イライザはよくそう尋ねた。「そのほうが安全でしょう」

「いいえ」ソフィーはきっぱりと否定した。「世の中の変化を読むのはもっとも危険なギャンブルと同じだもの」

「父の投資はとてもうまくいってるし、何度もあなたに助言を申し出ているわよね」イライザが念を押すように言い添えた。ソフィーにはまるでなぐさめにならない提案だった。ミスター・クロスは株式相場でたとえ千ポンドの損失を出しても痛くも痒くもないだろうが、こちらはそうはいかない。

ジョージアナはまたべつの種類の投資金の運用法を考えていた。「〈ヴェガ〉に来る紳士たちの誰かと恋に落ちるというのが得策ね。スターリングは、サー・トマス・メイフィールドなら、あなたのすばらしい花婿候補ではないかと言うの」スターリング子爵はジョージアナの婚約者で、事あるごとにその名が持ちだされる。

ソフィーは思わず笑い声をあげた。「トマス・メイフィールド！　准男爵の？　どうかしてるわ」

「どうかしてるだなんて！」ジョージアナが印象的な緑色の瞳を大きく広げた。イライザのほうを向く。「背の高い美男の紳士との交際を勧めたわたしが、どうかしてる？　ちょっといたずらっぽく笑いかけただけで、ロンドンのほとんどの淑女たちが卒倒してしまうような紳士なのに？」

ソフィーはぐるりと瞳を動かしてイライザを笑わせた。「あなたが恋しているみたいな言い方ね。スターリング卿に忠告しておくべき？」

「やめてよね。スターリングが心配する理由はまったくない。わたしはもうずっと前からあの人に恋していたんだから」ジョージアナはひらりと片手を払った。スターリング子爵は所領が隣り合うウェイクフィールド伯爵家の子女が十八になるや求婚し、当のジョージアナも喜んで承諾した。ウェイクフィールド卿は逡巡し、妹の婚姻を先延ばしにしていたが、この伯爵が変わり者であるのは誰もが承知しているので、兄とスターリングが婚姻契約を詰めるあいだ、ジョージアナはロンドンで際限なく嫁入り支度にいそしみ、二シーズン目を謳歌《おうか》していた。

「それならソフィーとその紳士とのことは放っておいてあげるべきね」イライザが静かに言った。「あなたはいともたやすく英雄を見つけられたのだもの。みんながそれほど恵まれているわけではないわ」

「あら、でも、わたしはそうなればいいと願ってるのだもの！」ジョージアナは心外だというように声を張りあげた。ソフィーのほうを向く。「サー・トマスはそんなにいや？」

「いいえ」ソフィーは受け流して笑みをこしらえた。「わたしにはふさわしくないだけ」スターリングに准男爵が自分にはこれ以上にない相手だと思われているのは取り違えようがなかった。女性に手が早く、道義心を欠くサー・トマスはレディ・ジョージアナ・ルーカスの花婿になるなどもってのほかだし、女相続人のイライザ・クロスにも不釣り合いと見なされるだろう。でも、さほどの財産もなく、賭博クラブで夜を過ごしている、未亡人を称するソフィー・キャンベルには、願ってもない花婿候補というわけだ。ソフィーは自分の社会的立場を理解していないわけではない。

「それなら、長男ではないけれど」ジョージアナが懲《こ》りずに続けた。「フィリップ・リンデヴィル卿はどう」

「どなた？　やめて！」

「憶えているはずよ、ソフィー。先月には何度も顔を合わせていたでしょう」ジョージアナが真剣な面持ちで言う。「スターリングによれば、ほんとうに感じがよくて、罪作りなくらい美男子だと」

「父から放蕩者だと聞いてるわ」イライザが言葉を差し入れた。

「本物の愛による改心が必要ね」ジョージアナがウインクした。

ソフィーは笑って返した。「わたしには間違いなく手に負えない相手だわ」

イライザがきょとんとして、ジョージアナは面白がって鼻で笑った。「花婿候補を手に負えない相手だなんて呼ぶのはあなただけよ、ソフィー！」

「フィリップ卿は花婿候補ではないわ」ソフィーは断言した。

晩に〈ヴェガ〉を訪れたときも、どういうわけかその会話がソフィーの頭から離れなかった。曇り空の肌寒い晩で、小雨もぱらついていて、ソフィーは幸運ではなく華やぎを求めて深紅のドレスをまとっていた。色鮮やかな綿のお気に入りのドレスだ。支配人のミスター・フォーブスにマントをあずけ、暖炉の上の鏡に映った自分の姿をちらりと目にした。歳をとったとは思わないけれど、二十四歳はけっして若いとも言えない。花婿談義を鼻であしらうような真似はしたくなかった。愛されてしかも自分も同じくらい愛せる紳士が見つからなかったとしてもかまわない。同じことに関心を向けられる紳士でさえあれば。

おおよそ同じ割合で勝ちつづけられたとして、安心して暮らしていける金額と想定している一万ポンドを貯めるのにあと七年かかる。あと七年で一万ポンド貯めれば自立という目標が達成される。この方程式をしっかりと胸に留めておくべきで、そうでなければ、サー・トマス・メイフィールドほども見栄えのしない好色な准男爵の手に落ちざるをなくなるかもしれない。ソフィーはすっと背筋を伸ばし、大広間へ歩を進めた。賭け仲間が待つテーブルを見つけるのにそう時間はかからなかった。ソフィーは自信に満ちた笑みを湛《たた》えて空いている席についた。

それから少なくとも一時間は経過した。最初は少し負けていたが、徐々に挽回した。六十ポンド勝ち越しているときに、背後から呼びかけられた。「キャンベル夫人！」

ソフィーはびくりとした。賭け仲間のジャイルズ・カーターと組んで、カードゲームの〈ホイスト〉でミスター・ホイットリーとミスター・フレーザーに快勝しつづけているところだった。〈ホイスト〉は女性が加わってもなんら差し障りがなく、しかも集中し、お酒を飲みすぎないように気をつけてさえいれば勝ちやすいゲームだ。ミスター・ホイットリーは集中力に欠け、ミスター・フレーザーは三杯目のマデイラワインを飲んでいた。フィリップ・リンデヴィルのご機嫌な挨拶に六連勝目の流れを切られた。

「ここであなたにお目にかかれるとは光栄です」フィリップ・リンデヴィルが礼儀正しく軽く頭《こうべ》を垂れた。

「わたしもですわ」ソフィーは微笑んで頭を傾けた。フィリップ卿についての友人たちの冗談めかした指摘はあながち間違いではなかった。たしかによく顔を合わせる対戦相手のひとりで、うぬぼれが少しばかり強いとはいえ、親しみやすく愉快な人物だ。ソフィーがこの男性を友人たちに花婿候補としては手に負えない相手だと言ったのは本心だった。

「一戦、お相手願えませんか?」フィリップがにっこりして、いわくありげに声をひそめて続けた。「今夜は来ないと誓ったんですが、せっかくあなたにお目にかかれたのでは、とても我慢できなくて」

「わたしはどちらの殿方にも誓いを破らせるようなことはしたくないのだけれど」ソフィーは茶目っ気のある笑みで返した。

フィリップが笑い声を立てた。「ばかげた誓いなんですよ! さあ、どうせあなたが勝つのですから、ぼくにとってはそれで罪滅ぼしになる」

「あら、でもいまはゲーム中なので」ソフィーは諌《いさ》めようとしたが、フィリップはすでにミスター・ホイットリーと視線を交わしていた。

ミスター・ホイットリーがすぐさま椅子を後ろに引いた。「退散の潮時だな。あなたにすっかりやり込まれてしまったので」軽く頭をさげたミスター・ホイットリーに続いて、ミスター・フレーザーも席を立った。ソフィーの賭け仲間のミスター・カーターはためらっていたが、フィリップの意志は固く、あとに引かないことはあきらかだった。

ソフィーはいらだちを胸にしまって、手札を広げて置いた。「ミスター・カーター、またぜひお付き合い願いたいわ。わたしたちは〈ホイスト〉では最強のチームに違いないもの」ミスター・カーターはほっとしたように表情をやわらげ、フィリップに連れ去られようとしているソフィーの幸運を祈る言葉すら口にした。

「ゲームを楽しんでいたのに」ソフィーに咎められながらもフィリップはその手を自分の腕に掛けさせた。「辛抱は美徳ですのに」

フィリップはにやりと笑った。「どうりでぼくにはみじんもないわけだ！　ダッシュウッドと話をしに来ただけのつもりが、あなたの姿を目にして、何をしに来たのだったかすっかり忘れてしまった」

「喜んでいいことなのかしら?」〈ヴェガ・クラブ〉のオーナー、ミスター・ダッシュウッドに会いに来る理由と言えば、新たな入会者の推薦のためか、賭博の借金、それも多額の返済についてくらいしか考えられない。ソフィーはこれまでに二度、ミスター・ダッシュウッドに支払いの保証人を務めてもらわなければいけないほど賭けで多額の勝利を収めていた。とはいえ、これほど呑気に気晴らしを望んでいるフィリップが賭博で得た大金を受けとりに来たとはとうてい思えない。

フィリップがこちらを見ていた。濃い色のふんわりとウェーブのかかった髪が額に垂れていて、いたずらっぽく口もとに笑みを浮かべている。「もちろん。ぜひとも喜んでいただきたい。そうしていただけたら、ぼくも同じように嬉しくなる」

ハンサムで人当たりの良い男性で、いっそう大胆に示されるようになった自分への好意をくじかなければならないことを残念に思いながらも、ソフィーはフィリップの腕を押さえた。「お世辞は気楽にかけられるから、なおさら返しやすいのよね」

「気楽にかけられるものではないし」フィリップが言い返した。「返されれば嬉しいものですよ」

ソフィーは笑い声を立てた。「きっと今夜は幸運の予感がしてるのね。それなら、〈ハザード〉で試してみない?」〈ハザード〉なら時間がかからない。数ゲーム終えたら、あとはいくら引き留められても振りきればいい。このところフィリップはだいぶしつこくなってきていた。

　ほとんど誰にも気づかれてはいないもののソフィーもじつは花婿探しをしているので、フィリップが好ましい人物であれば願ってもないことだったのに残念ながらそうではなかった。公爵の弟と結ばれるとすれば、ジョージアナもきっと誇らしく思ってくれただろう。

　けれどじゅうぶんに好感が持てたとしても、フィリップはまず間違いなく夫には向いていないとソフィーは確信していた――いずれにしても自分にとっては。ロンドンに暮らしてこの三年のあいだに、結婚相手に求める条件がきわめて厳しく絞られてきて、フィリップはそれをまるきり満たしていない。親しみやすくても向う見ずで、温厚でもうぬぼれ屋だ。緩やかにウェーブのかかった濃い色の髪で、すらりと背も高く、罪作りなほど見栄えはよくても、ロンドンのほかのすべての女性たちと同じように、そのことに本人が酔いしれている。さらに問題なのは、賭けに負けることをまるで気にしないので〈ヴェガ〉での勝負相手としては引く手あまたで、つまりはとうてい花婿候補にはなりえない男性だった。ギャンブルで身を滅ぼしかねない人物と結婚するつもりは毛頭ない。だからフィリップがいかに申しぶんのない家柄で、好意を明白に示してくれようとも、ソフィーは退けざるをえなかった。

ジャイルズ・カーターがあとを追って〈ハザード〉のテーブルにやって来た。フィリップがサイコロを求め、ソフィーはカーターにちらりと目顔で詫《わ》びた。ミスター・カーターとは目指すものがとてもよく似ていた。年齢は十二歳も上だけれど、みずから収入を得る術を持っている。かたや、フィリップは兄からの手当てに頼りきりで、その金額についても既婚者だったなら言うに及ばず独身紳士でも足りないと不満を抱いていた。ミスター・カーターはここ最近こそ賢明とは言いがたいところまで、少なくともソフィーと組んだときには、長居しがちではあるものの、テーブルを立つ頃合いを心得ている。それはよい兆《きざ》しだとソフィーは願っていた。ミスター・カーターはいつもいたって潔《いさぎよ》く負け、勝ったときにも申し訳なさそうにすら見える。冷酷ではないし、欲深くもなく、見苦しくもなく、すばらしい夫になるだろう。

けれど社交儀礼を踏み越えてフィリップの誘いに乗るようなことをすれば、そうした願いは無残に断たれてしまう。ソフィーはいま自分が綱渡りをしているのはわかっていて、けっして足を滑らせてはならないと決意していた。戯れる程度であしらいながら紳士たちから賭け事でお金を得ても、情事を求めていると思わせてはいけない。

「何を賭けます？」フィリップが暗い瞳を輝かせて、サイコロを差しだした。

「一回につき一ギニーでは？」

フィリップは残念そうに顔をゆがめ、テーブルにひと握りのマーカーを落として、ダッシュウッドと話しに来ただけだというのは偽りだったことをあらわにした。

「ふうむ。金か」

ソフィーは向かいにいるミスター・カーターの視線を気遣って、にこやかな笑みをこしらえた。「ほかに何があるかしら？」返答を待たずにテーブルに向き直った。

「7」と告げて、サイコロを放った。

〈ハザード〉は運任せのゲームだ。5から9までのあいだで出す数字を宣言し、サイコロを振る。振って出したサイコロの目の合計が当たれば勝ちとなり、賭け金を獲得する。2や3を出して、5から9に達しなければ、負けだ。十一回、十二回と放るにつれ負けも増えてルールが複雑になるが、何度も繰り返すうちに、三回連続して負ければ、サイコロを手放さざるをえなくなる。

ソフィーは三投目で勝利した。フィリップが称賛を送った。「上々の始まりだ！」賭け金を失うのは気にしていないかのようにあっさり負けを認めるのはいつものことで、フィリップはさっそく二回放って、二回とも損失を重ねた。いらだたしそうな表情がよぎったが、束の間だった。サイコロをつかんで、しばし手のひらの上で転がした。

何年も前にアプトン夫人の学院にいたとき、ソフィーは〈ハザード〉の勝率を計算しはじめ、気づけば灯していた蠟燭《ろうそく》は短くなり、算数の教科書の裏は計算式でいっぱいになっていた。学院長にきつく叱られてから、学院の友人たちとはけっして賭け事はしなかったものの、厩《うまや》の少年たちとはまた話はべつだった。父から何種類ものカードゲームを教わっていたけれど、サイコロ賭博については厩で学んだ。すべてのゲームの勝率が頭に入っていた。用心すべきときと勝負に出るべきときは心得ているので、そうした駆け引きをここまでのところ巧みに駆使して、ロンドンで、それもほとんどはこの〈ヴェガ・クラブ〉のおかげで、三年をかけてゆっくりと地道に四千ポンドを貯めることができた。

とはいえ、〈ハザード〉は愚か者のゲームだ……対戦相手がフィリップならべつだけれど。

フィリップは何も計算していない。一度高い数字が出れば、さらに高い数字を宣言するし、低い数字が出れば、低い数字を告げる。ソフィーがいつもしているように、単純に確率を考えてプレーすれば、勝率は各段に上がるはずだった。考えなしのフィリップから賭け金をせしめるつもりはなかったが、今夜のソフィーはミスター・カーターと組んだゲームを打ち切られたのを少し腹立たしく感じていた。大負けすれば、離れてもらえるだろう。現にソフィーはカモにされていると人々から咎められる晩もあった。

　フィリップがいたずらっぽい笑みを見せて、またサイコロを放り、今度は負けを逃れた。まだ勝ったわけでもないのに、得意げに瞳をきらめかせている。さらに賭け金のマーカーを積み上げてから、サイコロを放った。

　ふたりのまわりには小さなひとだかりができて、背後でこの勝負に賭けるひそやかな声が飛び交っている。ソフィーは淡々とくつろいだ物腰で、相手がサイコロを投じるのを見守った。ソフィーの目にはフィリップが破滅への道をたどっているように見えた。気の毒だが紛《まぎ》れもない事実だ。サイコロを投じるたび必要以上に活気づいているる。負けでないかぎりは賭け金を重ねていた。

　ついに調子よく八投目を終え、九投目で自滅した。控えめな歓声があがり、フィリップは天を仰ぎ、唸り声を洩らした。マーカーを掻き集めて、ソフィーのほうに押しだした。「もう一戦、お手合わせを」

「それは」やめておいたほうがいいと後ろめたさが疼《うず》いてソフィーは言いかけたが、フィリップが身を乗りだしてきて、ウインクした。

「あと一回。賭けさせてくれ」

ソフィーはためらった。この調子では、フィリップはひと晩じゅう居座るつもりだろう。自分が断わっても、ほかの誰かに賭け金を巻き上げられるのは間違いない。あと一回だけ応じたら、もう少し損失の少ないゲームをするよう説得できるかもしれない。「あと一回なら——でもあと一回だけで……」

「要するに、もう一回、勝たせてねというわけか」そばにいた誰かが笑いながら言った。

フィリップがその声の主のほうにちらりといらだった目を向け、サイコロを手にした。「どうせ負けるなら、せめてロンドン一美しいご婦人にひれ伏したい」またもおもねるふうに大げさなしぐさで頭を垂れて、サイコロを手渡した。

ソフィーは観客を前にしてのゲームの仕方も心得ていた。今回はサイコロに口づけてから放り、予想した数字にぴたりと合わせて、早くも一投目で勝利し、まわりの人々から喝采を浴びた。サイコロを手渡す。「さあ、どうぞ」

フィリップは見惚れたようにわずかに唇を開き、瞬《またた》きもせずにぼんやりと見つめた。「ぼくのために口づけを」声を落として言った。「幸運を祈って」

ソフィーは目の端に無表情で見ているジャイルズ・カーターの顔をとらえた。なんてこと。フィリップは邪魔者になりつつある。できるだけ避けるようにしなくては。

「それほど窮地に立っておられるのなら……」ソフィーはサイコロのほうに投げキスをした。「幸運《ボンヌ・シャンス》をあなたに」

「そこまでだ！」

3

冷ややかな抑揚のない声が剣のごとく空を貫き、ソフィーは虚を衝《つ》かれてサイコロを落としかけた。フィリップが熱いものにでも触れてしまったかのようにソフィーを手放し、腕をすばやく背中に引いた。「待ってくれ」急におどおどと子供っぽい声になった。「これにはわけが――」

「ともかく、やめろ」ゲームを中断させた人物がソフィーからはまだ見えない人だかりのなかでまた声をあげた。声の主は憤っている。まさか、サイコロ賭博のテーブルで決闘でも始めようというのだろうか？　ソフィーはジャイルズ・カーターのほうにさっと困惑の眼差しを投げた。どうしたらいいの？

ミスター・カーターが踏みだすと同時に、見物していた人々が新たに到着した人物のために道をあけた。ソフィーは頼れるカーターがいてくれたことにほっとして――フィリップは不安げな緊張した面持ちでさらに一歩テーブルからあとずさっていた

――進みでてきた人物を興味深く見つめた。なんとなく見覚えのある顔だ。ソフィーはふっとフィリップに目を戻し、このふたりは親族に違いないと気づいた。

考えてみれば当然のことだとソフィーは肩の力が抜けた。フィリップから話は聞いていた。この人物こそ、フィリップの不労収入の裁量権を持ち、賭け事による無駄遣いを叱っているという気難しい兄の公爵なのだ。フィリップによれば、退屈な干からびた男で、日がな一日、所領の帳簿ばかり眺めていると聞いていたので、ソフィーはもっと年寄りで魅力のかけらもない男性を勝手に思い描いていた。

とんでもない思い違いをしていたと言わざるをえなかった。

背が高く、髪は金色で、黒い夜会服をぴしりと着こなしている。顔はミケランジェロの彫刻と見まがうほどに彫りが深く美しい。フィリップも同じくらい長身だが、手脚がひょろ長い。それに比べて公爵は完璧に体形に合った夜会服をまとい、肩幅の広さや、引き締まった腰つきや、鍛《きた》えられたふくらはぎがきわだっていた。どう見てもフィリップより五歳以上も上ということはないだろう。

だが、さっとこちらに向けられた青みがかった灰色の瞳に温かみはなく、こともなげに、けれどじろりと見つめられ、ソフィーは自分が取るに足りない小者になってしまったように感じられた。公爵はふたりの前に立ち、弟のほうに目を据えた。「それで？」低い声だが、きつい口調で問いただした。

フィリップは顎をこわばらせながらも笑みをこしらえた。「こちらで顔を合わせるとは奇遇ですね。ゲームをされていたのですか？」

公爵がまたもソフィーのほうにちらりと目をくれた。「そんなことをしに来るものか。こんな姿を目にするのが奇遇だとはこちらのせりふだ」

ソフィーはさりげなく左右に視線を走らせたが、行きづまった。背後には興味津々の見物人たちが押し寄せていて、傍らにフィリップが、目の前には公爵が立ちはだかり、たやすく逃れられる道はなさそうだ。

「そんなつもりじゃなかったんです」フィリップがむきになって返した。「でも、親愛なる友人のキャンベル夫人をお見かけして、分別も意志も煙のように吹き飛んでしまった。どうにも我慢できなかった。仕方がないじゃないですか」フィリップはソフィーの手を取り、軽く口づけた。

ソフィーは顔を赤らめた。わたしのせいだと言うの？「失礼ながら」低い声で言い、手を引き戻した。「もうすっかり遅くなってしまったわ。続きはまたべつの機会に」サイコロをテーブルに置き、膝を曲げてお辞儀をした。

「そうするほかにないだろうな」フィリップは残念そうな笑みを浮かべながらも、できればソフィーが目にしたくなかった親しげなそぶりでしぶしぶ離れた。「ではまたべつの晩に」

「ばかなことを言ってるんじゃない」公爵が言葉を差し入れた。「もう今度はない」

「そうなんですか?」フィリップが小ばかにしたように笑った。「それなら続けさせてもらわなければ、ウェア——」

「もう二度と続きをする機会はないという意味だ」公爵がさえぎって続けた。「このご婦人とも、ほかの誰ともだ。終わりにするんだ、フィリップ。そのような悪ふざけには金輪際《こんりんざい》、付き合いきれない」

「悪ふざけ?」ソフィーは関わらないつもりでいたのに、つい訊き返していた。

と同時にフィリップが「ぼくは子供じゃないんですよ、公爵閣下」と吐き捨てた。

「そうだとすれば、愚か者だ」公爵は冷ややかに一蹴した。「子供ならこれからまだおのずと成長し、理性と品位を備えた大人になるはずだからな」

フィリップは顔を紅潮させた。「ウェア」奥歯を噛みしめるようにして言った。「やめろ」

「やめろ、か。それはまさに私がおまえに言い、おまえがそうすると誓ったことではないのか」公爵は磨き上げられた鋼《はがね》のごとく歯切れよく返した。「ひと月、ゲーム台と競馬から離れると誓ったよな。それなのに、舌の根も乾かぬ同じ晩にここに来るとは。弁明のしようもないだろう?」

「ダッシュウッドに会いに来ただけだ」フィリップはぼそりと言った。人だかりはすでに引いていたが、広間内は静まり返り、会話は誰の耳にも聞きとれた。ジャイルズ・カーターもいつの間にかその場を離れ、姿を消していた。

「ダッシュウッドに会いに来たのは私だ」公爵はぴしゃりと言い返した。「おまえは持ってもいない金をまたも賭けですりに来た」今回は蔑みをあらわにソフィーを見やった。「いの一番に微笑みかけてきたご婦人にまたも金をせしめられようとしているとは、おまえの固い決意とやらのほどもわかるというものだ」

つまりフィリップは賭け事をしないと約束しておきながら、その誓いを破った。ソフィーは内心で公爵が憤るのも当然だと心情を察した。対戦相手の自分ですら、もうフィリップは賭け事のテーブルから離れたほうがいいと思っていたのだから。兄として公爵がもう少し穏やかに諭《さと》していたならば、ソフィーもフィリップに行動を慎むよう口添えしていたに違いない。

それなのに、弟の浪費を招いた張本人として非難されては黙っていられなかった。

「彼だけが真っ先に非難されるほどの罪を犯していないのは確かだわ」ソフィーはさ

らりと言葉を挟んだ。「もちろん、わたしたちはみな自分の過《あやま》ちについて熟慮すべきだけれど、それをおおやけの場で論議してもまず誰のためにもならない」

「道徳論か」公爵は間延びした声で言った。このとき初めてソフィーに目を向けるだけではなく、見定めるふうに視線を据えた。「これはまた、おまえの友人にしては変わり種だな、フィリップ」

フィリップは亀さながらに首をすくめている。耳は真っ赤だ。「いい加減にしてくれ、ウェア」またもぼそぼそと言った。「頼む、ジャック」

ジャック。ずいぶんと親しみやすい名で、厳めしい見た目にはそぐわない。ソフィーは友人や遊び仲間の前で叱りつけられているフィリップがだんだんと気の毒に思えてきた。公爵は怒鳴っているわけではないが、じゅうぶんに人目を引いている。

「そうよ、お願い」ソフィーは押し殺した声で口添えした。「時と場所をわきまえて」

「なんだと？　私の目には時間を無駄にしてはいられないようにお見受けしたが」またもや冷ややかな青い瞳でさらりと眺めおろした。「きみからすれば、私が黙っていたほうが、弟から大金をせしめられるのだから都合がよかったのだろう」

ソフィーは取り返しのつかないことを口に出してしまわないように深々と息を吸い込んだ。ジャイルズ・カーターと組んだゲームを中断させられたときに、もっと強くフィリップを退けていればよかったと悔やんだ。「それはあきらかに事実無根です。わたしは誰かを破産させるつもりなどさらさらないし、そのような言い方をされるだけでも心外だわ」

「彼女を巻き込まないでくれ」フィリップが口を開いた。「きみにはお引き取り願ったほうがよさそうだ。そうすれば、わが高潔な兄上と落ち着いて言い争える」

公爵が陰気にうっすら笑い、ソフィーは打って変わってふと、この人がほんとうに笑ったらどれほどすてきに見えるだろうかと想像した。「きみは弟からいくら巻き上げたんだ?」

「あなたにお答えする必要はないはずです」ソフィーはむっとして返した。これほど非情な人でなしがどれほどすてきに笑ったからといって、どうなるものでもないでしょう?

「弟から借金の返済を懇願されたときのためだ」公爵が続けた。「次に私が肩代わりして返さねばならない相手はきみではないのか?」

フィリップが屈辱に頬を紅潮させた――怒りのせいでもあるのだろう。踏みだして、ソフィーの肩に手をかけた。そのまま少し間を取り、そっと腰に手を滑らせた。ソフィーが身をこわばらせると、フィリップはそれを感じとってかえって力を得たらしく、さらに近づいて兄の前に立ちはだかった。「彼女を巻き込まないでくれ」どうにか聞きとれる程度の声量であらためて言った。「キャンベル夫人はぼくの……友人だ」絶妙に間をとって、それ以上の関係をほのめかした。「利害関係はない」

「何を言ってるんだ」公爵はソフィーから目を離さずに続けた。「このご婦人はおまえの友人ではない。情婦ならまだ出費の口実にもなるだろうが、そのような関係でもない。おまえから金をせしめているだけのことだ」

ソフィーは怒りがこみあげて口があいた。「よくもそんなことを――」

「証明してやろう」ようやく公爵はソフィーから視線をはずした。テーブルに置いていたサイコロを拾う。「ご婦人、ゲームをお望みではないのか？　ならば私と一戦いかがかな」片手を差しだし、一瞬おいてフィリップがしぶしぶというようにひと握りのマーカーを渡した。公爵は手渡されたものを見もせずにすべて〈ハザード〉のテーブルに置いた。

ソフィーはじっと見つめ、頭のなかですばやく計算した。テーブルに置かれたのは五十ギニー近くにのぼり、相当な金額だ。「ずいぶん大胆な博打をなさるのね」

「では、一戦あたり一ギニーで」公爵が冷ややかに告げた。「それとも、対戦相手が青二才の若造でなければ、負けるのが恐ろしいのかな？」

フィリップが顎を上げた。焦げつくような敵意のこもった目を兄に向けたが、当の公爵はそしらぬふりだ。けれどソフィーには感じとれた。公爵はキャンベル夫人を嘲りながら、フィリップにもおおやけの場で屈辱を味わわせようとしているのだと。

ソフィーは屈辱と嘲りへの対処法をひとつしか知らなかった。けっして怯《ひる》まないことだ。どちらについても何度となく味わわされてきた。アプトン夫人の学院では一部の意地悪な女生徒たちから上流育ちではないことを笑われたし、ロンドンの既婚婦人たちからは自力で暮らしていることを蔑まれてもいる。逃げ隠れするのは弱虫で、このように公爵にあからさまに侮辱されては、評判に傷がつく。いかさま師だと罵倒されたわけではないにしろ、色気を武器にしているようなことをほのめかされた。もちろん、ソフィーは勝つのが好きで、生きるためには勝たなければいけないのだけれど、公正に戦っているので負けることもあるし、そんなときにも潔く受け入れていた。しかも今回はどうにか懸命にフィリップにあきらめさせようとしていたのに、公爵に顔を平手打ちするような言葉を浴びせられたのだから、理不尽に思えた。

「恐ろしい？」ソフィーはアプトン夫人を真似て精いっぱい高慢に肩をいからせた。「あなたが？」ひと呼吸おき、あてつけがましい目を向けた。「いったいどうしたらそんな考えが浮かぶのかしら」

フィリップの顔にはっきりと、してやったりといった笑みが浮かんだ。公爵が頬をぴくりと引き攣《つ》らせた。「では、始めるとしよう」

どうかしているのはソフィーにもわかっていた。どうかしているし、向う見ずで、おそらくは愚かな行為だけれど、もっとひどい状況も経験してきた。公爵が〈ハザード〉ゲームを何戦かしてみたいというのなら、負かしてやれたらそれほど愉快なこともない。

フィリップから兄についていくつか聞いていた話では、公爵は賭け事をしないはずで、それどころか強硬に非難していた。つまり、ずぶの素人ということになる。ウェア公爵には無礼な態度で侮辱されたのだから、こちらには仕返しをする資格がある。ソフィーはフィリップにまるで根拠のない連帯意識を抱き、鼻持ちならない兄を懲らしめてやりたい意欲に駆られた。

テーブルに戻り、一ギニーぶんのマーカーを置き、サイコロを手にした。「7」テーブルに垂れ込めていた静けさのなかで高らかに声が響いたが、ソフィーはたいして気にならなかった。ふたりだけの世界に入り込んでいた。負かすべき相手をまっすぐに見つめ、挑発するように艶めかしくそっとサイコロに口づけて、それをテーブルに放った。

4

ソフィーは公爵が弟にゲームをやめるよう命じたときに立ち去るべきだったのだと思い返した。〈ハザード〉は完全にツキ頼みのゲームで、今夜はあきらかにその潮目が引きつつある。ジャイルズ・カーターが姿を消したうえ、公爵のせいで注目の的に立たされてしまった。

とはいえ、こちらのツキが落ちているだとしたら、公爵のほうは地に堕《お》ちていた。なにしろ賭け金をどんどん失っている。一戦目が終わると、公爵は額に小皺《こじわ》を寄せ、ゲームのルールを自分は勘違いしていたのだろうかとでもいうように、笑みを誘われそうなほど困惑した顔つきになった。それでソフィーはわれに返った。フィリップの代理のつもりになって、〈ハザード〉の初心者を負かして喜ぶなんて胸が悪くなるようなことでしかない。

公爵の背後からフィリップが嬉しそうな視線を投げてよこした。ソフィーも思わずちらっと笑みを返したが、ちょうどそのとき公爵が目を上げ、ふたりの目配せに気づいた。公爵の顎がこわばった。「たしかに、腕利きの賭博師だ」

ソフィーはむっとして頬を赤らめた。「幸運の女神の化身なのかも」

「幸運の女神」公爵はおうむ返しに言った。「それで弟同様、私に反抗しているわけか」またサイコロを手にして、差しだした。

仕方がない。それほど相手が負けたいのなら、勝つしかないとソフィーは受け入れた。

ソフィーは賭け金を上げた。見物人の何人かにもちょっと誘いかけるようなそぶりをして、しだいに増えて注意深く見守る緊迫した人だかりに、どうすべきかと問いかけた。みな決まってもっと賭けろと声をそろえたので、ソフィーは応じた。フィリップがそばに来て、いつもの愛嬌を取り戻し、ソフィーが勝つたび称賛を送った。公爵よりほんの少しだけ上回る幸運が続いた。

もう大変な金額を奪われているというのに、公爵がゲームをやめようとしないのがソフィーには意外だった。どれほど賭け事に疎《うと》い人物であれ、今夜は自分にサイコロが味方してくれず、そのポケットが空にとまではまだいかなくても、どんどん軽くなっていることはわかっているはずだ。公爵はそうではないらしい。賭けたマーカーを公爵が失うごとに、ソフィーのなかで何かが沸き立っていった。

とうとう、といっても急に思い立ったかのように、公爵が両手をばんとテーブルについて、自分の損失にじっと目を凝らした。金色の髪は乱れ、くしゃりと撓《しな》って額に垂れ、上着の前のボタンはいくつかはずされていた。ますます放蕩者の弟によく似て見えた。「もうじゅうぶんだ」そう言った。

ソフィーはまばゆいばかりの笑みを向けた。「お望みどおりに。それに、言わせていただけば、わたしもそうしてくだされば心から願っていましたので」観衆から笑い声があがった。ソフィーの側にはマーカーが小山に積み上がっている。二百ポンドに達したところからは計算を取りやめていた。この一年でもっとも稼いだ晩となった。

ソフィーの言葉に、公爵はいかにも腹立たしそうに見返した。海のように青い瞳をきらめかせ、唇を引き結んだ。「あと一勝負」

ソフィーは呆れた笑い声を立てた。「救いようのない賭博師ね！」傍らでフィリップが鼻でせせら笑った。この成り行きをすっかり楽しんでいる。ソフィーは片手をテーブルについて、身を乗りだして低い声で言った。「今夜はもう負けるのはじゅうぶんでしょう」

公爵がすばやく顔を向けて、ソフィーの手から顔へゆっくりと視線をのぼらせた。

負け続ける対戦相手に良かれと思って発した忠告をばかにしたと受けとられたことにソフィーは気づいたが遅かった。「もうけちな賭けはしない」

ソフィーの後悔は泡と消えた。けちな賭けだなんて！　弟から嫌われるのも当然だ。「肝に銘じなければね、フィリップ」ソフィーは公爵と目を合わせたまま軽やかに言った。「百ギニーはけちな金額だと」

フィリップが含み笑いをした。公爵もソフィーから目をそらさなかった。顎がかすかにひくついていて、感情を押しとめておくのはもう精いっぱいと見える。「五千ポンド賭けさせてもらおう」ソフィーはあんぐりと口をあけ、観衆が驚きからざわついた――興奮してもいるのだろう。これほど無謀な賭けは〈ヴェガ〉で毎晩見られるものでないのは間違いない。「それぞれ一回ずつ、負けるまで続け、勝者がすべてを獲得する。どちらも当てられなければ引き分けだ」

ソフィーは獲得金に自然と目を向けていた。一回の勝負にこれをすべて賭けなければならない。勝てば、今夜の利益は何倍にもなり、一万ポンドの貯蓄目標額にほぼ達する。この一回の賭けで自立が安泰になるのなら……。

だがギャンブルの第一の原則は、たやすく勝ち、たやすく負けるということだ。今夜の公爵は悪運をきわめていたとはいえ、ソフィーの勝率が上がっていたわけでもなかった。「今夜はやめましょう」少しどころではない口惜しさのこもった声で言った。すでに獲得した数百ポンドを大切にすべきだ。

「きみは思い違いをしている。そちらはわずかな金額を無駄にすることはない」ソフィーはまたも公爵を見るという過ちをおかした。ひそひそ声を交わし合う観衆には目もくれず、公爵は堂々と胸を張って立ち、腕組みをした。肩幅がなおさら広く、腕も逞しく感じられ、ソフィーは集中した顔つきでじっと見据えられて鼓動が千々に早鐘を打った。海色の瞳から目をそらしたくてもできなかった。「勝ったら、きみの一週間をいただこう」

ジャックは誰かべつの男が今夜の自分のような振る舞いをしていたら、とんでもなく頭のいかれたやつだと正気を疑ったはずだった。

その男が自分なのだから、完全に頭がいかれているとしか思いようがない。

みずからの分別に耳を貸さず、騒動を起こし、それも破滅に突き進むフィリップを懸命に救おうとするためだけならまだしも、ダッシュウッドが常連客からいくら守秘の誓約書を取っていようと、ロンドンじゅうのゴシップ好きを熱狂させる騒動だ。なによりもギャンブルには手を出さないというみずからの誓いを破り、それも瞬く間に人を物乞いに貶めかねない〈ハザード〉ゲームを行なったとは言語道断だ。

だが、この女性にはどういうわけか無性に気持ちを駆り立てられ、引き込まれていった。ゲームをするあいだに女性の結い上げられている髪が緩み、ひと房がくるんと首筋に垂れて、黒いリボンが長く伸びたように絡まっていた。サイコロを拾うために前かがみになるたび——つまり彼女が勝つたび——その巻き髪に目が吸い寄せられ、できるものなら手を伸ばし、赤褐色の髪のなかに顔を埋め、匂いを嗅いでみてとそそのかされ、誘惑されているように思えた。熟れた身体の曲線が手に取るように感じられた。サイコロを放って良い目を出して微笑むのを見れば、自分が失った賭け金のことを考えもせず、女性のふっくらとしたピンク色の唇はどのような味がするのかと想像していた。

完全にいかれている。

ジャックはもう何年もこのように女性に心を動かされた憶えはなく、その威力に圧倒された。〈ハザード〉のテーブルについたろくでなしどもが鮮やかな赤いドレスの胸もとをのぞき込みたくなるように、女性がわざと気を惹いているのは承知のうえで、やはりジャックも目を離せなかった。そこに見事なふくらみが隠されているのは見まがいようがない。フィリップがこの女性に出くわして、誠心誠意の誓いを破ったとしても無理もないだろう。ジャックは弟が女性を見るときの魅了された表情をしっかりと読みとっていたし、なんとしても弟を女性のカモにさせるわけにはいかなかった。ただほんとうに、強欲な女から弟を救うために踏みだしたはずだった。

ところが女性と目が合ったとたんに、フィリップのことはすべて頭から吹き飛んだ。

そうして何を血迷ったのか、自分とギャンブルをしろとけしかけ、勝つ見込みはまるでないことを十二分に思い知らされても、無謀にもゲームを続けた。フィリップを愚か者だと思っていたのに、ロンドンのギャンブル好きが顔をそろえたなかで、自分こそがその愚か者であることを証明するはめとなった。

最後に常軌を逸した賭けを持ちかけたときには、周囲の人だかりからざわめきが聞こえた。それまで恥を晒している兄の姿を大いに楽しんでいたフィリップが前かがみに身を寄せてきた。「何してんだよ?」

ジャックは弟をほとんど見ようともしなかった。「賭けだ」

「そんな賭けが成り立つわけないだろ!」

「そうかな?」ジャックはキャンベル夫人のほうを見やった。どれほど向う見ずな女性なのだろうか。キャンベル夫人が大きく目を見開いてこちらを見つめ、薔薇《ばら》色の唇をわずかに開いた。獲得した賭け金を手に立ち去るのが賢明な行動だろう。

「五千ポンド」キャンベル夫人がどうにか聞きとれる程度の静かな声で告げた。詫びるかのようにちらりとフィリップを一瞥《いちべつ》した。「わたしの一週間と引き換えに」

女性はよくよく考えていた。ジャックは胸をどきりと突かれた。ここまでの自分の運気からすれば負けるだろう。だが……相手はいま考えている。

キャンベル夫人はすっと背筋を伸ばし、テーブルに近づいた。「決まりね」

観衆はわけがわからないといったそぶりでひそひそ声を交わしている。フィリップは顔をしかめてその場に立ちつくしていた。ジャックはそうした反応にかまってはいられなかった。熱く高ぶる歓びが湧きあがってきた。キャンベル夫人にわずかに顎を上げて挑むように目を見つめられ、ジャックは奥底にある本能のようなもので勝利を予感した。

とたんに高揚せずにはいられなかった。

「お待ちください、公爵閣下」そばで誰かがささやいた。クラブのオーナー、ダッシュウッドが人だかりを掻き分けてやって来ていた。「賭け金が少々過ぎるのでは」

ジャックはゆっくりと顔を向けた。「私には不相応だとでも？」

観衆から忍び笑いが洩れた。公爵にその五倍は賭けられる財力があるのは周知の事実だ。

「そのようなことを申し上げているのではございません」ダッシュウッドは動じずに答えた。「あなた様は会員ではないため、当方では保証しようがないのです……勝敗がいずれにつこうとも」

ジャックは顔を上げ、冷ややかな目を向けた。「邪魔立てするのか？」

クラブのオーナーは仕方なく口をつぐんだ。いかなる賭けでも妨げるのは賭博場の経営者にとっては不本意なことに違いない。「そちらのご婦人が本心からお続けになりたいとおっしゃるのなら」ダッシュウッドは期待するように頭を傾けた。「キャンベル夫人、いかがです？」

しんと静まり返った。ジャックはキャンベル夫人の脈打つ喉もとに目がいった。頬がほんのり色づいてきたのが見てとれた。摘み立てのイチゴのようにみずみずしく赤らんでいる。ほんとうなら、ダッシュウッドの問いかけをきっかけにキャンベル夫人が考え直して断わるのを願うべきなのだろう。自分がばかげた提案をしているのはわかっていた。彼女はフィリップを魅了し、その兄にも公平に同じことをしようとしているのに違いないのだから。

けれどもキャンベル夫人が顎を上げ、はっきりと力強く「もちろん、お受けしますわ、ミスター・ダッシュウッド」と答えたときには、ジャックは胸のうちで快哉《かいさい》の叫びを発した。

クラブのオーナーは頭を垂れて、脇へ退いた。ジャックはサイコロを手にして、キャンベル夫人に差しだした。受け渡す瞬間に夫人の指先がジャックの手のひらをかすめ、すばやく視線がかち合った。胸のうちで何かが跳びはねたように感じつつ、片手でひらりとテーブルを示して、先にサイコロを振るよう促した。

「7」キャンベル夫人が告げ、サイコロを転がした。8の目が出た。いかにも残念そうな顔をして、サイコロを拾って、放る。9。キャンベル夫人は顔をしかめ、もう一度サイコロを転がした。

11。

睫毛《まつげ》をはためかせたが、何も言わなかった。ジャックはサイコロに手を伸ばした。今夜初めて、そのサイコロが軽く手になじんだように感じられた。重みを確かめるようにしばし握った。これでもう負けはない。予測した目を出せなければ引き分けとなり、どちらもここを立ち去る。だが、勝てば……。

「6」ジャックは静かに告げ、手首を返した。サイコロは弾《はず》んで転がり、止まった。

3のぞろ目。

キャンベル夫人が深く息を吸い込んでサイコロを見つめた。まさしく今夜初めてジャックが手にした勝利だ。にわかに囁《ささや》きと感嘆の声で観衆がざわめきだした。ジャックが目をやると、弟は蒼ざめた顔でテーブルを見つめていた。「これでこの場は決着だ。今後はここでの、ほかの賭博クラブでも、返済の面倒はいっさいみない」「わかった。承知した」フィリップは息苦しそうだった。「受け入れる。自分で招いたことだ。だけど、こんなことは——彼女とは——」

ジャックはキャンベル夫人に目を向けた。観衆がいっせいにあとずさり、小さな人の輪のなかに婦人ひとりが残された。キャンベル夫人は色白の頬にきわだつ濃い色の睫毛を伏してサイコロを見ている。

心ならずもジャックはやましさを覚えた。この女性をやり込めたかったわけではない。できればダッシュウッドの執務室で今回賭けを挑んだ事情を内々に説明したいところだった。身を滅ぼしかけている弟を救いたかっただけのことだ。いや、たしかにそれだけではなく、豊かな胸につい目を奪われて勢いづきはしたのだが、明確な事情があったうえでのことで、いわば副産物にすぎない。キャンベル夫人がフィリップとの賭け事の対戦相手には二度とならないと誓ってくれれば、今回の賭けはなかったことにしてもいい。この婦人からも、ほかの狡猾な賭博師たちからも、弟を切り離すのが自分の最たる目的だからだ。いまはまったく情けなくも、彼女からどうにか目をそらさなければと考えるので精いっぱいなのだが。

フィリップが兄を押しのけて踏みだし、キャンベル夫人の手を取った。「心配いりませんよ」夫人にささやいた。「強制されて受けた賭けです。返済の義務はない」弟は敵意に満ちた目をジャックに向けた。

キャンベル夫人が放心状態から急にわれに返ったかのように口を開いた。「なんのこと？」

「あなたには関係のないことですから！」フィリップが語気鋭く言った。それから声を落としたが、ジャックにも続きの言葉は聞こえた。「兄はぼくたちの友情関係を壊して、ぼくを懲らしめるためにやったんだ。そんなものにあなたを縛りつけることはできない——ソフィー、ぼくがそんなことはさせない」フィリップに両手で片手を握られ、口もとに引き上げられながらも、キャンベル夫人はジャックのほうと目を合わせた。

その目に不安や恐れは見えない——キャンベル夫人は憤っている。そしてしばらくフィリップに片手を握られたままにしていた。

ジャックの後ろめたさは口をつぐんだ。「逆だ」頭を傾けると、そばにとどまっていたダッシュウッドはしらじらしく顔をそむけ、ため息をついた。

「キャンベル夫人、あなたはみずからの意志で賭けに応じて負けた。返済の義務がある」

キャンベル夫人の胸が隆起し、さがった。瞳がきらめいた。「ええ。わかっています。仰せのとおりに。公爵様があすお訪ねくだされば、もちろん――」

「ミスター・ダッシュウッド」ジャックは言葉を差し入れた。「キャンベル夫人が勝ちとったものはすべて彼女の口座に振り込んでくれ」キャンベル夫人の腕を取り、フィリップから引き離した。なかなか動こうとしないので、その腰に腕をまわし、これ見よがしに抱き寄せた。フィリップへのあてつけだったが、ぬくもりを感じただけでジャックの胸はまたもどきりとよろめいたように思えた。そのまま玄関扉のほうへ導いた。

「待って」キャンベル夫人が息を呑んで言った。「ちょっと待って……」

「きみは賭けをして負けた。〈ヴェガ〉では誰もが借りを払うのだろう」

「ええ、だけど、いまはあなたと一緒に行くわけには――」

「なんとかしてくれ」背後で騒々しい声がした――フィリップが仲介に入らなかったダッシュウッドを責め立てていた。これでフィリップも兄の本気をようやく理解しただろうとジャックは陰鬱な満足を得た。

ぎった。

「あす」キャンベル夫人が反論を続けようとしたが、ジャックは腰をつかんでさえ

「あすなら何が変わるというんだ？　逃げ道を探すため、それともフィリップが何か策を講じられるように時間稼ぎか」ジャックがキャンベル夫人の顔をじっと見おろしているあいだに、使用人が彼女のマントを慌てて取りに向かった。「恐れる必要はない」色白の憤った顔を眺めつつ、冷ややかにからかうような口ぶりで続けた。「私はきみをわが物にしようなどというつもりはない」上体をかがめて唇を夫人のこめかみに軽く擦らせた。オレンジの香りがする。「きみは私の弟に同じことが言えるか？」

キャンベル夫人の顔がまとっているドレスと同じくらい鮮やかな深紅に染まった。その胸もとにちらりと視線を落とすと、ジャックの身体もその色に劣らず燃え立ったように感じられた。フィリップなど忘れろ、と言いたかった。代わりに私にきみを誘惑させてくれ。これも頭がどうかしてしまっている紛れもない証《あか》しだ。

使用人がジャックの外套や帽子とキャンベル夫人のマントを持ってきた。キャンベル夫人がマントを身につけるとすぐさま、ジャックは玄関扉の外へ連れだし、踏み段を下りていった。雨が降りだしていて、キャンベル夫人がマントを引き上げようとしてこちらに身を寄せた。後ろからフィリップの大声がしたが、ジャックは振り返らな

かった。それが弟のためでもあり、こちらも今夜はもう対峙する気分ではない。

当初の予定よりだいぶ長い滞在になってしまったが、ウェア公爵家の四輪馬車はジャックが降り立ったときと同じ場所に待機していた。主人が新たに同乗者を連れていても、従僕は無表情をいっさい崩さず扉を開いた。キャンベル夫人が奥へ乗り込むと、ジャックは厚手の外套に身をすくめて、従者たちに簡潔な指示を出した。

フィリップが帽子もかぶらずに憤然とクラブを飛びだしてきた。「どうしてこんなことができるんだ」弟は足を開いて踏んばるようにして立ち、どちらの手もきつく握りしめていた。「ぜったいに許さないからな！」

ジャックは父から学んだ公爵然とした悠長な眼差しを向けた。「おまえが約束を守っていれば、こんなことにはならなかった。では来週、親愛なる弟よ」帽子のつばに触れて、からかうふうに軽く頭を垂れ、馬車に乗り込んだ。

5

ソフィーはけばの長いビロードの座席に腰を落とすと、取り散らかった頭のなかを整理しようと努めた。

あとの祭りだった。ほんの数時間のあいだに、必死に成し遂げようとしてきたものすべてを危険に晒し、しかもたぶん失ったのだろう。はるか昔にアプトン夫人から言われた言葉をいまさらながら嚙みしめた。〝ギャンブルは破滅への道〟。今夜、ソフィーはこれまで学んできた教訓をことごとく踏みにじり、当然の報いを受けた。

公爵も馬車に乗り込んできて、相対して座席に腰をおろした。その金色の髪が灯りのもとで一瞬きらめいたと思うと、従僕が扉を閉めて、ソフィーは公爵と馬車のなかに封じ込められた。

フィリップの兄についての話にもっと耳を傾けておくべきだったとソフィーは悔やんだ。それに自分の直感を信じて、もっと早くフィリップを遠ざけておくべきだった。

フィリップの誘いを退けてさえいたら、いまもまだきっとミスター・カーターと組んで〈ホイスト〉を続け、さらに百ポンドくらいは粛々と快勝して貯蓄を増やせていただろう。公爵に常軌を逸した巨額の賭け――五千ポンドも！――に引き入れられ、破滅に陥ることもなかった。

けれどウェア公爵が一週間、この肉体も魂も買ったつもりでいるのなら、ひどく失望するだろう。

「あなたは完全にどうかしているわ！」先制攻撃が欠かせない。

「どうかしている？」公爵は高慢にふんと鼻で笑った。「それは間違いない」

ソフィーは公爵をぶってしまわぬようにマントを両手でつかんでこらえた。「これでは誘拐も同じだわ。賭けに負けたからといって、治安判事が指名手配犯を捕らえるみたいに、わたしを〈ヴェガ〉から連れだす権利はあなたにはないのよ！」

「きみが私の弟にしていたことは犯罪と呼んでも過言ではない」公爵が言い返した。

ソフィーは啞然として口をあけた。「犯罪！　お言葉ですけど、ロンドンでは賭け事は正真正銘の合法だし、あなたの弟さんは自分の意志で賭け事をしにいらしてたの。文句があるのなら弟さんを入会させたミスター・ダッシュウッドにおっしゃって」

「フィリップは今朝、一カ月は賭け事にはいっさい手を出さないと誓ったばかりだ」

公爵の声は冷えきっていた。「それなのにあそこを訪れて、サイコロを振らずには我慢できなくなったのは、きみがいたからだろう」

ソフィーは何かとても重たいものをこの男性に投げつけてやりたかった。「弟さんがいらしたとき、わたしはほかの紳士たちとまっとうな〈ホイスト〉ゲームをしていたの。ゲームのお相手をしなければ騒ぎになりそうだったのだから、今夜を台なしにされたのはわたしのほうでしょう。それに、わたしが〈ハザード〉を持ちかけたのは、すぐに片が付くと思ったからよ」

「弟さんの金をその懐に入れてか」

「弟さんが運に恵まれなければね」ソフィーは舌鋒《ぜっぽう》鋭く返した。「だけど、わたしが見たところ、おおむね、家族は共通の特性を持ってる」

公爵は聞こえよがしに大きく息を吸い込んだ。ソフィーは身構えたが、公爵が話しだした声は変わらず非情で淡々としていた。「そうとも、今夜は誤った判断ばかりしていた」

期待が芽生えて、ソフィーは思わず少し背筋が伸びた。「ええ、まだ遅くないわ。家へ送り届けてくれれば、わたしは賭け事でも、晩餐会《ばんさん》でも、お茶会なんてものですら、フィリップ卿とは二度と同じテーブルに坐らないと約束する。それどころか、わたしと対戦してほしくないご友人やご家族がいらしたら、名簿にして教えてくださればね、しっかり確認して関わらないと誓うわ」

「その必要はない」薄明かりのなかで公爵の表情はソフィーの目からほとんど読みとれなかった。公爵が顔をそむけ、脇の窓の向こうを見やった。「フィリップだけでいい」

「約束します！」ソフィーは宣言した。もう二度とフィリップと話すつもりはない。

「だからわたしを家へ――」

「だめだ」

ソフィーはほんとうに聞き間違えたのだと思った。「えっ？　どういうこと？」

「きみは賭けをして負けた。〈ヴェガ〉の会員は借りを払うのだよな？」

ソフィーの顔から血の気が引いた。生まれて初めて恐れで寒気を覚えた。身を守るようにマントを引き寄せたものの、盾代わりになるはずもない。馬車のなかにはふたりきりで助けは誰にも望めず、公爵のなすがままに、どこなのかわかるはずもない場所へ向かっている。「あなたはわたしに身を滅ぼさせようとしてるのね」ぼんやりとつぶやき、ふと、それだけですむのならまだましだと祈るような気持ちになった。

公爵が嘲笑うように鼻を鳴らした。「そんな気はない」

「でもあなたは――今夜、大勢の面前でわざわざ、一週間、自分に付き合うことだけをわたしに要求して、クラブから連れだした」ソフィーの声は苦しげにふるえた。たとえ公爵に触れられもしなかったとしても、ともに去るところを大勢に見られたのだから、噂話の種となるだろう。きっと賭けで身を売った女と呼ばれ、すでに心もとない品位が煙のように吹き飛んでしまう。

「そうとも」公爵が言う。「きみに弟から金を巻き上げさせないために」

「弟さんと今夜ゲームをしたのは一回だけ」ソフィーは叫ぶように反論した。「一回よ。それでおしまいにしようとしたのに、弟さんがもう一回付き合ってほしいと粘った。そんなに弟さんがお金を使うのが心配なら、そもそも〈ヴェガ〉に立ち入らせないようにすべきでしょう」

「できるものならとうにしている」

ソフィーは呆れたように両手を上げた。「なんなの？　自分の弟の行動はどうすることもできないくせに、わたしの求めを覆《くつがえ》すことにはまるで気が咎めないわけ？　どうして？」

「条件が気に入らなかったのなら、賭けを受けなければよかったんだ」公爵が答えた。「どうして受けたのかな、ご夫人？　たやすく金を手にできるという誘惑に抗《あらが》えなかったんだろう？　フィリップに勝つだけでは満足できなかったじゃないのか？」

ええ。逃すことはできなかった。公爵が提示した賭け金が抗えないほど多額だったからだ。ソフィーは顔をそむけて、窓の外を睨《にら》みつけるように見つめた。公爵がフィリップに近づいてきたときにその場を離れればよかったのだし、そうすべきであることにその時点ですでに気づいていたのだから、なおさら悔やまれた。自分のなかのあまのじゃくな小さい悪魔のせいでそこにとどまり、兄弟げんかに巻き込まれることとなった。フィリップをかばうためではなかったの？　違う。フィリップは自分よりも年上のれっきとした大人の男性で、兄への誓いを守れなかったのは本人に非があり、責任を取らなければいけない。それなら公爵をやり込めたかったから？　違う。蔑むようにゲームを挑まれて応じたのは得策だった？　完全に失敗だ。

ともかく、自分を家に送り届けるのが公爵にとってもよいことなのだと説得しなければとソフィーは思い至った。「わたしが帰らなければ、女中が治安判事に通報するわ」

「こうしているあいだにも、私の従僕がきみの家の玄関をノックして、女中に、きみが緊急の用件で一週間家を空けることになったと伝えている」

「そ、そんな――」ソフィーは怒りのあまり言葉を継げなかった。「なんて人なの！」

「と言われても、女主人が追いはぎに襲われたり路上で殺されたりしたのではないかと女中に気を揉まさるのは忍びないではないか？」問う調子で公爵が答えた。

「女中に嘘を伝えるなんて――」

「嘘？」公爵が身を乗りだし、街灯の光が束の間その顔を照らした。堕天使《ルシフェル》の像のように美しい顔立ちをしている。「事実をそのまま伝えたほうがよかったかな？」

いいわけないでしょう、とソフィーは胸のうちで公爵を罵った。コリーンは優秀な女中とはいえ、ソフィーが恥ずべき賭けをして負け、ウェア公爵に連れ去られて、目的もわからずに一週間をともに過ごすと知れば、まず間違いなく誰かに話さずにはいられないだろう。さらに口の軽い料理人にも洩らしてしまうかもしれない。

公爵が座席に深く坐り直した。「帰ったら、きみの好きなようにあらためて説明すればいい」

「いますぐ連れていってくれれば、わたしから直接説明でき――」ソフィーの言葉は公爵にさえぎられた。

「だめだ」

ソフィーはいったん鼻から呼吸をして、いらだちを鎮めた。ミスター・ダッシュウッドもクラブにいたほかの人々と同様にそばにいながら、公爵に女性が捕らわれの身のように連れ去られるのを黙認していた。今後ソフィーがロンドンで取りざたされるのはもちろん、〈ヴェガ〉のゴシップ嫌いの常連客たちですらそうした会話に加わるだろう。馬車から飛び降りられないこともないが、今夜の運勢の流れからすれば、脚の骨が折れるかもしれない。ソフィーは馬車の窓に顔を寄せ、とりあえず飛び降りるのは取りやめにした。馬車は軽快に進んでいて、夜闇のなかでただの広大な塊《かたま》りと化しているハイドパークを通り過ぎた。

「どこに向かってるの？」ソフィーは雨に眉をひそめて尋ねた。

「アルウィン館《ハウス》」

「それはどこ？」

「私の田舎家のひとつだ」公爵は家なら数えきれないほど持っているとでも言わんばかりの口ぶりで答えた。「チズィックにある」

なんてことと。ロンドンですらないとは。ケンジントンを越えれば、もはやあきらかに街中ではない。そんなところまで連れ去られたら、こっそり抜けだしても歩いて帰ってこられる見込みはない。「こんなの間違いなく誘拐よ！」

「ばかなことを言わないでくれ」初めて公爵が面白がるような調子で言った。「六マイルも離れていない」

「どうしてそんなところまで行かなくてはいけないの？　フィリップとはもうお目にかからないと誓って――」

「だがフィリップはきみと会わないとは誓っていない」公爵の声がまた鋭さを帯びた。「誓ったところで真に受けるわけにもいかないが」

「それでどうして、わたしがその責めを負わなければいけないの？」

公爵が辛辣な笑い声を洩らした。「言わせてもらえば、これにより負わねばならないことは、きみよりも私のほうがはるかに多い」

ソフィーは敵意のこもった眼差しを公爵に突きつけた。暗すぎて表情はもう見えなかったが、たまに白い首巻《クラヴァット》や輝くばかりの金色の髪がちらりと灯りに照らしだされる。あらためて見るまでもなくその顔は頭に残っていた。美しい顔だと思ってしまった自分に嫌気がさした。「いかにも男性の考えそうなことね。自分で問題を引き起こしておきながら、被害者気どり。罰せられているようなご気分だとしたら、あなたにはそれだけの理由がじゅうぶんにあるとしか言いようがないわ」ソフィーはマントをさらにきつくまとって、きっぱりと公爵から身をそむけた。

ジャックは反論しようとは思わなかった。はからずも同意見だったからだ。

いったいどういうわけで、あのようなばかげた賭けを持ちかけてしまったのだろう?

嫉妬だと、良心がささやいた。フィリップに手を取られ、キャンベル夫人が艶っぽく信頼と親しみを感じさせる目を向けたそぶりに嫉妬したのだ。挨拶を交わしたふたりはどちらも思いやりにあふれ、親しげだった。ポーシャもほかの男と駆け落ちするまではあのように自分に接していた。

ジャックは思いだしてしまった自分自身にすら腹が立って目を閉じ、息を吐いた。ポーシャ・ヴィリアーズはもう何年も前に過去となった。おかげで女性について手厳しい――だが必要な――教訓を得た。今夜もまた難儀な教訓を得て、前回よりはうまく乗り越えられることを願うしかなかった。そのためには、キャンベル夫人にどう対処すべきかを見いだすのが先決だろう。

アルウィン館までは馬車でだいたい一時間ちょっとで着く。さほどの準備もせずに行き来できるので、ロンドンから少し息抜きをしたいときには格好の場所だ。夏期にはほとんど毎週のように来ていた。ターナム・グリーンまでの道のりはきれいに砕石舗装されていたが、アルウィン館の方角に南へ折れると、馬車が目に見えて速度を落とした。こちらはさらに激しく雨が降っていたのだと気づいたときには遅すぎた。そこからアルウィン館までの田舎道は想像以上に悪くなっていた。

馬車が急激に片側に傾いた。キャンベル夫人が小さな悲鳴を洩らし、座席から身体を跳び上がらせた。床に転がる前にジャックがつかみとめたものの、またも大きく馬車が傾いたはずみで今度はふたりとも車体の片側に打ちつけられた。

「今夜はまだ何か悪いことが起こりそうな気がしてたのよ」キャンベル夫人がまとわりついたマントの襞《ひだ》の内側からもがくように息を切らして言った。

ジャックはその声の主から漂っているに違いない橙花水と何かの混じった香りを深く吸い込んだ。キャンベル夫人はジャックの膝の上で太腿に手をついて這いだそうとしていた。股間に危うく近いところに触れている。そんなことにはまるで気づかずにキャンベル夫人がさらにもぞもぞと身を動かすと、ジャックは血の気がのぼった。

「キャンベル夫人」そこから手を動かせないよう夫人をかかえ込んで、どうにか声を発した。「ちょっと待ってくれ」馬車はまだ片側に傾いたままで、キャンベル夫人はなおも座席の高い側へ這いのぼろうとしていた。

「助けて！」夫人が抵抗し、ジャックはすんなり両腕を放し、軽く押し上げてやった。

馬車ががくんと車体を立て直し、キャンベル夫人は座席の向こう端にどすんと腰を落ち着けた。

「雨が降っているだけのことだ」ジャックは厚手の外套の内側で手を曲げ伸ばした。尻のふくらみを感じていた手のひらがまだ熱く疼いている。

キャンベル夫人は鼻息を吐いて返した。

馬車は歩くよりも遅い速度で、がたごとと不安定に揺れ、左右に傾いては立て直しながら進んだ。ジャックは向かいの座席に両脚を踏んばり、革ひもをつかんでいた。この本道から屋敷まではまだ一マイル近くはあるだろう。到着したらキャンベル夫人は家政婦に任せて、冷水に頭を浸けて、平常心を取り戻さなければ。

そんなことを考えている間もなく、また停まった。前後左右に揺れたのち、斜めに傾いたまま戻らない。道が悪くなっているのではないかという、いやな予感はますます悪化した。

扉が開き、雨が吹き込んだ。「旦那様、馬車が動かせなくなってしまいました」

神は罰を与えるのをそれほど待ちきれなかったのかとジャックは呪った。「何か手はあるのか？」

濡れそぼった従僕がためらいがちに口を開いた。「アルウィン館までは一マイル足らずです。馬でジェファーズに助けを呼びに行かせますが、この先の道はだいぶ悪くなっています。ほかの馬車でもやはり同じように困難をきわめるのではないかと」

とはいえキャンベル夫人と馬車のなかで一夜を過ごすわけにもいかない。ジャックは身を乗りだして扉の隙間から外をのぞいた。従僕のブーツはくるぶしあたりまでぬかるみに浸かっている。雨のなかをずぶ濡れで馬を駆る覚悟を決めた。「ジェファーズに馬を連れて来させてくれ。馬車を呼びに行かせても時間の無駄だ。あとは馬で進むしかないだろう」

キャンベル夫人が衣擦れの音を立てた。「何言ってるのよ、近くにほかの家はないの？」困惑した声で訊いた。

「ない」ジャックは簡潔に答えた。

「宿屋は？」

「この道沿いにはない」

「神に救いを願わなくてはいけないくらいばかげてる」つぶやきとはいえ、ジャックの耳にもじゅうぶん届くくらいの声だった。「お粗末な誘拐だこと、公爵様」

「誘拐ではない」ジャックはつっけんどんに返した。「出ていきたいのか？」扉を目一杯開いて、従僕を後ろへ飛びのかせた。「どうぞ、奥様、お好きなように」

「ええ、行きますとも」キャンベル夫人はマントのフードを上げて、扉のほうに滑りおりてきた。「最寄りのお宅はどちらかしら？」従僕に問いかけた。

従僕はきょとんとしている。「アルウィン館でございます、奥様。われわれの目指す先です。一マイル足らず先に」暗闇のほうを指さした。

キャンベル夫人がじろりと目をくれたので、ジャックは黙ってただ片方の眉を上げた。馬車が動かなくなってしまったのは誰のせいでもない。「後戻りしたらどうかしら?」

「お答えしかねます、奥様」

キャンベル夫人は息を吐いた。「それなら、アルウィン館へ行くしかないでしょう。ごめんあそばせ」扉口をふさいでいたジャックの膝を突いた。

「よもや歩くつもりではなかろうな」ジャックは信じられない思いで言った。

「ここであなたと何時間も坐っているくらいなら、そうするしかないでしょう」キャンベル夫人が答えた。「それほど寒くはないし、雨で溶けてしまうほどわたしは柔ではない」

「あのぬかるみだぞ?」ジャックは開いた扉のほうを手で示した。

キャンベル夫人はスカートを持ち上げ、薄い革靴を履いた自分の足を見おろした。

「身につけているものはすべて使い物にならなくなるわね。弁償代は請求させてもらいますから」

「進むべき道もわからないだろう」

キャンベル夫人が頭を傾け、半笑いのようなものをちらりと浮かべた。「そんな理由では、わたしは怯まない」ジャックは呆然と見つめ、今度は膝を押された。思わず脇によけた公爵にはかまわず、キャンベル夫人はとまどい顔の従僕の手を借りて馬車を降りた。

ジャックはしばし深く息を吸うことだけに努めた。ロンドンのウェア公爵邸を離れるべきではなかった。フィリップがこの女性だろうと、ほかの誰に金を巻き上げられても、放っておけばよかったのだ。この女性の顔を見たとたんに欲望に身を貫かれたときに、背を返してクラブをさっさと出てくるべきだった。用心すべき予兆は現れていた。その警告に耳を傾けなかったせいで、雨に降られてぬかるみを一マイル近くも歩かなければならないはめになるとは。

間違いなく、これも天罰だ。

ジャックはしかめ面で厚手の外套の襟を立て、馬車を降りた。雨が刺すように激しく肩に打ちつけていても、キャンベル夫人が言うように寒くはない。いぶかしく夫人の姿を眺めた。馬車の前へ進みでて、フードの顎下の部分を片手で押さえながら、御者と何やら話している。御者がアルウィン館の方角を指し示し、キャンベル夫人が決然とうなずいた。マントが突風に吹かれて開き、燃えるように鮮やかな赤いドレスをあらわにした。あのドレスも無残な有様となるのは時間の問題だ。ジャックはぬかるみから足を引き上げるたび顔をしかめてどうにか歩を進めた。

「馬具をはずしてやれ」雨に掻き消されないよう大きな声で御者に指示した。「馬をアルウィン館へ連れ帰ってくれ。馬車は明朝に取りに来ればいい」待つのは無駄だ。馬たちは先頭馬の御者のところに集められていたが、風雨のなかで鞍《くら》もしっかりとした手綱もなしで乗りこなそうとするのは狂気の沙汰だ。一見穏やかそうにしていても、どれほど危険なことであるかをジャックは承知していた。御者と従僕に馬たちを引いていってもらうしかないだろう。

「かしこまりました、旦那様」御者が首をすくめて従僕に身ぶりで手伝いを求めた。

ジャックはキャンベル夫人のほうに向き直った。「きみが無謀にも歩くというのなら、私も同行せざるをえない」

キャンベル夫人はどう見ても感謝してはいなかった。「どうかお気遣いなく」

「きみは屋敷の場所を知らないし、いきなり訪ねられても家政婦を困らせてしまう」

ジャックは外套のボタンをとめながら言い終えて、帽子を目深にかぶった。自分にとってみじめな旅路になるのは間違いないが、ドレスに柔な洒落た靴のキャンベル夫人も哀れな姿を晒すこととなる。むろん、こちらの忠告を聞かずにそうすることを選択したのは本人だ。「行こうか？」

ふたりはうつむきかげんで雨を避けながら歩きだした。ロンドンよりもこちらのほうが長く降りつづいているのだろう。道は沼地のごとく水浸しで、地盤の固そうなところにはことごとく、一歩踏みはずせば海の渦巻きの女怪《カリュブディス》に呑み込まれそうな水溜まりができていた。ジャックは道案内と風よけを兼ねて率先して前を進んだ。そうすればキャンベル夫人の姿を目にしなくてすむし、顔を打つ雨が正気づけてくれる。雨が巧みに襟口から流れ込むたび、これも罰だと自分に言い聞かせた。今夜はこのような愚かな目に遭っても仕方のないことをしたのだし、キャンベル夫人を巻き込んでしまったことにも後ろめたさを感じはじめていた。

ところが当の女性は愚痴もこぼさずついてくる。歩きだしてからいっさい口を開かず、ジャックがちらりと振り返っても、キャンベル夫人はうつむいたまま、足もとに注意を払って進んでいた。マントの襞がびっしょりと水気を含んで垂れさがっている。洒落た夜会用のマントで厚手ではない。風雨よけにはほとんど役に立たないものの、濡れても重くならないのはかえって幸いかもしれない。

雨は休まず激しく降りつづけた。ジャックは、バランスを崩して顔からぬかるみに突っ込んで恥を晒すことだけは避けなければと気を引き締めて進んだ。

やっとのことで、錬鉄の門が見えてきた。ジャックはキャンベル夫人もしっかりと自衛本能を働かせてついて来ているものと信じて門を開き、砂利敷きの私道に踏み入ると、大きく安堵の息をついた。ところどころに水溜まりは見えるが、そこまでのぬかるんだ道よりはだいぶしっかりしていた。雨はなおも頭と肩に叩きつけていても、もうすぐ温かい湯に浸かってブランデーを口にできるかと思うといっきに心がはずんだ。ジャックは歩を速めた。

肘を引っぱられ、視線を落とした。キャンベル夫人がジャックの外套の袖をつかんで、目を丸くして前方の屋敷を見ていた。「あれがあなたの家?」

ジャックはさっとうなずいた。「さいわいにも、そうだ」

キャンベル夫人が瞬きを何度か繰り返した。雨滴が長い睫毛を伝って頬のふくらみに流れ落ちている。マントの首まわりは大きく開いていて、ジャックの視線は湿った白い肌のなだらかなふくらみへたどり降りた。全身ずぶ濡れだ。ずぶ濡れなのはお互い様なのだが、ジャックはとたんにそんなことはまるで気にならなくなった。もう頭のなかを占めているのは自分が湯に浸かれる喜びではなく、この女性が入浴し、蒸気で髪がくるんと垂れて、身体のいたるところが赤みを取り戻していく姿で……。

まったく何を考えてるんだ。ジャックはキャンベル夫人からアルウィン館へどうにか目を移した。曾祖父が規模は遠く及ばないもののフランスの城を模して建てた、ちょっとした至宝とも言うべき館だ。いつもながら、ここで何日か過ごせると思うと気がやわらいだ。「何か問題でも?」

キャンベル夫人はまたも瞬きをして、ジャックの袖から手を放した。「まったくないわ、暖かくて、じめじめしていなければ」

「よかった」ジャックはついてくるのを確かめずに大股で先へ進んだ。

玄関扉を数分叩きつづけても返事を得られなかった。後ろで水を滴らせて立っている女性をひしひしと感じながら、ノッカーを扉に打ちつけた。

「どなたかいらっしゃるの?」ついにキャンベル夫人が問いかけた。

「ああ。必ず」ジャックはまた玄関扉を力強く叩いた。「だが、今夜来るとは思っていないだろう」

「そうでしょうね」皮肉っぽい声がした。「急遽《きゅうきょ》、誘拐なさったのだから」

「もうその話はやめてくれ」ジャックは不機嫌に見返した。「きみがちょっとした冒険を望んで招いたことだ」

「あなたと冒険しようなんて望んだ憶えはないわ」キャンベル夫人が言い返した。

「それなら、これを肝に銘じるべきだな。望みもしない賭けはしないことだ」閂《かんぬき》をはずす音がして、ジャックは玄関扉が開くのに備えて一歩さがった。

執事がわずかに扉をあけた間口から蔑むような目をのぞかせた。「どちら様で？」

「私だ」ジャックは雨に濡れるのもかまわず帽子を脱いだ。「扉をあけろ、ウィルソン」

執事はいまにも目玉が飛びだしそうな顔をして、すばやく玄関扉を大きく開き、深々と頭をさげた。「大変失礼いたしました、旦那様。こちらの屋敷を訪問されるとの知らせが届いておりませんでしたので――」

「わかっている」ジャックは執事の脇をすり抜けた。屋敷は指示どおり、ほぼつねに準備万端整えられていた。アルウィン館はジャックがロンドンを抜けだして、公爵位の耐えがたい重責から何日か息抜きができる隠れ家だ。仕事はたいがい追いかけてくるものなので、完全に逃れられるわけではないが、こちらは静かで穏やかに過ごせる。母はロンドンの社交界から離れすぎているからと嫌っているし、フィリップも古臭いところだと思っているので、ジャックが訪れるときにはいつもひとりだった。

むろん、今夜はべつだ。外套のボタンをはずしはじめてジャックがふと振り返ると、キャンベル夫人はまだ玄関先の踏み段に立っていた。「入ってくれ」声をかけた。「雨に打たれていたいのでなければ」

キャンベル夫人は目を細く狭め、ふっくらとした唇をいらだたしそうにゆがめたが、玄関に入ってきて、ウィルソンがようやく扉を閉めた。

ぱたぱたと足音が響いて、ジャックは顔を振り向けた。家政婦がまさしく階段を駆けおりてきた。「旦那様」慌ただしく膝を曲げ、息を切らして言った。「お越しになるとは伺って――」

「ギボン夫人、わかっている」ジャックはなだめるように言葉を差し入れた。「急遽、決まったことだったんだ」ついキャンベル夫人の言葉を借用し、視線を感じつつもそしらぬふりで、脱いだ外套を脇で控えていたウィルソンの手にあずけた。「こちらは、キャンベル夫人だ。入浴と部屋の用意を頼む。空腹ではないか？」向き直って来客に問いかけた。

キャンベル夫人はぼんやりとしていた。なおも睫毛から雨滴を滴らせている。

「えっ――いいえ。でも、お茶をいただけたらありがたいですわ……」

「承知した。ギボン夫人、あとは有能なあなたにお任せする」ジャックはさっさと玄関広間を抜けて階段へ向かった。踏みだすたびにブーツがぴちゃぴちゃと音を立て、ぞっとする思いでまた足を上げた。

「公爵様！」キャンベル夫人の大きな声にジャックは足をとめた。片足をすでに階段に掛けたまま、振り返る。

キャンベル夫人はマントを脱いでいた。予想どおり、深紅のドレスは濡れそぼり、肩から膝まで肌に貼りついている。濡れたドレスの下のコルセットもくっきり浮きでていて、硬く立った乳首がいまにも見えそうな気がした。その紐を緩め、ドレスを引き剝がし、肌に付いた水滴を隈《くま》なく味わうのを想像した。いま頃寝室の控え部屋に用意されているはずの大きな銅製の湯船に彼女を引き入れるところを思い浮かべ、息がふるえた。

神よ、救いたまえ。これではフィリップより始末が悪い。

「なんだ？」頭に渦巻く不要な想像に身体が昂《たかぶ》るのを抑えようと、そっけなく尋ねた。

「どうすれば……」キャンベル夫人が困惑したそぶりで片手を上げた。「わたしはどうすればいいの？」

〝濡れたドレスを脱ぐんだ。髪をおろして。フィリップにしていたように私にも笑いかけろ〟

「温まって乾かすんだ」と答えた。「それから……話そう」それ以上のことはない、神に誓って。ジャックは身を翻し、階段を上がりはじめた。

6

ソフィーは去っていく公爵の背中に失礼きわまりない言葉を投げつけたいところをどうにかこらえた。なんて腹立たしい人。

家政婦が猛烈な好奇心を隠そうと取り繕《つくろ》って待っており、執事はびしょ濡れのマントをあずかって、物音ひとつ立てずに消え去った。ソフィーは気を取り直した。「こんばんは」家政婦に挨拶した。「ギボン夫人ですわね?」

「そうです、奥様」

ソフィーは濡れたスカートをつかんだ。鮮やかな深紅の綿地のドレスはお気に入りだったのに、膝あたりまで泥が飛び散っていたのではもう使い物にならない。「一マイルほど手前の道で馬車が動かなくなってしまったの。雨が一日じゅう降りつづいていたのかしら?」

「昨日からずっと」ギボン夫人はためらいがちにいったん口をつぐみ、信じられないといった顔つきで尋ねた。「一マイルも歩いてらしたのですか？」

「ええ、そう」ソフィーは答えた。「仕方がなかったの。じつのところ、何度か気をくじかれかけたくらい大変で」

家政婦が表情をやわらげた。「大変な道のりだったとは思いますが、旦那様がおられれば、なんの心配もございませんものね！　ご案内しますわ。身体を温めて乾かさなければ」ギボン夫人は先に立って階段を上がりはじめた。

「よけいなお手間をおかけしてしまって、ほんとうにごめんなさい」ソフィーは磨き上げられた木製の幅広い階段を上がりながら詫びた。そこに不運な使用人が拭きとらなければならない湿った足跡を付けてしまっていることは努めて考えないようにした。

「そのようなことはご心配なさらないでください」家政婦は力強く応じた。「屋敷内のことは旦那様からつねに適切な指示を承っておりますので」

ソフィーはあらためてまわりを見まわした。アルフレッド・ストリートの自分の狭い煉瓦造りの家と何も変わらないかのように、誰もがここを気安く屋敷と呼んでいる。外観以上になかに入るとなおさら大邸宅だとソフィーは実感した。壁は緑色がかった青色で、寄木張りの床は家政婦が手にしたランプに照らされてきらめいている。ソフィーは顔を上向かせ、薄明かりのなかでも金箔で輝く高いアーチ形の天井を目にして静かに息を呑んだ。

階段を上がりきると、ギボン夫人は廊下を進み、暗がりのなかでも豪華そうに見える部屋に案内した。「準備が整っていなくて申し訳ないのですが、女中がすぐにまいります」呼び鈴の紐を引いてから、すたすたと部屋のなかに入っていき、またべつのドアを開いて、暖炉の前にタイル張りで設《しつら》えられた居心地のよさそうな化粧部屋を見せた。奥に大きな銅製の湯船がある。「熱湯を溜めるのにまだ時間がかかりますが、濡れたお召し物は脱がれておいたほうがよいでしょう」家政婦はまだ暖められていない部屋でふるえだしたソフィーの寸法を見定めた。「それから……また必要な手配をいたします」

ソフィーが濡れたドレスと下着を脱いで何枚もの毛布にくるまったときには、さらにふたりの女中が駆けつけて、そのうちのひとりはお茶を運んできてくれた。ソフィーがお茶を飲みながら見ていると、ふたりはひそやかな声でギボン夫人に指示を仰ぎつつ、すでに炉床に熾《おこ》していた火を焚《た》きつけ、銅製の湯船の準備を進めた。ひとりがソフィーの衣類を手にして、できるかぎり修復に努めることを約束した。

湯気の立った湯が溜まり、ソフィーはありがたくそこに身を沈めた。家では女中はコリーンひとりきりで、あとは一日おきにやって来る通いの料理人しか雇っていない。

自分の一夜を身勝手に一変させた公爵にはせめてこれくらいのことをしてもらうのは当然だという気持ちにいまだ変わりはないものの、何人にもかいがいしく世話を焼かれるのは心地よかった。

公爵。ソフィーは顎が浸かるまで湯に沈み、膝だけが水面に出ている格好になった。どうしてこのような目に遭わされなければならなかったのだろう？

フィリップはミスター・ダッシュウッドに会うためにクラブに来たのだと言い、兄が現れると、いたずらを見咎められた少年のように驚いていた。ミスター・ダッシュウッドによれば、公爵は会員ではないというし、公爵自身もフィリップにこれ以上賭け金の返済の面倒は見ないと通告していた。そうだとすれば公爵はフィリップの賭け金を返済するために〈ヴェガ〉を訪れていたのだろう。事情が本人の言うとおりなら、公爵の憤りも理解できる。

そうだとしても、いったいどうしてその怒りがこちらに向けられなければならないわけ？　ソフィーにフィリップから取り立てなければならない貸しがないのは確かだった。いつ貸しができてもふしぎではない状況ではあったけれど。にもかかわらず、フィリップは自分をとめる兄が近くにはいないことをいいことに、まず間違いなくいまも〈ヴェガ〉で身のほど知らずの賭けに及んでいるのは、ソフィーと公爵のどちらにもだいたい察しがついていた。

　そしてソフィーはよく知らないし好きでもない男性とともにロンドンから離れたこの地に滞在せざるをえなくなった。雨はいまだ窓に叩きつけるように降りつづいていて、道が陽に照らされて馬車が通れるようになるまで早くても丸一日はかかるだろう。馬車のなかでは公爵の不愉快な点に考えをめぐらせて鬱憤《うっぷん》を晴らしていたのだけれど、今度はどのように相対せばよいのか、差し迫った問題に頭を切り替えなければいけない。いまとなってはフィリップからもっと兄についての話を聞いておくべきだった。どうしてもっと興味を示して耳を傾けなかったのだろう。

　ソフィーは湯をかき混ぜるように手を動かした。公爵は思っていたよりも若く、三十五歳を超えていないのは確かで、つまり、若くして公爵位を引き継いだわけだ。そのようなことは人にどのような影響を与えるのだろう？　フィリップとはだいぶ異なる育てられ方をしたのではないかとソフィーは想像した。これまで見たかぎりでは、兄弟の性質はまるで違う。

　いずれにしても決めつけてしまうのは間違いだと思い直した。いまなにより考えを向けるべきなのは、フィリップとは二度と賭けをしないという了解事項だ。そのことを自分はじゅうぶんに理解していて、思慮深く、信用できる人物だと公爵に証明できれば、明朝にも快くロンドンへ送りだしてもらえるかもしれない。

それにできるかぎり早くロンドンに戻るのがソフィーにとってはとても重要だった。ミスター・ダッシュウッドはクラブ内でのことは他言しない掟を定めているが、今回の話は洩れてしまうだろう。そうなれば何が起こるのか、ソフィーにはよくわかっていた。ウェア公爵と一週間をともにするという破廉恥《はれんち》な賭けに及んだとの噂が流れ、実際に負けてその場で〈ヴェガ〉から連れ去られ、ロンドンで一週間は姿が見られなかったことがあきらかになれば、どうにか保てている程度の品位も失われる。世間に公爵の情婦だと思われたら、善良な男性との結婚はもう望めないだろう。そんなふうにたやすくあの男性に自分の人生を台なしにさせるわけにはいかない。

ソフィーは心を決めて、湯船を出た。ギボン夫人がたっぷりと用意しておいてくれた温かい厚手の布で身体をぬぐい、すでに暖炉の火が燃え盛って明るく暖められた隣の部屋に入ると、生き返ったように感じられた。

ところが、家政婦からちょうど見合った衣類を見つけられなかったことを伝えられ、意気をくじかれた。この屋敷にいる女性はふたりの女中と料理人、そしてギボン夫人本人だけで、そのうちの誰もソフィーとは体形が異なるという。「お召しになれるものを必ず探しますので」家政婦は請け合った。「ただ今夜はこちらをお召しください」

美しい青色のビロードの羽織物をベッドの上に広げた。

ソフィーはそのガウンをじっと見おろした。「どなたのものかしら？」だが返答はもうわかっていた。

「旦那様のお召し物です」ギボン夫人が答えた。「あなた様のお召し物についてご相談申し上げましたら、近侍からこれを渡されました。朝までには必ず、ふさわしいお召し物をお持ちします」

ソフィーはけばの長いビロード地に触れた。紫色の絹に縁どられた贅沢なもので、手触りのよさにため息が出そうだった。

「失礼ながら、奥様」家政婦が言葉を継いだ。「よろしければ、わたしの寝間着をお持ちします。ほかにご用意しようがなく申し訳ございません」

ソフィーはぼんやりとしていて、はっとわれに返った。「助かるわ」心を込めて応じた。「どうもご親切に」

家政婦はそれに応えて頭を傾けた。「旦那様から、もしよろしければ図書室にてお話を伺うと、あなた様にお伝えするようにと言づかりました」

もちろんソフィーには公爵に言うべきことが山ほどあった。本人から借りたガウンを羽織って顔を合わせるのは不本意でも、このような事態を招いたのは当の公爵だ。

もう一度ビロード地を撫でた。「ありがとう、ギボン夫人。伺うわ」

ジャックは身体を乾かして温まると急激に分別を取り戻せたように感じられた。

今夜は近侍の代役を務めている従僕マイケルズに、自分に話があれば図書室で伺うとギボン夫人から来客に申し伝えさせるよう命じてから、炉辺の坐り心地のよい革張りの椅子にのんびり腰を落ち着けた。マイケルズがブランデーのグラスを運んできて立ち去り、ジャックは考えにふけった。

こうしてソフィー・キャンベルがいない部屋でなら、はるかにたやすく考えを整理できた。

まず、なにより重要なのは、自分はしなければならないことをしたという点だ。フィリップの物の考え方に衝撃を与えてやらなければならなかった。けっして巧みな懲らしめ方でも懐柔策でもなかったのはジャックも認めるが、せっかく得られた機会を逃すことなど誰にできるだろう。

ジャックはグラスをまわし、琥珀《こはく》色のブランデーに映り込んだ炉火を見つめた。どのような戦略でも肝心なのはつねに誰が何を求めているかを知ることだ。フィリップの場合には、ギャンブルの高揚感以上にキャンベル夫人を求めているのはあきらかだった。夫人に触れ、励ますしぐさに、はっきり表れていた。子守女中のようについて歩きでもしないかぎり、弟がどこかで賭け事をするのを完全に阻止するのは不可能で、そうだとすれば、どのような場でも無駄にはできなかった。それくらいで弟の悪癖をすっかり直せるなどと甘く考えてはいないが、強烈な打撃を与えられたのは間違いない。

かたや、キャンベル夫人については……いったいどういうわけで、若く魅力的な女性が毎晩〈ヴェガ〉で賭け事に興じているのだろう？　考えられる理由はふたつで、そのいずれも褒められるようなものではない。ひとつは、フィリップやその悪友たちと同じで、怠惰な気晴らしにかまけて、自分やほかの誰かの金銭を浪費している。それが理由なら、今回の自分の行動にはいっさい後悔はない。たとえキャンベル夫人が英国一裕福な女相続人だったとしても、ギャンブルが向う見ずで無駄なものであることに変わりはない。

もうひとつ考えられる理由は、勝利する高揚感以上の何かを求めているということだ。〈ヴェガ〉は婦人の入会も認められているとはいえ、キャンベル夫人ほど溌溂として美貌も備えた女性が多くいる場所ではないのはすぐに見てとれた。クラブにいた男たちはみな、濃い色のほつれた巻き髪を悩ましげに垂らした深紅のドレス姿の女性に目を奪われていた。キャンベル夫人は金銭以上に危うい賭けに挑んでいるのかもしれない。もしフィリップを裕福な愛人として誘惑しようとしていたのなら、浅はかなたくらみに断固として終止符を打ってやるのが兄としての務めだ。そんな女につかまれば、サイコロ賭博どころではなく、瞬く間にしゃぶりつくされてしまう。

さらには万が一にも、自分の見立てが間違っていたならば、五千ポンドを払えばすむことだとジャックは結論づけた。そもそも、それがキャンベル夫人の求めていたものではなかったのか？

背後でドアが開き、ジャックはブランデーを口に含んで、対面の心づもりを整えた。自分の行動の非を詫びることには慣れていない。今回は悔やむ気持ちもない。相手が醜悪だとか年配の女性だったなら、弟を破滅させないために断固として、いや、たぶん、心持ちはまるで変わらないにしろ、強硬な態度に出ていたのは間違いない。若く魅力的な女性であるだけに、なおさら手強かった。

「ここへ来るまでよりも、ロンドンへ帰るときにはましな計画を立ててくださると期待しているわ」キャンベル夫人が革張りの椅子をまわり込んで暖炉へ歩いていくのをジャックは目にして、グラスを取り落としかけた。

波打つように垂らされて揺れる髪が炉火に照らされ、磨き上げられたマホガニー材のようにきらめいている。だがすぐには口を開けそうもないほど驚かされたのは、その装いだった。青いビロードのガウンの裾は床をかすめるほどに長く、袖が手首まで捲り上げられている。二重に巻かれた腰紐が、華奢な腰つきと……そのほかのなんとも見事なふくらみをきわだたせていた。どうも見覚えのある部屋着だとは思ったが、ぼんやりとした頭がわかりきっていたことをようやく認識した。

「私のガウンだな」

キャンベル夫人はあてつけがましく目を向けて、脚に絡みつくように長い羽織をくいと引いた。「わたしが着られるものはこれしか見つからなかったんですって。わたしに体形が似ていた女中は最近首になったそうね。ほかの女中たちの衣類は小さすぎるし、ギボン夫人のはぶかぶかで、これしかなかったというわけ」キャンベル夫人は片手をビロード地にすべらせ、そこにとどめた。ジャックはその指先を目で追い、ビロードと……その下の肢体の感触を想像した。「暴風雨のなか、わたしをロンドンから攫《さら》うなんてばかげたあなたの思いつきのおかげで、わたしの着られるものはどれもびしょ濡れで、もう使い物になりそうにない」

「攫ったのではない」ジャックはキャンベル夫人の裾の下にのぞく足首を見るまいとして、ブランデーをもうひと口喉に流し込んだ。あの羽織の下は何も身につけていないのか？　集中しようとしたはずが、かえって気をそがれた。

「頼んでも家に送り届けてくださらなかった」キャンベル夫人が向かいの長椅子に腰をおろし、ガウンの裾が開いて、片方のほっそりとした素足が膝まであらわになった。さいわいにも夫人はこちらの視線には気づかずに裾を引き戻した。

ジャックはまさしく凝視していた。ほんとうにこの屋敷にはまともに着られる女性用の衣類のひとつもないのだろうか？

頭が狂気に侵されているように思えてきた。この女性をアルウィン館に連れて来るとは、いったい自分は何を考えていたんだ？　一週間も同じ屋根の下にいて生き延びられる気がしない。いずれにしても、この女性のせいで寿命は縮まる。

「どうなさるおつもり？」キャンベル夫人が率直に訊いた。「何を望んでらっしゃるのかしら？」

「フィリップだ」ジャックは話しだすきっかけを得られてほっとして口を開いた。「弟は私への誓いを破った。報いを受けさせなければならない」

「なぜフィリップを連れださなかったの？」

なぜなら弟とは一週間どころか一日でも、ともに過ごしたくなかったからだ。そんな思いは胸に押し込めた。「それではどうにもならない。あいつはふてくされて睨みつけ、どうせまたすぐに賭け事のテーブルに舞い戻る」

「こんなことをしても、あの人は反対に邪魔ひとつされずに賭け事を続けられるのよ」キャンベル夫人は真剣な面持ちで言った。「言いわけだわ」

ジャックはまたブランデーをごくりと飲んだ。自分ですらどんどんわけがわからないように思えてきた。あの羽織の下には何か身につけているのか？「巻き込まれたくなかったのなら、きみは弟を擁護する側にまわるのではなく、立ち去るべきだったんだ」

キャンベル夫人は大きく息を吐いた。「ええ、たしかにそうすべきだった。だけどあなたに言われたように、わたしは欲に駆られていた。サイコロを一回振って五千ポンド手に入れるという誘惑に抗えなかった」

ジャックは乾杯をするようにグラスを傾けた。「大罪だな」

キャンベル夫人は同意せざるをえないといった低い声を洩らした。「フィリップは大変な嘘つきだというわけね？」

ジャックは冷ややかな眼差しを返し、沈黙した。

「出過ぎた質問だったわね」キャンベル夫人はどういうわけか愉快げに続けた。「弟さんはもう賭け事はしないとあなたに誓って、その約束を破った。わたしはよくお見かけしてたわ。たいがい〈ヴェガ〉でだけれど、ときどきは社交場でも。弟さんがわたしにすっかりお金を巻き上げられたと思ってらっしゃるのなら、お気の毒だけれど誤解よ」

「そんなことは思っていない」ジャックはサー・レスター・バグウェル宛てに振りだしたばかりの銀行手形を思い起こし、残りのブランデーを飲み干した。「きみから持ちだしてくれたから訊くが、これまで弟からどのくらい巻き上げていただいたのかな？」

キャンベル夫人がきっと睨んだ。ジャックはじっと見つめてしまっていたことに気づいて椅子から立ちあがった。一杯ではあきらかに満たされそうになかったので、さらにブランデーを注ぎに向かった。ふと思いついて、もうひとつのグラスにシェリー酒を注いでキャンベル夫人に手渡した。

「ありがとう」キャンベル夫人は驚いたように受けとった。シェリー酒を口に含み、いかにもおいしそうに睫毛をはためかせて目を閉じた。もうひと口飲むと、唇が濡れてきらめいた。

ジャックはじっと見ていた。ああ、あの唇。目で追いつつ、椅子に腰を戻す。あろうことか、何をするのを見ても吸い込まれそうな気分になる。キャンベル夫人が目を開いたときには、その足首も艶やかな髪も、まして唇などジャックはまったく見ていなかったふりをした。

「ぜんぶで数百ポンドがいいところね」キャンベル夫人が遅ればせながら問いかけに答えた。小首をかしげ、ジャックの顔を見据える。「もちろん、一度にではないし、わたしが弟さんに負けたことも何度かある」

「だが、そう何度もではなかったはずだ」

キャンベル夫人はクッションの上に脚を載せ、顎の下に膝を引き寄せた。もうひと口シェリー酒を飲んでから、グラスを置いた。「ええ、そう何度もではないわ。弟さんは向う見ずに賭けるのよ」

「どんなふうに?」

揺らめく炉火に照らされた顔は愁いを帯びているように見える。ジャックは彼女のガウンの裾からのぞいている爪先には気づいていないふりをした。キャンベル夫人がギボン夫人のものに違いない地味な室内履きを蹴り落とした。カモから金を巻き上げるべく誘惑する狡猾な賭博師の女にしては、まるでそぐわないしぐさだ。わざと邪気がないふうに見せかけようとしているのかもしれないが、そうだとすれば、これほどの芸達者をジャックは見たことがなかった。

「確率を考えて賭けないの」キャンベル夫人が少しおいて言った。「賭けるべきではないときですら賭け金を吊り上げる。そうすると……もちろん、取り戻しようがなくなってしまう。恐ろしい悪運につかまる」

「きみとは違う」ジャックはつぶやいた。

キャンベル夫人が口もとをゆがめて微笑んだ。「あの人のツキはわたしのとはまるで違う」

その言葉にはジャックに読みとれない含みがあった。「弟が幸運の仮面すらかぶれず、向う見ずにただ賭けつづけているのだとすれば、やはり無駄なことをしているというわけか」

「弟さんが賭けつづけるのは負けるのを恐れていないからなのよ」キャンベル夫人は膝に顎をのせ、ジャックの表情を見て、笑みを浮かべた。「それはたぶん、あなたのせいね」

「大本《おおもと》の要因ではない」

「最終手段があるというのが自信のようなものになる」キャンベル夫人はそっけない返し文句にも動じずに続けた。「それもいざとなれば間違いなく、その助けを得られるとわかっていればなおさらに。ギャンブルは当然ながら危険が伴うもので、保証付きなんてことはまれだもの」

そんなことはジャックもよくわかっていた。公爵位を継ぐまでのもっと若かった頃には、みずからも賭けを楽しんでいた。サイコロは振らなかったし、カードゲームにもほとんど手を出さなかったが、もっと仲間内の賭けをしていた。友人のスチュアート・ドレイクとロンドンからグリニッジまで馬車でどちらが速く着けるか。むろん、ジャックが勝利し、二十ギニーを手にした。ヒースの野原での射撃で誰がいちばん多く鳥を仕留められるか。これもジャックが勝って、さらに十ポンド獲得した。通りかかりにいきなり社交場に入って、爵位は明かさずに一番人気の美女からダンスをともに踊る了承を得られるか。エイデン・モンゴメリーからはそれでは紛れもない詐欺《さぎ》だとも非難されたが、これもまたジャックは成し遂げ、友人たち全員から数ギニーを徴収した。

だがその後、公爵位を継いだとたんに、そうした浮ついたお遊びからは遠ざかった——そもそも、そのような時間がない。九十まで生きるはずだった父が五十にも至らず溺れ死ぬとは想像もしていなかった。跡継ぎとして気楽な暮らしを続けられるものと思い込んでいたのに、三十前に全責任を背負わされた。馬車の競争に賭けるなどということはもはや子供じみた典雅な気晴らしに思える。

「きみはどんなところに惹かれてるんだ?」訊き返した。「危険を伴うところか?」

キャンベル夫人は笑い声を立てたが、たいして陽気さは感じられなかった。「まさか。負ける危険よりも勝てる見込みのあるものと考えたいじゃない」

当然だろう。ジャックはまた素足の爪先から目をそらした。「いかにも名うての賭博師らしい言いぶんだ」

「あなたはわたしをそう思っているのよね」またも口もとをゆがめて微笑んでいる。

「そうじゃないのか?」ジャックはのんびりとした口ぶりで言った。「きみは賭博場を訪れては当たり前のように、私の弟のような人々から大金をせしめている。私からも五千ポンド獲ってやろうとしたのだと認めたではないか」

「あなたが賭けを持ちかけたのよ」キャンベル夫人は一歩も引かずに返した。「その理由をぜひ伺いたいわ」

自分で撃った弾がはじき返された。ジャックはブランデーを飲み干して、空になったグラスを見つめて考えた。二杯でじゅうぶんだ。これ以上飲めば、ただでさえ今夜はすでに不足している理性が尽きて、取り返しのつかない愚行に及びかねない。夫人の素足の爪先にいたぶられていた。「機会に乗じただけのことだ」つぶやいた。

「わたしをフィリップから引き離すために?」キャンベル夫人が呆れたように軽く

笑った。「そうだとしたら、まったく不要なことだった。さっきも言ったように、わたしは弟さんとサイコロ賭博をする気はなかったのだから。せっかくの晩を邪魔されて、ゲームに引きずり込まれたのよ。フィリップには用心しなければいけないことくらいわかってる」

ジャックは疑わしげに見返した。この女性は〈ヴェガ〉でフィリップが手にしたサイコロに投げキスまでして、用心しているようなそぶりは見えなかった。

「ほんとうよ」キャンベル夫人は念を押した。「あなたがどう考えていたとしても、わたしは誰も破産させようなんて思わないし、友人が身を滅ぼす姿も見たくない。弟さんのことは友人だと思っているけれど、この頃は少し横暴になりがちだった。あなたがちょっとわたしを脇に連れだして、弟さんを賭け事のテーブルから引き離したいんだと教えてくれていたら、喜んで手助けしていたのに」キャンベル夫人の口もとに茶目っ気のある笑みが浮かび、ジャックはからずも胸の奥がきゅっと収縮した。「五千ポンドなんて賭ける必要もなかった」

からかわれているのをジャックは察した。「フィリップはきみに友情以上のものを期待している」軽いひと突きを返した。

一瞬、キャンベル夫人の表情が凍りついた。だが驚いたからではない。フィリップに好意を抱かれているのはわかっていたはずだ。その好意をどう受けとめているのかは窺《うかが》い知れなかった。考えや感情をなんと上手に隠せる女性なのだろうかとジャックはいまさらながら気づいた。

ところがそれからキャンベル夫人がおもねるような令嬢のように様変わりした。「ほんとうに？」信じられないといった口ぶりだ。「考えてもみなかった。わたしに好意を抱いている紳士がいるとご本人のお兄様から伺うなんて」息もつけないとばかりに期待に満ちた目を向けた。「熱烈に恋してくださってるのかしら。求婚される心の準備をしておいたほうがいい？　わたしたちはもうすぐ義理の兄と妹になるかもしれないのよね、公爵様？」

ばかな。ジャックはこの女性が義理の妹になる可能性に思わず腰を上げかけた。そばでフィリップとうろうろされて、そんなふたりを見せられていたら、こちらは早々に墓のなかへ追いやられてしまうだろう。「弟に求婚されて受け入れるほどきみは愚かじゃないだろう。弟には資産がないうえ、不労収入をサイコロ賭博ですっているようなやつだ」

キャンベル夫人が楽しげに笑った。ジャックもついつられて笑っていた。「なんて顔をなさってるの！　わたしが本気で言ってるとでも？」キャンベル夫人は首を振り、なおも笑っている。「結婚も、それ以外の男女の関係も、フィリップとはとうていありえない。夫には恐ろしく向いていない人だし、わたし——」

「どうしたんだ？」ジャックは途切れた言葉の続きをせかした。

キャンベル夫人が唇を舐めた。「わたしにはまるで不釣り合いな方だもの」さらりと締めくくった。「ウェア公爵の弟さんなのよ！　そのような男性に花嫁に選ばれるなんて夢にも思わない」

それが先ほど言いかけたことではないのをジャックは察した。身を乗りだしてグラスを置き、椅子に腰を戻すあいだに、もっとよく見えるようにさりげなく向きをずらした。「好機をとらえて、格好の花婿候補をものにする女性たちもいる」

「そうなの？」キャンベル夫人は無造作に微笑んで片方の肩を上げた。「わたしは多くの女性たちとは違うのかしらね」

そうとも……だが、どうしてなんだ？　われながらなんとも非難がましい不愉快な態度を取っているはずなのに、どういうわけか思わせぶりにからかわれているような気分にさせられている。頭を明瞭にして向きあわなければいけない。この女性についてよけいなことは考えずに。「そのようだな」ジャックは抑揚のない声で応じた。「きみは賭け事をして、勝つのが好きだと堂々と認めながら、だからといって誰も苦境に追い込みたくはないと言う。本物の賭博師ならそんなことは気にしない。いうなれば、きみはべつのゲームをしてるんじゃないだろうか。フィリップはきみに友人以上のものを求めているのではないかと私が問いかけても、きみはそうした事実をただ否定するだけでなく、そのように考えること自体を笑い飛ばそうとした。私から言わせれば、やりすぎで——つまり、きみにとって意外な話ではなかったとも受けとれる。

きみはロンドンの賭博場に裕福な庇護者を物色しに来ているわけではなく、そのように見られるのは屈辱で心外なのかもしれないが、私にそう言われたからといって憤慨してもいない。弟はきみをベッドに連れ込みたがっているし、今夜のきみの思わせぶりな態度を見ていた者たちはきっと弟がそそのかされていると見ていただろう。私の弟を恋人や夫になったらどうなるか考えたことがなかったわけではなく、どちらについても受け入れられないと断言した。そうしたことからして、私が考えるに、きみはただ数ギニーを稼ぐためにサイコロ賭博をしているのでもないようだが、それ以前にフィリップはきみの標的にもなりえないほど金もない」ジャックは頭を片側に傾けた。「間違ってるだろうか？」

キャンベル夫人は話を聞きながら床に足をおろし、背筋を伸ばして坐り直していた。話を聞き終えて暗い瞳でじっとジャックを見つめ、唇を開いた。「だいぶ熟慮されたのかしら？」

「そうでもない」ジャックは答えた。「今夜まできみについては耳にしたことがなかった」ガウンに視線を落とさずにはいられなかった。前が少し開いて、そそるようにちらりと乳房がのぞいている。鎮《しず》めようとしても熱い血が全身を駆けめぐった。

「だが、きみのような人々のことならわかる」

その瞬間、ようやく動揺させることができたとジャックは思った。キャンベル夫人は瞳を揺らめかせ、せわしなく息を吸い込んだが、すぐにまた落ち着きを取り戻した。

「あなたはそうお思いなのでしょうね」今度ばかりは作り笑いを浮かべた。「おやすみなさい、公爵様」立ちあがり、しとやかに膝を曲げて頭を傾けると、ビロードのガウンの前がさらに少し開き、乳房のあいだの暗がりまで見えた。

ジャックは口が乾いた。素肌だ。ガウンの下には何も身につけていなかった。キャンベル夫人は気品高く、ガウンの邪魔な裾を払い――ああ、おかげで脚まですっかりあらわになった――室内履きに足を入れて、もうこちらにはちらりとも目を向けずに部屋を出ていった。

ジャックは最後のひと言で的を撃ち抜けたようだとは思いながらも、もはやあの素足のことしか考えられそうになかった。

7

翌朝、ジャックは朝食用の居間の窓辺に立ち、コーヒーのカップを手に、なおも庭に叩きつけるように降っている雨を眺めた。

ウィルソンによれば、チズィックではこの一週間、ほとんどずっと断続的に雨が降りつづいているのだという。ロンドンの家にこもりきりで、たいして気にかけていなかった。たまに出かけることもあるが、概して誰もが向こうから訪れて、頭をさげ、片足を後ろに引いて、必ず頼みごとを申し出てくる。天候に恵まれれば、朝の乗馬にも出かけるが、考えてみればこの数日はそれもしていなかった。雨が降っていたからに違いない。

フィリップの一件がなければ、いまもセント・ジェームズ・プレース近くの邸宅で朝食をとりながらアイロンをかけたばかりの新聞に目を通してから書斎に戻り、イングランドの各地から際限なく届く陳情書、勘定書、報告書、依頼書、率直な要望文と相対していたはずだ。この時分にはたいがい朝食用の居間に、当人たちにとっては郵送では心もとない重要な案件をかかえた者が三、四人は陣取っていた。そのうちに母がたまたま出くわしたふりで目の前に現れ、欲しい物をさりげなくほのめかしたり、息子が父のときとは異なるやり方をしていると気づいた点を咎めたりする。ほんのまれに旧友が訪ねてくることもあるが、最後にともに出かけてからもうだいぶ経つので、いまやほとんど誰もわざわざ声をかけてもくれない。そして気づけば晩餐の時刻で、避けられない催しが何かしら待ち受けているのだった。

けれどもきょうは、そのどれもする必要がない。あらかじめ知らせずにやって来たので、ウィルソンはロンドンの新聞を取り寄せる手配をしておらず、秘書のパーシーがロンドンで日常業務の采配に追われているはずだ。父から使用人は誰であれ信用しすぎてはいけないと教えられていたが、パーシーにできることは任せてもよい頃合いだろう。なにしろ、パーシーにも先代の公爵未亡人にも書付が届くまでは公爵の居所すら定かでないわけだ。大学時代に何かもっと――なんでもよかった――なんの役にも立たないことであろうと、面白そうなことをするために授業を抜けだしたときのような気分だ。ジャックはカップを持ち上げてコーヒーを飲み、そんなひと時を嚙みしめた。

背後でドアが開いた。「旦那様」ウィルソンの声がした。

「なんだ？」

「馬車を取りに向かった者たちが戻ってまいりました。車軸にひびが入っていて、修理に数日を要するそうです」

意外な報告ではなかった。「それで道は？」おおよそ返答の見当はついていたが尋ねた。

「とうてい通行できる状態ではございません。馬車を引き上げてアルウィン館まで運んでくるのに六人がかりで四頭の馬を使いました」

「そうか。なんとしても車軸を修理するよう伝えてくれ。馬はみな無事なのか？」

「一頭が脚を傷つけたようですが、厩番が手当てをしております、旦那様」

ジャックはうなずいた。「以上か、ウィルソン」

「さようでございます」執事が部屋を出ていき、ドアが静かに閉じる音がした。

アルウィン館は美しく形作られた広大な庭園のなかにある。ほかにも馬車は所有しているものの、どれも長距離向きではなかった。道が荒れ、大型の四輪馬車が使えないのなら、このチズィックにとどまらざるをえない。

より正確に言うならば、ふたりでだ。

頃合いを計ったかのように、ドアがまた開いた。声が聞こえるまでもなく、キャンベル夫人が現れたのだとジャックは察した。空気がなんとなくざわめきだしように感じられただけでなく、目の前の窓がその姿を映しだした。

「おはようございます」

なんとキャンベル夫人は敬称を付けて呼びかけなかった。物腰もいたって淡々としている。ジャックはこの七年でうやうやしい態度で敬称を付けて挨拶されることに慣れきっていた。父がまだ生きていたときですら、リンジー伯爵と呼ばれ、相応の待遇を受けていた。ところが、この女性はまるで同等の者同士といった振る舞いをする。

それどころか、自分よりこちらを少しばかり下に見ているかのようなふしもある。新鮮に感じると同時に癪《しやく》にさわった。

「おはよう、キャンベル夫人」ジャックは振り返り、食器台のほうへ歩いていく夫人を目にした。ダンスを踊るように優美で軽やかな足どりだ。キャンベル夫人がいくつかの大皿の蓋《ふた》を持ち上げ、みずから取り分けるつもりらしいので、ジャックは食器台の脇に控えていた従僕に合図した。従僕は黙って静かに部屋を去った。

「きみが着られるものを探しだせたようだな」ジャックは口を開いた。

キャンベル夫人は何枚かのトーストとマフィンをひとつ、それに卵を皿に載せて、テーブルまで持ってきて、腰をおろした。「ええ。昨春に急に辞めたとかいう女中が、こんなふうに洒落た衣装をひとそろい残していたそうよ。ギボン夫人がとても恐縮して謝ってくださるのだけれど、乾いていて清潔だし、じゅうぶん着られる。それだけの条件を満たしたものを拒める立場ではないし」地味な紺青色のドレスの身頃にさらりと片手をすべらせた。「お仕着せなのよね?」

胸の薄暗い谷間のすぐそばにとどまっている手からジャックはすばやく視線をそらした。女中の仕着せとはいえ、キャンベル夫人は女中が身頃の襟ぐりにつねにしっかりとたくし込んでいるスカーフを着けていないので、当然ながら胸もとがきれいに空いている。「そうだ」

「とてもすてきなお仕着せね」

「そうかな?」ジャックは片方の肩を持ち上げた。「私が選んだのではない」

「あら」キャンベル夫人はトーストにジャムを塗りながら続けた。「公爵様がそんな細々とした仕事をなさるはずがないものね」

「ああ」反論するほどのことでもない。

キャンベル夫人が食べながら、こちらに目を向けた。ジャックはテーブルの反対端の席を立った。窓から射す光――陽光と呼べるほどのものではない――がキャンベル夫人の顔を照らした。「廊下で、あなたの執事のウィルソンにお会いしたわ。馬車を取り戻してきたと聞いたけれど」

「そうだ」ジャックは椅子に腰を戻して、コーヒーポットに手を伸ばした。「残念ながら、車軸が壊れている。直すのに数日かかる」

キャンベル夫人が束の間噛むのをやめて、目を大きく見開いた。窓のほうに視線を移し、ガラスに叩きつけている雨をどうやら確かめているらしい。トーストを食べ終えると、口もとをしとやかにぬぐい、ようやくジャックのほうに目を戻した。「ここに閉じ込められてしまったのね？」

「なんとも恐ろしげな舞台設定というわけだ。道は荒れていて、厩にあるポニー牽《ひ》きの二輪馬車や一頭立ての二輪馬車《ギグ》でロンドンまで戻るのは無謀すぎる」

それからだいぶ長くキャンベル夫人は沈黙した。ジャックが目を向けると、困惑ぎみに眉間に小さな皺を寄せてこちらを見ていた。それにしても、聡明さと率直さの表れた、清らかですばらしく美しい瞳をしている。しかもその瞳が目下、愚か者かと呆れるようにこちらに向けられていた。ジャックはわずかにいらついた。悪天候は誰のせいでもない。

「そんなことは問題ではないだろう」攻め立てる口ぶりになった。「きみは一週間を賭けたのだからな」

キャンベル夫人のナイフが皿の上で耳障りな音を立てた。「とんでもない賭けだわ！　あなたが持ちかけたのよ。こうなるとたくらんでたの？」

ジャックは言い返そうと口をあけ、答えようがないことに気づいた。「正直なところ、本心から負けると思っていた」

キャンベル夫人が呆気にとられたように唇をわずかに開いた。「そんな――わたしは本心から勝つと思ってたのに！」

はからずもジャックは笑みをこぼした。「どちらも自業自得だ」

キャンベル夫人が鼻息程度の冷ややかな笑いを洩らし、瞳をぐるりと動かした。「互いに望んでいなかった結果だとすれば、風雨に抗ってロンドンへ帰るというのはどう？　両者の損失を相殺するというわけ」

望んでいたことではないとは言ってないはずだとジャックは胸のうちで返した。椅子の上で腰をずらした。「いや。愚かな選択だし、うまくいかないのは目に見えている」

キャンベル夫人はちらりといらだちの表情を浮かべた。やにわに立ちあがり、食器台へ歩いていって、カップに茶を注いだ。テーブルに帰ってきたときには、にこやかな表情をしっかりと取り戻していた。「ここに足止めされてしまったのなら、何をすればいいのかしら？」

　そう言われ、ジャックはまったく自由に過ごせるのは何年ぶりだろうかとあらためて気づかされた。これまでアルウィン館に来るときには、遅くとも数日前には予定を決めていて、秘書と地所の管理人が同行し、仕事を途切らせることができないのは宿命だと割り切っていた。ここが安らぎの隠れ家であっても、一日に何時間かは仕事に追われるのが当たり前だった。

　だが、そうした仕事はみなロンドンに置いてきて、あすには居所を知られてしまうとしても、きょうだけは担うものは何もない。ジャックはこのめずらしい状況にふさわしく、椅子の背にゆったりともたれかかった。「見当もつかない」信じがたい心地でつぶやいた。

　キャンベル夫人が首を横に振った。「ほんとうにどうしようもないくらい残念な誘拐ね。公爵様をかいかぶってたわ」

「そうなのか？　たとえば、どんなふうだと？」

　キャンベル夫人は茶を口に含んで、しばし考えた。「そうね、地下牢はある？」

　ジャックは首を振って否定した。「拷問部屋は？」

「残念ながら」ジャックは思いがけず愉快になって皮肉っぽく答えた。

キャンベル夫人がため息をついた。「つまりそういうことなのよ。あなたはロンドンでわたしを攫って、使用人たちが待つ美しい邸宅へ連れてきた。それも、あなたがいくら給金を払っていたとしても、その二倍は払う価値のある料理人もいるところへ」例に示すようにマフィンを持ち上げてみせた。「あなたはこれが罰だと思うのなら、反対に喜びとはいかなるものなのかをぜひお伺いしたいわ」

こちらのほうこそ、その喜びとやらをぜひお伝えしたいとも。ジャックは胸のうちでそう返し、黙って罪深い想像を押し込めた。「たしかに、私のお気に入りの美しい屋敷だ。だがそれほどの歴史はないので、屋根裏部屋に中世の発明品が隠れているとは想像しがたい」

「お気に入りのお屋敷」キャンベル夫人が片方の眉を上げげた。その顔は驚くほど表情が豊かだった。落ち着いた口調を装っていても、眉の動かし方だけで面白がっているのがジャックの目にはあきらかに見てとれた。「好みで順番づけできるくらい、たくさん所有されているの？」

「ふたつあれば、好みで順番づけは可能だ」ジャックは指摘した。

「所有されているのはふたつだけ？」

「いや」ジャックはしばし考えた。「五つ」

今度はキャンベル夫人が両方の眉を吊り上げた。「お屋敷を五つ。大変ね。そんなにたくさんお持ちなのに、どうしたらひとつだけ選べるのかしら？」

「いたって簡単なことだ。ここがいちばん小さくて落ち着く」からかいたくてそう答えたのだが、実際にそれがここを気に入っている点なのだろう。

「そう」キャンベル夫人は部屋のなかをさっと見まわした。「そうだとしたら、ほかのところはどんなふうなのか、聞かせていただけないかしら」

「隙間風が入る」ジャックは答えた。「寒い。おおむね、暗い」窓のほうを向き、鉄灰色の雨雲と霧の眺めに嘆息した。「晴れた日には、この部屋は明るくて陽気な感じがする」

「きょうはその言葉を信じるしかないわね」キャンベル夫人は茶を飲み終えて、椅子を後ろに引いた。「どうかしら。お屋敷を探検して、あなたのお気に入りである理由を確かめたいの。どちらもほかにやるべきことがあるのでなければ」顔を振り向けたジャックにそう言い添えた。

この女性とともにいるのなら、そうするのがもっとも安全かもしれない。それにどういうわけか、ジャックにも魅力的な提案に思えた。この屋敷が好きだし、訪れたのはほぼ二カ月ぶりだ。「喜んでご案内しよう」

ソフィーは昨夜遅くまで、この窮地から抜けだす策をめぐらせていた。どうにかしてできるだけ早くロンドンに戻らなくてはいけない。公爵との観衆の面前での賭けのせいで、留守が長引くほど噂は確実に広まり、既成の事実となっていく。公爵は下心はなかったと断言しながらも、こちらがフィリップとはもう関わらないと誓っても聞く耳を持とうとしない。そのことがソフィーを不安にさせた。これまで生きるために人を魅了し納得させる能力を磨いてきて、まさにいまなによりも自分の考えを公爵に納得させることが求められていた。

けれどソフィーがいくら自分の主張の正しさを理解させようとしても、公爵はただ坐って冷ややかな青灰色の瞳を向け、理屈のささいな綻びを指摘しては薄く笑っていた。憎たらしい男性だ。それでも粘り強く努力するしかない。相手はこの地の領主であり屋敷の主人で、ソフィーがロンドンに戻るにはその人物から許しを得るしか手段はなかった。

屋敷をめぐれば公爵についてもっと何かわかることがあるかもしれない。公爵はこれまでソフィーが出会ってきた誰とも違っていた。打ち解けない、冷ややかな、畏れ多い公爵様。爵位については、自分がどれほど無力な存在なのかを思いだしてしまうのでなるべく考えないようにしていたが、育った環境の違いは見過ごしようがなかった。

公爵に導かれ、到着したときに灯火のもとで目にした厳かな玄関広間に入っていった。ゴシック風建築の高窓から薄陽が射している程度でも、壮麗な広間なのがわかる。晴れていれば、緑がかった明るい青色の壁は天国の控えの間のごとく輝くのだろうし、床は磨かれて豊かな艶を湛えている。公爵が開いたドアの上の高い場所に、華やかな刺繡《ししゅう》飾りがあしらわれた時代物のドレスをまとった婦人の肖像画が掛けられていた。威厳すら漂う穏やかな顔の女性だ。足もとには小さな犬がいて、女性の長いショールの裾をくわえている。背景には、なだらかな丘陵とまさにこのアルウィン館らしき建物が見える。「どなたなの?」ソフィーは考えずに問いかけていた。

公爵が足をとめて見上げた。「曾祖母だ。この屋敷は曾祖母のために建てられ、彼女が庭造りも指揮していた」

「そうなのね」ソフィーは魅入られていた。「ご主人にとても愛されていたのに違いないわ」

「それどころか」公爵が言う。「互いに顔を見るのも避けていたようだ。曾祖父はこの屋敷を建てて、曾祖母をこちらで暮らさせて追いやった」

ソフィーは意外な言葉に慌てて、肖像画から目をそらした。「そんな」

ウェア公爵は背中で両手を組み、祖先をつくづく見ている。「曾祖母はここに来たほうがずっと幸せだったんだろう。この屋敷についてはすべて曾祖母の裁量に任されていて、そこに好きなだけいられたのだから」

「すてきね」それ以外に口にすべき言葉が見つからなかった。なんとなく、公爵の曾祖父に自分の祖父メイクピース卿と似たものを感じた。ウェア公爵は解釈しようのない眼差しを向け、さっと片手を伸ばして、開いたドアの内側へ進むよう促した。

高くそびえる階段の前の広間を抜けて部屋に入った。「青の間だ」公爵に説明されるまでもなかった。絨毯は豪華なサファイアブルーの地に蔓と花の絵柄が渦巻くように果てしなく織り込まれていた。金の模様が入ったマホガニーの木工細工も家具もともに磨き上げられ、壁掛けと同じ紺碧のダマスク織りの布で覆ってある。背の高い窓は庭園に面していて、いまは雨に濡れそぼっているものの、眺めのよい柱廊が優美に設えられていた。ソフィーはその部屋をゆっくりと歩いて、絵画と、見渡せる田園風景を鑑賞した。

「上を見て」ひとめぐりしたところで公爵の声がした。言われたとおりに仰ぎ見て、はっと大きく息を呑んだ。

天井には八角形と四角形の濃い色の木材が格子状に嵌《は》め込まれていた。それ自体はありきたりなものだ。驚かされたのはそこに施された彫刻だった。磨き上げられたクルミ材のなかに森林が取り込まれているかのように、天井全体がまさに息づいていた。天井蛇腹《コーニス》のいたるところから雄鹿、猟犬、鳥といったあらゆる動物、神話の生き物までもが顔をのぞかせている。「なんて美しいの」ソフィーはつぶやくように言い、できるだけよく見ようと首を伸ばし、また部屋のなかをめぐりはじめた。「信じられない！　これだけ彫るのにどれくらいかかったのかしら」

「子供の頃には弟と仰向けに寝転がって、あらゆる動物を探し当てようとしたものだ」公爵が言った。

ソフィーは意外な話に笑いを洩らしてから、面長のイタチ、太った猫、異国情緒あふれる象も見つけた。「わかる気がするわ！」顔を上向かせたままソファをまわり込み、絨毯の房飾りに蹴つまずいた。

すぐさま公爵が踏みだし、片手を伸ばした。ソフィーは転んでしまうと慌てて小さな悲鳴をあげたが、公爵の手で引っぱり上げられた。とっさに袖につかまってしまったために、抱き合うような格好になった。束の間どちらも動かず、少しして公爵が黙ってソフィーをまっすぐに立たせて離れた。ソフィーは低い声で詫びて、あとずさった。急に転びそうになり、しかも公爵の腕に抱かれたせいで、鼓動が速まっていた。気づいたときにはあまりに密着していて、いまは離れたものの目を合わせづらかった。

ばかげている。公爵は紳士としてすべきことをしたまでだ。ソフィーは気を取り直そうと深呼吸をして、おかしなことを考えないでと自分に言い聞かせた。「お気に入りはどれ？」

公爵がじっと見つめ返し、目をしばたたかせた。背中で両手を組み、すっかり堅苦しい態度に戻っていた。「なんのことかな？」

「あなたのお気に入りの動物」ソフィーは説明した。「天井の」

公爵がそんなことを知ってなんになるんだといった顔で天井を見上げた。「あれだ――スフィンクス。暖炉の上にいる」ソフィーが足を動かさないようにしてすぐさま見上げると、公爵が続けた。「祖父の顔に見えるんだ」

たしかに、それらしきものがあった。今度は足もとに気をつけながら、そちらのほうに近づいた。「名案よね」

「私も見るたび感心していた」公爵が考え深げに言う。「曾祖母が描かせたんじゃないかな。実際にはめったに見ることができなかったから、子供たち全員の顔を天井に彫らせた」

「めったに！」ソフィーはつい声をあげた。「どうして顔を見られなかったの？」

「私の祖父は兄弟たちとともに成長すると寄宿学校に入り、ここにはほとんど帰って来なかった。姉妹たちもほかの有力な一族にあずけられたり、良家の子女を教育する花嫁学校へ入れられたりしていた。ひとりは亡くなり、あとのふたりは十八で社交界に初登場《デビュー》して、嫁いでいった」

その声から穏やかな黙考以外のものは聞きとれなかったが、ソフィーは部屋に影が垂れこめたように感じられた。美しい部屋が突如として哀しみに暮れる母親の安息の場と化した。「何人のお子さんがいらしたの？」静かに尋ねた。

「六人。娘たちは十二歳まで母親と暮らすことが許されていた」

「ひどい話だわ」ソフィーは言葉をほとばしらせた。「母親から子供たちを引き離すなんてどんな人なの？」

公爵が深々と息を吐いた。「妻を遠ざけ、子を産ませるために年に一度だけ訪れていたような男だ」

またもソフィーは祖父を思い起こさずにはいられなかった。息子を勘当《かんどう》し、その息子の娘であるソフィーが両親を失うとアプトン夫人の学院へ追いやった。ソフィーにとってはかえってありがたいことだったとしても、祖父が孫娘を追い払った事実に変わりはない。ソフィーはつい厳めしく唇を引き結んでしまい、肩に入った力を意識して緩めた。「次はもっと楽しいお部屋だといいのだけれど」さらりと言った。「そうでなければ、あなたがどうしてこのお屋敷を好きなのかわからなくなってしまう」

「気味が悪いとでも?」公爵はじっとこちらを見ていたが、また天井に顔を上向かせた。「それがこの家のしきたりだったというわけだ」

「そうなの?」ソフィーは公爵をつくづく見つめた。「それならあなたも、フィリップも、寄宿学校へ?」

「もちろんだ」公爵が答えた。「父はぼくたちを母親から引き離しはしなかったが」

「やさしい愛情深いご両親だったのね?」

今度はウェア公爵が口ごもった。どことなく暗い表情をよぎらせ、答えようとしない。部屋の向こう端のドアへさっさと歩いていって、待っている。ソフィーは自分には関わりのないことなのだと思い直して、すぐにあとを追った。

「音楽室だ」公爵がドアを開いた。片側にピアノ、反対側には布を掛けられたハープがあるのだから一目瞭然だ。それでもソフィーはその部屋の美しさに目を奪われた。

部屋の三面に屋敷の前庭の見事な眺めを臨む背の高い窓がある。壁は淡い黄色で、椅子の張り布とそろえた花模様のシルクのカーテンが長く垂れていた。ソフィーは足もとに視線を落とし、絨毯もこの部屋に合わせて特別に織られたものなのだろうと察した。音符が渦巻き模様のように編み込まれ、所々にハープとリラが飾りを添えている。音楽を愛する人によって装飾が施された部屋だ。

けれど何にもまして目を引くのはピアノだ。これほど麗《うるわ》しい、名だたる音楽家が弾《ひ》いているような名器はもう何年も目にしていなかった。ソフィーは丁重に蓋を開いた。銘板には父が世界一のピアノ製造者だと信じていたジョン・ブロードウッド・アンド・サンズと刻まれていた。「あなたは弾くの？」ソフィーは鍵盤のひとつに触れた。いくらか音がはずれているようだ。

「いや」

「歌は？」ソフィーはなぜそんなことを尋ねたいのか自分でもよくわからないまま、またべつの音を鳴らした。

「あまり」

ソフィーは意外な返答に目を上げた。「まったくではないわよね？　紳士はみな音楽を学ぶものだと思ってたわ」

公爵は答えずに訊き返した。「きみは弾くのか？」

「ええ。でも、このピアノは音がずれてしまっている」ピアノの蓋を閉じた。こんなにもすばらしい楽器が誰にも弾かれずにいるとはなんて残念なことなのだろう。「学院長に、女性はみなひとつは楽器の演奏を身につけなくてはいけないと教えられたわ」ソフィーは音楽室を見まわした。美しいけれど、使われている様子がない。ピアノに楽譜は置かれておらず、ハープには布が掛けられ、何もかもがきっちりと整いすぎていた。音楽を愛する人によって美しく仕立てられた部屋なのに、音楽はすっかり失われている。

「ああ」公爵が言う。「ここではあまり過ごされていないのね」「楽器を弾かないので」

こんなにも美しい部屋が使われていないとは惜しいことだ。ここにソフィーが両親と暮らしていたなら、家のなかでいちばん多く過ごす場所になっていただろう。父がピアノを弾き、母がアリアやリートを歌う。ソフィーはふと、病気に壊される前の自分の家族がこの夢のような部屋に顔をそろえた姿を想像した。父がピアノの前に腰かけ、窓辺で母が歌い、ソフィーは父のために譜面をめくり……。

瞬きをして、けっして叶えられない想像を頭から振り払った。ピアノに背を向け、窓辺へ向かった。柱に囲われた玄関口が見えて、夜の暗がりよりも日中の薄暗いなかのほうがかえって恐ろしげな雰囲気を漂わせていた。ソフィーはじっと見おろして、雨のなかをずいぶん歩いてきたことにいまさらながら気づかされた。砂利の車道ときれいに刈り込まれた芝地のはるか向こうに、夜闇のなかをてくてくと歩いてきた林がある。そしてようやく目にした錬鉄の門までもが脳裏によみがえってきた。広々とした庭園の眺望なのに、なんとなく侘しげに感じられる。すべてが完璧に美しく整っていても、あまりに閑散として、よそよそしい。

考えてみれば、公爵と同じだとソフィーは気づいた。

振り返った。「お気に入りの部屋はどこ？」

「昨夜、話をした図書室だ」

「そこに行かない？」どのような人物なのかを探るには、本人が実際に過ごしている部屋を訪れるのに越したことはない。

公爵はうなずきを返し、青の間を通り抜けて戻り、回廊を進んだ。縦長の窓からはさほど陽射しは入らず、薄暗い空間だった。「ここにはさして見るべきものはない」

ソフィーは小さな額装の絵に目を留め、歩幅を緩めた。「フィリップね」はっと気づいて、すぐそばの壁に掛けられた鉛筆画を眺めた。「子供のときの」

「ああ」公爵が傍らに立った。「私が描いた」

ソフィーはなおさら驚いて目をぱちくりさせた。描かれているのは紛れもなく何年か前のフィリップで、髪がいまより長く、もっと屈託のない笑みを浮かべている。曲がって伸びている枝に腰かけている姿はいかにも嬉しそうだ。その木はぼんやりとした背景として描かれているだけだが、ソフィーには、フィリップがそこに登り、目の前の湖か池に素足をぶらつかせて、釣竿を垂らしているか石を投げ込んでいる姿が目に浮かぶようだった。

「とても無邪気で楽しそう」

公爵がじろりと見定めるような眼差しを向けた。「もうずいぶん時が経った」

「つまり、いまとは違うと？」ソフィーは鉛筆画を見つめた。愛情のあふれた絵だ。フィリップは描き手の兄に満面の笑みを浮かべている。「仲良しの兄弟だったのね」

公爵が大きく息を吸い込んだ。「ああ。子供の頃はよく似ていたんだ。湖のそばで何時間も一緒に過ごしていた。授業のいちばんの息抜きだった」

でも、ふたりはまるで違う大人になった。ソフィーは好奇心に質問を続けるよう激しくせつかれた。いつ、どのようにして、ふたりは道を分けてしまったのだろう？

「あなたたちは寄宿学校へ入ったのよね」

「そうとも」ウェア公爵はこともなげに答えた。「学期の合間にも授業を受けていた。

父の方針で」

「そうなの？」公爵を知るうえで重要な興味深い話だ。「どんな授業だったの？」

「作物の管理。帳簿づけ。父が浴場を建てたときには建築も」公爵がやや表情をしかめた。「きわめて退屈な授業ばかりだった」

「フィリップもさぞいやがっていたでしょう」ソフィーは笑いながら相槌を打った。

公爵がふっと口もとをゆがめた。「フィリップはほとんど受けずにすまされていた」

なるほど、跡継ぎのための授業だったわけだ。ソフィーは鉛筆画から目を離さず、兄が作物の管理を学ばされているあいだにもフィリップは湖へ出かけていたのだろうかと想像した。「弟さんにも何かさせておくべきだったのね」

「帳簿づけは少しやっていた。ふたりともアルウィン館で馬の御し方を学んだ。ここに来るとつねに母は客を大勢招いて、ぼくたちも催しには必ず出席させられた。母は田舎を静かで退屈なところだと考えている」公爵はひと息ついて続けた。「だから父はここを好んでいたのだが」

「あなたもそこが気に入ってるの？」

ウェア公爵は自分が描いたフィリップの絵を見つめた。「父とまったく同じ理由でここを気に入っている」ついにそう明かした。

公爵の口調には、これ以上この話題を続けることを阻む響きが含まれていた。「すばらしくよく描けてるわ」ソフィーは言った。「画才に恵まれているのね」

なおさらよそよそしい顔つきで答えた。「それはどうも。だが何年も前に描いたものだ」

「描き方を忘れてしまったわけではないでしょう」ソフィーがからかうふうに微笑みかけても、公爵の表情は変わらなかった。打ち切りどきだと悟り、話題を移した。「行きましょうか?」これまでのところ、ほかに所有しているのがすべて亡霊屋敷でもないかぎり、公爵がここを好む理由はとりたてて見いだせなかった。アルウィン館が美しくりっぱな屋敷であっても、ここまで見たかぎりでは、ロンドンのこぢんまりとした自分の家のほうが恋しくなるばかりだ。あそこなら父の懐中時計も、母の櫛《くし》もあり、幸せな時間を思いだして笑顔になれる。

公爵はただ頭を傾けてドアを開いた。なかに入るとそこは赤いダマスク織りのテーブルクロスが掛けられ、三つのクリスタルのシャンデリアに照らされ、カナでの婚礼の巨大な絵が飾られた、まばゆいばかりの正餐用の食堂だった。「母が拡張させたんだ」田舎屋敷にしては大きすぎる食堂に思わず声をあげたソフィーに公爵が説明した。「大勢をもてなしてきた」

先代公爵の未亡人はこの美しい屋敷を静かで退屈なところだと考えていたからだ。フィリップは母親の気質を受け継いだのだろうとソフィーは推測した。弟が社交や華やかさをより好んでいるのに対して、公爵のほうはずいぶんと慎ましく見える。

図書室に着いて、ソフィーはその考えをあらためた。雨が降り、全体にどんよりと薄暗い日だというのに、その図書室は輝いていた。大きな楕円形の部屋で、壁面はみずみずしい緑と白の木造りだ。部屋の両端には大理石の柱が立ち、そこから書棚がぐるりと楕円形の両側にめぐらされている。昨夜は暗すぎたし、ソフィーもいらだっていてじっくりと眺めてはいられなかったが、きょうは——

「なんて美しいの」思わず声が出た。「しかも昨夜はまったく気づかなかった！」

公爵が背の高い窓へ歩いていき、外を眺めた。「それはどうしてだろう？」

「なにしろ、あなたにものすごくいらだたされていたから」ソフィーは圧倒されて部屋を歩きまわっていて、うっかり口を滑らせた。「いらだちを鎮めるので精いっぱいだったのよ」

「なるほど」公爵は窓枠に片方の肩を寄りかからせて、こちらを見ていた。「何か言い足りなかったことは？」

ソフィーはそちらに目を向けて、どきりとした。たくさんの窓のおかげで、ここはこれまでのところよりも明るい。昨夜と同じように公爵の眼差しは澄んでいて揺るぎなかったが、鋭さがいくらかやわらいでいた。蔑むようなとげとげしさが消え、ソフィーにとっては困ったことにすてきな男性であることをまたも思い知らされた。

いいえ。すてきなのは、顎がしっかりと張って、こめかみに白いものがきわだっているジャイルズ・カーターのほうだ。ウェア公爵はりっぱすぎる。青の間で転びかけて支えられ、実在する人間の証しであるぬくもりを感じていなかったなら、芸術家が完璧な仕立ての服を着せて高級なブーツを履かせ、人間味を出すためにわざと金色の髪をなびかせた、雨空の下に立つ大理石の彫像としか思えなかっただろう。

しかもこちらはと言えば、首になった女中が残していった仕着せをまとっている。深呼吸をひとつすると、丈夫な生地が肌に擦れ、公爵のような男性からすれば、自分はその女中よりほんの少しましな程度で、たいして変わりはないのだとソフィーはつくづく気づかされた。

「さっさと消えてと言いたかったの」ソフィーはさらりと答えた。

公爵がこの世で自分にそんなことを言える人間がいるとは思わなかったとばかりに眉を上げた。「ほんとうに?」

ソフィーは笑い声を立てて、図書室めぐりを再開した。ガラスの陳列棚に細密画が並べられていたので、腰をかがめてじっくりと眺めた。「ほんとうですとも。わたしのことを強欲な賭博師呼ばわりしたうえに、きみのような人々のことならわかるだなんて。わたしのことを何も知らないくせに」

ウェア公爵が咳払いをした。「少しは知っている」

ソフィーは陳列棚の細密画を眺めながら、ひらりと手首を返した。「知ってるのはほんの少しよね――負けるつもりとしか思いようのない相手から大金の賭けを持ちかけられたら断われないこと程度」

「そこは重要な点だ」

「ええ」ソフィーは認めた。「でも、それだけではわたしがどんな人なのかはわかりようもない」いたずらっぽい笑みを浮かべて、ちらりと目を向けた。「たぶん、フィリップについても同じことが言えそうね」

「それはまたべつの話だ」公爵は腕組みをした。「弟とはどうやって知り合ったんだ？」

「サマセット・ハウスで」ソフィーは公爵がちらりと見せた驚きの表情を楽しんだ。「王立美術家協会《ロイヤル・アカデミー》の展覧会。わたしがそうした催しに出席しているなんて意外？」

「そんなことはない」

「そんな顔をしてるわ」ソフィーはからかうふうに眉を上げた。「心配無用よ、傷ついてはいないから。あなたがわたしについて何も知らないのは、すでに了解済みだもの」

「私が考えていたのは」公爵が重々しく口を開いた。「フィリップが出席していたのが意外だということだ。きみについてよく知らないことは素直に認めるが、弟のことはよく知っているので、ロイヤル・アカデミーとは、弟にはあまりに不似合いなところだと思ったまでだ」

「あら」ソフィーはがっかりして唇を嚙みしめた。「わたしの間違いね」

公爵が頭を傾けて了承を伝えた。「心配無用だ。私は傷ついていない。きみは私のことを何も知らないのだから」

ソフィーは自分の言葉をそっくり返されて、小さく苦笑した。「これでまたわたしの弱点を知られてしまったわね。ときどき、早合点しちゃうの」

思いがけず、公爵が笑い返した。ソフィーは無意識にあとずさった。軽く微笑んだだけで、ウェア公爵は信じられないくらい親しみやすくなる。ほとんどの女性たちがこの公爵をひどく厳めしく、つまらない男性だと見ているかもしれないが、ひとたび笑えば……ああ、笑った顔を見れば、ソフィーですらも夢中になってしまいそうな気がした。「キャンベル夫人、われわれにも共通するところがある」

「ほんとうに？」ソフィーは夢中になってしまいそうなどという考えを打ち消そうとして明るく尋ねた。「互いに驚くほど媚びへつらわない」

「そうだとしたら、お互いが思っている以上に、理解しあえている証拠なのかも」ソフィーが遠まわしながらも紛れもない文句を吐いて口を閉じると、公爵がゆっくりとそばに歩いてきた。陳列棚を眺める公爵からソフィーは目を離せなかった。遠目に見ていても魅力的ではあったけれど、距離が縮まって惹かれる感じがまたまったく違ってきた。

もっと……じわじわと着実に惹きつけられていく。濃く深みのある金色の髪の房が首に巻いた布に掛かり、くるんと愛らしく巻き上がっている。コーヒーもほのかに混じった、清潔で男性らしい芳醇な香りがする。きのうより鮮やかな青色の瞳をちらりとこちらに向けられ、ソフィーは奥深くにある本能めいたものが期待でふくらんだように思えた——悪くすれば切望にすら変わりかねない。

「ほかにも共通点がないだろうか？」公爵が低い声で問いかけた。

ソフィーは身を固くした。「ないわね」

「まったく？」

きっと近づきすぎているのだろう。ソフィーは熱さと息苦しさを感じて、頭をすっきりさせなければとさりげなく一歩さがった。「わたしにはわからないことをご存じだとでも言いたげね。いったいどんな共通点があるとあなたはお考えなのかしら、公爵様？」

公爵はまたも口もとをゆがめた。「意志の強さだ」

「意志をもって目指すところはまったく違う」ソフィーは辛辣に返した。

「私は弟を破滅させないために行動した」

「かたや、わたしは自分を破滅させないために行動した。より正確に言えば、行動というより主張したわけだけれど。わたしがフィリップより自分が生き延びるほうを優先させたとしても、ご理解いただけるはずよね」

「生き延びるか」公爵はもの思わしげに繰り返した。「フィリップが生死を賭けていたとは私はみじんも思っていない。名声と信用を失いかけていただけのことだ。きみはほんとうに身を滅ぼすとまで恐れていたのか？」

ソフィーはいまも恐れていた。収入を得るためにしなければならないことをしながら、ささやかな品位も保つには精妙なさじ加減が求められる。「女性にとって名を穢《けが》されることで払う代償がどれほど大きなものなのかをあなたがご存じなら、そんな質問はなさらないものね。それでも、公爵であれば、ほとんどどんなことでもできるのでしょうし、どこへ入っても歓迎されるのだもの」

「それが妬ましいのか？　きみもどこででも歓迎されたいと？」

公爵はこちらの内面を解き明かそうと探りを入れている。そもそもそれはソフィーがしようとしていたことで、自分のお株を奪われたのが面白くなかった。さらに一歩離れ、いたずらっぽく見返した。「そうなれば、どんなに楽でしょうね。公爵様なら、わたしに同行させるだけのために五千ポンドも賭けられるのですもの！」

「たしかに」公爵はさっとだけれど射貫くような視線を向けた。あてつけというわけではなく、いかさま師を見定める目つきだった。ソフィーは女として推し量られているのも感じ、とたんに全身に熱いものがめぐった。この男性にこんなふうに惹かれてしまう女性はきっと自分だけではないだろう。「あの賭けで、きみはいくつかの館から締めだされてしまうとでも？」

ソフィーは軽やかに笑った。「好ましくないところが扉を開いてくれるかも」

「だとすれば、失敗だったな」

「負けさえしなければ」ソフィーはむっとして言い返した。

公爵が虚を衝かれたような顔をした。ソフィーは驚かせたことに満足して、書棚に向き直った。「読書をされるの？　すばらしい図書室ね」

「毎日」公爵は答えた。「だからといって楽しめるものはめったにないが」

ソフィーは美しい革綴《かわと》じの本の背に目を凝らし、指先をそっと滑らせた。ここに収められているのはどれもとても値打ちのある本なのだろう。どこを見ても革綴じの本ばかりだ。「それなのに所有している」

「所有するのは、本の楽しみのうちでごくささいな部分にすぎない」

「いつでも手に入るというのも、不幸なことなのね」ソフィーは書棚から一冊の本を引きだして開き、ぱらぱらとページをめくった。「『彼女との口論では大きな満足を得られる。しかも私を悩ませようと全力を尽くしているときほど彼女が美しく見えるときはないと思うのである』」ソフィーは生意気そうにちらりと公爵を見やった。「あなたはもっと読書をするべきなのかも。ここにはすばらしい教えが満ちている」

公爵の眉間にうっすらと皺が寄った。片手を差しだされ、ソフィーは快くその本を手渡した。公爵が黙ってそのページに目を走らせてから、声に出して読みはじめた。

「『彼女から私の権威への侮蔑をあらわに向けられるのは、なんと愉快なことか』」頭を傾けて、ちらりと目を上げた。「いかにもきみが詳しそうな本だ」

「ええ、その話のお芝居を見たことがあるの」ソフィーは応じた。早口な頼りない声になっているると気づいたときにはすでに遅かった。

公爵が書棚に本を戻し、そのままソフィーの頭のすぐそばに片手をおいた。「そうだろうとも」そう言うとふっと笑った。

公爵は肘がこちらの腕をかすめるほどそばに立っている。また離れればすむことなのに、どういうわけかソフィーはそこにとどまっていた。あの賭けをしたのは単にフィリップをきみから引き離したかったからだと公爵は言っていたが、おかげでより親密な時間を楽しめるのならそれも悪くはないと考えているのがソフィーには読みとれた。

男性に男女の戯れをほのめかされたのはこれが初めてではない。はっきりと誘いかけてきた男性たちもいた。男性が熱情を掻き立てられているときにどのようになるかをソフィーはよく承知していた。数年前には一度、口説き落とされてしまったことがあった。若い熱情とみだらなことをしているという刺激に満ちた、熱に浮かされたようなひと時だった。熱が冷めてから、なんて危険なことをしてしまったのかと気づいた。相手は寛容でやさしい男性だったものの、関係が終わったときには、深刻な影響を残さずにすんだことに心から安堵した。以来、男性から誘いかけられても、そしらぬふりをして、気をそらし、受け流してきた。刺激は減っても、そのほうが安全だ。

おかげできょうはどれほど刺激の少ない日々を過ごしてきたのかを痛感させられた。いつもなら、関心を向けられても心動かされるようなことはないので、今回は少し動揺していた。さらに問題なのは、昨夜、公爵がまだ弟をカモにしようとしたと横柄に自分を非難していたときにもすでに同じように感じていたことだ。きょうの公爵は笑いかけもするし穏やかな態度で、これまでは好きになりさえしなければ惹かれる気持ちはどうにでも振り払えると思っていたのに、いざ笑いかけられ、くつろいだ態度で応対されると……ユーモア感覚や人間らしさも垣間見えて、冷たく高慢な公爵がどうしようもなく魅力あふれる男性に見えてきた。そんな男性とこれほど美しいお屋敷に、ふたりきりで足どめされているなんて……。

いつの間にそんな向う見ずなところへ考えが迷い込んでしまったのかとソフィーは気づいてたじろいだ。どうかしていると自分を叱った。公爵に誘惑されるようなことだけはどうしても避けなければいけない。どんな人なのかもわからないばかりか、自分を詐欺師だと責めた男性だ。どちらかが踏み込みすぎないうちに歯止めをかけなければ。

「重苦しい人生哲学はもうたくさん」ソフィーはにっこり笑いかけた。「公爵様、あなたもギャンブルのやり方を身につけておいてはいかがかしら」

8

　ジャックは使用人にカードを探してこさせなければならなかった。母がこの屋敷でパーティを開いたときには図書室にカードテーブルを置いていたのをなんとなく憶えていたが、もう何年も前のことだ。父の死後はアルウィン館に一度も客を招いていない。

　キャンベル夫人は前夜に素足の爪先でジャックをいたぶったときと同じ長椅子ですっかりくつろいでいた。きょう身につけているのは解雇した女中の仕着せで、艶めかしさのかけらもないものであるはずなのだが、ふしぎとよけいに気をそそられた。この女性は何者で、どうしてこうもどうしようもなく心乱されなければならないのだろう？　一組のカードを探しだしてきたマイケルズにキャンベル夫人がまばゆいばかりの笑みで礼を述べ、ジャックはみぞおちが締めつけられた。あんなふうに自分にも笑いかけてほしい。

「ずいぶんと手慣れているものだ」ジャックは賭博台のクルピエ並みの身ごなしでカードを切る夫人に言った。そのような淑女らしからぬ技能をどのように習得したのかに頭を振り向けようとしても、あの器用な手先で触れられたならどのような感じなのだろうかと考えてしまう。

キャンベル夫人がしとやかに微笑んで、カードを手早く配りはじめた。「どんな女性も奥深い才能の泉を秘めているものなのよ、公爵様」

ジャックの頭に危険な考えが様々に湧いてきた。きみはどんな種類の才能を秘めているのかと尋ねたかった。椅子の上で腰をずらした。「秘密もか?」

「たぶん、殿方と同じくらいには」キャンベル夫人は残りのカードの山を置き、ジャックの前にあるカードのほうを身ぶりで示した。「〈ルー〉をなさったことは?」

「ある」

「制限なしの〈ルー〉は?」キャンベル夫人が潑溂とした笑みを浮かべて訊いた。

制限なしの〈ルー〉はひと晩で破産しかねないゲームだ。「早くもまた、すっからかんに巻き上げるカモを探しているのか?」

キャンベル夫人は睫毛をはためかせて見返しつつ、さっと自分のカードを手にした。その表情は誘惑ではなく警告と受けとめるべきことをジャックはもうすでに学んでいた。「わたしのことをよくご存じなのね」

それどころかまったくわかっていないのは承知していたが、ジャックの好奇心はますます高まるばかりだった。「〈ルー〉をするには人数が足りない」

キャンベル夫人はカード越しにきつい眼差しを返した。あえて顔の前にカードを持っているのだろうとジャックは見てとった。「お金を賭けるわけではないわ。公爵様、これはあなたがもう多額の損失を被らないための授業ですもの」

ジャックは笑って、ようやく自分のカードを手にした。「パス」

「なんですって?」キャンベル夫人がカードをおろし、きょとんと見つめた。パスをすればこのゲームを放棄したことになる。「だめよ、パスはできないわ。ゲームが台なしじゃない」

「それも私の財産を守る方法だ」あまりに美しい困惑の表情にジャックはにやりとした。「簡単なことだよな? 私は何ひとつ失っていない」

「でも勝ってもいないでしょう!」

ジャックはカードをテーブルに置いた。「勝つ必要などない。きみはどうして勝とうとするんだ?」

「わくわくするから」その言葉を口にする前にほんのわずかにためらったのが見てと

れた。「あなたにとってはとてもおかしなことのように思えるのはわかるけれど、お勧めするわ」

「勝つのを？」ジャックは椅子に背をもたせかけた。「昨夜は私が勝った」

キャンベル夫人がほんのりと頰を染めた。「それでこうなったことを深く後悔なさっているわけね」

ジャックはその表情をしばし観察した。「いや」ゆっくりと否定した。「そんなことはない」

キャンベル夫人が警戒するように用心深い目を上げた。「昨夜あなたが勝ったのにほんの少ししか満足を得られていないのだとしたら、わたしにひどくがっかりなさっているということかしら」

ほんの少しどころか、いまは大いに満足している。「当座の目的は果たせた」

キャンベル夫人がぱっと目を燃え立たせ、カードをテーブルの上に放り捨てた。

「フィリップのことね。あの人のためにあんなばかげたことまでしていたら、あなたはもう父親も同然に思われてしまうわよ」

ジャックは父ならばどうしていただろうかと思いめぐらせた。亡き公爵はどこまでも道義を重んじる人物だった。父が生きていたなら、フィリップはまず間違いなくここにしおらしく反省して坐っていて、なんであれ父から科せられた罰に素直に服従していただろう。弟が厩を掃除したり、カークウッドの小作人の農地を耕すのを手伝ったりする姿が思い浮かんだ。

そもそも、父がまだ生きていたならば、フィリップがあのような放蕩者に堕落してはいなかったかもしれないが。公爵は辛抱強い男で、若さゆえの放蕩はかなり大目に見ていたが、限度は心得ていた。父は息子たちには逞しく高潔な男になることを望んでいたし、この兄とは違って、フィリップがあのように落ちぶれる前に賭け事をやめさせていたに違いなかった。「フィリップは私にそれほどの敬意を抱いてはいない」

一瞬ふたりの視線がかち合い、それからすぐにキャンベル夫人がカードを集めだした。「もっと簡単なものから始めるべきね」カードを切り直し、ジャックの前に二枚のカードを配った。「〈二十一〉」

「何を賭けるんだ？」ジャックは静かに尋ねた。

「わたしはだめ」即座に切り返された。

ジャックはまたにやりとした。「では……」言いよどんで、考えた。「音楽」

キャンベル夫人がさっと目を上げた。「どういうこと？」

「ピアノを弾いてもらおう」

「あのピアノは音がすっかりはずれてしまっているわ」キャンベル夫人が抵抗した。

ジャックはそしらぬふりをした。彼女は先ほどあのピアノを食い入るように見ていた。つまり音楽に思い入れがあるということだ。切望は抵抗に勝る。ジャックは黙って、ただ待った。

キャンベル夫人が自分のカードに視線を落とした。手の内側で並べ替えている。

「あなたのお耳が後悔するわよ」ついに口を開いて釘を刺した。「でも、どうしてもとおっしゃるなら、お聞かせするけど」

「覚悟しておこう」

「それならせいぜいより注意深く勝つことをお勧めするわ」キャンベル夫人は鋭い声で返した。

それから一時間、ゲームは続いた。ジャックは彼女をさらに知る手段としてゲームをすることに応じたのだが、いつの間にかのめり込んでいた。むろん〈二十一〉のルールは知っているし、数年前まで母にせつかれて舞踏会に出席していたときには時間つぶしにしていたゲームでもある。当時からわりあい得意としていて、数年ぶりとはいえ、適度な勝負勘も戻ってきた。けれども何分もしないうちに、キャンベル夫人のほうがこれほどの達人がいたのかと驚くほどに何枚も上手であることに気づいた。

微笑んで、気楽に、しかも相変わらず生意気そうに話してはいても、その目はカードの動きをけっして見逃さない。カードに触れる手つきがまたこちらの気をそそる。キャンベル夫人が小首をかしげて微笑みながら、カードをめくるかと尋ねるしぐさにジャックは心を乱された——それも計算ずくなのだろうとはわかっていても。しかもゲームの才覚が尋常ではなかった。そのうちに、彼女の頭のなかにカードのやりとりがすべて記録されていなければ、これほどの勝率を上げられはしないとジャックは気づいた。

端的に言うなら、キャンベル夫人は本職の腕前だというわけだ。

そんなことがありうるのか？　ジャックは相対している女性について頭のなかで次々に疑問をめぐらせながらも、恥ずかしい敗北は避けなければとゲームから集中を切らさないよう努力した。これでは当の女性も言っていたように、フィリップはまるで考えなしにゲームをするのだから、大負けさせられても当然だ。あの弟のことなので、見目麗しい胸もとにほぼずっと気を取られていたのだろうが、いまとなっては負けていたのはそれだけが理由ではなかったことがよくわかる。

勝負で身を立てている男たちとも互角に戦える能力があるのなら、どうしてフィリップから金を巻き上げてしまわなかったのか？　間違いなく可能なはずだ。フィリップにはいくらか配慮しているということなのかもしれない。だがジャックは少し考えて、キャンベル夫人は勝ちを望んでいても、大儲けを手にしたいわけではないのだろうと思い至った。そうだとすれば、〈ヴェガ〉で持ちかけられた賭けにためらい、大勢の前でそのつけを払わせられたことに憤慨していたのも説明がつく。キャンベル夫人は〈ヴェガ〉の常連で、顔見知りと賭け事をしていても、注目されるのは望んでいない。毎晩のように大金を稼げば、名を取りざたされてしまうからだ。

とはいえ、それですべての説明がつくわけではない。ジャックは〈ヴェガ〉で弟がどれくらい負けていたのか詳細に確かめてはいないが、キャンベル夫人がこれまでに手にした金額は未亡人が悠々と丸一年暮らせる程度のものどころではないだろう。本人曰く、たまには負けるそうだが、勝つほうが断然多いのはジャックが賭けてもいいと思うくらい確かだった。こうして金銭を賭けていないゲームですら、いかに集中しているかは夫人の顔に表れていた。つねに勝ちたい女性なのだ。

借金があるのか？　夫に無慈悲にも遺産をほとんど与えられなかったのかもしれない。そもそも、その夫とは誰だったのだろう？　どうして妻が暮らしていけるだけのものを遺してやらなかったんだ？　この若さで未亡人だということは、成人してすぐに嫁いだのだろう。むやみに金を使い、貯めておかねばならない頭がなかったのかもしれない。ジャックはそう考えてすぐに、いや、それでは道理に合わないとわずかに眉をひそめた。なにしろ世知に長《た》けている女性だ。この女性が完全に気を許すことがあるとすれば、いったいどのようになるのか？

そんな考えに気をそらされていたのがかえってジャックを救った。キャンベル夫人にはどうして金が必要なのか、その理由を知るにはどのように隙を突けばいいのかと考えるのに忙しく、カードを取ろうとしていたつもりが放棄してしまった。キャンベル夫人がかすかに笑みを浮かべ、カードをめくって自分の手に加え、きょとんとして目をしばたたかせた。そのカードはクラブの6で、夫人の手札は二十一を超えてしまったのだ。

ジャックが自分の手札を見ると十四だったので、思わず勝利の快哉を洩らした。

「どうして――」キャンベル夫人が残りの数枚のカードをひっくり返した。すべて4以下の数字で、夫人がそのどれを引いても、ジャックは負けていた。キャンベル夫人が作り笑いを浮かべた。しくじった証しに。「やられたわね」

「きみが勝っていてもふしぎはなかった」ジャックは思いがけない勝利に気をよくして素直に認めた。

キャンベル夫人が微笑んでカードを集めだした。「いいえ、そんなことはないわ。

不正がなければ、勝利はつねに平等にもたらされる」

ジャックはそれを信じた。この女性は勝つためにゲームをしているが、負けても高潔さと品位は失わない。

「優秀な教師であるとすれば、一時間以内に勝負をつけられていたはず。いま演奏したほうがいい、それともあとにする？」キャンベル夫人は集めたカードを脇に置き、昔からの友人同士のように気さくに面と向かって微笑んだ。

ジャックは恐ろしいほどに口づけしたい欲求に駆られた。女中の仕着せをまとい、年季の入った賭博師のようにカードをさばいていてもなお、輝きを放っている。頭の奥ではどれほど疑問が飛び交っていようとも、これほど快い朝を過ごすのは何年ぶりか思いだせないくらいだ。キャンベル夫人は謎めいていて、麗しく、ふしぎな美女で、ジャックは自分でも呆れかえるほどに魅了されていた。彼女の秘密を解き明かすためなら、それ以上にどうすれば心から笑いかけてもらえるのかを探りだせるのなら、このあと一日じゅう、いや、一週間でも喜んでともに過ごしたい。

その望みを叶えるには、いま口づけるのは得策ではないだろう。

「すぐにも聴かせてほしい」ジャックは返答した。「ぜひに」

ふたりは図書室を出て音楽室へと引き返した。途中のドア口でキャンベル夫人が歩を緩めた。「まあ」

ジャックはかまわず先へ進んだ。ふたりが図書室でカードゲームをしているあいだに、使用人たちが家具に掛かっていた布と埃を取り払っていた。きょうは一日、人々が屋敷を駆けめぐり、すべての部屋が完璧に整えられるだろう。いつもなら主人が到着するまでに整えられているのだが、今回はその時間が与えられなかった。ジャックはピアノの蓋を上げて、待った。

キャンベル夫人が落ち着きを取り戻し、椅子に腰をおろした。「調律もしたのかしら?」さらりと訊いた。

「それはどうかな」

キャンベル夫人がなつかしむふうに鍵盤に指をおいた。「されていないとすれば、あなたのお耳は相当に痛めつけられることになるわ」

ジャックはにやりと笑った。「きみの耳ほど繊細ではないから、違いに気づけるかすら疑問だ」

「あなたのお望みなのだから仕方ないわね」とつぶやきめいたものが聞こえ、キャンベル夫人がピアノを奏ではじめた。最初は何度か指がまごつき、数音長引いたが、しだいに自信を取り戻してきたらしい。ジャックは、楽譜に見入って用心深さがいくらか緩んだキャンベル夫人の顔が見えるところに腰をおろした。

自分の弱点は心のなかでだけでも正直に認めるのが最善であることをジャックは何年も前に学んでいた。キャンベル夫人は自分にとって急速に、大変な弱点に、いや、その弱点を突く存在となろうとしていた。完全に魅了されている。どうすれば笑わせることができるのか、すべて脱ぎ捨てたらどのような姿なのかも、もっと彼女について知りたくてたまらない。そのどちらの望みについても、いや片方だけでも、叶えようとすれば厄介なことになるのは目に見えている。

ああ、それなのに、いまはもうどうなってもかまわなかった。

キャンベル夫人が最初に弾いたのはどうやらモーツァルトの曲らしかった。ジャックはその姿に魅入られていて、演奏が終わっても押し黙っていた。ところがキャンベル夫人は椅子から腰を上げずに、じっととどまっている。だんだんと切なげな表情に変わった。口もとにかすかな笑みを浮かべ、いくつかの音をふるわせるように鳴らしたかと思うと、また新たな曲を弾きはじめた。

彼女にとって何かしら思い入れのある曲に違いなかった。最初の曲では巧みにというより勢いにまかせて弾いていたが、今度は内面から衝き動かされているかのようだ。曲に合わせて身体を揺らし、時には少しうつむいて、音が鎮まるときもある。本人にしか聴こえていない伴奏に耳を傾けているとしかジャックには思えなかった。

「この曲は知らないな」最後の音がにわかにもの悲しい沈黙のなかに消えると言った。

「母のお気に入りの曲だったの」キャンベル夫人は瞳を翳《かげ》らせ、遠くのどこかを見つめて静かに答えた。

「母上のために練習したのかい？」

返事はなかった。崇めるように鍵盤に指を沿わせているので、音は鳴らない。「美しいピアノね、公爵様」ようやくキャンベル夫人は口を開いた。「きちんと調律しておくべきだわ」かすかにふるえているのが見てとれた。泣きだしかけているのだとジャックは気づいてふっと胸を衝かれた。

そうだった。先ほど彼女は母親のことを過去形で語った。愛する親を亡くした気持ちはジャックにもよくわかった。しかも、この女性は自分が父を亡くした年齢よりも若くして母親を失っている。

「とても残念なことだ」ジャックは静かに語りかけた。「母上を亡くされたのは」

キャンベル夫人はこちらを見ずにピアノの蓋をそっと鍵盤におろし、椅子から立ちあがった。「よろしければ、少し休ませていただくわ」またも、やたらと仰々しくも優美に膝を曲げた挨拶をすると、部屋を歩き去っていった。

ジャックはともかくなぐさめなくてはという衝動に駆られてあとを追ったが、自分が哀しませるきっかけを作った張本人だったのだと気づいて思いとどまった。キャンベル夫人は一度も振り返らず、階段に着くなり駆け上がっていった。ジャックは足をとめ、どうしようもない薄のろになってしまったように、ただ頭上の階段の吹き抜けに響く足音を聞いていた。

9

ソフィーは夕食まで公爵を避けて過ごした。そのあいだにどうにか気持ちを鎮めて、もうピアノは弾いてはいけないと決意していた。どうしてアーンの歌劇『アルタクセルクセス』から『疲れた戦士』を選んで弾いてしまったのだろう。母が得意としていた曲で、その歌唱はヨーロッパじゅうでちょっとした評判を得ていた。それともあのピアノのせいだったのかもしれない。少し音がはずれてはいても、ほんとうに美しい名器だ。あれほどすばらしい音楽室があれば、父はきっと好んでピアノを弾いただろうし、母も歌声を響かせていたに違いなかった。

でもだからといって、そうした思い出や記憶に流されるべきではなかった。いま両親がここにいたなら、娘がこのような立場に追い込まれていることに衝撃を受けていただろう。人生における決断を両親は理解してくれているとこれまではいつも自分に言い聞かせてきたけれど……今回の窮地は……ばかげていて、しっかりと感情を抑制できていれば起こりうるはずのないことだった。しかもここから抜けだすには、つねに冷静に機敏な判断力を保つ以外に打つ手はない。

階段を下りていくと、ギボン夫人が待ち受けていた。「旦那様は外におられます」家政婦はそう伝えた。

ソフィーは目をしばたたかせた。「こんな雨のなかで?」

家政婦はにっこり笑った。「いいえ、奥様、柱廊の屋根の下ですので」先に玄関広間を抜けて進み、回廊の先で、両開きの扉があけ放されたところに案内した。ソフィーは低い声で礼を述べて、柱廊の屋根の下にぶらさがる四つの真鍮の角灯《ランタン》に照らされた石敷きのテラスに踏みだした。

雨は濃霧のごとく降りつづいていた。束となって地面に落ちてくる雨は雲が続々と舞い降りてきているようにも見える。空には、夕陽に雲が細く押しつぶされているかのように金色と灰色の混じり合った光の筋が射していた。青の間から見えた幾何学式の庭園は右手のほうにあり、正面にはきれいに刈り込まれた芝地が大きく広がり、ユリノキが点々とどこまでも続いている。その景観を縫《ぬ》うように石畳の道が、岸を縁どる森のせいで遠くにぼんやりと見える程度の湖まで伸びていた。

「美しい眺めね」ソフィーはその景色をじっと見つめる男性に声をかけた。

公爵が振り返った。顔から足へと視線を移され、ソフィーはまたも心ならずも目覚めさせられていくようなふるえが走った。「ああ」公爵はソフィーがそばに立つと前庭に顔を戻した。「湖のおかげで森に水が氾濫《はんらん》せずにすんでいる。子供の頃、フィリップと通っていた場所だ。小舟をひとつかふたつ屋敷からは見えないように橋の下に繋《つな》いで、泳いだり魚釣りをしたりしていた」

「楽しそうね」

「楽しかった」公爵は口ごもった。「先ほどのことは、お詫びしなくてはいけない」

ソフィーはなんのことなのかをすぐに察したものの、とっさに明るく笑い返した。

「ロンドンからわたしを誘拐したこと？」

公爵が苦笑いを浮かべた。ええ、あなたがそちらについては謝る気がないのはわかってる。「先ほどのことだ。弾いてほしいなどと頼むべきではなかった」

「あら！　だからあのピアノは音がはずれていると警告したはずよ……」ソフィーは軽口で受け流そうとしたが、公爵から心情を察するように思いやり深い目で見つめられ、押し黙った。

「まったく悪気はなく、きみに哀しい思い出をよみがえらせてしまった。申し訳ない」

ソフィーは突如こみあげてきたものを必死に呑み込んだ。「気にならないで。あなたは何もご存じなかったのだから。ほんとうに、わたしがあの曲を選んだのがいけなかったの。ピアノの前に坐ったのがとても久しぶりだったものだから……」

「母上を亡くされたのは子供のときなのだろう」公爵が慮《おもんぱか》った。

ソフィーはまた無理やり微笑んだ。「ええ。十二歳のとき」

「気の毒に。心からお悔やみ申し上げる」公爵の声には真摯に悼《いた》む気持ちが込められていた。「音楽家だったのかい？」

自然に笑みがこぼれた。「ええ」声に熱がこもった。「そうなの。わたしが反抗したり、お行儀が悪かったりしたときには、歌って叱られた。うちにはいつも音楽があふれていた。あれは母のお気に入りの曲で、何度も歌うのを聴いていたから……」母が高く透きとおったソプラノの歌声を失うまでだけれど。そのことは頭から締めだした。「わたしにはそんな声は備わっていなかったし、いくらピアノを弾く練習をしてもたいして才能がないことがわかって、みなさぞがっかりしていたのではないかしら。それから学院に入って――」

「学院には音楽の教師がいなかったのかい？」また恐ろしい記憶がよみがえりかけて言葉を切ったソフィーに公爵が尋ねた。

「いいえ、いたわ。だけど、それまでのようにはいかなかった」ソフィーの声は沈んだ。アプトン夫人の学院での音楽の授業は、母がロシア皇帝のために歌うのを聴いたり、晩にミラノの管弦楽団のティンパニ奏者にエールを手渡したりといったものとは比べものにならなかった。父のように音楽を感じさせてくれる教師がいるはずもなく、淑女のための学院では誰も感情をふるわせる生きた音楽は学べない。父ならあのように音がはずれたピアノからでも、一度たりとも不快な音を鳴らさずに聴衆がみな感涙する音楽を奏でられたのだろう。

「私は父から絵を描くことを勧められた」公爵が言った。ソフィーは驚いてすぐに目を向けたが、公爵は遠くの湖に視線を据えたままだった。「父も描いていたんだ。もっとも建築に類するものだったが。父は建物を描き、私はそこに住む人々を描いた」公爵が片手を上げて右のほうを示した。「あちらの屋敷の裏手に、父が設計した浴場がある」

「あなたはいまも描いているの？」ソフィーは静かに問いかけた。

公爵の手が脇におろされた。「いや」

「どうして？」

突風がふたりに雨を撒《ま》き散らした。ソフィーは衝動的に顔を上げ、柔らかな湿った空気を深々と吸い込んだ。けっして声に出して言うつもりはないけれど、すばらしい夕べだ。ロンドンでは雨が降れば、街中を歩くうちに華奢な靴が汚れてしまうのを気にして顔をしかめていた。いまはただここに立って、静かな美しい景色をじっくりと眺めていられる。

ソフィーが目をあけると、公爵が呆然としたようにこちらを見ていた。じっと集中した顔つきで、よそよそしさや冷たさは感じられない。ほんの数秒目が合って、すぐに公爵が雨のほうへ視線を戻した。「きみが弾くのをやめた理由と同じようなことなのかもしれない。ほかのところに時間と関心を奪われてしまった」

それからしばらく、ふたりは黙って雨を見ていた。「この屋敷は昔から私の逃げ場なんだ」ようやく公爵がまた口を開いた。「授業を受けていた子供時代にも、勉強が終われば探検できる湖と森があった。いまでは自分のものになった。母はここを嫌っているし、フィリップはほかの楽しみで忙しいから、私だけの場所だ。この隠れ家だけは不愉快な感情や怒りに侵させたくない」ソフィーのほうを向いた。「きみを無理やりここへ連れてくるべきではなかった。フィリップに腹を立てていたんだが——やりすぎた。いまさらだが、雨は私にはどうすることもできない。謝罪を聞き入れてもらえるだろうか？」公爵は片手を差しだした。

ゆっくりとソフィーはその手に自分の手をおいた。「ええ、公爵様」

公爵が口もとをゆがめた。「その呼称はやめてもらえないか？　できれば、ウェアで」

「承知したわ。ウェア」今度はためらいながらも心から笑みを返せた。ウェアはまだソフィーの手を取っていて、軽く握ってすぐに放した。ソフィーはスカートの後ろに手を引き戻し、ぬくもりの余韻を消し去ろうと指を動かした。

「朝食用の居間で夕食をとろうと思っている。食堂は……」

「ふだんの食事には豪華すぎるのね？」言いよどんだウェアに代わってソフィーが締めくくった。

「煩わしいに代わる言葉を探していたんだ」ウェアは本物の明るい笑みを見せて応じた。

ソフィーも思わず笑い返した。「ふたりには広すぎるわよね？」

ウェアが笑い声を立てた。ソフィーはどきりとせずにはいられなかった。すてきな笑い声だ。それなのにあまり笑わないのはもったいない。「あまりにも広すぎる」

ウェアが手をかけられるよう肘を出した。

ソフィーはためらいがちに公爵の肘に手をかけた。美しい顔立ちで、惹きつけられる魅力があり、しかもこうして親切に接してくれるようになった。浮かれてしまわないように念を入れて気をつけなければいけない。

10

翌朝、ジャックが朝食をとっているときにウィルソンがあまりよくない知らせの第一報を届けに現れた。「旦那様、ミスター・パーシーがお着きです」

本来ならこの時間にはメイフェアのウェア公爵邸で仕事に励んでいるはずの人物だ。そのパーシーが主人の居所を知り、アルウィン館に駆けつけたとすれば、理由はひとつしかない。ジャックは新聞――ウィルソンが夜明けに誰かに馬を駆らせて運ばせたのに違いない――を閉じて、立ちあがった。

「どこだ？」

「居間におられます、旦那様」

ジャックはドアロを見やった。まだキャンベル夫人の姿は見えない。顔を合わせるのが待ち遠しくて仕方がなかった。「キャンベル夫人はもう起きているのだろうか？」

「さように存じます。ギボン夫人がお召し物をいくつかご用意したのですが、少しばかり寸法直しが必要だと申しておりましたので」

当然だろう。キャンベル夫人は自分の衣類を持参していない。ジャックは夫人が現れずに刻々と時間が経つにつれ、神経を張りつめていたことにいまさらながら気づいて、ふっと肩の力を抜いた。「それはよかった」執事が軽く頭を垂れ、ドアを開くと、ジャックは部屋を出て、秘書に会いに向かった。

リチャード・パーシーは居間に立っていた。ブーツに泥が付き、服がぐっしょり濡れているところを見ると、ロンドンから馬を早駆けさせてきたのはあきらかだ。「旦那様」秘書はジャックの姿を目にして頭をさげた。「このように押しかけてしまい大変申し訳ないのですが――」

「奥様、つまり私の母が心配して、気が動転しているのだよな?」ジャックは乾いた声で秘書の言葉を補った。

「おっしゃるとおりでございます」パーシーが表情をやわらげた。

ジャックは母が息子の身を案じているわけではないことはわかっていた。心配しているというよりはむしろ、怒っているといったほうがふさわしい。ジャックが公爵位を継いだ瞬間から、母には道徳、金銭、社交のどれについても非の打ちどころがないよう、ことあるごとに言い聞かされてきた。賭博クラブで女性を相手に公然と破廉恥な賭けに及ぶなど、母が重んじる礼節を踏みにじる行為で、おまけにその女性とアルウィン館へ遁走《とんそう》したとなれば、感情を激するのも無理はない。

　ふと、フィリップは母にどこまで話したのだろうかとジャックは考えた。フィリップにとっては口を閉じてはいられない話であり、〈ヴェガ〉での一件は紛れもなく、ここ数年の兄の行動のなかでもっとも衝撃的なことだったはずだ。当然ながら、フィリップが母に語るためには、バグウェルへの借金を兄が肩代わりするにあたり交わした約束を破って、早くも〈ヴェガ〉で賭け事をしていたことも打ち明けなければならない。弟は打ち明けるのが得意ではない。

　とはいえ、兄の行動への驚きのあまり、母のフィリップへの風当たりが弱まるのもまた間違いなかった。父から一人息子であるかのように跡継ぎとして仕込まれたジャックに比べ、自分に似た次男をかわいがっている母に、事の顚末《てんまつ》が明かされるのは時間の問題だ。

「母上には、私がいたって元気で、然るべき時がくればロンドンに戻ると伝えてもらいたい」

「長く滞在されるのですか、旦那様」パーシーはジャックの冷ややかな眼差しに一歩あとずさった。「念のため、お伺いしておいたほうがよろしいかと思いまして」

「いや」ジャックはそっけなく返した。「ほんの数日だ」

「さようでございますね」パーシーは唇を湿らせ、上着のポケットから封書を抜いて差しだした。「奥様からこちらをお渡しするようにと申しつかりました」

ジャックは目も向けずに受けとった。「ウィルソンに部屋を用意させよう。身体を乾かすんだ。馬を休ませたらすぐにロンドンへ帰ってくれ。私が戻るまでの数日、必要な執務を続けてほしい」

秘書は頭をさげて、出ていった。誰もいなくなった部屋でジャックは声に出して悪態をついた。手にした母の手紙が鉄床《かなとこ》のように重く感じられた。そこに書かれていることは察しがついた。公爵位を継いで以来、同じ話を繰り返し聞かされるのが務めのひとつとなっていた。公爵としての品格を忘れず、父とそれ以前の代々の公爵を辱めることのなきよう、行動を律しなければいけないのだと。

ジャックは封蠟《ふうろう》をといて、手紙にざっと目を通した。予想どおり、憤慨と失望を伝え、本来ならフィリップに戒めるべき振る舞いにみずから及んで、一族の長たる役目を完全に怠ったことを叱責する言葉で締めくくられていた。母の手紙によれば、弟は今回の仕打ちに傷つき、呆然自失の状態で、とても立ち直れそうにないといったふうに書かれている。

ジャックは呆れて唇を引き結んだ。フィリップが立ち直れないのはいまに始まったことではなく、今回の一件とは無関係だ。

それにつけても、なにより腹立たしいのは手紙の最後の段落だった。〝あなたがこのような行動に出るとはほんとうに驚かされましたけれど、急にいなくなったせいで、わたしがどれほど慌てたことか。今夜のベンサム家の舞踏会に付き添ってくれるはずではなかったのですか。あなたはおそらく忘れていて、これほど瀬戸際になってわたしに無礼な欠席通知を出させるはめに追い込むなんて。レディ・ストウとお嬢さんが出席なさる予定で、あなたの付き添いを楽しみにされていたのですよ。そのご期待をこれほどむげに突然くじくようなことをするとは、あなたを見損ないました。こんなことをして、あなたのお父様もきっと不愉快に……〟

それを持ちだすとは不条理だとジャックはいらだった。ストウ家とウェア家は何十年も前から懇意にしてきた。亡きストウ伯爵は父の親友で、レディ・ストウと母も深い友情を築いている。父と伯爵は同じ船に乗っていて事故に遭い、伯爵が命を奪われ、公爵も床に伏して一週間とおかずに亡くなり、両家は悲劇にともに見舞われたのだ。父は息を引き取るまぎわ、レディ・ストウと若き令嬢ルシンダの面倒を見てやってほしいと頼み、ジャックも引き受けると誓ったのだった。以来この七年、求められればすぐにどんなことにでも応じてきた。ふたりをないがしろにしたことなど一度もない。

当の舞踏会への出席の約束を忘れていたのは事実だ。レディ・ストウと令嬢が出席するものにはつねに寄り添ってきた。ルシンダは今年社交界に初登場《デビュー》したので、貴族たちの華とさせるために自分にできることはなんでもしてやるのが父の意向だと信じている。クリスマスのすぐあと、最後に会ったときにルシンダは緊張していると話していた。

だが、母はルシンダの心配をしているのではなく、息子を恥じ入らせてロンドンにすぐさま戻らせようとしていて、ジャックにそのつもりはなかった。恥じ入らせて戻らせるやり口に納得がいかないだけでなく、キャンベル夫人とどのように決着をつけるかまだ決めかねていて、じつのところいつの間にか、あの女性にどんな舞踏会よりもはるかに危険を感じるほど気分を高揚させられていた。

ジャックは母の手紙をポケットに入れ、ゆっくりと朝食用の部屋へ歩きだした。その手紙には、うかうかしてはいられない注意すべき点も示されていた。むろん、フィリップは自分への非難や咎めをかわすため、どうにかして兄に責任をなすりつけようと考えているだろう。母に自分はろくでなしなのではなく被害者なのだと思ってもらえているうちは、改心を迫られることなく甘やかされていられる。ジャックはおそらく、自分が母の目の前で帳簿を開いて最近だけでもフィリップの借金の返済にどれだけ用立てたのかを見せつけてやるべきなのだとはわかっていた。フィリップがみずから打ち明けるはずがない。家計の支出の指示は母が出していても、父はその承認を必ず夫に求めるべきで、帳簿は女性が立ち入るものではないと考えていた。亡き公爵は妻と次男にはどのような行動をしようと責任を問わず、気ままに暮らすことを認めていたわけだ。すべてはジャックが引き継いで、何もかも父がしていたとおりにするよう求められる日々が始まった。

ジャックが朝食用の部屋に戻ると、キャンベル夫人がテーブルについて食事を始めていた。きょうの装いはすっきりとした深緑色のドレスだ。どこから手に入れたものなのだろうかとジャックは思いめぐらせてすぐに、見合うものが用意できたのならば、婦人の衣類についてあれこれ考えるべきではないと自分を戒めた。昨日の女中の仕着せよりもいくらか襟ぐりがすぼまっているのは残念だが。

「おはようございます」キャンベル夫人が微笑みかけた。

「おはよう」ジャックはテーブルのもとの席についた。なんとしてもこの女性の存在をパーシーに気づかれてはならない。パーシーは父の代からの秘書で、誰が継ぐにしろ、公爵本人というより公爵家への忠誠心から働いているのではないかとジャックは時折り感じていた。パーシーは目端が利くので、アルウィン館へ美女を連れ去っていたなどと報告されれば、母の憤りを煽《あお》ってしまう。どうしてそんなことが気になるのかは考えたくもなかった。「きょうは屋根裏部屋を探検してみないか?」

キャンベル夫人にきょとんと見つめ返されて、たしかに唐突な問いかけだったと気づいた。「きみに地下牢や拷問部屋はないのかと尋ねられたが、アルウィン館にはそのどちらもない。ここでいちばん近いものと言えば、屋根裏部屋ではないかな。雨が降りつづいていては屋敷を出られない。時間をつぶす方法を捻《ひね》りだしたというわけだ」

キャンベル夫人がいたずらっぽく微笑んでゆがめた口もとにジャックは思わず見惚れた。「こんなにもそそられるお誘いを逃せるわけがないわ」

どちらも食事を終え、ジャックはウィルソンにランプを持ってこさせた。同時にパーシーができるかぎり速やかにロンドンへ戻れるよう万事整えることを執事に命じた。それから、薄暗く空気のこもった屋根裏への探検に無性に逸《はや》る思いで、キャンベル夫人を伴って東の翼棟へ向かった。

「いったいどんなものを見つけられるのかしら?」屋根裏部屋に通じる階段へのドアを開いたときにキャンベル夫人が問いかけた。ジャックは返答を考えようとして、ふっと生ぬるいよどんだ空気を頬に感じた。

「正直なところ、わからない。上るのは十数年ぶりだ」

キャンベル夫人がスカートを絡《から》げて持ち、あとから階段を上がってきた。「それもフィリップと一緒に？」

ジャックは軽く笑って、振り返った。ちょうど夫人の胸もとがよく見えて、足を踏みはずしそうになり、ランプも取り落としかけた。「えっ、ああ、違う」何を尋ねられたのだったか思いだそうとした。「フィリップは一度迷い込んでしまって、そのときの恐ろしさのせいで二度と上がらなくなった」

キャンベル夫人が両手でスカートを握り持ちながら見上げ、驚いた顔で唇をわずかに開いた。「やだわ！」

ジャックは口が乾いた。とんでもないことを提案してしまったのかもしれない。いまや頭にあるのは暗がりで彼女とふたりきりなのだということだけだった。キャンベル夫人にはもう腹を立てている様子はなく、こちらも女性にこんなにも気をそそられるのはどれくらいぶりなのか思いだせないくらいで……「以来、私の隠れ家になった」と答えつつ、なおも彼女の口もとと乳房のふくらみに目を奪われていた。「母からも、弟からも、どんな授業からも逃れられる」

「ここで何か見つけられた？」キャンベル夫人はいくらか息を切らして尋ね、階段を上りきったときにはだいぶ呼吸を乱していた。ジャックがさりげなく目をやると、胸もとが持ちあがっては下がり、地味な深緑色のドレスの帯紐がぴんと張っていた。

「ほとんどが古い家具ばかりだ」女性を誘惑するのにうってつけのソファや長椅子もある。「奇妙な甲冑《かっちゅう》もある」

「まあ」キャンベル夫人が屋根裏部屋に足を踏み入れた。二重勾配《こうばい》屋根のアーチ型の高い天井の下は暗くて見えづらい。頭上で屋根板を叩く雨は、激しくはないが相変わらず途切れずに降りつづいている。垂れこめた雲のおかげで屋根裏部屋のなかは暑いほどではなく、ちょうどよい暖かさだ。「こういうことね」招待客が静かな感嘆の声を洩らした。

「何がだろう？」頭上高くにある天井を呆然と見上げた顔は、敬愛に満ちた画家に崇められるように描かれた聖母マリアを思わせた。その肌はジャックが手にしたランプに照らされて金色に輝いていた。

「ほんとうに完璧な隠れ家ね！」キャンベル夫人はにっこり笑った。「誰にも見つからない。しかも、あなたがおっしゃっていたように、家具がいっぱい。角灯《ランタン》とビスケットと良書があれば、ひとりきりで丸一日逃げ込みたくならないわけがない」

ジャックは本ではなくブランデーのデカンタをここに持ち込んでひそかに楽しんでいたことを思い起こした。生意気盛りにブランデーのボトルを用心深く隠していたので、まだどこかに残っている可能性はじゅうぶんにある。夫人が言うように、一日じゅうふたりでここに潜んでいられたならとも想像した。「えっ、ああ、そうだな。誰でもそう思うだろう」ランプを高く掲げ、静かな屋根裏部屋の奥へ歩を進めた。

ふたりはゆっくりとめぐり歩いた。アルウィン館のほかのところと同様に、屋根裏も部屋ごとに整然と家具が収められ、きちんと片づいていた。キャンベル夫人が凝った装飾の施された鳥かごを見つけて、ジャックは思いがけず祖母が飼っていたオウムを呼び起こした。「恐ろしく鋭いくちばしを持っていた」顔をしかめてつぶやいた。

キャンベル夫人が笑い声をあげた。「ということは、かごの金網の隙間から指を入れたのね」

「どうしてそう思うんだ?」ジャックはいまもスタンドから吊り下げられている金色の鳥かごを見つめた。「もっとずっと大きいような気がしていた。巨大なオウムだったんだ」

「突かれても当然よ」キャンベル夫人が静かな声で言う。「生き物が狭苦しいところに閉じ込められていたら、そんなふうに仕向けた相手を襲うわ」

「閉じ込めたのは私じゃない」ジャックは反論した。「傷が残ってしまったんだ」突かれた跡がかすかに残る人差し指に親指を擦らせた。

それでもキャンベル夫人は笑みを浮かべた。「オウムの気持ちになってみて。この鳥かごのなかにいたのよ」

ジャックはじろりと目を向けたが、キャンベル夫人は屈託のない顔で先へ進み、今度は風変わりな椅子に興味をそそられているらしかった。あれはかつて図書室にあったものだとジャックはまたも記憶を呼び起こされ、さっそく座面を跳ね上げて脚立にして見せた。そうして屋根裏部屋を奥へ進むうちにとうとう東の翼棟の端まで行き着いた。ジャックは懐中時計を取りだして、こんな埃だらけのなかを一時間以上もめぐり歩いていたのだと面食らった。なにより驚きなのは、自分ではまだほんの数分しか経っていないように感じられることだ。

「お屋敷の部屋と同じくらい興味深い場所だわ」キャンベル夫人は軒下に押し込まれたような古く擦り切れた長椅子の端にそっと腰をおろした。「あなたの一族の歴史ね」

「そうとまでは言えない」ジャックは旅行鞄をまたいで、縦に細長い窓のひとつを開いた。五センチ程度しか開かなかったが、そよ風が心地よい清涼をもたらした。厩を見おろせたので、パーシーはまだ出発していないのだろうかと窺った。「歴史を知るには、カークウッド館に行かねばならない。ヘンリー七世が即位してチューダー朝が始まる前から祖先が住んでいた屋敷だ」

「なんてこと！　さぞ歴史が詰まっているのでしょうね」キャンベル夫人は窓のほうに身を乗りだして、雨混じりの空気を吸い込んだ。

「子孫にすべてを遺さなければという強烈な義務感ゆえだ。百年後、この屋根裏部屋は一族の歴史の重圧に耐えかねて崩れ去っているだろう」

キャンベル夫人は微笑んで、埃まみれの窓の向こうをまっすぐ見つめた。「あなたの曾孫《ひまご》たちがどんな思いでそれを見るのかしらと想像せずにはいられない」

「私の古いラテン語の教科書に興味をそそられるとでも？　考えづらい」ジャックは子守の部屋だったところで、なんとなく見覚えのある机にきちんと積み上げられた自分とフィリップの教科書を見つけていた。誰がどうしてあんなものをいつの間に取っていたのだろう。

「どうかしら」キャンベル夫人が遠い目をして続けた。「曾孫さんたちは階下の横柄そうな堂々としたあなたの肖像画を見るのよね。そんなあなたにも自分たちと同じように何度も練習しなくてはラテン語の動詞を書けなかった子供時代があったのだという証しを見つけたら、とっても楽しい気分になるはずよ」

ジャックは自分の肖像画について横柄と表現されたことについては聞き流した。とりわけ古ぼけた整理簞笥に寄りかかって、長椅子に腰をおろしているキャンベル夫人と向き合った。もうかしこまった様子は見えない。昨日、母親について尋ねられたときと同じような表情をしている。「きみ自身がそんな子供だったんじゃないか」

「わたし？」キャンベル夫人は口もとをゆがめて、大きく息を吐いた。「いいえ。十二歳のときに両親を亡くしたの。どちらの形見もほとんどなくて」口ごもり、遠くを見つめた。「父は両親から勘当されていたから、わたしは父の一族の家を見てまわることはできなかった。父が若いときのものは何も遺してもらえなかったけれど、もしラテン語の教科書が残っていたとしたら、余白に何か書いていたかもしれないし、父が使っていたものだというだけでも……手にしてみたい」

「なぜなんだ？」キャンベル夫人が目をぱちくりさせ、ジャックは詰問するような口ぶりになっていたことに気づいた。声をやわらげて訊き直した。「きみの父上はなぜ勘当されていたんだ？」

「母と結婚したから」キャンベル夫人が顎を上げた。「父はまったく後悔していなかった」

ジャックは片方の眉を上げた。父親が勘当されて一族の歴史を引き継げなかった話をしたときの彼女の声には、悔しさとも受けとれるような響きが聞きとれた。

「ほんとうよ」キャンベル夫人が念を押した。「祖父は父を幼い頃から知っていた近隣のお嬢さんと結婚させようとしたの。父に言わせれば、妹と結婚するようなもので、祖父にとってはそのほうが――」言葉を切り、唇を引き結んだ。顎には埃の筋が付き、借り物のドレスは蜘蛛《くも》の巣の糸を引いていたものの、目は鋭い光を宿し、いきり立っているようにも見えた。

祖父には好ましい感情を抱いていないのだろうとジャックは察した。「心のままに行動できたのだから、きみの父上は幸せな方だ」

キャンベル夫人はさっと目を向けたが、いらだたしげな表情はすぐに憐れみすら感じさせるものへとやわらいだ。「父は心のままに行動することを選んだのよ。もちろん、そのためには犠牲にしなくてはいけないこともあったけれど、取引なのだと受け入れた」

「りっぱな方だ」ジャックは言葉を添えた。そうだとすれば、キャンベル夫人の父親は跡継ぎにはならず、資産や称号を引き継がなかったということだ。跡継ぎなら、たまたま申しぶんのない家柄の女性が相手だったのでもないかぎり、心のままに行動することは許されない。「だが、母上はなぜきみのおじいさんに認めてもらえなかったんだ？」

　キャンベル夫人は息を吸い込んでから、いったん間をおき、用心深い目つきになってジャックを見据えた。「フランス人だったの」話をそらそうとするときにそのような軽い口調になることにジャックはだんだんと気づいていた。つまりフランス人だという以外にも何か理由があるのだろうが、追究するのは控えた。いまのところは。

「といっても、どちらがよいのか悪いのかはわからないけれど、パリっ子ではないのよ。母はニースの出身だった」キャンベル夫人はそう付け加えた。

「いずれにしても、近所の英国娘にはなれないわけだから、同じだろう」

　キャンベル夫人が笑った。「そうよね！　それにじつを言うと、祖父に気に入られる人がいるとは思えない。父が誰と結婚しても、必ず気に食わないところを見つけたはず」

「そんな方なのかい？」

「わたしが子供のときは、人食い鬼と渾名《あだな》を付けてたくらいに」キャンベル夫人がいたずらっぽくウインクをしてみせた。

　ジャックは笑いながらも、聞いた話をしっかりと頭にとどめた。十二歳のときに両親を亡くしたとキャンベル夫人は言った。その際に、祖父が彼女から憎しみを抱かれるようなことをしたのだろうか？　反対していた結婚相手とのあいだに息子がもうけた子ならばよけいに、孫であれ愛情を持てずに手放す祖父もいないわけではないだろう。キャンベル夫人はずいぶんと若い頃から自分で生きる術を学んできたのかもしれない。しかも結婚した相手が頼りにならない男だったとすれば、なおさら自立しなければと努めざるをえない。この女性は何者なのだ？　親族の影すら感じられないのはなぜなのだろう。

「きみに発掘できる屋根裏部屋のある家がないのなら、喜んでここを提供しよう」ジャックは尋ねる代わりにそう言って、お辞儀をするふりをした。「きみのおじいさんは私の曾祖父に似ているような気がする」

「ここに奥様を追いやった方？」キャンベル夫人は窓敷居の埃を払って、そこに肘をつき、古い長椅子にさらにくつろいで寄りかかった。窓の隙間から入る風がこめかみのほつれた髪をそよがせ、恋人のやさしい指に撫でられているかのようだ。「どうしてそんなことをなさったのかしら？」

「妻を思いやってはいなかったのだろうし、曾祖母のほうも同じだったんじゃないか」キャンベル夫人の顎に垂れた巻き毛の先が口角をくすぐっている。ジャックはその動きに目を奪われて、薄暗さをよいことに心ゆくまで見つめた。

「そうはいっても、お互いに同意の上で結婚したのよね」

ジャックは陽気さを欠いた笑みを浮かべた。「お互いにとって利があるからだ。ウェア公爵は愛情などという浮ついた理由で結婚しない」

「そうなの?」キャンベル夫人は心から驚いた様子で、顎を上向けて目を合わせた。

「ぜったいに?」

ジャックはポーシャを思い起こした。狂おしいほどに愛しているものと思い込んでいて、あのまま結婚していたなら、悲劇を迎えていただろう。「私の知るかぎりでは」

「裕福で高位の公爵様なら、思いどおりに自分の選んだ人と結婚できるし、いやと言う女性もいないのだろうと思ってた」キャンベル夫人が気の毒がるふうに首を振った。

「それなのに、あなたは人柄よりも領地や資産でお相手を決めなくてはいけないのね」

いらだちからジャックの口が引き結ばれた。「強制されているわけではない」

「そう」キャンベル夫人が目を大きく開いて見つめた。「それなら代々、純粋に財政的な事情で結婚相手を選んできたわけ」

「私は誰とも結婚していない」ジャックは言った。「ご覧のとおり」キャンベル夫人が目を伏せて微笑んだ。いまさらながらジャックはからかわれていただけなのだと気づいた。息を吐いて窓の外のほうへ顔を向けた。目の端に少しだけ彼女の顔が見える程度に。「きみと同じ程度には結婚相手を選ぶ自由があるのではないかな」

キャンベル夫人がくいと顔を上げた。「どういうことかしら？」

おっと、命中したらしい。ジャックは片方の肩を持ち上げた。「きみは自立した未亡人で、思いどおりに相手を選べるし、誰もいやとは言わないだろう」

「帰ることとは認めてもらえないけれど」キャンベル夫人があてつけがましく目を向けた。「一族のために結婚相手を選んで、代々の公爵様は幸せだったと思う？」

「幸せだったか？　わからない。満足していたかということなら、そうだろう。悦びは……ほかのところで得られていたんだろう」それは事実だった。先代の公爵はみな呆れるほど几帳面で、愛人や情婦への贈り物の記録が残されていた。祖父もロンドンに逢引き用の屋敷を所有し、家政婦に毎日ベッドのマットレスをひっくり返してシーツ類を取り替えるよう指示していた。

「わたしの両親はとても愛しあっていたわ」キャンベル夫人が静かに言った。「ともにいて嬉しそうだった。もっと条件を優先する結婚のほうが富や資産を生みだせるのかもしれないけれど、わたしは互いの幸福にまさるものはないと信じてる」

「きみはそれを望んでいるのか？」

キャンベル夫人が目を合わせた。「そうだと答えたら、あなたは信じる？」

「それは――」ジャックは自分が裕福な男との結婚を狙っているのではないかと、この女性を非難していたのを思い起こして口ごもった。「もちろん」

すぐには返事がなかった。キャンベル夫人はゆっくりと微笑み、また軽い口ぶりに戻って言葉を継いだ。「叶えられれば、すばらしいことでしょうけど、そうした結婚はとてもまれよね」

それでは質問の答えになっていない。フィリップに狙いを定めていないとすれば、この女性が誰とどのような理由で結婚しようと自分には関わりのないことではあるのだが。フィリップについてはすでに結婚相手として考えてはいないことをキャンベル夫人は断言していて、その理由にジャックも納得がいった。そうだとすれば、どんな男を探しているのだろう？　いったいどういうわけでこのような会話になってしまったのかと、ジャックは咳払いをした。「まだ灯火はじゅうぶんもちそうだから、屋敷の反対側も探検してみないか？」

ジャックが言い終わらないうちに、キャンベル夫人は立ちあがっていた。「ぜひ」

ソフィーは自分の頭がどうかしてしまったとしか思えなかった。どうして公爵と愛や結婚について論じ合っているわけ？

屋根裏部屋の薄暗く暖かな雰囲気に気がやわらいだせいに違いない。それとも、自分の人生では手に入れられず、ひそかに憧れていた、長年にわたる家族の思い出の品々を目の当たりにしたからなのかもしれない。母が子供の頃に遊んだお人形や、父が初めて弾いた楽譜を手にできたならと思うと、自分らしくもない感傷的な気分になった。そうだとすれば、よりにもよってこの男性に、両親の情熱的だけれど道義にそむいた結婚話を明かしたのも仕方のないことなのだろう。ほかにこのことを知っているのはイライザとジョージアナだけだというのに、どういうわけかウェア公爵にはぺらぺらと打ち明けていた。

屋敷の反対側の屋根裏部屋はさほど興味深いところではなかった。壁ぎわに木箱や旅行鞄が整然と並び、ソフィーがひとつの木箱をどうにかこじ開けてみると、藁《わら》の下にフランネルの布でくるまれた金属製のものが収められていた。

「騎士の鎧《よろい》と武器！」片端が恐ろしげな鉤形《かぎがた》に曲がった長い笏《しゃく》を高々と持ち上げた。「あなたの祖先はこれでどのくらいの敵を倒したのかしら？　槍《やり》のようね」

ウェアは驚いた面持ちで、よく見ようと近づいてきた。しばしじっくりと眺めてから、いぶかしげな眼差しを返した。「昔の火掻き棒じゃないかな。敵が暖炉から屋敷に侵入しようとしたのでもないかぎり、これで誰かを倒せるとは思えない」

ソフィーは眉をひそめて、本気で槍だと思った火掻き棒を元どおりに収めた。「ありきたりね」

ウェアがふっと笑った。「先に言っておいたはずだ」

おかげでほかの木箱も開いてみようという意欲はしぼんだ。ソフィーはすぐそばにある旅行鞄のほうに目を移した。「こちらはどう？」隅に打ち込まれた小さな銀の記章に触れた。

公爵がランプを手に鞄のそばにかがみ込んだ。そのとき公爵の肩がソフィーの肘をかすめ、爪先までぞくりとする感覚が走った。とっさに肘をさすりながら腰を引いた。もっと後ろにさがりたくても木箱に背中が当たっているのでそれが精いっぱいで、目の前には公爵の幅の広い肩と金色の頭があり、その膝に足を踏まれかけていた。ふんわりとウェーブのかかった金色の髪は手を差し入れて梳《す》くのにちょうどいい高さにある。

ソフィーはぎょっとして、天井の垂木へすばやく視線を上げた。罪作りなほど見目麗しい男性だ。きょうはとても親切で、古い家具を好きなように探らせてくれてもいる。とめようとする間もなく、ジョージアナから〈ヴェガ〉で出会った紳士と恋に落ちるのを勧められたことが呼び起こされた。ウェアと出会ったのも〈ヴェガ〉だったのは忘れられようもない。

賭けをする男性たちとはなるべく距離を取ってきた。ギャンブル好きな男性とは結婚したくない。でもウェア公爵にギャンブル好きなところはまるで窺えない。フィリップから聞いていたような冷酷で退屈きわまりない人物でもなかった。心惹かれずにはいられないくらいすてきで、笑みを浮かべればなおさらその魅力は増し、自分に好感を抱いてくれているのも感じとれた。この奥まった薄暗い場所にふたりだけでいて、惹かれ合っているのかもしれないと思うと、ソフィーはにわかに身体が熱くなってきて……。

「祖母の頭文字の組み合わせ《モノグラム》だ」ウェアが言い、ソフィーをはっとさせた。「公爵家の宝冠の下にウィルヘルミナの頭文字Wが配されている」ウェアはソフィーの傍らで立ちあがった。「乗馬の名手だった」と言い添えた。「年老いてからもしっかりと乗りこなしていたものだ」

ソフィーは互いの腕が接していて、もし自分が左側へ身を四分の一程度回転させれば、抱きかかえられているようになってしまうことをどうにか頭から振り払おうとした。「ウィルヘルミナ」気を紛らわせるきっかけを求めて言った。「あまり聞かない名よね」

「プロイセンの大公の娘だったんだ。私の曾祖父が、息子にハノーヴァー家から花嫁を迎えれば、ジョージ二世の歓心を得られると考えて仕立てた結婚だ」

「そういうことね」ソフィーは低い声で相槌を打った。

ウェアは憤然と息を吐いた。「ああ、政略結婚というわけだ。だが、当のふたりは互いを大切にしていて、祖父は妻をどこかへ追いやりなどしなかった。それどころか、祖母にはずいぶんと甘かったようだ。祖母の馬はヨーロッパでも最上の厩舎から取り寄せられていた」

「紛れもなく愛しあっていたのよ」ソフィーは言った。「そうだとすれば、おふたりにとってほんとうによかったと心からほっとしたわ」

ウェアがむっとした目を向けた。「誰もが愛しあって結婚すべきだと？」

「そんなことは言ってないわ。困っているからでも、お金のためでも、どんな理由で結婚するのもそれぞれの自由だもの」

「きみにはわかるというわけか」ウェアが言った。「経験者なのだから」

そのとおり――架空の人物、キャンベル夫人なら。三年前、郵便馬車でバースからロンドンへ向かう長い旅路で、ソフィーはまったく新たな自分の人物像を創造し、そこには不幸にも夫を亡くしたという作り話も含まれていた。そのとき思い描いたミスター・キャンベルは、背が高く細身で、少し気が弱いがやさしく、死んで哀しまれはしても恋しくなるほどではない学究肌の男性だった。ソフィーは亡き夫について訊かれると、詳しい質問を避けるために、スコットランド人だったけれど母親はアメリカ人だったと答えていた。

とはいえ、公爵にそこまで説明する必要はない。「牧師様は結婚する理由をお尋ねにはならないし」ソフィーはさらりと返した。「きちんと結婚予告をしておきさえすれば、結婚式を執り行なってもらえる」

「きみはずいぶん若くして結婚したのだろう」

ソフィーは決然とした笑みを浮かべた。「若くても、うぶではなかった」

「恋愛結婚だったわけか」ランプひとつの明るさでも公爵の青い瞳はとても鮮やかに見える。「ご両親はこのうえなく幸せな結婚生活を送っていたから」

ソフィーは顔をそむけた。「先ほども言ったけれど、そういった結婚はまれよ」まれで、しかもいっさい犠牲を払わずにとはいかない。ソフィーにはじゅうぶんな収入と分別のある、やさしい男性を見つけるという〝大計画〟がある。好きになれる相手が望ましいけれど、恋に落ちる必要はない。いうなればまさしく、架空のミスター・キャンベルみたいに。両親のように互いを大切に想い、愛しあえる関係に憧れはしても、あんなふうに情熱を信じて貫ける自信はない。愛する男性のためとはいえ、すべてをなげうつことなどできるだろうか？　肉屋や大家や医者に払うお金にも困るような暮らしに我慢できる？　両親は深く愛しあっていたけれど、互いに犠牲を払い、つまるところ、ソフィーもその代償を払わされることとなった。

「そちらのトランクには何が入っているのかしら？」話をそらそうとして問いかけた。

「ずいぶんたくさんあるわ」

公爵はなおもじっとこちらを見ていた。質問をかわされたことに気づき、なぜなのか、がっかりしているようだった。返答を待っていたのだろう。「まず間違いなく、衣類だろう」ウェアは端にWの飾り文字が彫り込まれている旅行鞄を引きだして、留め金をはずした。

なかには表面に銀器を包む薄紙が掛けられ、さらに下に柔らかい亜麻布が重ねられていた。ソフィーはその覆いをそっと脇にどけて、現れたドレスに息を呑んだ。金糸織りの布地に真珠の刺繍が豪華に施され、レース飾りもたっぷりあしらわれている。

「いいかしら？」公爵に目顔で問いかけると、うなずきが返ってきた。慎重に持ち上げて、あまりの美しさに言葉を失った。こうしたドレスが流行していたのは六十年以上も前のはずだけれど、いまだに光り輝いている。「きれい」ソフィーはささやくように言った。「なんて美しいのかしら」

旅行鞄から取りだして陽光の下で見てみたかった。鏡の前で自分の身体に合わせてみたいし、ほんの一瞬だけ、これが自分のものだったならとソフィーは想像した。伏し目がちに公爵のほうを見やった。ウェアは旅行鞄の上部に片肘をついて立ちあがり、くつろいだ態度ながらもじっとこちらを見ていた。ソフィーは自分の心の奥底にじつは、こんなドレスをまとって公爵に見初められてもふしぎはない身分の女性になれたならと望む気持ちがあるのだろうかと考えて……。

「そうしたものも、身分の高い裕福な男と結婚する恩恵と言えるのだろうな」公爵は皮肉っぽくつぶやいた。

ソフィーはさっと非難がましい目を向けた。「恩恵がないと言った憶えはないけど」危険を冒す価値があるとは思わないだけだ。丁重にドレスを覆いの内側に戻し、しっかりと元どおりに包み込んだ。「宝箱ね」蓋を閉めて言った。

「宮殿で拝謁《はいえつ》を賜《たまわ》る際のドレスなんだろう。サマセットのカークウッド館にそれをまとった祖母の肖像画がある」

これもまた一族の遺産だ。「太陽神《アポロ》の花嫁のように見えるのでしょうね」

「冗談だろう。アポロなどウェア公爵夫人の夫にしてはつまらなすぎる」ウェアは真面目くさった顔で言った。ソフィーは瞬きをして、ぷっと吹きだした。公爵も笑いだし、親しみやすい温かな表情を浮かべた。旅行鞄を元の場所に押し込んだ。「ほかのも開けてみるか？」

ほかにもどんな宝物が隠されているのか見てみたい気持ちもあったけれど、ソフィーはほつれた巻き毛を耳の後ろに戻し、顔をしかめて、指からべたついた蜘蛛の巣の糸を振り払った。「このトランクのどれかに亡霊が入っていたら、わたしたちの暇つぶしのために目覚めさせて安息の邪魔をしてしまっては悪いから、やめておくわ。きょうはこれ以上、埃を払うのはもうじゅうぶん」屋根裏部屋を探検する際の難点にいまさらながら気づいて、スカートを払った。すっかり汚れていた。

「残念ながら、それもまたアルウィン館ではご提供できない――亡霊は」ウェアは愉快げに申し訳なさそうな顔をこしらえた。「たとえ、おられたとしても、いたっておとなしい方々なのだろう」小首をかしげた。「そうした恐ろしげなものを好むご婦人がいるとは知らなかった」

「いずれにしても」ソフィーはひらりと片手を振った。「美しいドレスの発掘のほうが亡霊探しよりましね」

公爵はにやりとして、部屋を見まわした。「ここに収納されているものだけでも、聖ジェームズ宮廷の衣装をすべてまかなえそうだな」

ソフィーはロンドンの自分の倹《つつま》しい衣裳部屋を思い返した――しかも今回のことで鮮やかな深紅のドレスを一枚失った。今朝ギボン夫人がこれ以上はどうにもならなかったと弁明して返してくれたドレスには膝丈まで染みが残っていた。いま身につけている緑色のドレスもまたおそらく以前いた女中が残していったもので、それすら埃まみれにしてしまった。アルウィン館にはもっとずっと上質な衣類がまだまだ眠っている。

「あれほどすてなドレスばかりなら、しまい込んでおくのは犯罪だわ」ソフィーはつぶやいた。「あなたのおじいさまのアーミン毛皮のガウンもここにあるの？」

公爵は答えなかった。なんとも表現しようのない顔つきでこちらをじっと見ている。手を伸ばし、ソフィーの頬を撫でて、触れたまま手をとめた。ソフィーは動けなかった。息をするのもむずかしい。愛する女性を撫でるかのように頬を触れられ、ソフィーはまたも燃え立つようなあの恐ろしい感覚に襲われた――急激に引き寄せられていくようで、どうかこの髪に手を差し入れて抱き寄せ、そこの古いトランクの上に押し倒してくれたならと、わけのわからない欲求に駆られ……。

ウェアが手を引き戻し、指をはじいた。「蜘蛛の巣だ」かすれがかった低い声だった。

ソフィーは顔を赤らめた。汚れを気にかけてくれていただけなのに、欲望の切迫に苦しめられるなんて。もう、ほんとうに、どうかしていると自分を叱った。「探検も考えものね！」ぞんざいに両手でドレスを払った。「洗わないと……」

公爵が喉の奥のほうから低い声を洩らした。「キャンベル夫人、きみはとても変わったご婦人だ」

あなたが考えている以上にとソフィーは落ち着かない胸のうちで返した。陽気な笑みをこしらえた。「誉め言葉として受けとっておくわ、公爵様」

ウェアが視線を上げて目を合わせ、ソフィーはドレスの身頃の埃を払うべきか悩ませてしまったのだと気づいて、全身に熱さがめぐった。「そうとも」公爵が張りつめた沈黙を破った。「そのつもりで言ったんだ」それからウェアはランプを手にしてドアのほうへ歩きだし、ソフィーも鼓動を高鳴らせながらあとに続いた。

11

「あなたはどうか知らないけど」三日目の朝、キャンベル夫人が高らかに告げた。「このお屋敷を出られなければ、間違いなく頭がどうにかなってしまう」

ジャックは片方の眉を上げた。「雨が降っているのに？」

キャンベル夫人が窓のほうを見やった。「きょうはだいぶ軽い霧雨よ。ロシアでなら、屋内にいるのはもったいない、お出かけ日よりと見なされるはず」

「いつロシアにいたんだ？」ジャックは興味をそそられて尋ねた。

返答は得られず、キャンベル夫人は椅子を後ろに引いて立ちあがった。「まずは庭園をお散歩して、それから湖まで行ってみようかしら。小径があるとおっしゃってたわよね。ご一緒してくださらない？　それとも、一日じゅう図書室の長椅子に寝転んでいるつもり？」

ジャックも椅子を後ろに引いた。「お言葉だが、どこであれ、寝転がるなんてもう何年もしていない」

キャンベル夫人はしてやったりといった笑みを浮かべた。「それなら、ウィルソンに雨傘を持ってきてもらいましょう」

雨についてはキャンベル夫人の言うとおりで、玄関先の柱廊に出ても、地面を打つ雨音はほとんど聞こえない程度だった。キャンベル夫人が深呼吸をひとつしてから――ほっとしたのだろう――声をあげた。「なんて美しいの！」

ジャックは厚手の外套の襟を掻き寄せ、目を細く狭めて空を見上げた。これまで陰鬱な青みがかった灰色だった空が、きょうは明るさが増して淡い真珠色に見える。そろそろ雨が降りやむ兆しなのだろう。

ウィルソンが二本の雨傘を持ってきたが、ジャックは一本だけを受けとった。そしてちらりと目をくれると、執事はすぐさま頭を垂れて、もう一本の雨傘を手に屋敷のなかへ姿を消した。キャンベル夫人はこちらに背を向けて濡れた庭園を見ていたので、そのやりとりには気づいていなかった。ジャックは雨傘を開き、踏みだした。「行こうか？」肘を差しだした。

キャンベル夫人は顔を見返し、肘に目を落とした。束の間その表情が固まり、それからすぐにジャックの肘に手をかけた。ほんの軽い感触だったが、全身にその振動が駆けめぐったように思えた。傘がふたりの頭を覆うように高く持ち、ともに歩きだした。

「庭園はどなたが設計されたの？」霧雨の重みで花冠を垂れた薔薇の庭の脇を通りしなにキャンベル夫人が尋ねた。

「もともとは曾祖母だ。じつを言うと、庭園のことはあまりよく知らない。ギボン夫人ならきっと歴史を洩れなく語り聞かせてくれるはずだ」

「こちらに長く仕えているの？」

ジャックはうなずいた。「私が憶えているかぎりでも、三十年以上にはなる」

「大変な忠誠心だわ」キャンベル夫人が静かに言った。

「誰からも恐ろしがられている一族というわけではない」

キャンベル夫人がむっとした息を洩らした。「そういう意味で言ったのではないわ」

「私の曾祖父のことをひどい男だと言ったではないか。祖父母の結婚の経緯についても非難がましい言い方をしていた。弟はきみにとって花婿には不向きだそうだし、私をとんでもなくいらだたしかったと言い、誘拐者だと咎めた」投げつけられた言葉をこうしてあらためて列挙するうちに、どういうわけかジャックは愉快になってきた。キャンベル夫人の困惑顔のせいだろうか。

「そうね」キャンベル夫人が反撃に出た。「それほど忠実な使用人がいるとすれば、並外れて高額なお給金が払われているとしか誰も思わないわよね」

「つまり給金が高ければ、人食い鬼のもとでも働く人間がいるとでも？」ジャックは考え込むふうに問いかけた。

「ええ、お金目当ての結婚が叶わなければ、働くしかないでしょう」キャンベル夫人は小首をかしげ、生意気そうにちらりと見やった。「公爵様にはそうした考え方は想像だにできないことなのでしょうけれど」

「おっしゃるとおり」ジャックは認めた。「私は給金を得るために働いてはいない」

キャンベル夫人が足をとめた。「そんなことを言いたかったわけでは――」唇をすぼめた。ジャックはいつの間にかあからさまに見つめていた。しかも雨が降るこの庭園で、あまりにも美しい申し訳なさそうな顔で、これ以上になくキスにふさわしい唇をした女性を前にして、少し身を乗りだしさえはすればたやすく口づけられるのにとまで考えがめぐった。「フィリップから、あなたはとても仕事でお忙しいのだと聞いてるわ」

弟の名を耳にして、ジャックはキスをもくろむ気持ちに水をさされた。ふっくらとしたピンク色の唇から目をそらした。「ああ。残念ながら、フィリップは使用人たちへの給金の支払いや、小作人たちからの地代の徴収といった、そのほかにも退屈な事柄にはまだまったく関心を示してくれない」

「だからわたしは――」キャンベル夫人はまた足をとめた。「そんなことを言ってるのではなくて」声をやわらげて続けた。「その正反対なの。フィリップは無責任な放蕩者で、愉快な友人にはなれても、尊敬するには値しない。わたしが言いたかったのはただ……」キャンベル夫人は振り返って、屋敷と庭園と雨滴に濡れた芝地を見つめた。「使用人たちが給金のために働くのと、ここを維持するのとではまったく次元の違うこと。食べ物や住まいや薬のためのお金を心配しなくてはいけない人たちは……そう、並外れて高額なお給金を払ってくれるのなら、人食い鬼にも仕える」

話すうちにキャンベル夫人の顔によぎったいらだちは消えていた。この女性は貧しかったのだとジャックは読みとった。さらには、給金を得るために働いていたこともあるのだろう。食べものや住まいの費用を心配しながら。

まだほんの子供のときにほとんど遺産もない両親を亡くしたのだとすれば、そのような生い立ちだったとしてもまるでふしぎはない。人食い鬼と呼ぶほど快く思っていない祖父は頼れる存在ではなかったのだろうし、それは亡き夫についても同じだったのかもしれない。亡き夫についていっさい口にしないのは妙ではあるものの、必要に迫られて自立しようと努力してきた女性であることはなんとなくわかってきた。そうだとすれば賭け事は、その才に恵まれているのならなおさら、こつこつと生活費を稼ぐような仕事に比べてだいぶ実入りがいいのはジャックも認めざるをえなかった。

「人食い鬼にはなりたくない」ジャックはようやく口を開いた。「いずれにしても、そうならないようには努めている。成果のほどはギボン夫人に尋ねてみてくれ」

キャンベル夫人が心からの安堵があふれでたように顔をほころばせた。「あなたがそんな人ではないかとほのめかしただけでも叱りつけられてしまいそう。ここにやって来た晩、ギボン夫人から、あなたがいれば嵐のなかを一マイル歩いても心配はまったく無用だったはずだと自信満々に言われてしまったもの」

ジャックがいま考えていることからすれば、心配はまったく無用とはとても言えなかった。予想外に招くことになった客人に欲望をつのらせ、紳士なのだと自分に言い聞かせるのがだんだんとむずかしくなっている。こんなふうに肘を取らせて、たまらなくそそられる唇がすぐそこにある状態でこれ以上庭園をぶらぶらしていたら、きっと頭がいかれて、口づけのような愚かなことをしでかしかねない。とはいえ、キャンベル夫人は屋敷の外へ出たがっていて、馬車の車軸はまだ修理中だ。

そのとき、ひらめいた。「乗馬はするのかい？」

キャンベル夫人の眉が上がった。「ええ。だけど乗馬服は持ってきていないし」ジャックは夫人がまた胸もとのあいた女中の仕着せをまとっているのを確かめて、うなずいた。「その用意については心当たりがある」

少しばかり時間を要したが、ギボン夫人が屋根裏部屋のトランクから古い乗馬服を掘りだしてきた。キャンベル夫人が着替えているあいだに、ジャックは厩へ向かった。アルウィン館に十数頭もの名馬がいた時代は遠い昔になってしまったが、現在でもつねに数頭は確保されている。

雨の日に馬を走らせるのに向いた場所を厩番と検討していると、戸口に誰かが現れた。ジャックは顔を振り向け、キャンベル夫人が袖から雨滴を払いながら駆け込んできたのを目にして、それまで話していたことが頭から吹き飛んだ。

古めかしい乗馬服だが、よく似合っていた。鮮やかなエメラルドグリーンで、上着は金糸で縁どられ、襟にふんわりとしたレース飾りがあしらわれている。ぴったりとした上着は胸から腰への曲線をきわだたせ、たっぷりとした長いスカートが腰つきをより艶めかしく見せていた。手袋をした両手を組み合わせ、つばの広い丸い帽子の下から見上げてジャックと目を合わせた。

「どうかしら？」肖像画のポーズをとるかのような格好で、さらりと尋ねた。「あなたのおばあ様が厚かましいと怒って墓所から出てこないわよね？」

「大丈夫だ」ジャックは静かに応じた。「祖母から罰せられるとすれば、相手は私だ」

だが、そのくらいの責めを負う価値はある。屋根裏部屋にほかにもまだどれほど上質な衣裳があるのだろうかと想像して、喉が締めつけられるように感じられた。ソフィー・キャンベルは使用人の仕着せ姿でも美しかった。宮殿で謁見《えっけん》を賜るための金糸織りのドレスをまとい、髪と胸もとにダイヤモンドを飾れば、彼女が公爵夫人ではないと疑う者はいないだろう……。

尋常ではなく呼吸が乱れ、心そそられる客人以外のことに気持ちを向けようと、厩番のオーウェンズのほうを振り返った。

「高台の緑草地がよろしいのでは」無口な年配の厩番オーウェンズが提案した。「水はけがよく、平地ですので」

「そうだな。すばらしい。キャンベル夫人をミネルヴァに乗せてやってくれ」ジャックは穏やかな性格で足どりのなめらかな牝馬を選んで、指示した。自分用の馬にはすでに鞍を付けさせていた。愛馬はロンドンにいるのだが、マキシミリアンも雨をものともしない老練の賢い去勢馬だ。

ジャックが脇によけて待っていると、ミネルヴァが鞍を付けられ、厩の中央の幅広い通路に連れだされてきた。そこに踏み台があるので、オーウェンズはキャンベル夫人が鞍に上がる助けとなると考えたのだ。キャンベル夫人が片手でたっぷりとしたスカートを束ねて持って近づいていく。馬の乗り方を心得た様子なので、さらなる助けは不要だと思いつつジャックの足は勝手に歩きだしていた。

「手を貸そう」踏み台に上がろうとするキャンベル夫人を呼びとめた。「ミネルヴァは踏み台が好きではないんだ」

その嘘にオーウェンズはとまどいの目を向けたが——ミネルヴァは踏み台のそばでじっと待てるようにしっかりと訓練されている——何も言わず馬をとどめた。ジャックは両手を組み合わせて、わずかにかがんだ。キャンベル夫人はいくぶんためらいながらもそこに足をのせ、ジャックの肩につかまった。スカートからほのかにかび臭さが漂ったが、ジャックは大きく息を吸い込んで、組んだ両手を上げた。キャンベル夫人はすんなりと鞍に腰を据えたが、鞍頭に膝を掛けてスカートを整えるまでジャックはそばに立っていた。ミネルヴァが身じろいで、ふっと荒い鼻息を吐いた拍子に、キャンベル夫人の脚がジャックの胸に押しあてられた。ちょうど膝が肩に当たり、前触れもなくジャックの頭に、彼女にのしかかって腰をその両膝に挟まれる光景が思い浮かんだ。甘美な肌を味わいつくし、激しくせっかちに彼女のなかに入って……。

神よ、救いたまえ。

「ありがとうございます、公爵様」キャンベル夫人の声にみだらになるばかりの妄想を断ち切られた。ジャックはくいとうなずいて、マキシミリアンの背にすばやく跨《また》がり、さりげなくズボンを直して鞍の上に腰を落ち着かせた。

厩の前庭を駆け抜けてから、向きを変えて森に通じる小径へ入った。「高台の緑草地は森の向こうなんだ」マキシミリアンをミネルヴァの脇に付けさせて説明した。「オーウェンズによれば、地盤がしっかりしていて、爽快な乗馬を楽しめるそうだ」

「楽しみね」キャンベル夫人は上手に馬を駆っているが、やけに慎重で、しばらくぶりなのだろうかとジャックは見てとった。

「とはいえ、無茶はできない。湿っているし、ミネルヴァの脚に負担をかけたくないしな」

「もちろんだわ」キャンベル夫人は牝馬の首筋をやさしく叩いた。「むやみに野原を疾走して泥のなかにお尻をつくなんて醜態を晒したくはないもの」

キャンベル夫人の笑みにジャックは笑い声をあげながらも、泥まみれだろうがなかろうが、彼女の尻を思い浮かべて、みぞおちが引き絞られていた。「では、気楽にいこう」そう言うと、マキシミリアンを駆け足へ急き立てた。ちらりと振り返ると、キャンベル夫人もしっかりと付いてきていた。帽子の下にのぞく顔は楽しげで生きいきとしている。

森に入ると、大きな水溜まりを避けつつ木々のあいだの曲がりくねった小径を進んだ。森を出て高台の緑草地にたどり着いたときには、雨はぴたりとやんでいた。

「なんてこと」ジャックの傍らでキャンベル夫人が息を呑んだ。ミネルヴァをとまらせて、呆然と口をあけて緑草地を眺めている。「見て……」

緑草地のはるか向こうに、頃合いを計ったかのようにちょうど虹がうっすらと架かっていた。ジャックが片方の眉を上げて暗黙の問いを投げかけると、キャンベル夫人が熱っぽい笑みを浮かべてうなずいた。ふたりは同時に馬を駆けださせ、野原をゆっくりと走り抜けていった。やわらかで豊潤な空気を感じて、キャンベル夫人の言うとおり屋敷の外に出てきたのは正解だったとジャックは納得した。屋根裏部屋に一日を費やしたのも後悔できようもないことだったが、いまはまたこれ以上にないほど生きている喜びを感じていた。

緑草地の反対端に行き着くと、またのんびりと馬を歩かせはじめた。「ほんとうにもう」キャンベル夫人が声をあげた。さらに淑女らしからぬ叫びを発した。「なんてすてきだったの！」

帽子が飛ばされ、赤褐色の巻き毛が風に吹かれている。キャンベル夫人の瞳はきらきらとして、頬は赤らみ、これほど無邪気に喜びを表現する人物を見たことがあっただろうかとジャックは思った。つい笑いだし、こんなふうに喜ばせたのは自分なのだという高揚感に満たされた。「やったな！　きみにもアルウィン館で楽しめるものがあったわけだ」

キャンベル夫人は鞭《むち》を投げ打つふりをしてみせたが、顔はこちらまでつられて微笑んでしまうくらい、にっこりと笑っていた。フィリップに笑いかけていたときよりも明るく、もっと楽しげな笑顔だ。「ミネルヴァのおかげですばらしい場所に来られたんだわ。ミニー、いい子ね、あなたはすばらしいわ！」キャンベル夫人は身をかがめて牝馬の耳の後ろを掻いてやった。

ジャックは馬の向きを変えて振り返った。キャンベル夫人の帽子は踏み倒された草のなかに落ちたままで、青々とした緑草地のなかで小さな灰色の点のように見えた。

「ミネルヴァはマキシミリアンの行くところならどこにでも付いていく。よほど惚れ込んでるだろう」

「そうなの？」

「試してみるといい。手綱を引かずに」ジャックは言いおいて、自分の馬を足で軽く突いて帽子のほうへ駆けさせた。

「ずるいわ！」ミネルヴァがさっそく追いかけ始めるとキャンベル夫人が叫んだ。

ジャックはにやりと笑った。「彼女は心のままに行動することを選んだわけだな？」

キャンベル夫人は自分の言いまわしを繰り返してからかわれ、呆れたように瞳を動かした。「せっかく馬の乗り方を憶えていたことがわかって得意な気分になっていたのに、この子はただあなたを追いかけていただけだったなんて」

「乗馬はどれくらいぶりなんだ？」ともに帽子が落ちているところに行き着いた。

ジャックは馬から降りて帽子を拾い上げた。少し湿ってはいるが、それ以外は目立つ汚れもない。

「そうね、何年ぶりかしら。馬を所有するのは馬車を借りるよりはるかに高くつくから」

マキシミリアンがミネルヴァに親しげに鼻づらを寄せて息を吐いている。ジャックが二頭を選んだのはこのようにすこぶる相性が良いからだった。「見てくれ」二頭の鼻づらのほうに顎をしゃくった。「本物の愛だ」

「わたしの見解をより明瞭に示す事例として断言させていただけば、本物の愛はまれだけれど、強力ということね」キャンベル夫人が帽子を受けとろうと手を差しだした。

「まれだと、どうしてわかるんだ？」ジャックは帽子を渡さずに訊いた。ほつれた髪の房が顔のまわりに垂れているキャンベル夫人をまだ見ていたかった。しどけないゆえの美しさがあり、親密な感じがして引き込まれた。もっとも、この数日は彼女のほぼどんなところにも引き込まれ、そのたびもっと親密になりたくてたまらない渇望に駆られているわけだが。

キャンベル夫人が手の指をひらひらと動かして帽子を催促した。「あなたのまわりで本物の愛で結婚したと言える人たちがどれくらいいるのかしら？」

「何組かは」ジャックは頑《かたく》なに帽子を持ったまま言葉を返した。

キャンベル夫人が眉を吊り上げた。「でも、あなたの一族にはいない」

ジャックは息を吐いて、ようやく帽子を手渡した。「みずからの選択でだ」

キャンベル夫人は帽子をかぶって位置を調節し、顔のまわりでふわふわと風に吹かれていた髪をきちんと内側にたくし込んだ。「そこがわたしたちの違いなのよね、公爵様」そう言うと手綱を持ち直した。「わたしはまれなことだと思っていて、それよりも義務や社会的な利益を優先させるつもりはない。行きましょうか？」キャンベル夫人はミネルヴァを踵《かかと》で軽く突いて、さっさと進みだした。後方の野原に取り残されたジャックはなぜそんなことを自分は訊いてしまったのかと考えた。愛についての彼女の見解など、気にしても仕方のないことだ。

それからまたしばらく、ふたりは緑草地を数往復して乗馬を楽しんだ。そういえば、訊かれて当然の問いをまだ尋ねられていないことにジャックは気づいた。馬でロンドンへ帰ればいいのでは？　緑草地は道のように轍《わだち》があって水浸しができているわけではないにしろ、地面はあきらかに固まってきていて、慎重に道を選べばもう旅ができないことはないだろう。毎日朝食のテーブルに新たな新聞が用意されているのだから、オーウェンズが最寄りの郵便馬車宿までマキシミリアンを駆って取りに出かけているのに違いなかった。

それなのにキャンベル夫人から何も訊かれていないし、ここでの滞在を楽しんでいるのではないかとジャックはなんとなく感じるようになっていた。この女性とともに過ごすのは一週間では短すぎると考えはじめていたところなので、それならばジャックとしても心から歓迎すべきことだった。

泥跳ねを付けて厩に帰ってきたときには空が目に見えて明るくなっていた。二頭の馬をオーウェンズにあずけて、ジャックはキャンベル夫人に肘を取らせて屋敷へ歩きだした。彼女もごく自然に肘に手をかけるようになった。

なかった。

「ありがとう」キャンベル夫人が言った。「乗馬に連れだしてくださって」

「こちらこそ楽しかった、キャンベル夫人」本心からそう言えたことにジャックは感じ入っていた。じつのところ、この女性と毎日を過ごすのがこれほど楽しいとは思わなかった。

「じつは、両親を亡くしてから、ほかの誰かとこんなに長い時間をともに過ごしたことはなかった気がするの」キャンベル夫人がぽつりと言った。

ジャックは書斎で毎日何時間も仕事をともにする秘書のパーシーを思い浮かべた。ともに過ごしている相手とは呼べないだろう。「私にとってもまれなことだ」

「友人関係と呼んでもいいものなのかしら」キャンベル夫人が軽い調子で言った。

ただの友人ならば抱くはずのないものを感じているのはとりあえず脇におき、ジャックは快く同意した。「そうとも」

脇においた保留事項が聞こえてしまったかのようにキャンベル夫人がちらりと目をくれた。「それもここを出れば終わりなのでしょうけれど。でももしかしたら……とにかくいまだけでも……ソフィーと呼んでくださらないかしら」ジャックはぴたりと足をとめた。キャンベル夫人が微笑んで片手をひらりと振った。「キャンベル夫人と呼ばれるのはもう飽きてしまっただけ。ご気分を害されたのなら、もちろん、いまま

で ど お り ――」

「いや」ジャックは肘にかけられている彼女の手に自分の手を重ねた。「きみは私を誤解している……ソフィー」

ソフィーはさらに明るく微笑み、まぶしすぎるほどだった。「それならよかったわ……ウェア」

ジャックはそんなふうに呼び合うことで後戻りできない扉を開いてしまったのだと悟った。ふたりは友人だとソフィーは言った。ここを出たらそれで終わりなのだろうと。その言葉が誘惑の第一歩のように聞こえた。すべてを知り尽くすための道のりはさらに続いていて、ソフィーに惹かれる気持ちに終わりは見えず、そのすべてをいますぐにも探りたくて仕方がないのだから、どこまでも先は果てしない。自分が火遊びをしているのはわかっていても、燃えさしを消そうとするどころか、ソフィーの手を握りしめて、明るいシェリー酒色の瞳に笑いかけていた。

どれほどの危険があるかを心配するのはあとでいい。

12

ソフィーは着替えてから、汚してしまった乗馬服についてギボン夫人に心から詫びたが、家政婦はこともなげに手を振って返した。

「旦那様からあなた様にお召しになっていただくようにとご用意したものですので。それに、トランクのなかにただしまい込まれていては誰のためにもなりませんでしょう?」ギボン夫人は泥が跳ねかかって湿った乗馬服を手に、ドア口へ向かった。「すぐに夕食をご用意してお知らせします。お支度ができましたら下りてらしてください」

「えっ」ソフィーは驚いて声を発したが、家政婦はすでに歩き去り、部屋にひとり残された。背の高い姿見に向き直り、女中のおさがりのドレスでもできるだけきちんと見栄えよくしようと整えた。ふと、頭上の部屋の包みのなかに収められているすてきなドレスが思い浮かんだ。乗馬服を借りられたのだから、もしかしたらあのドレスも……。

いいえ。そんな考えはきっぱりと頭から追いやった。公爵の持ち物で、自分には関わりのないものだ。乗馬服を貸したからといって、屋根裏部屋のあの上等なドレスをまとった姿を見たいと思っているわけではないだろう。それなのに自分はと言えば……今夜は美しく見られたいなどととんでもなく愚かなことを考えて、すでにもうウェアと戯れたくてたまらない思いに苛まれていた。

鏡の前でぴんと姿勢を正した。「頭を冷やして」鏡に映った自分を戒めた。公爵夫人でもなければ、この屋敷にあるものを身につけられる立場でもなく、公爵に誘惑される可能性を考えるなんてどうかしているにもほどがある。雨がやみ、もうすぐロンドンに戻れるのは幸いだった。これでまた自分は日常の暮らしに戻り、ウェアも最上流の世界で生きていく。ソフィーはもう一度スカートをぐいと引いて皺を伸ばし、踵を返して夕食の席へ下りていった。

ふたりは前の二日間と同じように朝食用の居間で夕食をとった。蠟燭の灯りが生みだす雰囲気はまた独特で、しかも今夜はなおさら親密に感じられた。呼びかけのせいだとソフィーは結論づけた。つい調子に乗ってこちらからそうしてほしいと頼んだために、公爵はソフィーと呼んでいた。そして自分もウェアと呼ぶたび、公爵とこんなふうに親しく向き合っていることがふしぎに思えた。

夕食を終えると、ふたりはのんびりと屋敷のなかを歩きだした。ウェアは回廊の人目につきにくい片隅にひっそりと掛けられた自分の絵をさらに何枚か見せてまわった。ソフィーの目からすればどれもとてもうまく描けているのに、ウェアはいたって謙虚に落書きも同じだと説明した。そのなかには本人曰く「英国一の跳躍力がある」馬の絵のほか、サマセットにある本邸のカークウッド館も描かれていた。チューダー朝時代の宮殿といった屋敷で、まさにソフィーが思い描いていた威厳に満ちあふれた公爵家の住まいだった。いまになってようやく、ウェアがアルウィン館をいちばんのお気に入りだと言った理由が呑み込めた。ウェア公爵家のほかの屋敷はどれも完全に城だ。

それでもそうした場所の説明は飽きずに聞いていられた。これまでとはウェアの声がどことなく違うような気がした。最初はこれ以上になく貴族らしく気どっていて、冷ややかでよそよそしかった。それがこの二日で、温かみが感じられるようになり、しかも饒舌《じょうぜつ》に話している。ソフィーのからかい言葉にも辛辣な目を向けるのではなく、笑って返す。ずいぶんと腹を立てているように見えたのに——こちらがそう仕向けたのだけれど——それは横柄で退屈な人だったからではなく、本人はそんなふうに思われたくなかったからなのだといまならわかる。たまにいたずらっぽい目を向けることもある。もっと若いときにはどんなふうだったのだろう？　ソフィーは考えずにはいられなかった。そしてもしそのときに出会っていたとしたら、どうなっていたのだろう？

ようやく図書室に行き着いた。いまではすっかりソフィーにとってもお気に入りの部屋になっていた。ほっとして長椅子に腰をおろし、絹張りのクッションに淑女の慎みもかまわず寄りかかった。「すばらしい一日だったわ」高らかに告げた。「用心したほうがいいわよ。あなたの厩からミニーを盗みだしたくなってしまいそうだから」

ウェアはさらにのんびりとあとから部屋に入ってきたが、ちょうど長椅子をまわり込んで椅子に腰をおろした。「きみが連れだしたって、マキシミリアンに会いたくてたちまち駆け戻ってくるだろう」

ソフィーは笑い声を洩らした。「ええ、そうね、本物の愛だもの」

「ともかく、邪魔立てしてはならないことだけは確かだ」ウェアはふたつのグラスを置いて、手にしたボトルの上部に布を巻きつけた。

ソフィーは背を起こしてボトルを見つめた。「シャンパン？」

「ご名答」ウェアがコルク栓を抜き、ふたつのグラスに注ぎ、ひとつを手渡した。グラスの内側でたくさんの泡が静かな音を立てている。「ウィルソンによれば道はすっかり乾いたそうだ。馬車の修理も終わった。あす太陽が顔を出せば、ロンドンへ帰れる」

「まあ！」ソフィーはシャンパンをひと口含み、もうひと口飲んだ。「こんなにおいしいなんて」つぶやいた。

ウェアが面白がるような顔をした。「飲んだことがなかったのか？」

「そうではなくて」ソフィーはさらに口に含んで、ひんやりとして爽《さわ》やかなシャンパンを味わった。「わたしが飲みなれているものより、あまりになめらかなんですもの」

「それならふたりで二本はいけそうだ」ウェアは椅子に背をもたせかけた。「馬車が直ったことを祝って」

おかげでもうすぐロンドンに戻れる。ソフィーはグラスを掲げて、さらにまた飲み、この三日間強く望んできたことがついに叶えられるのだと思い返した。それなのにいざこうしてその時が近づいてみると、安堵の気持ちはまるで湧いてこなかった。ロンドンに戻れば、もう公爵とカードゲームをしたり、霧雨のなかで馬を駆けさせたり、屋根裏部屋を探検したりすることは二度とない。嫁ぐときの助けになるように、さらに年老いてからの暮らしを支える年金受領権を得るために、また賭け事のテーブルについて、慎重にこつこつとお金を貯める日々を送ることになる。二週間に一度は友人たちとお茶会をして、ジョージアナからスターリング卿の魅力について惚気《のろけ》話を聞かされ、多額の花嫁持参金で娘をりっぱな花婿に嫁がせようともくろむ父親へのイライザの愚痴に耳を傾ける。

ソフィーは友人たちを思い浮かべて、口もとが緩んだ。こんなふうに公爵の田舎の邸宅で長椅子にのんびりもたれかかり、ふたりでシャンパンを飲んでいることを友人たちが知ったらどれほど驚くだろう。

けれどその笑みは自然と消えた。親友のふたりに打ち明けることは考えられない――それどころか、ミスター・ダッシュウッドのクラブの掟が破られて醜聞が広まれば、ふたりと会うことすら許されなくなってしまうかもしれない。ミスター・クロスは寛大で親切にしてくれてはいても、友人の行動がイライザの評判まで傷つけかねないとなれば、きっちり一線を引かせるはずだ。ジョージアナの付添役を任されている婦人にはそもそも、二週間に一度のお茶会ですらしぶしぶ認めてもらっている状態だった。ソフィーについて醜聞らしきものをわずかでも嗅ぎつければ、レディ・シドロウは憤慨するに違いない。

つまり、ロンドンに帰っても、もう完全に元どおりの暮らしは送れないのだろう。

ソフィーは公爵の様子を確かめようと目を上げた。ウェアもこちらを見ていて、ふたりの目が合い、ソフィーは少しぞくりとした。高慢そうなよそよそしさはもう丸で感じられなかった。無慈悲で厳めしい男性だと思っていたときとは別人のようだ。

公爵もこちらと同じくらいくつろいで椅子にゆったりと腰かけ、片手に顎をのせ、もう片方の手でシャンパングラスの上のほうを緩く握っている。

「こんなふうに過ごしたあとでロンドンに帰ったら、ふしぎな気がするのでしょうね」ソフィーは口を開いた。

「たしかに」ウェアも同意した。

「ほんの数日のことだから、きっと夢だったように感じるのよね。日常からも人目からも離れた別世界」

公爵も静かに相槌を打った。ソフィーのグラスが空になり、ウェアが身を乗りだして注ぎ足した。「まだそんなに戻りたいのか？」

ソフィーはさらにゆったりと長椅子に深く坐り直した。胸のうちではまったく戻りたくないと大きな声で即答していた。いま、このひと時は完璧と言ってもいいくらいだ。けれどいつまでも続く時間ではなく、続いてほしいと望めば、帰る時機を逃してしまう。「もちろん。すべきことをしないと」

「ふうむ」ウェアは椅子に深く沈み込んだ。「きみはすぐに帰らせてくれとは言わなくなった」

「愚かではないもの」ソフィーはてきぱきと返した。「馬車の車軸が折れていて、雨が降りやまないのなら、すぐに帰るのはウェア公爵様にでも無理なことくらいわかる」

ウェアが口もとを緩ませた。「そうだとしても、待ち遠しくて、小躍りしてしまうほどにも見えないが」

そのとおり。ソフィーは今回の行動の結果とついに向き合うことに気が進まないのはもちろん、この数日を楽しんでいたのはもう認めざるをえなかった。

ウェアと過ごした数日を。楽しかったのはこの男性とともにいられたからだ。

「あの賭けに勝てるとは思っていなかったとおっしゃってたわよね」ソフィーは静かに言うと、天井を見上げた。金色の精緻《せいち》な渦巻き模様に覆われ、神話の生き物が跳ねまわっている帯状装飾がぐるりとめぐらされていた。灯火に照らされて輝いているクリスタルのシャンデリア。この天井だけでも、自分の家より高い価値があるのだろう。

「それなのにどうして持ちかけたの？」

ウェアが椅子の上で背を起こし、膝に肘をついて前のめりになってこちらを見やった。そのふんわりとうねって乱れた金色の髪を見ているとソフィーは手で梳きたくなった。「どうしてだと思う?」

ソフィーはまっすぐに顔を向けた。「教えて。謎解きは得意ではないの」

ウェアが瞳を翳らせて息を吐き、身をかがめてソフィーに口づけた。公爵の唇は柔らかく、ほんのかすかにかすめた程度で、キスと言えるほどのものではなかった。唇に吐息がかかるとソフィーは自然と目を閉じて、花が太陽を求めるように身を寄せた。ウェアの指先が顎に触れ、なんとなく顔を押し上げられたような気がした。快さに思わず喉の奥から静かな声が洩れた。

公爵が顔を上げた。束の間互いを黙って見つめ合った。「これだけ?」ソフィーはささやいて、自分の鼓動が大きく打ち鳴らされていることにいまさらながら気づいた。

「これだけでいいの?」

「いや」ウェアが一本の指を羽根のようにそっとソフィーの喉に滑らせた。肌がぞくりと粟立《あわだ》ち、眼差しを感じて乳首が硬く立ち上がった。「十分の一も満たされていない」

ソフィーにはまだ決意する心の準備はできていなかった。この三日間、ウェアとともに過ごし、皮肉の利いたユーモア感覚や、意外にも感情豊かな一面を知り、そのすてきな姿に惹きつけられずにはいられず、すっかり無防備になっていたところで、今度は渇望に満ちた熱っぽい瞳と目が合った。あのような賭けをしてすでにどれほど危うくなっているのか知れない自分の評判や、ふたりに裏切られたと思うに違いないフィリップのことを考えるべきだ。まっとうな結婚をするためにはこれ以上にない花婿候補のジャイルズ・カーターのことも。そして自分自身について、さらにはけっして愛してはもらえない男性へのこのとてつもなく惹かれる熱情に屈してしまったら、どのような思いをすることになるのかも。

それなのにソフィーは口を開くと——「証明して」とささやいていた。「お願い」

ウェアがその内側で燃え盛る炎に掻き立てられるかのようにゆっくりと貪欲そうに口もとをほころばせ、ソフィーは爪先まで熱さが広がった。ウェアはソフィーを乗馬に連れだし、屋敷を案内してまわり、理性を失わせて自分を誘惑させようと仕向け、少しずつ警戒心を溶き剝がし、ついに満足の笑みを浮かべている。ソフィーは想像すらできなかったほどこの男性にすでに惹かれはじめていた。けれどこんなふうに表情からはっきりと読みとれるくらい欲望と熱情をあらわにして見つめられ、ソフィーも内側から熱く滾る渇望で燃え立たされずにはいられなかった。

雨や、道の悪さや、シャンパンのせいにもできるのかもしれないけれど、なによりほんとうは自分がウェア公爵を欲していることはわかっていた。このままベッドに導いてほしいし、彼に触れられ、口づけされていることしかもうわからなくなってしまうくらい、何度でも身を重ねたい。自分がどうしようもなく欲しているのと同じくらい、彼からも求められたい。

今度はしっかりと唇を押しつけられた。顎を上向かされてソフィーは唇を開き、攻め入ってきた彼の舌に絡めとられた。されるがままに任せ、両手をウェアの髪のなかへ差し入れて頭を押さえ、口づけを返した。ウェアの指が喉を滑りおり、襟ぐりをたどり、ソフィーは早くドレスを引き剝がして触れられたくてたまらず、身もだえた。

長椅子の上で身をよじり、精いっぱい近づこうとした。両腕をまわされ、せっかちにボタンをはずされているのがぼんやりと感じとれた。ドレスのボディスが緩み、腕から引き下ろされるにつれソフィーは背を反らせた。

いまやウェアは長椅子の傍らに膝をつき、なおも深く口づけていた。ソフィーはウェアの首にしがみつくように彼の太腿を脇に押しつけて身をしならせた。ぎゅっと膝をつかまれたかと思うと、その手が上のほうへ進んで、スカートが持ちあがった。ウェアはソフィーの尻を両手で包み込むようにしてぐいと引き寄せた。ソフィーは布地の重なりを通してもあきらかに硬く立ちあがっているものに押され、切なげな声を洩らした。

とっさに公爵が身につけているものをむやみに引き剝がそうとした。上着が床に落ちて、クラヴァットもほどけて滑り落ちた。ウェアはクッションにソフィーの背を沈ませ、乳房の上で何かささやきかけながらベストを脱ぎ捨てた。ソフィーは肌を触れ合わせたくて待ちきれず、みずから残りのボタンをはずそうと背中に腕をまわした。

公爵がふっと笑って洩らした吐息を喉もとに感じた。「待ってくれ」低い声で言い、シュミーズを締めつけている紐をほどいてくれた。

「シャツを脱いで」ソフィーの喘《あえ》ぐような声に公爵は従って、頭からシャツを脱ぎ去った。

ソフィーは切望の哀れっぽい声を洩らしてウェアの剝きだしの胸に両手を広げた。引き締まっていて、とても温かくて、ああ、なんて完璧なの。公爵が急かすような唸り声を発し、シュミーズを脇に引き払い、乳首を舐めた。

「ああっ――」ソフィーは身を跳ね上げるようにしてウェアの両腕をつかんだ。その二の腕はしなやかに筋肉が隆起していた。ウェアの片手がソフィーの膝におりて、上へと進んだ。

「初めて見たときからきみが欲しかった」公爵が靴下留め《ガーター》を引きおろす前にいったん手をとめ、かすれがかった声で言った。ソフィーは思いがけない言葉にはっと目を上げた。ウェアの顔つきは辛そうで、目は熱く滾《たぎ》っていた。「ソフィー、きみとどうしようもなく愛しあいたくて、もうこらえられそうにない」

ウェアの激しく打ち鳴らされている鼓動が手のひらにはっきりと伝わってきた。ソフィーも同じくらい全身に熱く血が滾り、まっすぐ彼の目を見つめた。「ええ。いいわ」

ウェアが一瞬いたずらっぽい笑みを浮かべ、それからすぐにソフィーの太腿の付け根に手を届かせた。両腿のあいだの縮れ毛を撫でられ、ソフィーはさらに膝を開いた。懇願するように大きく開いた目で、彼を見つめた。

ウェアは低く毒づいてソフィーを長椅子の端へ引き寄せてスカートを捲り上げた。片足が床におり、もう片方の足は長椅子の背に掛けられ、みだらに両脚が開かれて、ウェアがそのあいだに膝をついた。またもソフィーの背を沈ませて、大きな手で頰を包み込み、さらに貪欲な手つきで胸へと至り、乳房を愛撫してから、下腹部に手を広げた。嵐の空のように薄暗い目をして、今度は大胆にのんびりと触れて、ソフィーを身もだえさせ、喘がせた。

触れられると雷に撃たれたかのような刺激が走る。頭を振り動かさないと髪が逆立ってしまいそうだった。撫でられ、かがみ込んで乳房に口づけられて、ソフィーの呼気は苦しげにかすれた。どんどん昇りつめていくように感じ、身体を跳ね上げてしまわないようにとっさに両腕を広げてクッションをつかんだ。

「そんなきみを見ていると」公爵のかすれた声がした。「見ているだけで、達してしまいそうだ」ソフィーがどうにか目をあけると、自分の上でウェアが片手でズボンを脱ぎ捨てるのが見えた。息を吞んだ――ウェアが長椅子に片膝をついてさらに太腿を押し広げるなり、いっきにぐいとなかに入ってきて、ソフィーを極みの瀬戸際へと追いつめた。ソフィーは小刻みに身をふるわせながら、哀れっぽい叫びをあげた。

「なんてことだ」公爵がしゃがれ声を発し、ソフィーの尻をきつくつかんで抱き寄せた。わずかに身を引き、もう一度激しく突いて、ソフィーをまたもふるえさせた。

「もう一度いけるか?」

「何を?」ソフィーは口を開くのがやっとだった。顔に髪がかかっているし、自分の上にもなかにもいて、この身体を包み込んでいる彼を見つめると、頭がくらくらしてきた。

「もう一度」ウェアは張りつめた声で言い、捲り上げたスカートの下に片手を戻した。

「わたし――わからな……」撫でられて声がつまった。全身の筋肉が痙攣《けいれん》し、甲高い泣き声を洩らした。

「頃合いがよければ、ほとんどすぐにまた極みに達する女性たちもいる」ウェアは腰を引いて、またも深く押し入った。

「わからない」ソフィーはか細い声をふるわせた。「やってみて……」

ウェアは野性じみた笑みを見せて、突く速度を上げた。ソフィーは生き延びられるのかわからなかった。自分のなかにいる彼はとても大きくて逞しく、しかも硬く太い。みぞおちが引き絞られていくようで、呼吸もままならない。頭の脇に突っ張っているウェアの片腕をつかむと、筋肉は鉄のように強固で、肌は汗ばんでいた。

そのうちに信じられないことに、先ほどよりも速く快い波が押し寄せてきた。猛烈にと言うほどではなくても身をゆだねるにはじゅうぶんな激しさだった。突かれるのに合わせて腰を上げながらも咽《むせ》び声を洩らした。これまで以上に激しく速く突きつづけたのち、ウェアは重くのしかかってきて、突如動きをとめた。一瞬、痛いほどにソフィーは尻をつかまれた。ウェアが荒い息をついて、頭を垂れ、ソフィーは彼が自分の奥深くで達したのを感じた。

「公爵様」そう声を発するのが精いっぱいだった。

ウェアは喉の奥から笑い声を洩らした。ソフィーに口づけて、しばらく唇を触れ合わせていた。「いいかげん、ジャックと呼んでもらいたい」

頭がどうかしてしまったのではないかと思うくらい幸せな気分で微笑んだ。

「ジャック」

「ソフィー」ジャックがまたキスをした。「私のソフィー」

ソフィーは胸をはずませた。「次はどうするの、ジャック?」からかうように両腕をジャックの首にまわして、その温かさに驚かされた。裸同然でいても、少しも寒さは感じない。

「次は……」ジャックはコルセットからあふれ出ている乳房を片手で包み込み、親指で乳首をくすぐった。ソフィーがびくっとすると、ジャックの顔にたくらむような笑みが広がった。「正しくきみと愛しあう」

「正しく?」

「そうとも」ジャックはうつむいて乳首に舌をめぐらせ、またもソフィーをふるわせた。「私のベッドで、そばにランプを灯しておけば、きみの顔に浮かぶ熱情を洩らさず見ていられる。こんなものは――」ふたりの身体の下でくしゃくしゃになっているソフィーのスカートを引っぱった。「――邪魔だ」

ほんとうに。いまだ身体は悦びと情熱の滾《たぎ》りの余韻に満たされているのに、ジャックに持ちかけられたことを想像すると胸が躍った。両脚を彼の腰に巻きつけて、その重みを楽しんだ。「とても正しいことだと思うわ。いかにも公爵様らしくて」

ジャックが両眉を上げた。「なるほど。私はあまりに正しすぎるというわけか。あまりに公爵らしいと」ソフィーは笑い声を立てたが、腰を押しつけられて口を閉じた。自分のなかに彼を感じると、思わず息を呑んでしまう。ジャックが頬を触れ合わせてきて、つぶやいた。「きみがみだらなことをお望みなら、ぜひとも叶えよう」

「どれくらいみだらなこと？」興味をそそられて尋ねた。

ジャックがのしかかってきて、耳もとにささやきかけた。「私のベッドできみを裸にして、ごちそうのように味わう。炉辺のラグの上できみに猫のような体勢をとらせて、ゆらめく炉火に照らされたその姿を眺める。浴槽のなかできみに私の膝を跨《また》がせてぬるぬるとした感触を楽しむ。きみに私の青いガウンだけを羽織らせて、壁に押しつけ、私の腰に両脚を巻きつけさせる」

「まあ」どの結びつきを想像しても声を失い、どきどきして全身が熱くなる。賭博場に通っているソフィーですら頬を真っ赤に染めた。

「それではベッドにお連れしましょうか？」ジャックに耳たぶを軽く噛みつかれ、ソフィーはどうにかうなずいた。ええ、ええ、もちろん。

ある程度まで身なりを整えるのに数分を要した。公爵――ジャックだ――は乱れたドレスや肌着を隠すために自分の上着をソフィーにまとわせた。ジャックは無造作にシャツを羽織り、ズボンのボタンを留めて、ベストとクラヴァットは片側の肩に掛けた。向う見ずな放蕩者のようで、これほどすてきな男性は見たことがないとまで思っていると、手を取られ、尋常ではなく鼓動が高鳴りだした。自分よりだいぶ大きな彼の手と完璧に指が組み合わされていた。一度だけ立ちどまって半分残っているシャンパンのボトルを手にすると、ジャックはソフィーを連れて図書室を出た。

ソフィーは使用人に出くわすことを覚悟したが、さいわいにも廊下に人けはなかった。ジャックがソフィーにあてがわれている部屋のすぐそばの部屋の前で足をとめ、ドアを開くと、そこもまた豪華な寝室だった。

「こんなに近くの部屋だったなんて！」ソフィーは信じられずにひそやかな声で言った。

ジャックは部屋のなかに入ってドアを閉めると青灰色の瞳でソフィーを眺めおろした。「ああ。きみが使っているのは公爵夫人の寝室だ」

ソフィーは燃えているように熱い頬を両手で押さえた。「わたしたちが夜遅くにやって来たから、そういう関係なんだと勘違いをされたんじゃ……」

「あのときからこうなることを望んでいたから、私はそれでもかまわなかった」

ジャックは目を輝かせた。「上着を脱いでくれ」ソフィーは上着を床に滑り落とした。「それに、ドレスも」わざとゆっくりと、ドレスを繋ぎとめているたったひとつの背中のボタンをはずした。ドレスが滑り落ち、ソフィーはそのなかから踏みだした。「ほかのものもぜんぶだ」ジャックの声はまた低くざらついていた。

ソフィーは一歩さがって、一本の指にコルセットの紐を絡めた。「それはあなたの務めでは？」

ジャックはシャツを頭から脱いで、床に落とした。「ああ。もちろん、そうだとも」

13

ジャックは顔に陽射しを、身体には心地よいぬくもりを感じて目覚めた。どちらも、なじみのないものだった。いつもなら、早朝に、きょうも仕事が山積みでこれ以上寝てはいられないと思いながら起き上がる。いつもなら、もうこの時間には近侍が部屋に来ていて、身に着けるものにブラシをかけて、髭剃り用の湯を沸かしている。公爵に朝寝坊は許されないからだ。いつもなら、こんなふうにすっかりくつろいで目覚めはしないが、きょうは……。

傍らのわずかな動きがすべてをよみがえらせた。息をつく間もなく、顔を振り向けた。すぐそばでソフィーが横向きに身を丸め、赤褐色の髪を剝き出しの肩に垂らして寝ていた。濃い色の睫毛を頰に伏せて、唇をわずかに開いている。その姿はあまりに美しく、このまま時がとまり、ずっと見ていられたらと思うほどだ。

彼女との交わりは刺激的で、ずっとこうしていられるのなら男がどんなに常軌を逸したことでもやりかねないようなものだった。ソフィーは果敢に求めに応じ、自分がどうしてほしいかも恐れずに口にし、ジャックの燃え盛る渇望を焚きつけるかのような吐息をつき、喘ぎ声を洩らした。おかげで彼女とは関わらずにいようといった考えは打ち砕かれた。欲望をそそられるだけの女性だったなら、関わらずにもいられただろう。爵位や財産目当ての女性だったなら、こうはならなかった。ところが、ソフィーにはそういったものに惹かれている様子はまるでない。一緒にいると、公爵ではなく、ただの男でいられるし、目の前に星がちらつくほどの絶頂を味わわせてもくれる。

ジャックはソフィーのほつれた髪の房を指先で絡めとった。フィリップ、それにあいつが無鉄砲なギャンブルに及んだことに心から感謝だ。泣き落としで〈ヴェガ・クラブ〉に向かわせてくれた母にも。ソフィーを口説き落としてもう一度賭けの相手をさせた弟に礼を言いたいくらいだ。そうでなければ、彼女とは出会えなかった。そしていまはもう、どうしても手放したくない。

だが、ふたりの長閑《のどか》な逢瀬《おうせ》が終わりに近づいているのは否定しがたい事実だった。カーテンの隙間から洩れ射している陽光は、雨が間違いなくやんだことを告げている。馬車は修理され、道も旅にじゅうぶん耐えられるほど固まっているはずだ。ロンドンへ帰るときがやって来た。

束の間、ジャックはその道筋にただぼんやりと考えをさまよわせた。それからどうする？　またソフィーに会いたい。またともに食事をして、笑って、愛しあいたい。ロンドンでも、慎重な手立てを取りさえすれば、きっとそうしたこともできるだろう……。

とはいうもののロンドンでは、大勢の人々がほかの誰の行動に対してもつねに目を配っている。ロンドンでは、パーシーが公爵領の山積みの仕事とともに待ちかまえている。ロンドンでは、フィリップや母にも対処しなければならない。先代の公爵未亡人の母はソフィーのような女性と関係を持つことに猛反対するだろうが、フィリップもこのことを知れば頭に血がのぼるだろう。

ジャックはソフィーの巻き毛から指を抜き、その髪を枕に垂れさせた。弟が欲していた女性とベッドをともにした。ソフィーはもともとフィリップから寄せられている好意には応えられないと言いつづけていたが、そんなことは弟からすればたいした問題ではないだろう。ソフィーの言うとおりだ。昔は仲の良い兄弟だった。フィリップが母のお気に入りであることに甘え、長男ではないからと気楽に楽しんでいられたあいだは。ふたりの関係に楔《くさび》を打ち込んだのは公爵領だ。それもフィリップが継承を望んだからではなく、継承者の兄に利があることに不満を抱きはじめたからだった。そのせいで兄が影響力と権力を行使できるのだと考えるようになったのだ。

今回もそれが事の始まりであるのは潔く認めるが、まるで予想外の方向へ進んでしまった。ジャックはフィリップを懲らしめようとは思っていたが、ソフィーを誘惑するといった卑劣なやり方をしようとしていたわけではない。たしかにあの運命を決したサイコロ賭博をしていたときにはすでに、髪をおろした彼女をベッドに誘い込み、じっくりと時間をかけて愛しあって、ほてった顔を見られたらとは想像していたかもしれないが……ああ、実際に想像していたが、フィリップへのあてつけになどということを考えるわけがない。

純粋に自分がそうしたかっただけのことだ。

ジャックは寝ているソフィーを見つめて、鼓動を高鳴らせた。彼女に惹かれたのはフィリップとはまったく関係がなく、すべては自分自身の欲望から生じたものにほかならなかった。

だがついに……雨がやんだ。このチズィックで彼女を独り占めしておける口実はもうない。ロンドンでソフィーを待ち受けているものはなんなのだろう？　誰が待っているんだ？〈ヴェガ〉で彼女の背後に男がひっそりと立っていたのをジャックはなんとなく憶えていた。求婚者か？　恋人候補なのか？　ジャックの眉間に深い皺が寄った。尋ねる権利などないが、どうにも知りたくてたまらない。

「ソフィー」低い声で呼びかけて、邪念を振り払った。ロンドンにいるほかの男はすべて忘れさせてしまえば、あれが誰なのだろうともう問題ではなくなる。身を乗りだして、肩先に唇を押しつけた。「かわいいきみ、起きるんだ」

ソフィーが目をしばたたかせて開き、眠そうながらも屈託なく嬉しそうに顔をほころばせた。ジャックはキスをして、さらに鼓動の何拍かぶんだけその悦びに浸った。

顔を上げると、それも潰《つい》えた。ソフィーが陽光に照らされた窓に視線を向け、それからジャックに目を戻した。「これで道が乾くわね」

「おそらく」ジャックはこともなげに片方の肩をすくめた。

ソフィーがいったん目を閉じてから、ベッドから上体を起こした。「話しておくべきよね、ロンドンに帰るのなら――」

「どうして？」ジャックはソフィーの手を取って、手首の内側に口づけた。「いまはそれはまだ話したくない」

「わたしだってそう、だけど――」

ジャックはまたもキスをして、その先の言葉を打ち切った。ソフィーが首に両腕をまわしてきて、ジャックは必要としていた励ましを得られた。ソフィーをマットレスに倒し、上掛けは取り去って、ぴたりと抱き寄せた。そのまま寝転がって下になり、ソフィーを自分の上に乗りかからせた。

ソフィーは両腕を突っ張って身体を支え、起き上がりかけたが、ジャックが両手で尻を握って引き戻した。「まだ着替えるには早い」ささやいた。

「あなたは夜明けとともに起きて、たくさんのお仕事をしなければならない方なのかと思ってた」ソフィーはそう返したが、にっこり微笑んだので、ジャックは期待で昂《たかぶ》った。

「たまたま――」ジャックが片膝を上げ、ソフィーの両脚を開かせて自分を跨がせると、そそり立ったところに彼女の熱く湿った中心が擦れた。「――たしかに夜明けに起きたが、きみとの交わりを仕事と呼ぶつもりはない」

束の間ソフィーが目を見開いてもジャックは腰を動かしつづけた。ソフィーが片手をジャックの胸に当ててとまらせた。「仕事ではないなら、なんなの？」

「私のつまらない日々のなかで最良のときだ」ジャックは唸るように返した。「乗ってくれ、ソフィー」

ソフィーが顔を赤らめた。「これでいい？」膝を折り曲げて腰をおろし、両手でジャックの下腹部を包み込んだ。

ジャックは息を吸い込んで、気が遠くなりかけた。温かな手にしっかりと握られ、早くも達しそうな疼きを感じはじめた。はからずもこのまま手のなかでいってしまいそうだ。息をつめて気を鎮めてから目を開いた。

ソフィーの髪は剝き出しの乳房と肩に垂れていて、成熟した妖精をベッドに誘い込んでしまったような心地だった。シェリー酒色の瞳が欲望で輝いているが、ほかにも何かが見てとれた——ためらいのようなものが。

「こんなふうにしたのは初めてなのか?」紅潮した顔を見るまでもなく、そのとおりであるのは感じとれた。ジャックは肘をついて上体を起こした。「ほかの方法と」深みのある声でささやきかけた。「たいして変わらない。膝を開いて——広く——私をなかへ導いて——」ソフィーが言われたとおりに正しい位置にあてがおうと先端を割れ目に擦らせたので、声がつまった。たまらず腰を引いてわずかに突き上げた。

ソフィーが一瞬動きをとめた。ゆっくりとまた腰をおろし、自分の奥へ引き込もうとした。ジャックは荒く息を吸い込んだ。「これでいい?」ソフィーが腰を上げ、それからまたおろし、互いの腰の動きが重なるとジャックの目は熱く滾った。

神よ、たとえ目を奪われようと、もう彼女を手放すことなどできません。フィリップのことなどもうどうでもいい。ジャックは息を継ごうとするのと同じくらいに激しくこの女性を欲していた。

両手でソフィーの乳房や腹部や肩や顔に触れられるように枕に背を寄りかからせた。どれだけ触れていても飽き足りることはないだろう。ソフィーはジャックの両手に身を押しつけつつ、自分の心地よいリズムで腰を揺らし擦らせていた。ジャックはソフィーを急かしたくなかった。そう思いながらも——どうしようもなく沸き立っていて、もはやこらえきれそうにない。脚のあいだの濃い縮れ毛を払いのけて彼女に触れた。

「一緒にいこう」かすれ声で言った。シーツを握りしめて、できるだけ放たれまいと身をふるわせながらこらえた。

「ええ」苦しげに応じる声がした。「ジャック」ソフィーが息を呑んで背を反らし、ジャックは逞しく張りつめたものが彼女に締めつけられるのを感じた。ソフィーの恍惚の表情だけで追い立てられるにはじゅうぶんだったが、彼女が昇りつめるのと同時に破裂したような振動が響いてきた。ジャックは頭をのけぞらせ、ソフィーの尻をつかんで、できるかぎりきつく結びついたまま叫びをあげて解き放たれた。

ソフィーが崩れ落ちてきて、湿った熱い肌が触れ合わされた。ジャックはまだ息を切らしながら、やみくもにソフィーの頭のてっぺんにキスをした。まったくなんだって雨がやんだんだ？　非難がましい社会から離れ、ここに彼女といられるようにしてくれるものならいまはなんでも、聖書に書かれている洪水ですら歓迎する。あんな社会はもうどうでもいい。ジャックはこうしてソフィーを抱いているいまほどの幸福をこれまで味わったことがなかった。

しばらくしてソフィーが身じろぎをした。「ジャック」ジャックの顎に生えかけた鬚を指先で撫でながらささやいた。「公爵様」

そう呼びかけられてジャックは目を開いた。「その呼び名は使わないということになってたよな」

ソフィーは笑って、ジャックの胸の上で頬杖をついた。「これからどうするの？」

「朝食にするか？」ジャックは提案した。「ベッドを離れる必要はない。ウィルソンがすぐに持ってきてくれる」

「そうね」ソフィーに鎖骨を指でなぞられ、ジャックは満足の呻きのようなものを洩らした。「でも、そのあと。ロンドンへ帰ってからは」

「また雨が降りだすかもしれない」陽光が洩れ射している窓のほうへ期待を込めて目を向けた。

ソフィーが鼻先で笑った。「ジャック！」

「きみがまだそんなに帰りたいのなら」顔をしかめた。「そうするしかない」

ソフィーが傍らに下りて、ジャックはぬくもりを感じられなくなって寒気すら覚えた。彼女に腕をまわしてまた抱き寄せたとしても、それくらいでは満足できそうにない。「もちろん帰らなければ」ソフィーがため息まじりに言う。「もうすでに長すぎるくらいここに……」

「私に言わせれば、まだ足りないくらいだ」ジャックはソフィーの髪の房をつまんで、軽く引いた。「ロンドンでふたりだけになれるところを見つけるか？」

ソフィーは目を丸くし、一瞬息をとめたように見えた。「つまり――つまりあなたは……？」

ジャックはうなずいた。「もちろん、また会いたい」

ソフィーはこれまででいちばん柔らかい笑みを浮かべた。嬉しさでジャックの胸はたちまち熱くなった。なんたることか、ソフィーに微笑まれただけで、王になったような気分にさせられるとは。「ほんとうに？」

ジャックは信じられない思いで笑い声を立てた。「まったく、どうして疑うんだ？」両手でソフィーの背中を上までたどり、またふっくらとした尻まで撫でおろした。

「街ではよりむずかしいことなのは確かだが、ちょっと段取りを立てればうまくいく。秘密の家を確保しよう。きみの住まいの近くか、ロンドンできみの望むところがあるならどこにでも」

ソフィーがぽかんとした。「家」

「きみの住まいの近くに」ジャックはソフィーがやや唐突に顔をそむけたのもかまわず首に口づけた。「そういったことには慎重さが肝心なのは承知している。きみが決断してくれるなら、きみのご希望にはなんでも応じる」ソフィーを引き寄せようとした。ロンドンへ戻らなければならないのだとしても、せめていまだけは……。

ソフィーが両腕でジャックの肩を押し返して拒んだ。「わたしは囲われ女にはなりたくない」

「それなら、ならなくていい」ジャックはひと呼吸おいて言った。「いまのままで――でも、晩にこっそり会いに来てくれないか」

「晩には〈ヴェガ・クラブ〉に行ってる」ソフィーが話しだした。

「それなら午後に。ほかのみんなが目覚める前の早朝に。私はきみとならいつだって愛しあえる」

「そんな簡単にはいかない」ソフィーは下唇を噛んだ。

「いくとも」ジャックは彼女の肩にキスをした。

「いいえ」ソフィーが低い声で続けた。「いいえ、ジャック」ジャックの腕のなかから抜け出て、背を向けて坐り直した。「そうはいかない。わたしたちは――こうなる前にちゃんと話しあっておくべきだった」

ジャックが肘をついて身体を起こすと、ソフィーは青いガウンを羽織って、髪を襟の外に出し、そのしぐさで青いビロードの生地に暗い皺の塊りがさざ波立った。ああ、ほんとうに自分のガウンをまとった彼女の姿は眼福だ。「急いで発つ必要はない。ぞんぶんに話し合う時間はある」

ソフィーがベッドを降りて立ち、ガウンの腰紐を結んだ。「ご存じのとおり、わたしはこうなることはまったく考えていなかった」

「それは私も同じだ」ジャックは自分に向けられた眼差しに片手を上げて潔白を示した。「誓って言える」

ソフィーが唇を嚙みしめた。「それなら、もう会えない理由はおわかりよね」

「もちろ――」ジャックは考えなしにただ同意しようとして口をつぐんだ。「なんのことだ？」

ソフィーの顔が赤く染まった。「こんなことをしたらもう会えない」と、また告げた。「誰にも知られてはいけないの……このことは。どうしてなのかわかるでしょう」

ジャックは黙って見つめた。いや、と怒鳴り返したかった。わからない。

「わからないのなら、街へ帰ればすぐにわかる。フィリップ――」ソフィーは言葉を切り、ジャックのほうは見ずに眉根を寄せた。「フィリップからあなたのことも、公爵に求められることも、たっぷり聞かされていた。それにこうして一緒に過ごしてみて、実際にそれを目にして……ほんとうにそうなんだと納得した。だけど、わたしの立場ははるかに危うい。それにわたし――」深呼吸をひとつする。「わたしはあなたの暮らしにそぐわないし、あなたもわたしの暮らしにはそぐわない」

ジャックは跳ね起きた。「ばかなことを言わないでくれ。公爵であることの利点のひとつじゃないか。望むことはなんでもできる」

「そういうわけではないことはお互いにわかってる」ソフィーは静かに返した。「あなたにはフィリップを堕落させないこと以上にたくさんの責任がある。でもわたし……わたしはなんでも自分の思いどおりにできるわけじゃない。わたしも評判は守らなくてはいけないし、こんな……」ソフィーは声をふるわせた。「こんな〝束の間の情事〟が知れたら、取り返しのつかないほど評判に傷がついてしまう。わたしには身を滅ぼすのを防いでくれる爵位はないの」

「誰が身を滅ぼすなんて話をした？」ジャックは強い調子で訊いた。

ソフィーが押し黙り、何度か瞬きを繰り返した。「どう――どういうこと？」

たしかに、何を言おうとしているんだ？　ジャックはこれから何度も自分のベッドでソフィーとともに目覚めたかったが、その望みを叶える方法は限られていた。ソフィーを愛人や情婦にするか、妻にするかだ。しかもそのなかで、未亡人が淑女として醜聞に晒されずにすむ手立てはひとつしかない。

ジャックはベッドの片側からすばやく足を降ろし、大股で窓辺へ歩いていき、眼下の田園風景を睨むように見つめた。ソフィーは囲われ女にはなりたくないと言った。情婦としてつきあう危険も冒せないと。そうだとすれば、残された選択肢はひとつだけで、とうていありえないことだった。まだほとんど知らない女性と関係を持っただけでなく、その先へ進むことなど考えるだけでも頭がいかれているからだ。そうだろうか？

頭がいかれているのか？

ともかく、両手を握っては開いて、考えてみた。ソフィーのような立場の女性と交際を始めれば、社交界に衝撃を与えるに違いない。公爵を巧みに誘惑した現代の魔女《キルケ》だとソフィーを誰もが非難するだろう。そのうちに公爵から恩恵を受けようと列を成していた人々が、口添えをしてもらおうとソフィーのご機嫌取りを始めるかもしれない。そうなれば、ソフィーはやはり自分を富と権力をふるえる公爵なのだと見るようになり、もうただのジャックだとは……。

違う。ジャックはその考えに顔をしかめた。ソフィーはそんな女性ではない。一緒にいたこの数日でわかったことがあるとすれば、それは確かだ。

だが自分の力で生きていく手立てを持ちながら、愛する人との結婚を望んでいる。恋愛結婚はまれだとかわしていたが、ジャックはごまかされなかった。ソフィーの両親はともに生きるために慣習にそむき、親から勘当された。ソフィーも愛する人と生きるためならば同じことができるのだろうか？　彼女ならするだろうとジャックは思った。

とはいえ、自分が相手では危険を冒すつもりはないようだ。情婦になるつもりはない。もう二度と会わない心構えができているということは、愛する可能性はないと考えているとしか思えなかった。

永遠に。

そんなことは肩をすくめて受け流せたはずだろう。なにしろみずから、ウェア公爵は愛のために結婚するわけではないと明言したのではなかったのか？　代々、地位や富や有力者との繋がりを得るため――できることなら三つとも叶えるため――結婚してきたのであって、ソフィー・キャンベルにはそのどれも望めない。たとえ望めたとしても、結婚は知り合ってたった四日しか経っていない女性と考えるようなものではない。

それなのにもう二度と会えないのだと思うと、否定したい気持ちがむくむくと頭をもたげ、衝動的に抗議の唸り声が口を開かせた。「決断を早まる必要はない」

「早まる？」ソフィーが疑わしげに見返した。「選択肢がひとつしかないのに早まるも何もないでしょう！　ロンドンに戻ったからといって何が変わるの？　あなたはご自分で義務と責任に人生を費やしていると言ったのよ。わたしにも自分の人生があるし、生きている世界があって、それはあなたの世界とは交わらない。ロンドンではお会いするれっきとした理由がないし、つまり会えば、人目を引く」ソフィーは声を落とした。「そういった醜聞を立てられては、わたしは生き延びられない。あんな賭けをしたあとならなおさらに」

「ダッシュウッドが誓約させているだろう」ジャックは言いつのった。

「それでも口外した罰に〈ヴェガ〉から追放するくらいのことしかできない」ソフィーがそう締めくくった。「誰も洩らさない確率は……」片手を投げやりにひらつかせた。「そんな低い確率には賭けられない」

ジャックは両手を握りしめた。ソフィーの言うとおりだ。でも……どうすればいいんだ。この数日、ジャックは別人になったような気分で、そうなれたことを心から楽しんでいた。

言葉を失っているうちに、ソフィーがため息をついた。「約束して、ジャック。お願い」

「きみがほんとうに望んでいることなら」そうではないと言ってくれとジャックは強く願った。期待できるような気配が少しでも感じられたなら、慣習も世間の目もかまわずに、好きなときにいつでも会いに行ってやる。なんといっても自分は公爵なのだから、なんでも思いどおりにできるはず……。

ソフィーから何も言葉が返ってきていないことに気づき、ジャックは目を向けた。

「そうなのか？」

ソフィーが顎を上げ、目を見据えた。「わたしが望んでいるかどうかは問題じゃない。それが世の倣いなのだから」

答えは得られた。さらなる期待は燃え尽きかけている蠟燭のように揺らいで潰えた。

「ならば誰にも、ひと言も洩らさないと誓う」

ロンドンへ帰る馬車のなかはほぼ静けさに占められていた。ソフィーがまとっているのはまた裾から膝あたりまで黒い染みが残ったあの深紅のドレスだ。弁償代を請求してくれることをジャックは願った。

ふたりは後部座席に並んで坐り、ジャックからすればソフィーの息遣いが聞こえるほど接近していた。ソフィーのマントの折り重なった襞の内側で、ジャックは彼女の手を握っていた。思考が停止してしまったかのようだ。ほんの四日間で、この女性とともにいて、笑顔や眉をひそめた表情を目にし、いたずらっぽくちらりと目を向けられれば声を立てて笑いだしたくなってしまうことがもう当り前に感じられていた。こうしてスコットランドまで馬車に乗りつづけていてもきっと満足していられただろう。

だがそんなことを言うわけにもいかない。そもそもそんなことを考えてしまうだけでも頭がどうかしているのではないだろうか。

思いのほか早く、ソフィーが身を動かした。「降りるべきだわ」

「なんだって？」ジャックはどきりとした。「どうして？」

「ここからなら歩けるから。馬車を停めさせて」

ジャックは引き留めようと息を呑み、思い直して身を乗りだし、御者の窓を二度軽く叩いた。秘密にすると誓ったのだから、たしかに玄関前まで送り届けることはできない。「停めてくれ」呼びかけた。馬車が速度を落とし、御者が往来の流れを縫って馬を駆ると、車体がぎしぎしと音を立てて左右に揺れた。

「では――」口を開いたが、ソフィーにさえぎられた。両手で頬を包まれ、キスをされたのだ。ジャックは両腕をまわして抱き寄せ、膝の上に乗りあがらせた。

　ソフィーは互いの額を触れ合わせ、ジャックの首の付け根の髪に手を差し入れた。

「街を離れていた理由を繕わなくてはいけない。わたしが留守にしていたと誰にも思われないようにするのが最善だと思う」

「そうだな」ジャックは同意しながらも、実際に声に出してみると何かを殴りつけたい気分になった。チズィックを発つ前に、使用人たち全員に、ソフィーが屋敷に滞在したことは口外しないよう、もし口外するようなことがあれば紹介状なしで即刻解雇すると告げていた。

　だが、ジャックにはわかっていた。ソフィーがあそこにいて、調子のはずれたピアノを弾き、公爵のカードゲームの下手さに笑い、図書室の長椅子で交わったことを忘れられるわけがない。ソフィーを馬車から降ろしたあとに自分ひとりが残される恐ろしさから、また狂おしく口づけた。「もし何か必要なものが――」私を必要になったら「――知らせてくれ。書付を届けさせるんだ」

ソフィーはジャックの唇に触れ、切なげな笑みを浮かべた。「さようなら、ジャック」

「さようなら」ジャックもどうにか返した。

ソフィーは最後にもう一度だけ唇を触れ合わせてから、馬車を降りた。ジャックは窓のシェードを上げて、ソフィーがマントのフードをかぶり、市場へ急ぐ人々の群れに紛れていくのを見ていた。これだけ早い時間なら、人目につかずに家までたどり着けるだろう。

「ウェア邸へ」ジャックはソフィーのほうを見つめたまま、扉脇にぴしりと立っている従僕には目を向けずに低い声で告げた。

「かしこまりました、旦那様」扉がぴしゃりと閉じられ、馬車がまた動きだした。

ジャックは息を吐いた。ソフィーは行ってしまった。

14

ソフィーは自分の小さな家に勝手口から入り、流し場を通り抜けようとして、朝食をとっていた料理人とコリーンを驚かせてしまった。「奥様！」

「ただいま」ソフィーは笑みをこしらえて言った。「それと入浴したくてたまらないの」ほんとうはそうでもなかったのだけれど、使用人たちに仕事を与えて、質問攻めに遭うのはあとまわしにしたかった。コリーンが身のまわりの世話をするため急いであとから階段を上がってきて、料理人は水を汲みに行き、ソフィーはようやく自分の寝室に戻ってほっと息をついた。

「あと二日はお戻りにならないものと思ってました」コリーンがせわしなく部屋のなかを歩きまわりながら言った。「従僕が奥様は急用でご訪問されているので、一週間はお戻りになれないと伝えに来たので」

ソフィーはそれを聞いて息がつかえた。あと二日もジャックの腕に抱かれていられたなら……いいえ、だめ。完全に自制が利かなくなる前に帰ってこられたのは幸いだった。

「しかも極秘の事情があるのだと言ってたんですよ、奥様」コリーンが興味をあらわに付け加えた。「わたしはそんなことは他言しませんけれども」

「ええ――ええ、そうなのよ、ほんとうに急なことで」ソフィーは口早に言葉を継いだ。「とても個人的な事情があって、言うわけにはいかないの」コリーンを雇ったときには、女中は主人について噂話はしないことを条件にしていた。おかげで、ソフィーが未亡人ではないことや賭け事で生計を立てているという秘密は守られているものの、これまで誰にも他言していないと繰り返されては女中としては破格の給金を払わされている。

「こちらは何か変わったことはなかった?」ソフィーは話題を変えようとして尋ねた。

「静かなもんです」コリーンはソフィーの捩じ上げられた髪からピンをはずしてほどき、ブラシをかけた。ジャックに髪を探られながらキスをしたこと、彼の身体の熱さ、重みをソフィーは思い起こして目を閉じた。「ミスター・カーターが訪問され、名刺を残して行かれました。フィリップ卿もです。レディ・ジョージアナとミス・クロスから何通かお手紙が届いています」

どれもふだんと変わりないことだけれど、これから数日は慎重に手順を踏んで行動しなければと自分に釘を刺した。「あとでその手紙を持ってきて」ソフィーは指示した。「紳士たちにはなんて伝えたの?」

「どうお伝えすればよいものかわからなかったので、奥様は具合が悪いのでと言っておきました。それでよろしかったでしょうか?」

ソフィーは安堵の息を吐いた。「上出来よ」

鏡越しにちらっとコリーンと目が合った。「もう……大丈夫なんですよね、奥様?」

いいえ。人生をめちゃくちゃにひっくり返されたのに、すでに言い表せないくらいその張本人のジャックが恋しい。いまでも鬚を剃ったばかりの彼の頬が自分の頬に当たる感触が忘れられない。「やっと家に戻れたんだもの」きびきびと答えた。「問題は――誰もわたしが留守にしていたのは知らないということ。紳士たちは、わたしが、つまり、気分がすぐれないと言われてよく信じたわね?」

コリーンがソフィーのドレスを脱がしにかかった。「ミスター・カーターはほっとされていたようでした。花束を届けられて」手早くボタンをはずしながら、窓辺の書き物机のほうに顎をしゃくった。その上の花瓶には鮮やかな花が活けられていた。

「フィリップ卿はそうすんなりとはいきませんでした。お会いしたいと詰め寄られて、お断わりすると、怖い顔で裏切り者めなどとつぶやかれて」女中はソフィーに立ってドレスから抜けでるよう身ぶりで伝えた。「二度いらしたんです。二度目は、無理やりにでも上がりそうな勢いでしたので、奥様はあなた様にはどうしてもお会いになりたくないのだと申しあげると、どうにか帰っていただけました」息をつく。「ほかに説得のしようがなかったんです、奥様。それで大丈夫でしたでしょうか」

仕方がない。ソフィーはそもそもフィリップにはもう関わられたくないと願っていた。「ええ、それでいいわ」そう請け合った。女中から入浴の準備ができるまで羽織っていられる化粧着を手渡され、ジャックの青いビロードのガウンを思いださずにはいられなかった。次に彼とベッドをともにする女性もあれを羽織るのだろうか？　アルウィン館にほかの女性も泊まらせているの？　〝きみに私の青いガウンだけを羽織らせて、壁に押しつけ、私の腰に両脚を巻きつけさせる〟……。

「手紙」ソフィーは考えを切り替えようとして言った。「何通か……届いていると言ったわよね？」

「はい」コリーンが手紙を持ってきた。ぜんぶで三通で、一通はジョージアナから、残りの二通はイライザからだった。ソフィーはそれを手に窓辺の椅子に坐り、コリーンが入浴の準備をするあいだ読みはじめた。

〝あなたについてとても心配な噂を耳にしました〟イライザの最初の手紙はそう始まっていた。〝そんなことがありうるのでしょうか？　Gとわたしがフィリップ卿についてあなたをからかったあとで、彼のお兄様と賭けをしたなんてとても信じられません！　ほんとうなのですか？　あなたがあの方とお知り合いであることも知らなかった。誰もがその話で持ちきりのようですが、どちらかというと、ウェア公爵のほうが取りざたされています。父によれば、あの方は大変な堅物であったはずだとか。だからこそ、そのような振る舞いをするとは誰もが騒ぎ立てているわけで……〟

ソフィーはその手紙を脇に置き、ジョージアナの書付を開いた。先ほどの手紙よりはるかに短くまとめられていた。

〝あなたがW公爵と賭け事をしたのは事実なのか、それを確かめるようレディ・シドロウから急かされて、この手紙を書いています。事実だとすれば、もう二度と手紙を書くことを許されないかもしれませんが、喝采を送ります！　わたしの助言を受け入れて、あのクラブの常連客のひとりと恋に落ちたのだとすれば、嬉しい。ウェア公爵は英国でもっとももりっぱな花婿候補のひとりですし、なんといっても容姿端麗で――これ以上には望めない殿方だもの。事実ではないとしたら、すぐにレディ・シドロウにお見せするのにふさわしい文面で返信をください。その場合には、わたしはほんとうの出来事を伺うためにすぐに駆けつけるでしょう――何かあったことに察しがつく程度には、あなたのことをよく知っているつもりだけれど。知りたくてたまらなくて死んでしまいそうなくらいなので、できるだけすぐに返事をください〟

ソフィーはその手紙も片端に置いたが、笑みがこぼれた。けれど前日付でイライザから届いた二通目の手紙を目にして、笑みは消えた。

〝あなたから返事がないので、何か恐ろしいことが起きたのではないかと心配しています。社交界ではあなたや公爵を見た人が誰もいないというのです。ともかく父が耳にしているかぎりでは。あの方に恐ろしいことをされたのではありませんか？　どこかに捕らわれているのでは？　ソフィー、わたしたちはあなたのことを心配しています。返事を書いて、ぶじを知らせてください。もしも面倒に巻き込まれているのなら、友人であるわたしたちに……〟

その手紙を膝の上に落とした。濡れた布が絞られているかのように汗ばんできて、額に手をあてた。湯に浸かったら、ゆっくりと仮眠をとって、よからぬことをした証しを探しだそうと待ちかまえている貪欲な人々からもう少しだけ隠れていたい。〈ヴェガ〉の悪評高い守秘の掟はどうやらもう持ちこたえられない限界に達していたのだろう。自分には身を滅ぼすのを防ぐ地位も財産もないとジャックに言ったのはけっしてあてつけではなかった。毅然とした笑みを湛えつつ動じない物言いで評判を守り抜かなければならない。

ほかに選択肢はない。誰にも真実を知られてはいけない。もうジャックは屋敷に着いているのだろうかと考えて、ふいに窓のほうを見やった。本人は辛辣な言い方をしていたけれど、ロンドンでもっとも壮麗な屋敷のひとつであるのは間違いない。ソフィーは窓ガラスに手をあてた。ウェア公爵邸はどこにあるのだろう？　ジャックから聞いていないし、見当もつかない。これも自分の人生から永遠に彼を消し去る理由になる。

親友のふたりに自分はぶじで、次のお茶会ですべてを話すからといった曖昧な短い返信を書き終えたときには、入浴の用意が整えられていた。ソフィーは浴槽に入り、肩まで湯に身を沈めた。ジャックの痕跡を洗い流してしまいたくない気持ちもあったものの、意を決して洗いはじめた。ごしごしと身体を洗いながら、あれはただの戯れで、そもそも起こってはいけない情事だったのだと自分に言い聞かせた。すべて胸の奥にしまって永遠にそこに留めておくことが、いまの自分にとって最良の選択だ。

湯にもう少し深く沈み、浴槽の縁に頭をもたせかけた。やはりアルウィン館の大きな浴槽を思い起こさずにはいられなかった――公爵夫人の居室にあったりっぱな浴槽。

ジャックの居室の隣の部屋だ。ソフィーは目を閉じて最初の晩のことをぼんやりと呼び起こした。濡れそぼって、いらついていて、横柄で頑固な公爵への怒りが爆発しかけていた。公爵の目には、自分自身の絹とビロードのガウンだけを羽織って図書室に踏み入ってきた女性がどんなふうに見えたのだろうとソフィーは思い返して、思わず口もとが緩んだ。あれほど贅沢なものは身に着けたことがなかった。

あのガウンがなによりも、ウェア公爵がそれまで自分が思っていたのとは違う男性であることを物語っていたのだろう。贅《ぜい》を凝らした、あまりにくつろいだ装いだった。あれを羽織ったキャンベル夫人を見たときの公爵の燃え立った眼差しが、ほんとうはとても情熱的な男性で、解き放たれるきっかけを待っていただけなのだと伝えているかのようだった。

しかも、ソフィーはジャックに見通されていた。これまで才気を頼りに生きてきて、言葉を失うようなことはめったになかったはずが、ジャックとはそうはいかなかった。素足をちらりと盗み見ながらも、ソフィーに容赦なく切り込み、秘密の核心を突いてきた。繕った表面を見破り、真相を知るはずもないのに、ソフィーの〝大計画〟をほとんど正確に解き明かしてみせた。

社会的な地位と安心を得るために綿密に作り上げた自分の計画を思い起こし、ソフィーは笑みを消した。昨夜はちらりとも考えなかった。それどころか、今朝目覚めてからの数時間は、もしかしたらそんな計画などもう必要はなく、一万ポンドと好人物の紳士よりも価値あるものを見つけられるかもしれないなどと、よこしまな考えを頭によぎらせもした。ジャックにまた会いたいと言われ、それなら……と希望すら抱いて……。

もちろん、ばかげた考えだった。公爵が自分のような女性と結婚するなど頭がどうかしているとしか考えられないし――現にジャックは人目につかない小さな家で飽きるまでの逢瀬を持ちかけただけにすぎない。いくら自分が彼を求めていても、そのような危険を冒すわけにはいかなかった。これまでどれほど苦労して評判を築き、守ってきたことか。それは一瞬にして失われかねないもので、一度失ってしまったら、取り戻すことはできないだろう。これまでずっと世間では未亡人として通してきたが、誰かにしつこく探られれば、キャンベル夫人は実在せず、何者でもなかったミス・グレアムがどういうわけかバースからロンドンへ向かう郵便馬車のなかで未亡人となったことがきっとばれてしまう。レディ・フォックスのわずか三百ポンドの遺産を元手に、外交官並みに勝敗率を配慮しながら社交界の紳士たちから〈ハザード〉ゲームや〈ホイスト〉ゲームでこつこつと獲得金を積み重ね、四千ポンドを貯めてきたことも。

情婦になれば、ジャックは惜しみなく、たぶん途方もないくらいお金をかけてくれるつもりなのは感じとれたけれど、それは求められているうちだけのことだ。情婦からは何も要求できない。悪くすれば、そう経たずにジャックがほかの女性と結婚し、正式な公爵夫人が誕生して、いっさい会えなくなってしまうかもしれない。既婚者と情事を続けるのはもちろん、ただ戯れるのでさえ、ソフィーには考えられないことだった。

ジャックに伝えたとおり、ほかに選択肢はない。こうしてロンドンに戻ってきたからには、また計画を続行し、これまでの倍は努力して、痛手を被ったぶんも埋め合わせなければいけない。

つまり、また〈ヴェガ〉へ行き、途方もない賭けで負けてジャックに連れだされたのを見ていた人々と顔を合わせることになる。フィリップは怒っているだろうし――ジャイルズ・カーターですらも気分を害しているかもしれない。ソフィーは深々と息を吐き、浴槽にさらに沈んで、頭まで湯にもぐらせた。

ウェア公爵邸に馬車が着くまでに、ジャックは頭のなかで何度も今朝の出来事を思い返していた。当然ながら気分はふさいで無愛想のまま、染みひとつない仕着せ姿の使用人たちによって次々に開かれる彫刻の施された背の高いドアを抜けて進んだ。何も知らず屋敷内を動きまわって働く女中に目がいき、顔をしかめた。紺青色《こんじょう》の女中服が、アルウィン館に着いた翌日にソフィーが身に着けていたものとそっくりだった。昨夜も、それを着たソフィーと長椅子で愛しあったのだ。

「旦那様、書斎でミスター・パーシーがお待ちです」執事のブラウンが抑揚のない声で伝えた。

「そうなのか？」ジャックは陰気に上着を脱ぎ捨てた。パーシーは待たせておけばいい。「すぐに私の馬を連れて来させてくれ。戻ってきたら入浴できるように準備しておいてほしい」

ブラウンが瞬きをして、執事らしからぬ驚きの感情を垣間見せた。「かしこまりました、旦那様」

「弟は来ていないか？」

「奥様とご一緒におられます」

ジャックは足をとめたが、それもほんの一瞬だった。フィリップが昼前にここに来ていて、母とともにいる。それぞれに理由はまるで違うが、どちらも公爵がこの数日どこにいたのかについての説明を求めようとしているのはあきらかだ。パーシーは役立つ情報を何も知らされずにロンドンに戻ってきたはずだ。自分とソフィーが屋根裏部屋を探検しているあいだに、ウィルソンにアルウィン館から追い立てられるように出ていった。ジャックはふたりで過ごした束の間の甘いひと時を秘密にするというソフィーとの約束を呼び起こし、衣裳部屋へと向かった。彼女のことしか考えられないというのに秘密にしなければならない。会いたいのは彼女だけだというのに、二度と会えない。いまは馬をせいぜい駆けさせて、全身にみなぎる切迫を打ちのめさせるしかない。

屋敷を出る前に母に見つかってしまった。「あら、帰ってたのね。こんなに長く留守にするなんて、病気にでもかかったのではないかと心配していたところだったのよ」

「ご心配いりませんよ、母上」ジャックはさらりと頭をさげた。「申し訳ないのですが、ちょうど乗馬に出かけるところなので」

母が暗い瞳を大きく広げた。フィリップと同様に難なく深い憤りを伝える術が身についている。「出かける？　ほとんど一週間ぶりに帰ってきたばかりなのに？　あなたの行動はほんとうに妙だわ」

「そうですか？」ジャックはブラウンから帽子を受けとり、手袋をはめた。「まるで妙な気はしませんが」書斎に戻ってパーシーとまた閉じこもるのは妙な気がするから、乗馬に出かけようとしているのだから。

　母が信じがたいといった顔で眉を上げた。「ウェア！　母親をからかうのはやめなさい。あのクラブでの出来事は聞きました。なんて不作法なことを」

　ダッシュウッドが誓わせていた守秘の掟もこれまでかとジャックは思い返した。つまり、いまいましくも、評判を汚されるのを心配していたソフィーは正しかったというわけだ。

「どうしてそんなことができたのかしら？」母はさりげなく嫌悪を滲《にじ》ませた声で言い添えた。

「行けと言ったのは母上ですよ」ジャックは指摘した。

　母が目を瞬いた。「フィリップのためじゃないの！　わたしはけっして――」

「お言葉ですが、あのようなことになったのはフィリップにも責任がある。一カ月は行かないという約束をした当日に、その約束を破って、またも〈ヴェガ・クラブ〉のテーブルに舞い戻っていたことについては、フィリップをすでに叱ったのですよね」

　母がぽっかりと口をあけた。兄弟への不平等な態度について、はっきりと咎めたのは子供時代以来だとジャックは気づいた。「でも――でも、ジャック……」

ジャックは肩をいからせた。母は父が死んでからずっと、たいがい長男を爵位名で呼んできた。名前を口にしたのは母の憤りぶりを物語っている。

母が近づいてきて、ジャックの腕に手をかけた。「もちろん、フィリップは振る舞いを正すべきだわ。あなたが何も言わずに消えてしまわなければ、あの子がどんなに悔やんでいたか目にできていたでしょう。わたしはほんとうに心配していたのだから」

ジャックは母の手から逃れて、両腕を広げた。「ご覧のとおり、元気いっぱいに帰ってきました。だからこそ乗馬に行こうとしているんです」

「でもあなた、考えるべきはわたしの気持ちだけではないでしょう。あなたがいないあいだに、レディ・ストウとルシンダがいらして――」

ジャックは目の片端に従僕が連れて来た馬の姿をとらえた。ネロはいまにも駆けだしたそうに軽く跳ねまわっている。ちょうどいい。ハムステッドまで駆けさせようと思っていた。「おふたりともお元気ならなによりです。では母上、馬を待たせているので。よい一日を」

「でも――でもウェア！　フィリップについて話があるのよ」

ジャックは片手を上げて別れを告げ、踏み段を下りていった。フィリップについてはもう言いたいことは伝えられた。従僕から手綱を受けとり、鞍の上に跨り、あたふたと息子を追って玄関口まで出てきて目を見開き、胸に手を当てている母に帽子を軽く持ち上げてみせた。母が唖然と口をあけて見ていることはじゅうぶん承知で、あとは何も言わずに駆け去った。

フィリップは屋敷のどこかで母のとりなしの成果を聞こうとひっそりと待っているのだろうかとジャックは思いめぐらせた。たいがい事実の都合のよい部分だけを母に伝えて、自分を弁護するよう言いくるめるのが弟の常套手段だ。公爵未亡人もまたすんなりフィリップを信じ、しかも自分の目的を少しでも達成しなければけっして引きさがらない不屈の精神の持ち主なので、ジャックもうるさくせつかれる煩わしさから逃れたいだけのために母の要求にしぶしぶ応じることになる。

ソフィーも説き伏せようとしてきたが、押しつけられている感じはまるでしなかった。どことなくからかうふうで、無理強いとは違う。

ああ。ソフィー。ぶじに家に帰り着いただろうか？　あとを追って確かめるべきだった。その考えはすぐに打ち消した。住まいを知ってしまったら、近寄らずにいられる自信がない。むろん見つけるのはむずかしいことではないので——あの賭けのあと従僕に女主人が留守にするとソフィーの女中に伝えに行かせたのだから——探さないよう自分をきつく戒めておかなければいけない。別れてからまだ一時間だというのに、すでに醜聞などかまわずに約束を破ってアルウィン館へソフィーをまた連れ去りたいと考えてしまう。

彼女なしで、この先いったいどうやって生きていけというんだ？

15

その晩、ソフィーはどこより行きたくない場所でありながらも、午後八時に〈ヴェガ〉への踏み段を上がっていった。

「ようこそ、キャンベル夫人」支配人のフォーブスが出迎えて、マントを脱ぐ手助けをした。「今夜はお元気でしたらよろしいのですが」

フォーブスもほかの人々と同様にジャックとのこと――ジャックではなくて、公爵だとソフィーは自分の胸に言い聞かせた――を知りたがっているのだとしても、そのようなそぶりはみじんも感じさせなかった。ソフィーは明るい笑みを返した。「ありがとう、元気よ」

フォーブスが従僕にマントを持っていかせた。「ご都合のよろしいときに、ミスター・ダッシュウッドが少しお話しさせていただければと申していました」

「そう？」ソフィーはふっと気を張りつめて、すぐに肩の力を抜いた。こんなふうに人から話しかけられるたび見つかった鼠《ねずみ》のようにびくついていたら、誰の目もごまかせない。「手が空いてらっしゃるのなら、わたしはいつでもかまわないけれど」

「では、こちらへ」フォーブスが言い、ミスター・ダッシュウッドの執務室へ案内した。固くならないようにするには努力が必要だった。ミスター・ダッシュウッドはいったい何を話そうというのだろう？　キャンベル夫人が到着したらすぐに案内するようフォーブスが指示されていたのはあきらかだ。何かの規定違反で、会員資格を剝奪されるとか？　これまでにミスター・ダッシュウッドの執務室には三回だけ入ったことがあった。入会を認められたときと、あとの二回は幸運にも、クラブのオーナーが受け渡しに立ち会わなければいけないほどソフィーが賭けで大金を勝ちとったからだ。

　けれどこうしてジャックと数日をともにしたあとで考えてみると、ミスター・ダッシュウッドがそのような場に立ち会ったのは賭けで勝ちとった金額が大きかったからではなく、自分が女性だったからかもしれないとソフィーは思いはじめていた。サー・エドワード・ティズデールには二百七十ポンド勝ち、カードよりも胸ばかり見ていた酔っ払いの子爵からは五百ポンド近く勝っていた。のちに、その子爵が自分の気をそらそうとしてきわどいドレスを着てきたに違いないとこぼしていたと耳にした。

だからといってソフィーに後ろめたさはかけらもなかった。自分が身に着けているものはほかの流行に敏感な淑女たちと少しも変わらない。男性がちらりと見える女性の肌に目を惑わされたとすれば、賭け事は男性とだけすればいいことだ。どちらの男性も賭けた金額を支払ったが、子爵のほうはいかにもしぶしぶという態度だった。ミスター・ダッシュウッドはそれを見届けた。

残念ながら今夜は賭けで勝った金額を示すマーカーを手にしているわけではない。フォーブスが一番奥のドアをノックした。「キャンベル夫人がお見えです」そう告げると、返事を得たらしく軽く頭をさげた。ドアを開いて押さえ、あとずさった。

「ミスター・ダッシュウッドがお待ちです、どうぞ」

「ありがとう、フォーブス」ソフィーは低い声で応じ、両手をスカートにぴたりと押しつけて整えた。顎を上げ、執務室に入っていった。

ミスター・ダッシュウッドは立っていて、机の向こう側から出てきた。「キャンベル夫人。よく〈ヴェガ〉にお戻りくださいました」

「ええ」ソフィーは笑顔で応じ、軽く膝を曲げて挨拶した。そうした礼儀作法は優雅に涼しげな表情で難なくできるように身についているものの、今夜はむずかしく感じられた。「また来られて嬉しいですわ」

ミスター・ダッシュウッドは頭をわずかに傾けて鋭い眼差しを向けた。何もかもが鋭い男性なのだ。頭も、顔立ちも、野心も。紳士の服をまとった獲物を食らう非情なサメ。「最後にこちらを訪れたときには騒ぎを起こされた」

ソフィーはとっさに息を呑んで両手を握りしめた。こうくることはわかっていた。

「その件についてはほんとうに申し訳なく――」

「むろん」ミスター・ダッシュウッドはさえぎって続けた。「あれは私のクラブにふさわしい賭けではなかった」

ソフィーの顔は燃え立った。「わたしもあのような賭けに喜んで応じたわけではありません。公爵様がどうしてもとおっしゃっていたのは、あなたもお聞きに――」

「だが、あなたは応じられた」ダッシュウッドが腕組みをして、尻の片側を机にもたせかけた。その射るような視線は具合が悪くなってしまいそうなほど耐えがたいうえ、ダッシュウッドは用意していた言い訳を口にする余地すら与えなかった。

「そうです」ソフィーは静かな声で認めた。「間違っていました」

「二度と同じ過ちはおかさないでいただきたい。もしあのような賭けをお望みなら……」ダッシュウッドは肩をすくめた。「できるところは山ほどある。ですが、〈ヴェガ・クラブ〉はそのような場所ではない」

ソフィーの喉は荒い呼気の音を響かせた。背筋は鉄釘のようにぴんと伸びて、顔はきっと様々な緋色が三層は重なり合っているだろう。「わたしもそのようなことは望んでいません。あれは——いっとき熱くなってしまっただけで。わたしのほうはもちろん、きっと公爵様のほうも。本気で賭けたのではなくて——あの晩まで、公爵様にお目にかかったことはありませんでした。弟さんのフィリップ卿と〈ハザード〉をさせないために、わたしに賭けを持ちかけられただけのことだったのだと思います。たぶん借金のことで揉めていたせいでご兄弟の関係が張りつめてしまって、勢いあまって賭けを持ちかけられたのだと」

ダッシュウッドはいぶかしげに片方の眉を上げた。「あなたにきびしい罰が与えられて、フィリップ卿に与えられたわけではない」

ソフィーはすばやく瞬きをした。「ご覧のとおり、実際には与えられていないわ」

その瞬間、ダッシュウッドの顔に気の毒そうな表情がよぎった。「あれ以来、あなたはここにしばらく来られていなかった」

「体調を崩していて」ソフィーは弁明した。コリーンがふたりの人物に女主人はベッドに伏していると伝えていたのだから、これ以上に説得力のある言い訳はない。両手をあまりに強く握りしめていたせいで指先の感覚がなくなっていた。「公爵様とは取引をしました。フィリップ卿の賭けの相手は二度としないと誓って、家に戻してもらったんです」今朝取り決めたことだという点は省略したとはいえ、事実だ。「あの晩は雨のなかで寒気がして、数日間ベッドから離れられなかったんです」

ダッシュウッドは納得していないようだった。「キャンベル夫人、噂は捕らえがたい獣で、檻に入れるどころか、鎮めるのがそもそもむずかしい。これ以上噂を荒立てさせる餌は与えないためにも、公爵閣下とはお会いにならないほうがいい」

「もちろんですわ、二度とこのようなことをするつもりはありません」けれどソフィーの鼓動は荒々しく打ち鳴らされていた。

「いいでしょう、キャンベル夫人」少し間をおいてダッシュウッドが応じた。「ともかく、ここでは──そのようなことがないよう願いたい」

「もちろんです」ソフィーは乾いた唇を開いて断言した。それから一瞬たりともその意志に疑念を挟む隙を与えないために、言い添えた。「あなたが会員に定めている行動規範により、この一件も守られることを信じています」

なんのことなのかはダッシュウッドも承知している。「むろんのこと。〈ヴェガ〉での出来事は口外してはならない掟が定められているのだ。その規定の徹底に全力を尽くすつもりです」物言いたげな目を向けた。「キャンベル夫人、私は神ではない。

事実と異なる噂が流れているとすれば、事あるごとにご自身で訂正に努めることが賢明ではないでしょうか」

ソフィーはその忠告を受け入れて軽く頭をさげた。「そうします」

ミスター・ダッシュウッドが机の向こう側に戻った。「もうひとつ、キャンベル夫人。あなたの口座についてですが」

「なんでしょう？」ソフィーは不穏な予感を抱いた。口座に何か問題でも生じたのだろうか？

クラブのオーナーはじっくりと見つめた。「あなたはウェア公爵から六百ポンドを勝ちとった。あなたの口座に入金するようにと指示を受けています。いま署名をいただければ、入金手続きをとります」薄い勘定簿を机越しに滑らせてよこし、ペンを差しだした。

ソフィーはふっと息を吐いた。「承知しました」低い声で応じ、さらさらと署名を書きつけた。六百ポンド。これまでのどの賭けで得たものより大金で、実感が湧かなかった。このようなものを支払わなければならなくなって、ジャックはどう感じているのだろう？　気にも留めていないのかもしれない。

熱くぼんやりとした頭でソフィーは執務室を出て、フォーブスに導かれて中央大広間へ向かった。もともと薄氷の上を歩いているようなものだったのに、いまではついに足もとがひび割れてきたように感じていた。肩をまわして緊張をとき、首から目の奥にかけて走る鈍い痛みをやわらげようとした。まだ賭けテーブルにも戻っていないというのに、すでに疲れきっていた。

広間に入っていくと、一瞬、静けさに包まれた。誰もあからさまに振り返りはしなかったが、何人かがさりげなく好奇心に駆られた眼差しを向けたのがわかった。ソフィーはいつもどおりに振る舞わなければと何度も自分に言い聞かせながら、知り合いにはにこやかに軽く頭を傾けて挨拶をして進んだ。ほとんどが同じようにうなずきを返してくれたが、何人かの思慮深げな顔つきはなおさら神経をとがらせた。

背後から呼びかけられ、びくりとした。「こんばんは、キャンベル夫人」

「ミスター・カーター！」安堵のため息のような笑いがこぼれた。「またお会いできて、ほんとうに嬉しいですわ」

「ええ、数日ぶりですね」カーターは軽く頭を垂れて応じたが、表情は読みとりづらかった。

ソフィーは申し訳なさそうな笑みをこしらえた。「ちょっと具合が悪くなってしまって。雨に濡れてから寒気がして。ほんとうに辛くて、ご訪問くださったのに応じられず、心からお詫びします」

「私が訪ねたとき、お宅の女中はずいぶんとぴりぴりしていた」

「そうでしたか?」ソフィーは少し驚いたようなそぶりをした。「どうしてかしら。もしかしたら、すてきな男性なので気後れしてしまったのかも」微笑んだ。

ミスター・カーターがしばし黙って見つめ返した。信じようとしてくれているのが感じられ、ソフィーは耐えがたかった。カーターはりっぱな紳士だ。好ましい男性だけに、嘘をつかなければいけないのが辛い。視線を落とし、両手を握りしめた。「いいえ、来られなかった理由をあなたにはきちんとお話ししておかなくては。わたし――わたしはあの晩、とんでもなくお恥ずかしい振る舞いをしてしまいました。頭に血がのぼって、してはいけないことに及んだのです。そのせいで今夜まで、〈ヴェガ〉に足を向けづらくて」ソフィーは目を上げた。「事情を汲んで、あなたにお許しいただけることを祈っています」

カーターがたちまち表情をやわらげた。「了解しました」ためらいがあった。「それで公爵とは……?」

「このような騒ぎを引き起こしてしまったことを詫びてくださり、わたしは家に帰ることができました。〈ヴェガ〉を出てすぐにとんでもない賭けをしたと、お互いに後悔していたのだと思います」ソフィーは首を振り、これ以上真っ赤な嘘をつかずにすむよう言葉を選んだ。省略とあいまいな表現でのごまかしは使わざるをえない。ジャックが家に帰してくれて謝罪の言葉を口にしたのは事実だ。でもそれがじつは今朝で、四日前の晩のことではなかったとは、ミスター・カーターに明かせない。

「ウェア公爵もこの数日、姿が見えなかった」

「そうでしたの？」ソフィーは驚いた顔を繕った。「公爵様にお会いしたのはあの晩が初めてだったんです。どのような習慣のある方なのかもわからなくて」

カーターが身体の重心を移した。「たしかに、社交界ではあまりお見かけしない。考えてみれば、私も顔を合わせたのは二度目くらいだ。では、たまたまだったんでしょう」

ソフィーは押し黙った。考えたくないのに、ジャックが首を曲げてクラヴァットをほどくしぐさや、彼に顎を軽く上向かされて口づけられたこと、髪をまさぐられる感触までもが呼び起こされた。つまりウェア公爵の習慣は少しなら知っている。

ソフィーははっとしてわずかに背筋を伸ばし、不安をこらえて息を吸い込んだ。部屋の向こうに、髪が乱れて不機嫌そうなフィリップ・リンデヴィル卿がいた。暗い目で広間を見まわしている。ソフィーは首をすくめ、見つかりませんようにと祈った。

「どうかしましたか？」ミスター・カーターが前かがみに尋ねた。

ソフィーはそれを愛情表現と受けとめた。嬉しい兆しだ。「フィリップ卿がいらしていて」

ミスター・カーターが唇を引き結んだ。

「お会いしたくないんです」本心から強い口調で言った。ジャックと約束したからだけではなく、フィリップに同情する気持ちはもうほとんど失われていた。向う見ずなうえに無責任で、兄を嘲笑いたくて、キャンベル夫人を利用したのだから、友人関係すらもはや続けられない。いつか許せるときがきたとしても、いまはまだこの男性に裏切られた心の痛みが生々しすぎた。

カーターがソフィーを隠すように立ち位置を変えた。「それなら会わなければいい」

ふたりは鉢植えが並んでいてちょうど死角に入っている静かなテーブルに向かった。

ミスター・カーターがカードを持ってくるよう頼んだ。ソフィーはゲームをする気分ではなかったものの、やらざるをえないことはわかっていた。もちろんそのために〈ヴェガ〉に来たのだし、何もしなければかえって目を引いてしまう。それに、自分の大計画には何も変更はない。

フィリップが来ていることが気がかりで本調子とはいかなかったが、それでも何度か勝ち札をそろえて、負けは十ポンドだけに押さえられた。カーターが得点を計算しながらソフィーにちらりと目をくれ、突如椅子を後ろに引いて立った。「キャンベル夫人、ワインを一杯いかがだろう?」

ソフィーも喜んで立ちあがった。今夜〈ヴェガ〉に戻ってきたことで、第一段階は乗り越えられた。まずはこれでじゅうぶんだ。あすはまた驚かれることもきょうよりは減り、その次の日はさらに少なくなる。そのうちにまた以前のようにほかの人々と過ごせるようになるだろう。いま立ち去ったとしても、もう恐れをなしたわけではなく――そうなのだけれど――病み上がりでまだ体力が戻っていないからだと思われるだけのことだ。「お気遣いくださって感謝します、ミスター・カーター。でも、そろそろ帰ろうかと。思ったほど体力が戻っていないみたいで。また頭痛がするので」

「そうでしょうとも。顔色が少し悪い」カーターが腕を差しだし、ソフィーはありがたくその肘に手をかけて、ふたりは部屋の外側をまわって目立たぬように玄関口へ向かった。フィリップが見当たらないことにソフィーは心からほっとした。きっとべつの部屋に移動したのだろう。ジャックは弟がまた来ていることを知ったら激怒するだろうけれど――自分にとっては関係のないことで、解決すべき問題でもない。ソフィーはただひたすら家に帰りたかった。今度はほんとうに具合が悪くなりそうだ。

ようやく支配人室の脇に並ぶ鉢植えの椰子のところまで来たとき、誰かがソフィーの正面に立ちはだかった。

「ここにおられたのか、キャンベル夫人」

ソフィーはぞっとして、どうにか驚きの小さな悲鳴を呑み込んだ。フィリップ・リンデヴィルはおどけるように慇懃《いんぎん》無礼に頭をさげた。フィリップの声は大きく興奮ぎみで、誰もが振り返って部屋が静まったのが聞きとれた。ソフィーに選択肢はなかった。向き合わなければ、新たな騒動を引き起こしかねない。奥歯を噛みしめて軽く膝を曲げて挨拶した。「こんばんは、フィリップ卿」

「ほんとうに、お目にかかれてよかった」フィリップはソフィーの傍らの男性にちらりと目を移した。「こんばんは、カーター」

カーターはこわばったうなずきを返した。「リンデヴィル。悪いが失礼する。キャンベル夫人をお送りするところだったので」

フィリップがいかにも驚いたというように眉を上げた。「帰る？　そんなはずはない。まだ十時にもなっていないし、このご婦人はもう幾晩も〈ヴェガ〉に来ていなかった。お相手をするぼくたちの楽しみを奪わないでくれ」

「嬉しいことを言ってくださるのね」ソフィーは懸命に笑みを浮かべた。いつもどおりにしなければ。「でも、ほんとうに申し訳ないのだけれど、気分がすぐれないので」

「なんてことだ」フィリップは大げさにのけぞってみせた。「何日も寝込んでいてようやく治ったと思ったのに？　それは心配だな、キャンベル夫人」

　さりげなく耳を傾けていた人々が興味をつのらせている。自分ひとりのせいで、誰もが口外せずにはいられない醜態を晒すことで、〈ヴェガ〉の守秘の掟を打ち壊してしまうとしたらなんてみじめな定めだろう。「ご親切にありがとうございます。ですが、ご心配なく。ちょっと頭痛がするだけなので」ソフィーは落ち着いた声できっぱりと告げた。「ゆっくり眠れば、きっと治るわ」

「いや、いや、ワインのほうが効くだろう」フィリップはさりげなくジャイルズ・カーターを脇に押しのけてソフィーの腕を取ろうと手を伸ばした。「とどまると言ってくれ」

　ソフィーは頑として動かず、フィリップを真正面から見つめた――胸が疼くほどジャックにどことなく似ている顔を。「今夜は無理ですわ」

「ご婦人がそうおっしゃってるんだ、リンデヴィル」カーターが静かに言い添えた。

　フィリップの目は不穏に翳り、唇はきつく引き結ばれた。「医者を呼んだほうがいいだろう。ずいぶんと厄介な病気のようだ――何日も寝込んでたのに、また急にぶり返したんだろう?」首を片側に傾けた。「兄もちょうど時を同じくして姿を現した」嘲るような笑みを広げた。「最近は、兄にいられてはこちらの具合が悪くなるんだが」「いえ、けっこうですわ」ソフィーはフィリップがたったいま疑念をあらわに憤って話したことなど聞こえなかったふりで続けた。「わたしはそんな重い病気ではなかったので――ただの風邪で、それがひどかっただけ。今夜出かけるのはまだ無理だったのかもしれません」

フィリップがちらりとソフィーの付き添いに目をやった。「カーター、頼むから、キャンベル夫人とちょっと話す時間をくれないか」カーターが顔をしかめると、フィリップは胸に手をおいた。「ほんとうに彼女のことを心配していたんだ」

フィリップはまたも騒ぎを起こそうとしていた。もうすでに人目を引いている。ソフィーはミスター・カーターに小さくうなずき、カーターは一瞬おいて、あとずさって軽く頭をさげた。解釈しようのない表情だった。「それでは。よい晩を、キャンベル夫人」

ソフィーは沈んだ気持ちで、歩き去っていくカーターを見つめた。フィリップのほうに向き直り、どれほど腹立たしい相手でも、その顔を叩くことは許されないのだと自分を諫めた。どうしてこのように甘やかされて育った身勝手な若い男に、自分の人生を振りまわされなければいけないのだろう？　「もう頭が痛くて、あなたと言い争う気力もない」

フィリップは傷ついたような顔つきでソフィーの手を自分の肘にかけさせた。「言い争いなんてしない。ただ話したいだけだ」部屋の端に並ぶ小さなソファのひとつに導いた。中央大広間のなかにあっても人が集まっている〈ハザード〉や〈フェロー〉のテーブルからは離れている。

「フィリップ卿」腰をおろすなりソフィーは口を開いた。「こんなことをしていても——」

フィリップがジャックにそっくりのしぐさで片手を上げてソフィーの言葉をさえぎった。「ひとつだけ質問に答えてほしい。知りたいんだ。兄はあなたを傷つけるようなことをしたのか？」あらゆる虐待や陵辱が行なわれたことを疑う口ぶりだった。

ソフィーはジャックを感情まかせに擁護して本心を晒す前に、ぴたりと口をつぐんだ。「いいえ」

「何も？」フィリップが両手でソフィーの片手を握った。「もし何かされたのなら、ぼくが兄を後悔させてやる」

ソフィーは握られていた手を引き戻した。「フィリップ、こんなのどうかしてる」

フィリップがむっとした。「何が?」

「あなたはわたしを見世物にしてる」ソフィーははっきりと伝えた。「自分のことも。お願いだからやめて」

「キャンベル夫人——ソフィー」フィリップはむきになっていた。「ぼくだってこんなことはしたくないんだ」

ソフィーは非難がましく見つめ返した。「考えてみて。あなたはわたしを無理やりここにとどまらせて、こうして話している。わたしがミスター・フォーブスに貸し馬車の手配を頼めるように玄関口まで付き添ってきてくれたミスター・カーターを追い返した。この前の晩も、わたしがミスター・ホイットリーとミスター・フレーザーとそれはなごやかに〈ホイスト〉をしていたところに割って入って、自分と〈ハザード〉をするよう仕向けた」

フィリップは痛いところを突かれたような顔をしたが、すぐに後悔しているといったように苦笑いを浮かべた。またもジャックにそっくりの顔つきで、ソフィーの胸を疼かせた。「自覚がなかったんだが、たしかにきみの言うとおりだ。悪かった」

「あなたはとても楽しい友人だわ」ソフィーは語りかけた。「だけど、わたしの立場も考えてほしい。評判を汚したくないし」

フィリップが笑い声を立てた。「きみが？　評判なんてくだらないものは……」ソフィーが仕方がないといったふうに片方の肩をすくめると、フィリップは頭に手をやり、ウェーブのかかった濃い髪をくしゃりと掻いた。「兄があんな堅物でよかった。これがほかの男だったら、きみに手を出さなかったなんて信じられなかっただろうから」

フィリップが罠を仕掛けるつもりで言ったのかはわからないが、そうだとすれば、成果はあった。思いがけずジャックのことを持ちだされて、ソフィーの仮面が滑り落ちた。注意深く見つめていたフィリップはソフィーの表情から何か読みとったらしく、急に顔をしかめた。「何かしたんだな？」

ソフィーは一語一句に神経をすり減らされていた。これまでフィリップと過ごすのは楽しかったし、冗談に笑い、好意を寄せられてふざけ合ってもいた。けれど友人以上の関係を望んでいると誤解されるような態度をとったことはない。一線を踏み越えて大きな犠牲を払うようなことにはならないように細心の注意を払っていた。いくらか羽を広げぎみの未亡人だとしても誰からも淑女だと認められていて、だからこそフィリップやミスター・カーターとも友人となることが許されていたのに、じつはまるでそんな節操もない未亡人だったとは思われたくない。

しかもこれまでは友人関係の一線をしっかりと守っていたはずのフィリップが、いまは公然とキャンベル夫人は自分のものであるかのような態度をとっている。事実ではないし、今後もそのような関係になることはありえないのに。じつのところ、自分への好意よりも兄への対抗心によるものではないかとソフィーは感じていたが、そのような態度を続けられたら犠牲になるのが自分の評判であるのはあきらかだ。

ソフィーはまっすぐにフィリップを見据えた。「わたしがどうしようと、あなたには関わりのないことだわ」

フィリップが目をぱちくりさせた。「ぼくはただ、兄がどのようなことをしたのか知りたいだけ――」

「いやよ！　答えるつもりはない。あなたにはわたしが何をしても問いただす権利はない」ソフィーは深々と息をついた。「お兄さんの行動について知りたいのなら、本人と話すべきでしょう。お兄さんならあなたに答えなければいけないと思うかもしれないし。わたしは話すつもりはない」

しばし沈黙が垂れこめた。フィリップはどうにか気を鎮めようとしているらしかった。疑念と迷いの表情がその顔をよぎっては消えた。「申し訳ない」ようやく口を開いた。「きみのことが心配だったんだ」

「ありがとう、でもわたしは大丈夫だから」ソフィーは立ちあがった。「疲れてるし、頭が痛いから、帰ります。よい晩を」

フィリプは不愉快そうに眉をひそめてあとを追ってきた。ソフィーはそしらぬふりをした。ほんとうに気分が悪く、寒気がするのに汗ばんでいて、鼓動が速まっていた。ミスター・フォーブスに貸し馬車を呼びに人を出してもらって待つあいだ、ソフィーは血の気のない両手を握り合わせていた。ミスター・カーターの姿はなく、だからといって残念がってもいられなかった。とにかく家へ帰ってベッドに入り、上掛けの内側にもぐり込みたい。

クロークを受け持つ使用人のフランクがマントを持ってくると、フィリップが奪いとって自分でソフィーに着せかけた。「送っていく。心配だから」

一週間前にジャックに連れ去られたときのように、今夜も弟のほうとここを出れば、評判は二度と取り戻せないほどに損なわれてしまう。「ありがとう、でもいいの」さらりとフィリップに告げた。「ひとりで大丈夫だから」ほとんど避けるように背を返した。

「わかった」フィリップの声も冷えきっていた。「またべつの晩に会おう、キャンベル夫人」

ソフィーはうなずいた。「おやすみなさい」

それから貸し馬車が到着するまで四分ほどかかった。控えの間の片側にある小さな暖炉の飾り棚に置かれた時計で時間を見ていた。フィリップが納得していないのはあきらかだったので、その時間が永遠のようにも感じられた。すぐ後ろに立ったままで、黙っていても圧迫感があり、ほんとうは振り返ってきっちりと叱りつけたかった。

けれど我慢して奥歯を嚙みしめ、時計の秒針の動きをじっと見ていた。やっとフォーブスから貸し馬車が用意できたことを伝えられ、駆けだすように玄関を出た。振り返るつもりはなかったものの、馬車に乗り込んで御者に行き先を告げたとき、〈ヴェガ〉の踏み段の上で不機嫌そうにこちらを見ているフィリップの姿を目にした。

ああ、どうすればいいの。

16

「ご婦人がお見えです、旦那様。お名前を伺ってもお答えにならないのですが、こちらをおあずかりしました」執事が銀盤を差しだした。

ジャックはそこに載せられた書付にすばやく目を移した。ソフィーを最後に見てから一週間近く、いや正確には五日経っていた。この五日間、何か連絡をよこすのではないかとわずかな希望を胸に、文書が届けばいちいち自分であらためている。筆跡を見たこともないというのに、どういうわけかそれを見た瞬間に彼女からのものだと直感した。無意識に息をとめ、書付を取り上げて封蠟をといた。

緊急の用件でお会いしたいのです――Sより

「通してくれ」ジャックは執事に告げた。「パーシー、とりあえずここまでにしておこう」部屋の向こう端の事務机についていた秘書が顔を上げ、ぽかんとしている。ジャックはそっけなく顎をしゃくった。〝行け〟パーシーは書類を取りまとめて執事のあとから軽く頭をさげて部屋を出ていき、ドアが閉じられた。

ジャックは立ちあがり、机の後ろから出て、鼓動を速める気の高ぶりを鎮めようとした。いったいどうしたというのだろう？　悪いことである可能性のほうがはるかに高いのだからと自分を戒めつつも、胸の高鳴りは抑えられそうになかった。ここに、自分の屋敷に、ソフィーが来ている……。

ドアが開いた。「旦那様」ブラウンがあきらかに非難がましい口調で告げた。「お客様です」

ジャックは向き直った。ソフィーは濃いグレーのドレスをまとい、婦人帽《ボンネット》の上から黒いベールをかぶっていたが、執事がドアを閉めると同時にそのベールを取り去った。ジャックは彼女の顔を見るなり、五日ぶりにようやくまた息を吹き返したような気がした。

「公爵様」ソフィーは低い声で呼びかけ、うやうやしく深く膝を曲げた。

「キャンベル夫人」ジャックも頭を傾けて挨拶を返した。熱く身を重ねたことなどない、ただの知人同士のように形式ばっていた。「なかへどうぞ」

「お会いくださってありがとうございます。お邪魔してしまってすみません」ソフィーは部屋のなかに入ってきて、ボンネットを脱いだ。髪はきっちりと結い上げられている。できることならジャックはみずからピンを抜いて、また背中に髪を垂らさせたかった。

咳払いをして、自分の枕に結っていない髪を広げていた彼女の姿を頭から振り払った。「とんでもない」

向き合ったソフィーは深刻そうだが美しく、ジャックは指関節が白むほどに強く後ろの机の端をつかんだ。ここでなんとしてもこらえなければ、二度と彼女から離れられなくなるだろう。「フィリップをなんとかしていただかないと」

ジャックは聞き違いだろうかと思った。「弟がどうかしたのか？」唸るように尋ねた。

「わたしを放っておいてくれないのです」ソフィーの声はこわばっていた。「どこに行っても、現れる。もう賭け事の相手はしないと何度か伝えているので、ただわたしを追いかけまわしている。無謀な賭けをしているから、大金を失っているのではないかしら。先日の晩には、〝幸運の女神〟のご機嫌を損ねて大負けしたとこぼして、あてつけがましくわたしのほうを向いたものだから、みなさんもわたしのほうを見ていた。わたしと自分自身が噂話と憶測の的になるよう仕向けているの」

ジャックは息を吐きだした。フィリップのやつめ。「弟と話してみよう」

ソフィーが頬を赤らめた。「それだけでは足らないのではないかしら。わたしも言い聞かせようとしたけれど、いまはもう話さないようにしてる。ほかにも説得してくれようとした人たちがいたけれど、どれも効果なし。フィリップは怒っていて、それをまるで隠そうともしない」

ジャックはほかに誰がソフィーのために弟を説得しようとしたのか知りたくてたまらなかった。「それで、私の言葉もたいして効き目はないかもしれないと」

ソフィーが言葉につまって唇を湿らせた。ジャックはその唇を味わいたくてもただ見つめているしかなかった。「あの人はあなたに怒っているのよ」ソフィーが静かに言った。

「それはいつものことだ」フィリップは何かにつけて兄にいらだっていた。

「違う」ソフィーはジャックの心のうちを読みとったかのように首を振った。「嫉妬してるの。わたしたちのあいだに何があったのか問いつめられた」

ジャックは全身がこわばった。「きみはなんと答えたんだ？」弟には、いや世間の誰にも、真実を知られてはならない。たとえ心の奥底には、ソフィーと自分とのあいだに何もなかったようにされてしまうことに抗う気持ちがあろうとも。ああ、ほんとうは、彼女が欲しいし、この女性は自分のものだと堂々と知らしめたくてたまらないというのに――

実際には自分のものにはならない。それでいいと約束したのだから。

「あの人には関わりのないことだと伝えたわ！」ソフィーは声を張りあげた。「わたしが……留守のあいだに家を二度訪問していたの。女中が病気だと伝えても、納得しなかった。嫌みや、挑発的なことを言って、どうにか聞きだそうとしてる。できるかぎり避けようとしてるけど、粘り強くて」

「あいつはいったいどうしたいんだ？」

「わたしにわかるわけない！」ソフィーは深呼吸をして、声を落とした。「わたしは憶測の的にされている」いったん唇を嚙み、ひどく不安そうに言葉を継いだ。「わたしがあなたの情婦になったというようなことを遠まわしに言われた」

ジャックは机の端を手放し、こぶしを丸めた。「いつ？」

「夕べ。あの人はお酒に酔っていた。誰にも聞かれてはいないと思うけど、もう時間の問題――」

「あいつに弁解の余地はない」ジャックは語気鋭く返した。「許すわけにはいかない」

初めてソフィーが気づかわしげながらも笑みを浮かべた。ジャックは憤りがやわらぎ、自制しようと思うより先にそばに近づいていた。「もうそんなことはさせない」そう言ってから——これ以上はこらえきれない——ソフィーの生え際からほつれた髪を撫でてつけてやった。「約束する」

「どうやって？」ソフィーの目には用心深い希望が表れていた。「〈ヴェガ〉に来させないようにできるの？」

ジャックはソフィーの巻き毛を指で絡めとった。使用人をクラブの前に立たせて身体を張って入れさせないようにでもしないかぎり、フィリップを〈ヴェガ〉から締めだすのは無理だろう。そんなことをダッシュウッドが快く認めるはずもない。「きみを煩わせないようにすることならできる。それなら大丈夫じゃないか」手立てはまだまったく考えつかないが、いま大事なのはソフィーを安心させることだ。

ソフィーが緊張をといた。笑顔が明るくなり、屈託なく敬意を表した目で見つめた。「ありがとう。ほかにどうすればいいのかわからなかったの」

なんてことだ。まだ一週間も経っていないというのに、十年ぶりかのように感じられる。ジャックはソフィーの顎に触れ、わずかに上向かせた。「せめてそのくらいのことはさせてくれ」口づけて、彼女の唇がやわらぐのを感じて両手で顔を包み込んだ。

ソフィーがジャックの両腕につかまって爪先立ち、キスを返した。ジャックの独占欲のようなものが掻き立てられた。ソフィーのことを片時も忘れられなかった。たぶんこれからもそうなのだろう。

「会いたかった」耳もとにささやきかけて、かすかに脈づいているこめかみに唇を擦らせた。

「わたしも」ソフィーがため息まじりに返した。「ああ、ジャック……」両腕をジャックの首の後ろにまわし、髪に手を差し入れてきた。

ジャックはソフィーを抱き寄せた。彼女の身体の感触、肌の香りに、とりわけ強いウイスキーを飲んだかのようにたちまち酔わされた。だが違う──それは正しくない。ひと晩寝れば治るような一過性のものではない。このような時を五日間も待ちつづけてきて、もし叶っていなければ、無理やりにでも言い訳をこじつけて、また会いに行っていただろう。ソフィーがここに来たのはフィリップのおぞましい行動のせいだとしても、いまは後ろめたさすら感じなかった。

またも唇を求め、開かせることに成功した。ソフィーが低い声を洩らし、ジャックは一歩押しさがらせ、さらに一歩さがらせて、机まで行き着いた。書類が崩されるのもかまわず、ソフィーの腰をつかんで持ち上げた。彼女の膝が両脇に触れると、切望と期待でジャックのみぞおちは収縮した。この五日間は長すぎて……。

ソフィーの片方の膝をつかんで自分の腰の高さまで持ち上げ、太腿のあいだに身を挟み込ませた。ソフィーは背をそらせ、その指がせかすようにジャックのうなじに食い込んだ。ジャックはなおも深く口づけながら、堅苦しいドレスの一番上のボタンをはずし、さらに下へどんどんはずしていくと、コルセットの上端に指先が触れた。

どうかしている。ふたりは別れを告げたはずで、これがいかれた行為であるのもわかっているのに、ジャックはこれまで経験したことがないほどにソフィーを欲し、父の屋敷の尊厳や、公爵としての責任や、ドアの鍵が掛かっていないことも、どうでもよくなっていた。彼女が欲しい。ジャックは頭に渦巻くあらゆる反対の声を退け、顔をうつむかせて、どくどくと脈づいているソフィーの喉もとに唇を押しつけた。ソフィーがまた名を呼びかけ、片手で自分を支えつつ、もう片方の手でジャックの頭をつかんだ。

ドアをノックする音が雷鳴のように響いた。ソフィーはぎくりと反応し、倒れ込みかけてジャックの肩につかまった。「やめて」息を切らして言った。「だめ――行かないと」

ジャックは邪魔をされて腹が立ち、名残り惜しくソフィーをつかんでいたが、ふたたびノックの音がした。またも責務の重みが肩にずしりとのしかかってきたように感じられ、机から身を離した。ソフィーは机から降りて、手早くドレスのボタンを留めた。その顔は欲望で上気し、唇はまだ誘うようにふっくらしている。それなのにジャックはあとずさって顔をそむけて落ち着きを取り戻し、ほんとうは閂を掛けてソファや机や、場合によっては床の上でもソフィーと愛しあいたい気持ちを抑え込まなければならなかった。

「フィリップと話す」荒い息遣いで伝えた。身体は満たされなかった欲求で疼いていた。「二度ときみを困らせないように」

「ありがとう」ソフィーはボタンを留め終えて、ボンネットを頭に戻した。ぎこちない手つきでリボンを結ぶ。ベールを垂らす前に、切望と後悔に満ちた目をちらりと向けた。「けっしてあなたを煩わせるつもりは――」

「ここに来たことを謝る必要はない」ジャックは固い笑みを浮かべた。「けっして」

「謝らない」ソフィーはつぶやいた。ベールをおろし、握手をした。それだけでジャックはぞくりとする痺《しび》れに貫かれた。ここでもしドアの鍵を掛けてソフィーをソファに運び去ったら、喜んでくれるのではないだろうか。

ジャックは先に立って歩きだし、ドアを開いて、執事と向かい合った。「なんだ?」

きつい声で訊いた。

「奥様が緊急のご用件があるとおっしゃっています」ブラウンは無表情で伝えた。

ジャックは奥歯を嚙みしめた。ブラウンが独断で邪魔をするはずもなかった。優秀な執事だ。つまり母が息子を呼びつけるために一度ならず二度も書斎のドアをノックさせたのだろう。ブラウンが来客中だとわざわざ母に伝えたとすれば、加担したのも同じだが。「あとで行く」冷ややかに答えると背を向けて無言でさがらせた。「ご婦人、こちらに」所在なげに立っていたソフィーに呼びかけた。「お送りしましょう」腕をとらせて、部屋の外へ出て進みだした。

ひと言も話さなかった。前回別れたときには、互いにあれが最後だと思っていた。あのときジャックは絶望の思いで、去っていくソフィーを見ていた。だが今回は……。

玄関口に着くと、ソフィーがすばやく膝を曲げて挨拶をした。「ありがとうございました、公爵様」低い声で言うと、ちらりと振り返ることもなく、従僕によって開いて押さえられている扉の外へ足早に去っていった。

ジャックはその姿を見つめた。また会えたことで、取り繕っていたあきらめや義務感は打ち砕かれた。ソフィーを連れ去ったときも、手放さざるをえなかったときにも、フィリップを救うことを考えて行動していた。

ところが弟は何ひとつ変わらず、警告を聞き入れようともしない。つまるところ求められていた役割は果たしたのだから、今度は自分のために行動して何が悪いのだろう。ジャックは使用人に向き直った。「私の馬を連れてきてくれ」

まだクラブが開くには早い時間だったが、ほとんど待たずになかに案内された。支配人がドアを開くと、ダッシュウッドは慌てて上着の袖に手を通しているところだった。ジャックはつかつかと入っていった。「弟がまたここのテーブルについているのは承知している」前置きなしに言った。

ダッシュウッドはいったん動きをとめ、それからまた最後に上着の襟を引いて整えた。「会員の行動についてはお話しできません」

ジャックは無表情な眼差しで見据えた。「尋ねたわけではない」

「弟さんは現在もこちらの会員です」ダッシュウッドは遠まわしに認めたようなものだった。

「いまだにあなたの建物のなかで賭けをして大金を失っている——そのような金を弟は持っていないし、私からももう引きだせはしない」ジャックは頭を傾けた。〈ヴェガ〉のオーナーにどのように話をつけるかについてはじっくりと考えてきた。「〝借りを返す〟のが、こちらの会員規定では」

「おっしゃるとおり」

「だからこうして弟はもうすぐ借りを返せなくなるとお伝えしている。弟を締めだすんだ。会員資格を剝奪しろ」

ダッシュウッドは陽気さのかけらもない笑みを浮かべた。「でしたら紳士として、ご本人に対処していただくまで」

ジャックもダッシュウッドがすんなり応じるとは考えていなかったが、まずは段取りを踏んだまでのことだ。「では、私の入会を認めてほしい」

ダッシュウッドが瞬きをして、驚きをかすかに垣間見せた。「手続きがございまして、公爵閣下……」

「そんなものはあなたの裁量でどうにでもなるだろう、むろん、オーナーなのだから」

ダッシュウッドはあきらかに何かすばやく考えをめぐらせながら、ゆっくりとうなずいた。一瞬にして顔つきが険しく冷ややかになったように見えた。ジャックは富裕な得意客たちを取り込んでいる物腰の柔らかいクラブのオーナーの本性が透けて見えたような気がした。この男がウェア公爵の入会を認めるのが有益と見るかどうかにかかっている。

「あなたにここのテーブルから締めだしてもらえないのなら、弟は破滅しかねない」ジャックは続けた。「弟が名を貶めて将来を台なしにするのはとめられないが、私の名が穢されるのをただ黙って見ているわけにはいかない。私をあなたのクラブに入会させれば、私が弟の行動に目を光らせて、必要とあれば、ほかの常連客に返せないほどの大金を賭けるのを阻止することもできるだろう」

ダッシュウッドは瞬きすらしなかった。「むろん、あなたのお立場からすれば、私が入会を容認することに利益があるのもわかる。ですが、考慮しなければならない問題がひとつあります」

何を言おうとしているのか、ジャックにはだいたい察しがついていた。自然とこぶしをこしらえていたことを隠すために腰に手をあてた。「何かな？」間延びした声で訊いた。

クラブのオーナーは目を見据えた。「キャンベル夫人です」

やはりだ。ジャックは平静を装った。「どなただ？」いくらか嘲るような調子で訊き返した。

「公爵閣下、あなたが先日こちらにいらしたとき、賭けの――それもきわめて不適切な賭けの――相手をされたご婦人です」ダッシュウッドの唇はわずかに緩んだ程度だったが不穏な笑みが浮かんでいた。

ジャックはさっと指をはじいてそんなことかと印象づけた。しっかり憶えていることを気取らせてはならない。「ああ、彼女か。弟が金を巻き上げられようとしているように見えたので、引き離そうとしてああしただけのことだ」

「彼女もまだわがクラブの会員です。彼女もそうですが、そのほかのご婦人についても、ここでご迷惑をかけるようなことをなされては困ります」

ジャックはすっと背筋を伸ばし、生まれながらに身についた公爵然とした横柄さで相対した男を睨みつけた。「礼儀をわきまえたまえ、ダッシュウッド」

「わきまえているので申し上げているのです」ダッシュウッドはわりあい落ち着いた声で応じた。「当クラブであのような賭けはあなた様でも、ほかのどなたでも認められません。なかでも、キャンベル夫人とは距離をおいていただきたい」

「むろんだ」ジャックは唇が凍てついたように感じられた。ソフィーのためでなければこのように無礼な会話を許しはしないことをダッシュウッドに言ってやれたなら。兄が最低限の敬意を表してソフィーにかかわらずにいれば、フィリップもおのずと我慢を強いられるだろう。「これで話は決まりだな」帽子を取り上げて、背を返した。

「今夜から参加する」

「フォーブスに伝えておきます」

ジャックはうなずいて立ち去った。鞍に跨り、屋敷に向かって馬を駆けさせはじめてから、ようやく今回の作戦で期待どおりの成果を得られたことを思い返した。フィリップに目を光らせてソフィーを困らせないようにするために、〈ヴェガ〉に入会する。そうすればつまり……。

自分もまた彼女に会えるようになるというわけだ。

17

二日後の晩、ソフィーは一抹の不安を胸に〈ヴェガ〉の玄関扉を入っていった。ジャックが弟をキャンベル夫人にかかわらないよう説得できるとまでは期待していなかった。ここに来ればフィリップは必ずいるし、待ちかまえていて、こちらの行動をすべて見張ろうとでもしているようだった。

恐ろしいし、不可解でもあった。愉快なギャンブル仲間だっただけの相手にこれほどの執着を抱くとは考えられない。ジャックに指摘されたように、フィリップとの賭けではこちらのほうが多く勝って利益を得ていた。自分の兄がとんでもない賭けをするよう仕向けて騒動を起こした張本人はフィリップ自身だ。本来なら、そのあとに顔を合わせて謝るべきは彼のほうなのに。

ところがフィリップはこれまでになく疑い深くなり、ソフィーを独占しようとしていた。彼の怒りは自分に対してよりも兄のジャックに向けられているとしか思えない。

ソフィーはきょうだいがいないので、幼い頃は仲のよかった兄弟がこのまま揉めつづけるのかと思うと、胸がちくりと痛んだ。残念ながら、フィリップに自宅のベッドで寝込んでいたのは偽りだと明かさないかぎり、兄弟のことにはいっさい触れられない。ほんとうはチズィックでお兄さんと身を重ねていたのだけれど、それがどれほどフィリップを激怒させるかはわかっているだけに……ソフィーにはどうすることもできなかった。

今夜は〈ホイスト〉のテーブルへまっすぐ向かった。〈ハザード〉はもうすっかりやる気が失せたし、〈フェロー〉もさほど魅力を感じない。それに比べて〈ホイスト〉は静かだし、なんとなく穏やかでもあり、うまくカードを動かすことに集中できて、ジャックのことを考えずにすむ。たとえば、どうしてたった二歩で部屋を横切ってきて自分を抱き寄せてキスすることができたのか、しかも誰かがドアをノックして、欲望でぼんやりとした頭を正気に戻してくれなければ、あの机の上で自分はきっともう一度だけ愛して欲しいと懇願していたのだろうと考えてしまう。数日離れていたあいだに、彼に惹かれる気持ちは薄れていて、いずれにしても自制できるくらいにはなっているだろうと思い込んでいた。けれどジャックを目にしたとたん、前にも増して熱く燃え上がっていた。

「キャンベル夫人！」

突如大きな声で呼びかけられて、激しく動揺した。「あら、こんばんは」ソフィーは息を呑んで、胸に手をおいた。「驚かせないでください」

ファーガス・フレーザーはにやりと笑った。とんでもなく軽薄だけれど愛想のよい紳士だ。祖父がスコットランドの貴族で、ソフィーの知るかぎり、そのおかげで生計を立てられている。ファーガスが〈ヴェガ〉に来る目的は自分と似ているのではないかと感じていた。つまり賭けで利益を上げて、せめて困らない程度の財産を築くためなのではないかと。「そんなつもりはなかったんだ。共通の友人から伝言を頼まれたから」

ソフィーは身構えた。共通の知人は何人かいるが、そのなかで一番先に頭に浮かぶのがフィリップ・リンデヴィルだ。「そうなの？」

ファーガスはこれ見よがしに折りたたまれた書付を差しだした。「誰もいないところで読むことをお勧めする。それで返事を渡すときには、喜んでぼくがお届けしよう」

表側にはフィリップの筆跡で宛名が走り書きされていた。ソフィーはその手紙を手のひらに軽く押さえつけ、ミスター・フレーザーに承諾の笑みを向けた。「ありがとうございます。ご親切にどうも」

フレーザーはのんびりと優雅な会釈を返し、どこかへ歩き去っていった。どこへ向かうのかをソフィーは伏し目がちに見ていた。フィリップのお気に入りのカードゲーム、〈二十一〉をやっている部屋だ。ソフィーは壁ぎわに寄り、書付の封蠟をといて読んだ。

べつのフィリップではないかと思うような文面だった。〝ぼくがばかだった〟という言葉で始まっていた。〝必死にきみの友人になろうとしているうちに嫌われてしまったようで、きみと話せなくなって途方に暮れている。いとしいソフィー、どうか許してほしい。そしてまた以前のような関係に戻れないだろうか――ひとまずは。ぼくはほんとうにきみを大切に思っているんだが、ぼくたちのことなどまるで考えもしない人物のせいで、きみと話すことすらままならない。誰にもぼくがきみについて考えつづけることをやめさせられはしない。いつまでもきみの従者、P.リンデヴィル〟

ぼくたちのことなどまるで考えもしない人物……。

ソフィーはどきりとして、〈二十一〉が行なわれている部屋の戸口へさりげなく近づいた。まだわりあい早い時間だが、いくつかのテーブルは埋まっていた。すぐにフィリップを見つけた。陰気な目つきで一枚のカードを放り捨て、新たな一枚を求めた。そしてその後ろには……。

ジャックが立っていた。

公爵らしい厳めしげな面持ちで、官能的な唇はきつく引き結ばれてはいるけれど、そこにいた。フィリップがみずから近づいて来られなかったわけだ。

ソフィーは胸がいっぱいになって小さな吐息を洩らした。ジャックはギャンブルが嫌いで、〈ヴェガ〉を蔑んでいたのに、それでもここにいる。それも自分のために来てくれたとしか思えなかった。ソフィーはしばしジャックから目を離せず、できることなら近づいていって挨拶をして、感謝を伝えたかった。そしてその腕のなかに飛び込んで、見つめて微笑みかけられ、キスをして――

「ウェア公爵が希望して入会したとは聞いていたが、こうしてお目にかかるとは思わなかった」傍らからジャイルズ・カーターの声がした。

ソフィーは誰かがそばに来ていることに気づかなかったので、声を聞くなりびくりと跳び上がりかけた。とはいえ驚かされたおかげでかえって、うっとりとジャックを見つめてなどいなかったかのように装えた。「そうなの?」

「即座に入会が認められたらしい」カーターは冗談めかすわけでもなく不満げに答え

た。「公爵位の特権だな」

ソフィーは苦笑してみせた。「それなら、これから通って来られるわけ？」

「当然だろう」ミスター・カーターは探るような目を向けた。「きみにとっては災いか、それとも喜ばしいことなのかな？」

ソフィーは不安に駆られて動きをとめた。「何がおっしゃりたいの？」

「きみと彼は大勢の前で騒ぎを起こし、きみが彼に馬車で連れ去られたということになっている。しかもその後、どちらも数日、姿が見られなかった」

「家にいたんだもの」ソフィーは慎重に反論した。「ベッドで寝込んでいた。あなたにお話ししたわよね」

カーターはうなずいた。「たしかに聞いた。私もそれを信じた。でもいまは……」

「どうしたの？」ソフィーは鋭い口調で尋ねた。「どういうこと？」

カーターが片手を上げた。「彼がまたここに現れたのでは、きみにとって予想外のことが起こるのではないかと言いたかっただけだ」

いいえ。起こるはずのなかったことを呼び起こさざるをえない予想外の責め苦を味わうだけだ。しかも、一度は彼が自分だけのものとなったことはもちろん、いまもまだ夢見てしまうことなど、誰にもわかりようがない。ソフィーはどうにか肩の力を抜いた。「またわたしが辱めを受けるかもしれないと？」首を振る。「ほんとうにもう、高くついた教訓だった」

カーターはいったん押し黙った。「ご婦人は私にとって謎だらけの生き物だ」ようやくまたそう口を開いた。「私には三人の姉妹と四人の姪がいて、そのうちの誰の考えも読みとれたためしがない。ほんのちょっとしたことがシェイクスピア並みの悲劇になりかねないし、重要なことがくだらないとあっさり退けられもする。きみに出会ったとき、親族の女性たちとはまるで違うと思ったんだ。思慮深くて知的で、男にとってつねに用心している必要はなく、くつろいでともに過ごせる女性なのだなと」

そのとおりだとカーターを安心させられるように努めるべきなのだろう。そのように見てくれていたのが嬉しいことを伝え、信頼を取り戻すためにできるかぎりのことをすべきなのはわかっていた。なにしろ、ジャイルズ・カーターは三週間前まで、自分の花婿候補の一番手に挙げていた男性だ。カーターは紳士で、ソフィーは紳士の娘で手持ちの財産はほんの四千ポンド。カーターにはそんなことはみじんも気づかれていないはずだけれど、ソフィーはある程度の資産を持つ女性であると印象づけようと慎重に装ってきた。ミスター・カーターから求婚される可能性はじゅうぶんにある。

ジャックからはありえない。

そんなことはわかっていた。初めからずっと。ギャンブルで生計を立てている女性と公爵との結婚などまったく考えられないことであるだけでなく、ジャックの言動からもそんなことが望めるようなそぶりはいっさい感じられなかった。現に公爵は、それもウェア公爵の場合には確実に愛情では結婚しないと明言していた。たとえ求めてくれていたとしても――それも彼がしてくれるはずのことを思い返すとまたどうしようもなく切望してしまうみだらなソフィーを――逢瀬の相手としてにすぎない。なれてもせいぜい囲われの情婦だ。自分には心から望む安心と家族を与えてくれる信頼できる紳士と結婚するという目標があることを打ち明けもせず、ひたすらジャックを求めるのはどうかしているとしか言いようがない。

ジャックを目にしてうっかり感情が表れないように、どうにかして気を引き締めなければいけない。ロンドンへ帰るためにふたりが乗った馬車がアルウィン館の門を出たときに、愚かでいられるときは終わった。「わたしに対する見方が変わってしまったとおっしゃるのではないといいけれど」ソフィーは低い声で言った。

「以前ほどの自信はない」ミスター・カーターは率直に認めた。「あの〈ハザード〉ゲームのせいではなくて――きみも知ってのとおり、私はその一部始終を見ていたので。公爵が持ちかけてきて無礼な行ないに出たことも知っている。誰が逆鱗《げきりん》にふれてもおかしくなかったし、公爵に強引に挑まれて拒める者はそういない。だが、きみは〈ヴェガ〉に戻ってきてから……」カーターはひと呼吸おいた。「以前とはどこか変わった」そう締めくくった。

その点について嘘をついても仕方がない。「ええ」ソフィーは静かに認めた。「そうなのかもしれない」

カーターは口もとをゆがめて笑みを浮かべた。「それなら、ただひとつ尋ねたいのは、どんなふうに変わったかということだ。ご婦人にとって、公爵との賭けがいかなるものなのか。若い令嬢が公爵とダンスをしようともくろむのとそう変わらないことのように思えるんだが。どんな結末が待ち受けているのか誰にもわからない。向こうは誘惑できないかとそそられただけのことかもしれない。公爵も――ウェア公爵であっても――われわれと同じ血の通った生身の男だ」

自制が働く前に、ソフィーはまた〈二十一〉が行なわれている部屋のなかへちらりと目をくれていた。ジャックは肩の片側をごく自然に壁に寄りかからせて、ほかの紳士と話していた。相手の紳士の言葉に軽く笑って、こちらに目を向けた。ほんの一瞬だけ、ふたりの目が合い、アルウィン館でも経験した稲光に撃たれたような刺激に貫かれた。たちまちまわりの世界は遠ざかり、ふたりだけになって、二つに割れていたものがまたぴたりと嵌《は》ったかのように感じられた。わたしはあの人を愛している、とソフィーは呆然となって悟った。

ジャックはすぐに表情をいっさい変えずに目をそらした。ソフィーも同じようにジャイルズ・カーターのほうに向き直った。「わたしがウェア公爵とお近づきになりたいと望んでいるのかというご質問なら」淡々と続けた。「そんな気持ちはまったくない。想像もできない。ここにいらしてることにただ驚かされているだけ。もう騒ぎを起こすのも、不愉快な気分にさせられるのもいや。あの晩、自分がどれほど軽率なことをしたかはじゅうぶんにわかっているから、二度としないと誓ったの」

ミスター・カーターは真剣に耳を傾けてくれていた。ソフィーの胸は締めつけられた。善良な男性で、だからこそ本物の愛が生まれればと願っていたはずだった。フィリップがあれほどしつこくなければ……ジャックが我慢の限界に達して激怒し、割り入ってこなければ……自分が冷静さを失って、大金を勝ちとる誘惑に負けていなければ……いまもまだミスター・カーターから好意を得ようと最善を尽くし、できるかぎり関係を深めようとしていたはずだ。ソフィーが夫に望むものをすべて備えていて、心から信頼できる相手でもある。

でも、ジャックではないし、ジャックの代わりにはならない。アルウィン館で過ごしたほんの数日がソフィーのなかの何かを変え、窯《かま》で焼かれた粘土のように二度と元のようには戻れなくなった。ミスター・カーターを欺《あざむ》きたくはないし、心にはもうジャック以外の誰かが入り込む隙もない。そのうちに溶きほぐされていくのかもしれないけれど、いまはまだ……。

ソフィーは笑みをこしらえた。「どんなふうに変わったのかとおっしゃったわよね。たぶん、前よりも計算高くなったのではないかしら。今夜は大金を勝ちとれそうな予感がするし、あなたを餌食《えじき》にするのも楽しみで仕方がないくらい。もっと快い晩を過ごしてから、おやすみなさいと言ってお別れしたいわ」

カーターは表情をやわらげ、笑い声すら立てた。「私を高く評価してくれている証拠と受けとっていいのかな」冗談めかして言った。「私に財布を開かせてやると警告するとは——こっちにも意地がある!」

「あなたのことはとても高く評価していますとも!」ソフィーは扇子でカーターの腕を軽く打った。「見事に潔く負けてくださるけれど……」

「きみにだけだ」カーターが腕を差しだした。ソフィーはその肘に手をかけて、〈フェロー〉のテーブルへ導かれていった。〈ホイスト〉では物足りない。今夜は気が立っていて突っ走れそうなので、誰にも負ける気がしない。

その晩は最後まで幸運が続いた。時計が午前二時の鐘を鳴らしたときには、百ポンド以上もの大金を勝ちとっていた。気分がよくなってもいいはずなのに、疲れしか感じなかった。そろそろ帰る時刻だ。ゲーム仲間におやすみなさいと告げて、マントを取り戻してフォーブスに貸し馬車を呼んでもらうために控えの間へ向かった。

すっかり夜が更けて玄関広間も静まり返っていた。〈ヴェガ〉は夜明けまで開いているが、今夜の客はみなすでにほとんど中央大広間に入っている。刺激を求める筋金入りの賭博師たちはこの時間にはたいがいもう、もっと堕落した人々のたまり場へ移動したあとで、セント・マーティン通りの端で貸し馬車を取り合う相手はごく少ない。玄関扉は開いていて、ソフィーが優美な広間に出ると、爽やかな風が流れ込んできた。深々と気持ちよく息を吸い込んだ。「ミスター・フォーブス」声をかけて、こちらに背を向けて立っていた長身の金髪の男性に近づいていった。

男性がくるりと振り向いた。ソフィーは息を呑んで足をとめた。召使頭ではなかった。

ジャックは大理石のように固い面持ちだった。「キャンベル夫人」

当然だろう。お互い、よく知らない相手ということになっている。「公爵様」ソフィーはつぶやいて、軽く膝を曲げて挨拶した。「失礼しました」

「フォーブスは貸し馬車を呼びにいった。この通りには台数があまりないようだ」冷ややかでよそよそしい口ぶりだ――公爵らしく。

ソフィーは顔を赤らめた。「ええ、よくあることですわ」

どちらもしばしぎこちなく押し黙って立っていた。ソフィーは何か、なんでもいいから話しかけたかったが、差し控えた。たった一言が立ち聞きされて、ふたりの関係と結びつけられれば、噂がまた息を吹き返す。それにまだ……こうして彼のそばに立っているだけでもこれ以上は耐えられそうになかった。とりわけ今夜は。

さいわいにもミスター・フォーブスが外から戻ってきて、ソフィーを目にして眉を上げた。「キャンベル夫人！　貸し馬車をご所望ですか？」

「ええ」

フォーブスはうなずいた。「すぐに呼んできます。公爵閣下、外に馬車を待たせています」クローク担当の使用人フランクがフォーブスに手ぶりで指示され、厚地の外套を腕にかけ、もう片方の手で帽子を持ってすぐさま戻ってきた――当然ながらジャックのものだ。「キャンベル夫人のマントをこちらへ」フォーブスは指示した。

ジャックが外套をまとい、フランクから帽子を受けとった。「ばかな」冷ややかに言う。「ご婦人に先に貸し馬車を」

フォーブスが頭をさげた。「仰せのとおりに。もう一台をすぐに呼んでまいります」

「いや」ジャックは頭に帽子をのせた。「ちょうど新鮮な空気を吸いたい気分だ。私は歩こう」

ソフィーはしっかりと顎を上げながらも慎重にジャックのほうは見ないように視線をずらした。「ご親切に感謝します」

ジャックは威厳あるそぶりで頭を傾けて応じ、手袋をつけた。あとは言葉もなく、ちらりともこちらを見ずに、夜闇のなかへ歩き去っていった。その姿を取り巻く風が髭剃り用の石鹸の香りをほのかに運んできて、ソフィーはぐっと息を吸い込んだ。

「大丈夫ですか？」すぐそばで見ていたフォーブスが尋ねた。「公爵閣下から言い寄られるようなことは？」

「えっ？　まったく」ソフィーはすばやく首を振った。「疲れているだけ。公爵様はご親切にも貸し馬車をお譲りくださっただけです」

フォーブスは納得しきれていないようだった。「そうおっしゃるのなら……」

「ええ」フランクがマントを持ってきてくれると、ソフィーは心からほっとして微笑んだ。「ほんとうに大丈夫。それにもう馬車を待たなくてもいいとわかったら、気分がだいぶよくなったわ」マントのリボンを結び、フォーブスが差しだした腕に手をかけて、貸し馬車が待つところへ踏み段を下りていった。

さりげなくさっと通りに目を走らせたがジャックの姿はなかった。ソフィーは貸し馬車に乗り込み、ミスター・フォーブスに礼を述べて、銀貨を手渡した。馬車が走りだし、ソフィーは速まったままの鼓動を鎮めようとした。ジャイルズ・カーターの言うとおり、ほんとうにジャックが会員になったのだとすれば、顔を合わせることに慣れなくてはいけない。フィリップの嫌がらせをやめさせてほしいと頼んだときには、ジャックがみずから乗りだしてくれるとは考えもしなかった。そうだとわかっていれば、頼みはしなかったかもしれない。フィリップに見張られずにすむのはとても安心だけれど、ジャックの姿がちらちらと目に入るほうがかえって心を乱される。馬車の小さな窓に頭をもたせかけて、このところ急に人生が滑稽な芝居めいてきたと思い返した。

馬車が大通りに入り、ソフィーははっと背を起こして、身を乗りだした。「すぐに停めて!」御者に叫んだ。馬の駆け足が遅くなり、ソフィーは把手をつかんだ。扉を開くと同時に馬車が舗道に立っていたジャックの脇で停まった。

ジャックが足をとめて馬車に向き合った。ソフィーは息を切らし、懸命に把手をつかんで、見つめ返した。「ほんとうはあなたが乗る馬車だった」

「そのせいで歩かせてしまうことになるのなら、親切なお申し出をお断わりしていたのに」

「そうとも」

ジャックが一歩近づいて、ソフィーの手の上から扉の把手をつかんだ。「では……同乗してもかまわないかな」

ソフィーは口が乾いた。頭のなかで間違っていると警告する小さな声を打ち消した。もうジャックの声は貴族らしく間延びした冷ややかなものではなかった。アルウィン館でともに笑っていた男性の声に戻っていて、見つめられるとソフィーは胸がはずんだ。ええ、とうなずき、ジャックのために奥へずれて座席をあけた。

18

ジャックが御者に走りだすよう伝えている声すらソフィーはほとんど聞きとれなかった。鼓動が喉にまで響いてくるほどあまりに大きく打ち鳴らされていたからだ。貸し馬車がわずかにがくんと揺れて走りだし、ようやく口を開くことができた。

「〈ヴェガ・クラブ〉の会員になったと聞いたわ」

「そうだ」マントの下で、ふたりのあいだの座席においたソフィーの手にジャックが手を重ねた。指関節をなぞり、手首に進んで、手袋のボタンをはずした。「きみに約束したことを守るにはそれしか手がなかった」

「そんなことまでしてもらおうとは考えてなかった」ソフィーは不安げな声で言った。ジャックに手袋を脱がされ、全身にふるえが走った。

「わかってる」

「あなたがギャンブルをどう思っているかは知って……」手袋がなくなると、互いの肌が触れ合った。いつジャックは自分の手袋もはずしたの？　手の指を組み合わせて手のひらが密着するとソフィーの声は途切れた。

「入会したらギャンブルをしなければいけないとは誰にも言われていない」ジャックがつぶやいた。

「それでは居心地が悪くて仕方ないでしょう。わたしが頼みさえしなければ――」

ジャックが手を握りしめた。「あそこへ行く口実が欲しかったのかもしれない」こちらをちらりと見た目に通りすがりの街灯の光が映った。「人々になんと言われようが、私は石で出来ているわけではないし、辛く長い一週間だった」

ソフィーは自分が息をとめていたことに気づかず、急に喘ぐような息が洩れた。〝公爵も、われわれと同じ血の通った生身の男だ〟ソフィーの全身の血も沸き立っているように感じられた。「ほんとうに」

ジャックがぎゅっと手を握り、親指でソフィーの指関節を撫でた。

自分は愚かだとソフィーは思った。不適切な男性に心を奪われても、それでかまわないなんて。ほんのいっとき触れ合えるのが手だけだとしても一緒にいられるのなら、善良な男性と結婚する希望が潰えてもきっと後悔しないだろう。これまで愛する人をあまりにたくさん失ってきて、これくらいの悦びを手にしても罰は当たらないはずだ。

ジャックの肩に顔を埋め、深く息を吸い込んで、匂いと感触とぬくもりを忘れずにいられるよう記憶に刻み込もうとした。

あまりに早く馬車はアルフレッド・ストリートに入って停まった。ジャックが扉を開いて降り、向き直ってソフィーが降りるのに手を貸した。腕をとらせ、玄関口まで数歩の道のりを導いた。頭を後ろにそらせてソフィーの家をまじまじと眺め、通りの左右に目を走らせた。ささやかながらも清潔で、わりあい安全な住まいだ。「つまり、ここがきみの住まいか」

「ええ」ソフィーはこの時間を引き延ばしたくて、ゆっくりと鍵を探りだした。「もうご存じかと思ってた」

「いや」ジャックは焦げつくような熱い眼差しを向けた。「知ってしまったら、離れていられなくなると思った」

神よ、お助けください。このまま立ち去って、ともに過ごした数日は胸の奥にしまい込まなければという決意は崩れ去った。「どうぞなかに」こらえきれず、か細い声で言った。「泊まっていって」

ジャックの熱っぽい笑みにソフィーの心は舞い上がった。「ちょっと待っててくれ」ジャックはそう言うと踵を返した。ソフィーが鍵を錠前に差し入れているあいだに、ジャックが貸し馬車の御者と話し、鞭で馬をはじく音がして馬車が走り去り、ソフィーは玄関扉を開いた。振り返ると、すでにジャックは張りつめた顔ですぐ後ろに立っていた。一本の指をソフィーの唇にあて、片腕を腰にまわして、玄関敷居を入って扉を閉め、閂を掛けた。ジャックが頬を寄せてささやいた。「使用人たちは？」

「住み込みはひとりだけ」ソフィーは答えた。「女中のコリーン。口は固い……」

「すばらしい。どこで寝ているんだ？」耳の下の敏感な皮膚にジャックが唇を擦らせ、ソフィーはいまにも卒倒してしまいそうだった。

「階上に。もうきっとぐっすり眠って……」

ジャックはちらっと白い歯を見せて笑ったかと思うと、唇を重ねた。ソフィーが手にしていた鍵が床に落ちて小さな金属音が響いた。ソフィーもジャックの上着にしがみついて引き寄せながらキスを返した。舌が絡み合い、もう手袋をしていない手で顎を持ち上げられ、指の感触の心地よさに全身が燃え立った。ジャックが頭を起こしたときには、ソフィーは彼の味に酔いしれて、めまいがして、よろめきかけた。

「ベッドに案内してくれ」ジャックがソフィーの耳たぶに歯を擦らせてささやいた。

「貸し馬車には二時間後に戻ってくるよう伝えた」

泊まることはできないということだ。そこで分別を取り戻してもいいはずなのに、ソフィーはジャックの手をとり、階段を上がっていった。時間を無駄にはできない。

ソフィーが寝室のドアを閉めるなり、ジャックはまたも抱き寄せた。片手でマントのリボンをほどき、床に滑り落とした。「知ってたか」ボンネットを取り去りながらジャックが言った。「きみが訪ねてきたとき、私の机でどれほどきみを奪ってしまいたくてたまらなかったか」

「わたしは拒まなかったのに」ジャックの服を脱がせようとしても、肌に触れられるたび力を奪われた。鼓動が不規則に速まっていて、倒れてしまわないのがふしぎなくらいだ。

ジャックが静かに笑った。ソフィーに自分の外套と上着を剝ぎとらせてから、くるりと彼女の向きを変えさせて、ドレスの留め具をはずしにかかった。「また歩き去っていくきみを見ているのは辛くて仕方がなかった。あやうく引き留めかけた」ドレスの胴着《ボディス》が緩んでさがり、ジャックが首筋に唇を押しつけた。ソフィーは前の壁に両手をついて自分を支えた。こうしていると骨まで溶けてしまいそうな気がする。「毎日、きみから書付が来ないかと郵便物を隈なく調べた」ドレスを剝ぎとり、低い声で続けた。「出かけるたび、きみに出くわさないかと期待してしまう」

両腕をまわされ、身体を押しつけられて、ソフィーの呼気がふるえた。「お互いに納得してたでしょう――」息がつまり、必死に正気を保とうとした。「どちらにとっても賢明なことではないと――」

「ああ、そうとも、だが、もうどうでもいい」ジャックが唸るように言う。「ああ、たまらないよ、ソフィー、これまで以上にきみを欲している」

ソフィーは哀れっぽい声を洩らした。肌はじんじん疼き、胸はぞくぞくふるえている。あなたを愛してる、またもなす術もなくそう思った。ジャックの腕のなかに向き直り、両手でベストをつかんだ。「わたしも、もうどうでもいい」

言い終わらないうちに、ジャックの口に唇をふさがれた。せっかちな手つきで互いが身につけていたものを剝ぎとって、ベッドに倒れ込んだ。彼の重みを身体の上に感じてソフィーの渇望は激しく煽られた。ジャックは本物であるかを確かめるかのようにソフィーの肌を荒々しくまさぐった。ソフィーは恥じらいもせずに両脚を開き、ジャックの腰に巻きつけて自分の腰を上げた。

ジャックが押し返した。「〈ヴェガ〉で目が合った瞬間にこうなることを予感していた」かすれがかった声で言う。自分の首にかけられたソフィーの腕を一本ずつ放させて広げ、手を押さえて身を乗りあがらせた。「きみはほかの男と一緒だった。あの男に詰め寄っていって殴り倒してしまわないようにこらえるのに苦労した」

「友人よ」ソフィーは息を乱して言った。「それ以上の関係じゃない」ジャイルズ・カーターとはもう結婚できない。

「そうなのか」ジャックは納得していない口ぶりだ。「向こうもそう思ってるんだろうか？」どくどく脈づいている首筋に口づけ、肌に吸いつかれて、ソフィーは気が遠くなりかけた。「あの男に教えてやりたかった。みんなにきみは私のものだと言ってやりたかった」ジャックはすでに交わっているかのように腰を擦らせた。

彼がいまどうしたいのかを伝える完璧ないざないだった。もう離れてはいられないし、求めあわずにはいられないことをソフィーはたちまち思い知らされた。フィリップが嫉妬心から何をしようとかまってはいられない。誠実でりっぱなジャイルズ・カーターのことも、もう考えてはいられなかった。自分の頭にも心にもいるのはこの男性で、この人と一緒にいたい。情婦、囲われの愛人、どんな関係でも一緒にいられさえすればもうそれでかまわない。

でもいまは身体が彼を欲していて、陰鬱に考えをめぐらせている場合ではなかった。

「ジャック」ソフィーは切実に求めた。「抱いて」また腰をぐいと上げると、ジャックがはっとして息を呑んだのがあきらかに感じとれた。

「きみは私のことを考えていたか？」ジャックはベッドにソフィーを押し返しつつ、

顔や首を唇でなぞりつづけた。「こうなることは？」

「ええ」ソフィーはいまや苦しげなほどに息を切らしていた。ジャックは激しくゆっくりと腰を擦らせながらも、ソフィーが求めていることへ進めようとしない。「ずっと。わかるでしょう……」

「よかった」ジャックが腰の位置を合わせて、なかに押し入った。ソフィーは息を吸い込み、マットレスに踵を食い込ませて、彼を自分のなかに完全に、もう出られないように引き込もうとした。ジャックがソフィーの腕を押さえていた手を放し、片手で後頭部を支え、目を合わさせた。「きみのことを考えずにはいられない」わずかに引いて、今度は先ほどよりも激しく深く彼女を貫いた。「きみを求めずにはいられない」またゆっくりと引き戻し、力強く突く。ソフィーは彼の尻を両手でつかんで、もっと早く激しく深く突かせようとした。けれどジャックは両腕を突っ張って身体を浮かせ、ぎらついた青い瞳で射るように見つめた。「私はきみに完全にいかれている」片手をふたりの身体のあいだに差し入れ、親指をソフィーの両脚のあいだに擦らせた。軽く探るような指遣いがふるえをもたらし、しだいにその刺激は強まって、ついには極みに達し、波にさらわれたかのように打ち砕かれた。解き放たれたソフィーの切れぎれの喘ぎは濃厚なキスに呑み込まれ、ジャックもせっかちに腰を打ちつけて頭をのけぞらせ、全身をこわばらせて達した。傍らに転がりおりると、まだふるえがちな腕でソフィーをきつく抱き寄せた。ソフィーは彼の胸に頬を寄せて、大きな鼓動を聞き、声に出さずに言った。〝あなたを愛してる〟

「〈ヴェガ〉に行くたびこんなふうに夜を終えられるのなら、通わずにはいられない」ジャックがつぶやいた。

ソフィーはくすくすと笑った。「〈ヴェガ〉に出かけた晩を公爵様とベッドをともにして終えるなんて、わたしだって初めて」

ジャックがすっかり乱れてしまったソフィーの髪からピンを抜きはじめた。「私がその公爵様でいられるかぎりは、これからも頻繁《ひんぱん》にこうすることを心からお勧めする」

ソフィーは微笑みつつも、胸の奥にちらりと気になる引っ掛かりを感じた。彼の顔が見えるように頭を後ろに引いた。「それはどういう意味？　アルウィン館を出るときにあれで終わりにすると取り決めたのに」

「それでも、こうしてここにいる」ジャックはピンをすべてはずし終えて、今度はそれをマットレスから床へ払い落とした。髪がほどかれて、ソフィーは彼の腕に頬をのせて、よりくつろいで身を横たえた。「つまり……」ジャックが言葉を切り、ソフィーの顔を探るように見つめた。「つまり、こうなることをふたりとも望んでいたということだ」そう言い終えた。「きみも望んでいる。私はすでにきみのことにかけては自制が利かないのだと認めたはずだ。きみが与えてくれるものならなんでも受け入れるだろう」

とっさにわたしのすべてを奪ってという言葉が頭をよぎったけれど、ほんの一瞬のことだった。熱情の荒波が引いていくにつれ、だんだん分別と理性がまた幅を利かせてきて、ソフィーは慎重に言葉を選んだ。「あなたに会いたい」

「こうして会えた」ジャックは即座に返して、くつろいで穏やかに顔をほころばせた。

「会えたとしても」ソフィーは続けた。「あなたはフィリップに知られないようにしなければ――」

ジャックがちらりと気に障ったような表情をのぞかせた。「きみのために、だ。自分自身や、弟がどうなろうとかまいはしない」ソフィーは目を大きく見開き、生え際のほつれた髪をジャックが払いのけてくれた。「女性にとって容易な選択ではないことはじゅうぶん承知している。私をきみから引き離せる理由があるとすれば、もし知れ渡ってしまったときに、きみが苦しめられるかもしれないという懸念だ。フィリップの傷ついた自尊心はいつか回復するだろうが、腹立ちまぎれにきみの評判を汚させるわけにはいかない」

評判を気にしていたのは、善良な花婿を見つけるためだった。ジャックの情婦になるのなら、もうそのような結婚はどのみち望めない。そんな希望はすでに捨て去っていても、良識や理屈がすっかりぼやけたままソフィーの頭のなかで靄《もや》のように漂っていた。たぶん、自分が思い描いていた大計画はもうけっして叶えられない。好人物の地方の名士に嫁ぐよりもジャックの情婦になったほうがきっと幸せになれるのだろう。善良だけれど愛情のない結婚に望みをかけてジャックをあきらめたなら、一生後悔することになるのではないの？

わからない。十二歳のときから自分の直感を信じて生きてきたけれど、もう何も確かなことはないように思えた。心のままに従えば、すべてうまくいくのだろうか？今回の場合には〝うまくいく〟というのがどういうことなのかという問題がある。ミスター・カーターに公爵の気を惹こうなどとは考えていないと話したのは本心だった。公爵が自分のような女性と結婚することはありえない。偽名を使い、未亡人になりすまし、生き抜かなければという意識が染みついた女性とは。じゅうぶんに淑女の作法が身についたジョージアナが付添人《シャペロン》にきびしく叱られて愚痴をこぼしていることから も、自分がいかに礼儀にそむきかねない瀬戸際で生きているかは承知している。相手がジャックとはいえ、情婦になってその境界を大胆にも踏みだしてしまったら……。

　そんな危険を冒していいの？

　ジャックは逢瀬を続けること以外に何も約束してはいない。ソフィーはそれを平然と受け入れていた。彼も同じくらい逢瀬を続けたいと望んではいても、アルウィン館でのように、人目を忍ばなければいけないことだと考えているのだろう。あのときの賭けのように、抗えないくらい心そそられるのは確かだけれど、悦び以上のものは期待してはいけないのだとソフィーは自分を戒めた。

「ソフィー」ジャックが静かに呼びかけた。ソフィーは瞬きをして、考えがそれてしまっていたことに気づかされた。「何を考え込んでいるにしろ、やめるんだ。怖い顔だ」

　ソフィーはジャックの剝き出しの胸の上で両手を広げた。この時を楽しもう。またこの腕のなかに彼がいる。いつどのようにこの関係が終わるのかと考えると頭がおかしくなりそうだ。「怯えているようには見えないけど」

　ジャックがまた少し歯を見せて笑った。コリーンがベッド脇に置いたランプがジャックの顔に温かな光を投げかけ、髪が磨かれた真鍮のように輝いていた。「その反対だ、かわいいきみ。なんであれ、きみにそんな顔をさせるようなことは忘れさせてやらなければという気になる」

できることならそうさせてほしい。ソフィーはジャックの胸に指で円を描き、また彼のそばにいられることを実感するうち、陰鬱な考えは薄れていった。「忘れられるようなことじゃない」ジャックの腕を上へとたどり、彼の首の後ろで両手を組み合わせた。「〈ヴェガ〉の外で毎晩どうしたらあなたに会えるのかと考えてただけ……どうしたら毎晩、こんなふうに貸し馬車に同乗したり、たまたま同じ道を歩いてたりして、ここにたどり着けるのか」

ジャックはまた笑い、そのいたずらっぽい低い笑い声にソフィーはくすぐられたように足の爪先を丸めた。「きみが言うように、巧妙な手口を考えねばだな」すばやくソフィーを仰向かせ、その上に乗りあがった。「さっそく取りかかろう」

今度はゆっくりと、ソフィーが心地よさのあまり頭がからっぽになってしまうまで交わった。ジャックの腕に抱かれ、胸に頬を添わせて丸くなってまどろんだ。ジャックがベッドから降りたのに気づいて目をあけた。床に散らばっていた衣類からジャックが自分のものだけを拾い上げて身に着けはじめると、ソフィーは不満の声を静かに洩らした。

「もう貸し馬車が帰ってくる」

「帰らなくてもいいのに」ソフィーは考えなしにつぶやいていた。

ジャックが顔を起こし、シャツのボタンを留めていた手をとめた。ふたりの目が合い、しばし長々とジャックは何かを、引き留める言葉やしぐさを待つかのように見つめつづけた。その瞬間に、ソフィーは計算して答えを導きだす習慣が舞い戻り、今回は自分の判断に心が揺らいだ。運命の言葉――行かないで――を口にしようと息を吸い込んだそのとき、ジャックは目をそらした。

「行かなければ」ジャックはクラヴァットに手を伸ばし、喉もとに巻いて結んだ。

無謀な心のざわめきは鎮まった。ソフィーは静かに息を吐き、むしろジャックに救われたのだと結論づけた。「そうね」

ソフィーは薄暗いなかで目を瞠《みは》り、身支度を整える音を聞いていた。床がかすかに軋《きし》み、ジャックがベッドのほうに戻ってきた。「今度はいつ会える？」マットレスの端に腰かけ、身をかがめて口づけながら、片手でゆっくりと乳房を愛撫した。「いいかい、日と時間を知らせてくれ」

「ジャック」ソフィーは戻ってくる貸し馬車などかまわずにもう一度彼を引き戻したい気持ちを振り払おうと、枕に手をついて上体を起こした。「わたしはたいがい八時〈ヴェガ〉に行く」

ジャックが青い瞳で見据えた。「何時に帰る？」

「だいたい午前三時前には」ソフィーは脇のあたりをジャックの指にくすぐられ、ふるえが走った。「でもそれでは遅すぎるわよね。もっと早く帰ろうと思ってるんだけど……」

「一時」ジャックが低い声で言った。「一時に出よう。私はべつの道筋でここに来る」

「どうやって……？」

「来てほしくないのか？」ジャックが残念そうに笑った。「一時には出るな。それより先かあとに。かち合わないように」

「わたしが出たのがどうやってわかるの？」

ジャックがソフィーの唇に指先をあてた。「私は注意深い——とりわけきみには。カードゲームをするのでなければ、ほかの人々を見ているのはむずかしいことじゃない」

ソフィーは唇をすぼめて、彼の指に口づけた。「たまには参加するのも考えたほうがいい。賭博クラブなんだもの。まったくゲームをしないなんて、変に思われる」

ジャックは面白がるように片方の眉を上げた。「そうだろうか？」

「大金を賭けろとは言ってない」ソフィーは言い添えた。「まったくやらないのでは、人目を引くと言いたかっただけ」

「ご忠告に感謝する。考えておこう」今度はさっと軽くキスをしてから、深く激しく口づけて、ジャックはソフィーに至福の吐息をつかせた。

起き上がって彼を見送り、玄関扉に閂を掛けてまたベッドに戻らなくてはいけない。ソフィーは化粧着だけを羽織り、ジャックのあとから狭い階段を小さな玄関広間へ下りた。そこで引き寄せられて軽く抱擁された。また完璧な仕立てのシャツと上着にまとわれた胸板にソフィーは頬を押しあてて、胸がつまった。

「おやすみ、かわいいきみ」ジャックはささやいて、ソフィーの額に口づけた。「またあすの晩に」

「おやすみなさい、ジャック」ソフィーはジャックを送りだし、長身でこの倹しい通りには優雅すぎる男性が大股で去っていく姿を少しのあいだだけ見つめた。玄関扉を閉めてしっかりと閂を掛け直した。

ただの情事。きっとそう長くは続かないのだろう。でも、だからこそ、幸せに満ちたこの時をできるかぎり慈《いつく》しもうとソフィーは誓った。

19

ジャックはソフィーの家から角を曲がったトテナム・コート・ロードに待たせていた貸し馬車に乗り込んだ。ソフィーの小さな家は静かな通りにあり、人目を引きたくなかった。これほど遅い時間にロンドンで外出するのは何年かぶりのことだ。ジャックは狭く粗末な座席の背にもたれ、素肌に花柄の化粧着だけを羽織ったソフィーを思い起こして笑みを広げた。自分のガウンを着せていたときのほうがずっと似合っていた。あれを贈るという手もあるか……。

すぐにその考えは打ち消した。そんなことはできない。ふたりの関係は秘密にしなくてはならない。逢瀬の手立てはなんでも希望どおりにすると申し出たときにソフィーが急に表情を曇らせたのは、よほどの間抜けでもないかぎり誰でも気づけただろう。ソフィーは評判に傷がつくのを恐れて、ふたりの関係を誰にも知られたくないと思っている。ほかの誰かとの結婚をいまだ望んでいるということだ。ソフィーがほかの男の腕に抱かれ、そいつを愛するのかと思うと、ジャックはまた一段と気が沈んだ。それでもただじっと見ていなければならないとは。

だが、ふたりの関係を秘密にすると約束してしまった。ソフィーが多くの秘密をかかえているのはだんだんと感じとれてきた。

静かな貸し馬車のなかでジャックは思わず悪態をついた。〈ヴェガ〉の会員になったのは自分の首を締めたのも同然というわけだ。フィリップは兄が訪れたのを見て腹を立てていたが、ほんのふた言で、弟に身の程を思い知らせた。フィリップが兄の入会にどれほど憤慨しようが、どうにもできないことをわからせたのだ。兄を避けるには〈ヴェガ〉を避けるしかない。

弟は目を細く狭めて、詰め寄ってきた。「ここに来たのは彼女が目当てか」

「キャンベル夫人のことか?」ジャックは冷ややかに返した。「そうだ。おまえが彼女を追いかけまわして見世物になっているという噂を聞いてな。それをやめさせるのと、損失も阻止するためだ。おまえが来るのをやめられないのなら、私が来るしかないだろう」

弟は睨みつけて文句をこぼしながらも、ソフィーのそばにはいかなかった。帰るまでフィリップから目を離さなかったから、それは確かだ。そしてようやく、期待どおり、ソフィーの姿を見つけた。目にしたとたん湧きあがった昂りは長くは続かなかった。その傍らに男がいたからだ。親しげに寄り添い、何か話しかけてはソフィーを笑顔にさせていた。そのうちに腕をとらせてこちらから見えないところへソフィーを導いていったので、ジャックは苦々しく黒い嫉妬の荒波に襲われた。

ほんのわずかな手掛かりから男の名前を突きとめた。良家の出でまずまずの財産もある紳士、ジャイルズ・カーター。カーターについて悪く言う者はいない。〈ヴェガ・クラブ〉の常連たちからは高潔で思慮深く、しかもなかなか機知に富むと高い評判を得ていた。実際に見たかぎりでも、醜いわけでも不格好でもなく、なによりソフィーを笑わせていた。ますますあの顔にこぶしを食らわせたくなった。それにソフィー曰くカーターはただの友達だと言うが、彼女が少しでも思わせぶりなしぐさを見せれば、あっという間に向こうはその気になるに決まっている。カーターが好意を抱いているのは部屋のこちら側からでもあきらかに見てとれた。

ジャックは結婚市場で花嫁を探すつもりはさらさらなくても、どのような仕組みであるのかはよくわかっていた。カーターのような男は、なかでも親族や有力な人々との繋がりもなく、淑女としてどうにかぎりぎり心もとない評判を保っている女性にとっては、願ってもない花婿候補だ。ソフィーにはあきらかに秘密がある。それを問いただす権利はないとジャックは自分に言い聞かせていた。アルウィン館でのわずかなあいだの関係ならそのようなことは放っておけたかもしれないが、いまは……もっとソフィーのすべてを知りたい。どのような友人がいて、どのように過ごし、どんなものに興味があり、どんなものを信じているのかも。

どうすればもっと彼女のことを明かしてもらえるのか？

馬車がウェア公爵邸のそばで停まり、ジャックは降りて御者に代金を払った。静かな晩に馬車が玉石敷きの通りに大きな音を響かせて走り去り、ジャックは屋敷までの残りの道のりを歩いた。

こんな夜更けでも、使用人は待ちかまえていて、主人が踏み段をのぼりきったところでさっと玄関扉を開いた。ジャックは外套と帽子を脱いで、従僕に寝室へ運ばせた。ひっそりとした玄関広間にしばしとどまった。この時間の屋敷のなかは墓地のように静まり返っている。ジャックは落ち着かない気分でランプを手にして廊下を進みだし、ようやく書斎に行き着いた。グラスにブランデーを注いだが、ひと口含んだだけで置いた。ソフィーはいったい何を隠しているのだろう？

ギャンブルで財を成そうとしているのはすでに薄々わかっていた。褒められることではないとはいえ、犯罪ではない。

花婿を探していることも考えられる。ロンドンのとても多くの女性たちと同じように。

ニコラス・ダッシュウッドからは彼女に話しかけないよう釘を刺された。それでもソフィーはジャックと目を合わせ、自宅に招き入れ、もう会わないという誓いをみずから破った。

だが、ジャックにはどうにも読みとれない何かがあるような気がしてならなかった。富を求めているのなら、公爵にそう言ってくれれば、贅沢をさせてやれる。そんなことは本人もわかっているはずだ。現に一度は、住まいを与えようと申し出た。それなのに、ソフィーはアルウィン館での情事は口外せず、しかも二度と会わないと誓わせた……今夜自分のベッドに招き入れるまでは。ジャックはすでにソフィーにいかれていたが、このように考えているとなおさら病院に送られかねないほど頭が混乱した。

大掛かりな詐欺だとしたら？　自分は手の込んだ陰謀か詐欺に引っ掛かってしまったのだろうか？　金を必要としている女がギャンブルで男たちを釣り上げ、自身の資産を持たない男は退けて、自分のような男と関係を持ち、別れると宣言しておきながら、使えると見れば都合よく邪魔なものを取り除くために利用しているということなのか？　ソフィーが何かするたび、ジャックが彼女を求める気持ちは強まるばかりだった。すべては彼女の策略なのか？　獲物を狩るつもりが間抜けにも狩られる側となって、おびき寄せられているのか？　またも女性に利用され、屈辱を与えられようとしているのだろうか？

　ジャックはぎょっとして悪態をつき、両手で頭を掻きむしった。またもだ。いるはずもないところにポーシャの影を見ている。このままいつまでも彼女に苛まれつづけるなどということはばかげている。実際、もう何年も思いだすことはほとんどなくなっていた。それがここにきて急に、たいして根拠もない憶測をもとにソフィーも同じような魂胆や思惑を抱いているのではないかと疑いだしている。

　机のなかに鍵が入っていた。それを探りだすのに一分ほどかかったが、それから窓のあいだにある大きな化粧箪笥に向き直った。そばにランプを置き、炎を強くしてから、上段の飾り戸棚の鍵を開けた。数分かかって細密画を取りだした。記憶にあるよりも小さく、年数を経て繊細な銀の額縁が少し色褪《あ》せていた。ジャックはその細密画をランプの揺らめく炎に近づけて、初恋の女性の顔を見つめた。

　とても若い。創世記のイヴと同じくらい美しく妖艶だったように記憶していたが、この小さな肖像画に描かれているのは少女とまだたいして変わらない年頃の女性だ。意外だった。ジャックは小さな額縁を傾けて、ふっくらとした頬、薔薇の蕾のような唇、金色の巻き毛をじっくりと眺めた。ほとんど初対面で心を奪われ、彼女のほうも同じように感じてくれているものと思っていた。好意を寄せられていることに嬉しそうにしていたし、ジャックが何を言っても笑ってくれて、キスすら許した。ほかの若い令嬢たちはみな自分を花婿候補として値踏みしているのがひしひしと感じられたが、彼女は違っていた。ポーシャはそうしたことはつゆほども考えていないように見えた。

完璧な女性だと思った。美しく、快活で、慣習にとらわれない。競馬や芸術を好んだ。ほかのほとんどの令嬢たちがフランス語を学んでいたのに対して、ポーシャはロシア皇帝の宮廷について書かれているものを読んで興味を抱いたとの理由で、ロシア語を学んでいた。自分と同じ上流社会で、よく知る世界に住んでいながら、それでも新鮮な風を吹き込んでくれた。ジャックの父も彼女を気に入り、ポーシャの両親もふたりの交際を歓迎していた。もう結婚してもいいのではないかという周囲の意見に自分でもいささか意外ながらも乗り気になっていた。すっかり恋に浮かれていたわけだ。

そんななかでポーシャがほかの男と駆け落ちした。ある晩の舞踏会でジャックと三回もダンスを踊ったので、ひそやかに取りざたされて周囲の期待も高まっていたところで、翌日、ポーシャは女中と婦人帽《ボンネット》を買いに出かけ、店の裏口から出て待っていた馬車に乗り込み、北へ逃げたのだった。ジャックはのちにポーシャに秘密があったことを知らされた。自分に気のあるそぶりを見せながら、じつは前途有望な海軍将校と許されない結婚の約束をしていたのだ。ポーシャの父親、ファーンズワース伯爵はふたりの結婚を認めず、相手の若者を海へ送り返すことに成功した。娘にはもっとふさわしい相手を探すようにと話した。ポーシャはジャックに目をつけて自分の目的のために利用した。両親の目をくらませて、恋人とスコットランドへ逃げる計画を練り、結婚予告をせず、父の許しも得ずに結婚しようとしていたのだ。

ジャックには許しを請う書付を残していたが、ほとんど時をおかずに彼女の真実は耳に届いた。ポーシャにジャックを想う気持ちなどまるでなかった。彼女の目には、ジャックは何もしなくてもいつか爵位を引き継いで退屈な老人になる、気ままな若者にしか見えなかったのだろう。戦争はまだ続いていて、ポーシャが愛する海軍将校はスペインの港での勇敢な奇襲攻撃ですでに名をあげていた。ポーシャは勲章を授けられた英雄で怖いもの知らずの冒険家と世界を航海する自分の姿を思い描いていたのに違いない。ジャックの名など誰も知りはしないことを友人たちと冗談にしていたという。代々のウェア公爵のひとりにすぎないと。彼女はすべて相続できるのが取柄の男ではなく、行動する男を求めていた。

ジャックは細密画を慎重に飾り棚のなかに戻した。ポーシャがほかの男を求めていたという衝撃を乗り越えてから、もう何年も経つ。つまりポーシャに無情にも計算高く利用され、心傷つけられたが、その痛みは時とともに薄れた。傷つけられはしても、見当違いの噂話でささやかれていたように心まで打ち砕かれたわけではない。自分自身を求めてくれる人は誰もいないのかもしれないと思い知らされただけのことだ。ポーシャの駆け落ちから一カ月も経たずに、ジャックの父、第八代ウェア公爵がこの世を去った。覚悟も準備もまったく整わないうちに、二十四歳で、ジャックはあちこちにある広大な所領、巨万の富と公爵位の重責を引き継いだのだ。

まだ爵位を引き継いでいないか、引き継ぐべき爵位もない、より幸運な友人たちにはからかわれた。もう何をしようが、どう過ごそうが、煩わしい制限はない。訳知り顔の目配せと下卑た笑い声を立てながら、もう女は選び放題で、好きなだけ酒盛りもできるじゃないかと言われた。そんな言葉も自分が求めていたと思い込んでいた女性にほかの男と逃げられたあとではちっぽけな慰めで、それまでの跡継ぎの気ままな暮らしは公爵の多大な義務と責任のもとに押しつぶされていった。もうどの女性に好意を抱いても、相手が見ているのはきっと自分ではなく、公爵夫人の宝冠だ。

ポーシャとの一件があってから、ジャックにとってソフィー・キャンベルは公爵位など気にかけてはいないと感じさせてくれた初めての女性だった。アルウィン館では焦らされていたのかもしれないと思った瞬間に——いったいどこが選び放題なんだ？——はっと気づかされた。金や政略のために結婚する必要はないからこそ、何代も続く伝統を破って、純粋に自分が求める女性と結婚できるのではないだろうか？　もしこの女性との結婚を望んだとしたらどうなる？

望んでいるのか？　そのようなことをほんの数週間で見定められるものなのだろうか？

あの女性のことをよく知りもしないだろう、と自分の良識を叱りつけた。ポーシャにも同じような気持ちにさせられたが、欺かれていた。ソフィーのことがまだよくわからないのは確かだ。ソフィーはポーシャとは違うと心の奥底では感じられていても、秘密をかかえているのは間違いない。けっして明かすつもりもなさそうだ。

いったいソフィーは何を隠しているんだ？

20

それから二週間、ジャックはそうした秘密や、ソフィーにとってそれがどんな意味を持っているのかといったことはいっさい頭から締めだしていた。

フィリップに影のように付き添う計画を続行した。弟が〈ヴェガ〉に行けば、自分も訪れ、午前一時十五分までは滞在して、クラブを出た。フィリップは兄に見張られることに慣れてきていたが快く受け入れているわけではなく、時には帰る兄を小ばかにしたような敬礼で見送った。いずれにしてもジャックにはどうでもよかった。ミスター・フォーブスは客の行動習慣にそつなく目を配っていて、ジャックが控えの間に入っていくとさほど待たずに貸し馬車が呼ばれてきた。毎晩、ジャックはその馬車をトテナム・コート・ロードまで走らせて降り、近隣の人々の睡眠の妨げにならないように、そして人目を引かないように、アルフレッド・ストリートのソフィーのこぢんまりとした家まで歩いた。

そのように夜更けに人目を忍んで向かう時間が、ジャックの心の奥の何かを掻き立てていた。扉が開いて招き入れられるたび、ジャックはソフィーの顔を見るなり胸がはずんだ。手に手を取って駆け足で階段を上がるときには、これまでの人生のどんなときよりも生きいきとしていた。そして寝室のドアを閉じて、キスをして、彼女がまとっているものをすべて剝ぎとって、愛しあう。鼓動を速まらせたまま、とうとう汗ばんで疲れ果て、手脚を絡ませて横たわったとき、ジャックはまたみずからの立場に考えをよぎらせるのだった。

自分は第九代ウェア公爵で、イングランドのすべての貴族とヨーロッパの王室の半分と親戚関係にあり、親交を結んでいる。これ以上、高い格式や地位ある人々との繫がりを望む必要はない。

英国でもっとも裕福な男のうちのひとりだ。女相続人と結婚する必要もない。祖先たちを引き継ぎ、貴族院の議席を得ているが、政治には情熱を持てなかった。よって政略結婚をしようとも思わない。

要するに、ふつうの女性と結婚できない理由は見当たらない。

ふたりはベッドで話をした。ばかばかしい話でどちらも肩をふるわせて笑ってしまうようなときもあれば、内心でジャックが感心させられるような思慮に富む話もした。

ソフィーはジャック以上に世の中のことをよく見ていて、小さなことにもこちらが驚かされ反省させられるような意見を口にした。ソフィーのバレエのように細やかに行き届いた麗しいお辞儀の仕方にも話が及んだ。八歳のときにロシアのバレリーナから仕込まれたのだそうだ。皇帝に披露する日に備えて何度も何度も鏡の前で練習したことをソフィーは面白おかしく話して聞かせた。もちろん、そんな日は来なかったわけだが。けれどもそうして身についた作法は教えてくれたバレリーナのことを思いださせてくれるという。ぜったいに赤いシルクの衣裳しかまとわず、マングースを飼っていて、幼い少女にもやさしかったのだと。

ジャックはそもそもソフィーがなぜサンクトペテルブルクにいたのかふしぎだったが、その理由は明かしてはもらえなかった。ソフィーの秘密についてはいつの間にか気にならなくなっていき、逆に自分に対する彼女の気持ちのほうがますます知りたくなっていた。

ソフィーのような公爵夫人はこれまでいなかったかもしれないが、そんなことはたいした問題ではない。エクセター公爵は田舎の教区牧師の未亡人と結婚したが、世界は終わらなかったし、高慢な小さな貴族社会もそれは同じだ。それにほんとうに重要なのは、自分がどう思うかではないのか？　舞踏会で自分のそばに立ち、カークウッドの回廊にその肖像画が飾られ、自分の子を宿してもらうのはどんな女性がいいのか、それがもっとも優先すべきことではないのか？　ある晩傍らで身を丸くして横たわるソフィーから、子供の頃にウィーンで食べた焼き菓子や、両親から野良猫を隠そうとした顚末といったたわいない話を聞き、ジャックはふっと笑って、誰にどう思われようがかまいはしないと心ひそかに思った。この女性にはそれだけの価値がある。

自分の心や考えに従うべきだという気持ちはしだいに強まり、もはやそれが当たり前に感じられてきたとき、ソフィーがウェア公爵邸にフィリップのことで相談に来てから三週間後のある日、朝食の席に母が入ってきた。「おはよう」従僕に椅子を引いてもらうと母は言った。

「おはようございます」ジャックは腰をおろした母をやや驚いて見つめた。先代の公爵未亡人はたいがい朝食は自室でとり、このように早い時間には起きない。今朝こうして現れたのはあきらかに只事ではなかった。

母が望んだものが使用人によってすべて目の前にそろえられたときには、ジャックはほとんど食事を終えていた。ソフィーと逢瀬を過ごすようになるまでは、まず書斎へ行って一時間ほど過ごし、その日の仕事量しだいで、公園へ朝の乗馬に出かけていた。いまはこれまで以上にパーシーに日常業務を任せるようになった。おかげで雨降りでも晴れていても毎日乗馬に出かけられるようになり、きょうは数年ぶりにボクシング場に寄ってみようかと考えていた。リングに戻るつもりはまだないが、書斎を出て何かするのは気分転換になる。ジャックは朝食の席を立った。「では失礼します、母上」

「あなた、大丈夫なの？」

やけにやさしい口調でそう尋ねられ、ジャックは不意を突かれた。「もちろん」尋ねられてみれば、これほど快調だったことはいままで記憶にないくらいだと思いつつ答えた。「どうしてです？」

母は眉間に皺を寄せた。「ここ一、二週間、あなたらしくないようだから。仕事をほったらかして、毎晩出かけて、夜明けまで帰ってこないし……こんなふうに自堕落な暮らしぶりは、あなたらしくない。心配して当然でしょう」

父が死ぬまでの暮らしに比べれば自堕落とは言えないし、フィリップの日常にはとうてい及ばない。「パーシーがよくやってくれています。父上はもっと彼を信頼すべきだったんです。カークウッド館のすべての支出に公爵本人がいちいち承認したり、アルウィン館の貯氷庫の修繕計画を見直したりする必要はない」母が非難がましい表情をやわらげないのでジャックは首を傾けた。「何を心配されているのですか、母上？　ご友人が来られて、ぼくが夜更かししている時間に恐れおののいて気絶したとか？」

「ばかなことは言わないで」母が言った。「わたしはあなたの母親よ。自分の見解から心配しているの。だいたいあのクラブでの〝一件〟があってから、あなたの様子がまるで変わってしまったことに気づかないはずがないでしょう」

ウェア公爵未亡人は〈ヴェガ〉の名を口にせず、そこから次男を抜けださせるよう自分でジャックをせついたことはおくびにも出さなかった。ソフィーとの賭けについてもはっきり口にできない母のそぶりにジャックは笑みを噛み殺した。それで長男がどれほど変わったか母には想像もつかないだろう。「おかげでぼくの凝り固まった頭がほぐされたのかもしれませんね」やんわりと返した。

「よいことではないでしょう！」母が声を張りあげた。バターナイフが皿にがちゃんと置かれた。「毎晩、あんないかがわしい場所へよくも出入りできるものだこと」

「いかがわしい？　フィリップが行ってるからぼくも出かけてるわけです。平等に心配なさったらいかがです？」

母の目が鋭い光を放った。フィリップが母のお気に入りであるのは昔から承知しているので、その点に触れたがらないのは意外なことでもない。「いまはあなたの弟ではなく、あなたのことを話しているの。弟のせいで義務をおろそかにしているというの？」

ジャックは笑いだしそうになった。フィリップのおかげでソフィーと会う格好の口実を与えられたわけで、その点には心から感謝している。「義務をおろそかになどしていません。むしろ、義務を——母上に課せられたわけですが——順守して、弟に目を光らせ、賭けテーブルで身を滅ぼすことを阻止しているのですから」

いまや母は立腹していた。「フィリップのせいにするのはやめなさい」ぴしゃりと言い返した。「弟についてではなく、ウェア公爵家についてのあなたの義務について話しているの。お父様がどれほど落胆なさることか」

ジャックは押し黙った。この七年間、父に誇らしく思ってもらうためにできるかぎりのことはしてきて、一度たりとも母からねぎらいの言葉をかけられたことはなかった。母が求めることを拒むたび、お父様がどれほど落胆するかと言われるだけで。母を落胆させないようにすることはとうにあきらめていた。

「そろそろ」ジャックが言い返さずにいると母が口調をやわらげた。「今夜くらいフィリップに好きなようにさせてあげなさい。ほんの数時間で深刻な事態に巻き込まれはしないでしょう。劇場に付き添ってもらいたいの」

「劇場」ジャックは啞然として繰り返した。これはまた新しい穏やかな懇願だ。

「そう」母は茶を口に含んだ。「レディ・ストウとルシンダをうちのボックス席に招待してあるの。ようやくあなたに会えたら大喜びするわ」

だがこちらはソフィーに会うほうがずっと喜ばしい。レディ・ストウはよく話し、それにもましてよく笑い、若い娘じみた甲高い声が頭痛を引き起こす。劇場のボックス席であのご婦人と三時間も過ごすなど想像もしたくない。「今夜は無理です、母上」

公爵未亡人はため息をついた。「待ちなさい」女主人に手ぶりで促され、従僕たちは静かに部屋を出ていった。「お互いに率直に話しましょう。あなたのルシンダとレディ・ストウに対する振る舞いは許しがたいほど不作法だわ」

「不作法！」ジャックは書斎で朝食をとるべきだったと後悔しはじめていた。「ルシンダにどんな不作法をしたというんです？」

母はきつい眼差しを向けた。「あなたはこの社交シーズンのあいだずっと彼女を避けていて、やるべきことと正反対のことをしている」

「避けてなどいません」ジャックは反論した。「忙しくてお会いできていないだけのことです。それにもっと率直に言わせてもらえば、だいたいどうしてぼくが彼女のお相手をしなくてはいけないんです？　率直に話せとおっしゃいましたよね？」

「わたしが言いたいことはわかっているはずよ。今年じゅうにあなたが彼女に求婚することを誰もが期待している」

いま天井が崩れ落ちてきても、これほどは驚かされなかっただろう。「求婚？　ルシンダと結婚する？　彼女はまだ子供も同じだ」ジャックは信じがたい話に異議を唱えた。

「十八よ」母は平然と答えた。「それにあなたはお父様が死の床にあるときに、彼女と結婚すると誓ったでしょう。彼女は成長してあなたの求婚を待っている。それなのにあなたときたら、求婚するどころか、体裁も気にせずに大学を出たての青年みたいにロンドンでふらふら遊びまわって」

ジャックは言葉を失った。ルシンダの面倒を見ると父に誓ったのは事実だが……結婚する？　そんなことを約束した憶えはいっさいない。わずかでもやましさが感じられないかと期待して母のほうに目をくれたが、どう見ても本気らしい。なんてことだ。七年前に、息子がほんの少女との婚約を誓ったとほんとうに信じているのか……？

ジャックはにわかに疑念が湧いて、椅子に深く坐り直した。「母上、彼女と結婚を誓った憶えはありません。父上が亡くなったときはまだほんの子供でしたよね」

「それでお父様はあなたに親友のお嬢さんの面倒を見てくれと頼んだ」

「そうです。『面倒を見ろ』と頼まれたので、そうすると誓いました。だからそうしてきた」

公爵未亡人は片手をひらりと振った。「いくらか勘定を払っただけでしょう！　お父様がそういう意味で言ったのではないことはあなたにもわかるはずよ」

これまで払ったのはそんなものではなかった。この七年、パーシーがレディ・ストウの下僕も同然に、住まいを用意し、使用人を雇い、ロンドンで暮らすのに必要なものはすべて手配してきた。レディ・ストウのことなので、彼女自身についても相当な出費が計上されているだろう。亡き伯爵の弟である新たなストウ卿は、義理姉が倹約家でないことは知られているだけに、深く感謝してくれているに違いない。

それでもジャックはそのようにしてやれることが嬉しかった。父から頼まれたことであり、父との約束であれば、どんな困難も厭わなかっただろう。父とストウはイートン校以来の友人関係で、ある日、公爵家のヨット〈キルケ号〉でともにセーリングに出た。風が冷たく、時折り薄暗い空からぽつぽつと雨も落ちていたが、不穏な空模様というほどではなかった。セーリングには気持ちのよい日だと公爵は宣言した。ヨットを帆走させることに父は情熱を燃やしていて、カークウッドの近くの河は広く穏やかだった。

ストウは乗り気ではなかった。レディ・ストウが子を宿していて体調がすぐれず、夫にそばにいてほしいと望んでいたからだ。伯爵にはまだ娘のルシンダだけで跡継ぎは誕生していなかった。ルシンダは物静かで本好きな華奢でひょろりとした十一歳の少女で、ジャックの記憶にあるかぎりでは赤い針金のような髪がいつも顔にかかっていた。ジャックはお気に入りの馬が脚の感染症にかかり、カークウッドにイングランド一優秀な厩番がいたので、ちょうど本邸に滞在していた。つまりその馬がたまたま不幸に見舞われたことで、父とストウがふたりの使用人とともにキルケ号に乗り込んだときに居合わせたわけだ。

急激な嵐が直撃し、何時間も経たずに河が吹き荒れだした。嵐はすぐに過ぎ去り、太陽が戻ったものの、キルケ号は破れた主帆を水面に引きずりながら、どうにか岸に流れついた。河のうねりで転覆しかけて、ストウは船外に放りだされた。公爵は慌てて友人を追って飛び込んだが、徒労に終わった。使用人たちと公爵夫人が公爵をベッドまで運んだ。翌日には高熱を出し、ストウ卿の遺体が屋敷からそう遠くない岸辺に打ち上げられた。

公爵がついに高熱に屈して息絶えたのは四日後だった。呼ばれた医者たちが何度か瀉血《しゃけつ》を試みた末に、もはや手の施しようがないと告げた。ジャックは心ひそかに、レディ・ストウの哀しみの叫びと、流産の知らせが父を死に追いやったのではないかと思った。私が彼を殺したと公爵は意識が薄れるなかで何度もうわごとを繰り返していた。父は亡くなる前日の晩、ジャックの手をつかんで、レディ・ストウと娘の面倒を見ることを求めた。父が衰弱していく姿に狼狽し怯えながら、ジャックはそうすると誓った。

だがルシンダと結婚するとは約束していない。ジャックはいぶかしげな目で母を見つめ、いったい何をたくらんでいるのかと憶測した。「父上がルシンダとの結婚を約束させようとしたのなら――先ほども言ったように、当時はまだ十一歳の少女と――断わっていたでしょう。ぼくだけでなく、ルシンダのためにも。彼女にも夫を選ぶ権利がある。ぼくが彼女と結婚すべきだというのは、あなたとレディ・ストウが勝手に考えたことではないんですか？」

「あなたのためにもいいお話だわ」悪びれるそぶりもなく母は続けた。「最近のあなたは完全にどうかしてしまっている。先月あなたがしたことのうち半分でも耳にしたら、お父様は仰天してしまうでしょう。わたしの言うことを信じて――公爵夫人になるべくして育てられた良家のお嬢さんと結婚するの。そうすれば、元のあなたにきっと戻れる」

「元のぼく」吐き捨てるように繰り返した。

「そのとおり」母はこくりとうなずいた。「あなたは公爵で、リンデヴィル家の一員で、公爵夫人にふさわしい女性と生きなければいけない。跡継ぎをもうける義務をそろそろ果たしてもいい頃よ」

母の義務についてのとどめの一撃はジャックの耳にはほとんど届いていなかった。いまさらながら、先ほど言われたことが引っ掛かって思い返していた。ルシンダが成長して求婚されるのを待っているという話だ。ばかな。そんなことがありうるのか？　そうだとすれば、なんとも厄介な立場に陥る。ジャックは結婚について口に出したことはなく、ルシンダも期待しているようなそぶりはちらりとも見せたことはなかったが、もし本人が何年も非公式に婚約しているものと思い込んでいたとすれば、どうしたらいいのだろう？　ルシンダとその母親については家族同然に面倒を見てきた。街の人々はみな、自分とルシンダが許嫁なのだと思っているとしたら……母とレディ・ストウが息子と娘はゆくゆく結婚するのだと長年みなに話していたとすれば……誰もがそれを信じただろう。

それより問題なのは、ひょっとしてルシンダも信じ込んでしまっているかもしれないということだ。ルシンダは今年、亡き伯爵の多額の花嫁持参金を有する一人娘として社交界に初登場《デビュー》した。ロンドンの人々はみなルシンダが今年すばらしい婚姻に恵まれることを期待しているだろう。

そしてルシンダ自身は……ジャックとは良好な関係を築いてきた。求婚を待っているのだとしても、冗談めかしてさえ、そのようなことはひと言も口にしなかった。だとすれば、そんなことは考えていないのではないだろうか？　愛らしい女性で、人気の花嫁候補であるはずだ。十一歳のときからほんとうに公爵夫人になるための心構えをしてきたのだろうか？　ジャックから求婚されるからと、ほかの縁談を撥ねつけてきたのか？　ジャックはにわかに汗ばんできた手のひらを膝に擦りつけた。ばかばかしい。

母が自分の都合のよいように仕向けているとしか思えないからというだけではない。結婚相手の対象というより妹も同然のルシンダとは結婚する気がさらさらないからなのも、ひとつの理由にすぎない。どんな秘密や謎があろうが、ソフィーと結婚したいとほぼ気持ちは固まっているからだ。自分にはソフィーが必要だ。ずっと彼女とにいたい。彼女を愛してしまった。

それなのに知らないうちにルシンダ・アフトンと婚約をしていたとすれば、ソフィーへの気持ちをいったいどうすればいいんだ？

21

　ジャックとの逢瀬を続けるのがとてつもない危険を孕《はら》んでいることは、ソフィーにもわかっていた。毎晩ジャックが家を訪れていれば詮索好きな近隣の住人の目に留まり、悪意のある噂が広まって、ソフィーの人生が転覆する可能性は高まるばかりだ。すでに、ある晩ジャックが玄関広間に手袋を忘れていき、翌朝にそれを見つけたコリーンには打ち明けざるをえなかった。女中は口外しないと誓ったものの、使用人がたいがい噂話好きなのはソフィーもじゅうぶん承知している。自分自身とジャックのためにも、きっぱり関係を絶とうと何度自分に言い聞かせたことか。

　けれどまたジャックが玄関扉を叩く音を耳にすると、心舞い上がってためらわず扉を開き、入ってくるなり抱き寄せられて熱っぽいキスを交わした。危険をかえりみず、自分で決めたはずのことも破らずにはいられなかった。愛のせいで愚かになっているのだとしても、これほどの幸せを感じられたのはいつ以来のことか思いだせないくらいだ。時にはジャックのことを考えただけで嬉しくてほてってくるのだから、いつどのように終わるのかといったことについてはどうしても考える気になれなかった。

ただし恐れている試練がひとつあり、ほどなくついにそのときが来た。ソフィーは親友たちとの再会を何度も先延ばしにしていた。ふたりの耳にも破廉恥な賭けについての噂は間違いなく届いている。最初は手紙で尋ねられても、うっかり悔しい判断ミスをしただけだと片づけてかわした。それは事実で、見ていた人々の話とも辻褄《つじつま》が合うはずだ。けれどジャックが毎晩のように自分のベッドで過ごすようになってからは、親友のふたりに嘘をつきつづけることは心苦しくなってきた。とはいえ、どこまでをどう説明すればいいのかわからない。ソフィーは定期的なお茶会を延ばし延ばしにして、ふたりへの手紙では〈ヴェガ〉やジャックや重要なことにはいっさい触れず、天気や新たに買った靴について綴《つづ》った。

神経をすり減らされた。イライザとジョージアナには嘘をつきたくないけれど、よそよそしく隠し事をして疎遠になるのも避けたかった。イライザからまた数週間ぶりにいつものお茶会をしたいとの書付が届き、ソフィーは同意の返信を送った。公爵との賭けについての噂話は終息したように見える。ジャックとの情事についてはロンドンでは誰にも知られていない。そうしたことに親友たちの関心が薄れているのを願うしかなかった。そしてもしいまだ関心を抱いていて、賭けやジャックについて直接尋ねられたら……ふたりのためにもすべてを打ち明けるわけにはいかないとソフィーはやむなく心に留めた。伯爵未亡人のシドロウはジョージアナの交友関係に鋭敏に目を光らせているし、ソフィーにとっても大切な友人であるミスター・クロスですら、ふしだらな女性と一人娘を付き合わせることを考え直すかもしれない。

コリーンからイライザの到着を知らされ、ソフィーは小さな客間へ向かった。「イライザ！　また会えて、ほんとうに嬉しい」

イライザは微笑んで、抱擁を返した。「ほんとうに！　あなたから早く話を聞きたくて死にそうだったんだから。それに最近、あなたの返信はとんでもなく遅いし」

わざとそうしていた。でもジャックとの逢瀬を続けるのなら、いままでどおり暮らしながら秘密も守る術をどうにか身につけなければいけない。

ソフィーはこともなげに手で払い、腰をおろした。「わたしはほとんど変化なし。あなたはどうしていたの？　お父様はお元気？」

「父はものすごく元気」イライザは答えて、今度はにっこり笑った。「わたしもだけど。ああ、もう、知らせを黙っていられない！　ソフィー、わたし、紳士と出会ったの！」

ソフィーは息を呑んだ。「そうなの？　イライザ、すばらしいじゃない！」イライザの赤らんだ幸せそうな顔は、紳士に出会っただけではないことを見るからに表していた。イライザはたくさんの紳士と出会ってきた……みなイライザがきわめて裕福な父親の唯一の女相続人であることをじゅうぶんに承知している男性たちだ。そのなかにイライザをこんなふうに真っ赤になるほど喜ばせた男性はいなかった。「どなたなの？　いつ出会ったの？　どうしてこれまでまったくひと言も書いてくれなかったの？」

イライザは笑った。「すてきな人よ！　ソフィー、ほんとうにわたしのことを気遣ってくれる。父と仕事でお付き合いのある方だから、よくうちに会食に来られていて、こんなふうにわたしを大切にしてくださる人はいままでいなかった」イライザは瞳をぐるりと動かして、気恥ずかしそうに笑った。「もちろん、とてもやさしい。若い令嬢にはみなさんにそうなのでしょうけど、だからすぐには言えなくて……」

ソフィーは鼻先で笑った。「あなたのように愛らしくてやさしい令嬢がほかにいたとしても、ほんのごくわずか。ロンドンのまともな紳士たちがどうしてみんなあなたに恋に落ちないのかわからないくらいだもの」

友人は顔を赤らめた。「そんなばかげたことをよく言うわ。だけど……ねえ、ソフィー、わたし恋をしているの！」

イライザのためにソフィーは心から喜んでいたし、きらきらした瞳をほんとうに美しいと思ったけれど、それでも胸の奥に鋭い痛みが走った。自分の場合には幸せな結末に至る正々堂々とした恋愛ではないから、同じように恋に落ちているのだとは言えない。ソフィーは喉を締めつけられるように感じて、少しだけ切なげな笑みを浮かべた。「ぜんぶ聞かせて」

せかすまでもなかった。イライザは目を輝かせて浅く坐り直した。「ぜんぶ！　といっても、たいして話せることはないの。最初に訪問なさったときには、またいつもの父の仕事相手だと思ったんだけど、そのうちすぐに、父に会いにくるたび、いつもわたしのほうを見ているのに気づいた。もちろん、さりげなくだけれど。ある日、彼が早めに来られて、父がまだ外出から戻っていなかったから、たっぷり庭を散策しながらお話ししたわけ。父がやって来て、とうに帰ってきていたのに一時間も待たされたと言われたときには、そんなに時間が早く過ぎるものなのかと驚かされたわ！　それであの方がとても誠実にお詫びなさるものだから、父もいつまでも気分を害してはいられなかった。知ってのとおり、父は待たされるのをとてもいやがる人なのに」

ソフィーは笑い声を立てた。「そうよね！」クロス家で休暇を過ごしたときには晩餐の時刻に一秒たりとも遅れてはいけないことを学ばされた。「あなたがその方をお慕いしているのをお父様はご存じなの？」

友人の頬はさらに赤く染まった。「ええ。認めてくれてるわ。それに――それにわたしについて彼と話しているようなこともほのめかしていたし。ソフィー……わたし、求婚されそうな気がする！」

イライザの喜びようにソフィーも自然と顔を輝かせて両手を叩き合わせた。「ああ、イライザ――すてきじゃないの！　でも待って――まだ彼のお名前を聞いてないわ！わたしと親戚同様になる方はいったいどなた？」からかうふうに問いかけた。

「ほんと！」イライザはうっかり言い忘れていたことに顔を赤らめて笑った。「忘れるなんてどうかしてるわよね？　ヒュー・デヴロー、ヘイスティングス伯爵」愛のこもった甘い声でゆっくりと明かした。

ソフィーは驚いて瞬きをした。「そうなのね」ひと呼吸おいて続けた。「ヘイスティングス伯爵？」

「ええ」イライザは緑色の瞳をうっとりとさせて答えた。

そこにコリーンが軽食を運んできたので、ソフィーはお茶を注いで友人にケーキを取り分けながら、少し考える時間がとれた。ソフィーも知っている男性だった。ヘイスティングス卿は〈ヴェガ〉をよく訪れている。容姿端麗で感じはよいが、ソフィーにとっては途方もない大金を賭ける紳士なので、同じテーブルについたことはなかった。ヘイスティングス卿についてはそれくらいのことしか知らないが、警戒心が働いた。

とはいえ、ミスター・クロスならしっかりと確かめているはずだ。エドワード・クロスは昔から誰のことでもなんでも知っているのではないかと思うくらいの人物なので、向う見ずな賭博師や、自暴自棄な財産目当ての男なら、一分たりとも娘とふたりきりで過ごさせはしなかっただろう。ミスター・クロスはイライザの幸せを一番に考えていて、娘の友人にまで手を差し伸べてくれる。休暇にイライザに招待されて家を訪れたときには温かく迎え入れ、〈ヴェガ〉に入会するときにも保証人を引き受けてくれた。ロンドンに来た当初、まだみすぼらしい暮らしをしていたソフィーに、娘が小遣いを差しだしたときも黙って知らないふりをしてくださった。ミスター・クロスが大事なことを見過ごすなどということは考えられない。

つまり、ヘイスティングス卿は多額の借金があるとささやかれてはいても、申しぶんのない男性なのに違いない。現に苦境に陥っているようには見えないし、そのような振る舞いも目にしていない。払えないほどの損失をかかえているのならミスター・

ダッシュウッドに会員資格を剝奪されるはずなのだから、賭け金も返せる程度だということだろう。あるいは、負けている以上の大金を勝っているのか。

それならよかった。求愛されてこれほど浮き立って幸せそうにしているイライザを見たのは初めてだった。いまはそれがなにより重要で、ソフィーも幸せな気持ちで応じた。「あなたのお父様もさぞ喜ばれているでしょう」

イライザは笑った。「もちろんよ。ヘイスティングス卿がヘイスティングス館に招待してくださって、お母様の伯爵未亡人にもご挨拶したわ。おやさしくて気品のある方だった。まだ妹さんたちにはお目にかかってないんだけど……」幸せそうに顔をほてらせて首を振った。「わたしは母を知らずに育ったから」静かに言い添えた。「紳士と恋に落ちて、夫だけでなく、母親や妹たちまでできるなんて……こんな幸運なことがあっていいの？」

ソフィーは疑念を振り払った。「もちろんだわ！　あなたが幸運に恵まれるのは当然のことなのよ。イライザ、あなたはわたしが知ってる誰よりもやさしい。あなたに恋に落ちてもらえるなんて、ヘイスティングス卿は幸せ者ね」

友人は鼻に皺を寄せてまた笑った。「あの方もそう思ってくれるのを祈るしかないわね！　ねえ、ソフィー、あなたも同じように幸運に恵まれて、誰かと恋に落ちることを願ってる」
「ほんと！　幸運は信じる者に舞い降りる」ソフィーは少し無理をして笑った。
どことなく不自然な笑いだったのか、イライザが笑みを消した。「何かあった？」
ソフィーはお茶を飲んで、窓のほうを見やった。「何もないわよ。それにしても、
ジョージアナはどうしたのかしら？　めずらしくずいぶん遅いわよね。ジョージアナ
にはヘイスティングス卿のことは話したの？」
「あっ」イライザが動きをとめた。「わたし――忘れてた。ジョージアナはきょう来
られないんだけど、よろしく伝えておいてと」
「そうだったの？　まさか具合が悪いとか……？」ソフィーはイライザの握りこぶし
と瞬きもしない表情に気づいて言葉を切った。ジョージアナが来られない理由を察し
て、気をくじかれた。「許してもらえなかったのね？　レディ・シドロウに」
イライザが瞳で天を仰いだ。「レディ・シドロウはアストリーズのサーカスですら
刺激が強すぎるからと行かせてくれないくらいだもの。仕立て屋か何か、先約があっ
たのよ。きのう書付をわたしによこして、わたしが行ったときにそう伝えてと……」
「イライザ」ソフィーは間をおいた。「嘘はつかなくていい」
イライザは唇をすぼめ、ちらりと窓の向こうを見やった。「ええ、レディ・シドロ

ウに許してもらえなかった」ようやく認めた。「いまは結婚の準備を長々と進めているところで、スターリング卿のご気分を害したり、ウェイクフィールド卿の怒りをかったりしないように、何事にもこれまで以上に注意を払わなければいけないとレディ・シドロウから言われたそうよ。でもスターリング卿はジョージアナを愛してる。あなたが彼女の友人なのはご存じだし、反対するはずがない。それにあの方だって高潔でまったく穢れていないとは言えないでしょう！　ギャンブルだってなさるし、ふしだらな館にもたまには——」ソフィーにきょとんとした目で見られてイライザは赤面した。「父から聞いたのよ。ジョージアナのことを可愛がっているから、あなたもそれは知ってるでしょう。スターリングが彼女にとってふさわしい相手なのか確かめたかったのね。子爵を調べさせてた」

ソフィーは、ミスター・クロスがただの物知りではなくて、人々を調査していることを思い起こして落ち着きなく腰をずらした。そうだとすれば、自分とジャックとの〈ヴェガ〉でのつまらない過ちも耳にしているのだろう。

「レディ・シドロウなんて口うるさいおばばだわ！」イライザはソフィーの沈黙の意味を取り違えて声を張りあげた。「ジョージアナはわたしによこした書付でも彼女についてて愚痴をこぼしてた。ウェイクフィールド卿はジョージアナがこれまでしてきたことにいっさい口出ししてこなかったのだから、いまさら何を気にする必要もないのに、ばかげたことばかり言ってるって。あなたは〈ヴェガ〉で何年も賭けをしてきたけど、ウェイクフィールド卿はジョージアナにこれまで一度もあなたのところを訪問するなとは言ってない」

ソフィーは膝の上のスカートに折り目をつけはじめた。「お金を稼ぐための賭けだもの」

「今回は違ったの？」イライザは驚いて尋ねた。

〝きみの一週間をいただこう〟ソフィーの頭のなかでジャックの声がした。アルウィン館で過ごした数日、自分を見つめる彼の熱っぽい目つき、ついに唇を触れ合わせたときにその目に浮かんだ渇望を呼び起こして、ソフィーはきゅっと胸が苦しくなった。

「あなたは手紙にあまり詳しく書いてくれなかった」黙り込んだソフィーにイライザが言った。「何かがあったのはわかってる。手紙ではいくら、とんでもなくばかげたことだと片づけられてしまっていたとしても」

ソフィーは皮肉っぽく友人を一瞥した。「ただのばかげたことにしておいたほうが、まだ真実味があったわね」

「話してくれない？　わたしが力になれるかも」

ソフィーはイライザの親身な力添えの申し出を聞き流して、自分でスカートにこしらえた皺を見つめた。力になってもらえる見込みはない。イライザに自分のジャックを愛する気持ちを冷ますことはできないし、ジャックの自分への愛を公爵家の長い歴史や期待をなげうって結婚を決意させるほど猛烈に燃え立たせるなんてことは当然ながらできない。「どんなふうに聞いてるの?」ソフィーは訊き返して、さらにべつの言葉で同じことを問いかけた。「お父様はなんておっしゃってた?」

イライザの頰がまたも今度はほんのり赤らんだ。「ウェア公爵があなたに大金を賭けるだけではない破廉恥なゲームを持ちかけて、あなたも同意したと。父は仕方がなかったのだろうと言ってた」その言いまわしがソフィーの気に障るのではと思ったのか、すばやく付け加えた。「知ってのとおり、父も〈ヴェガ・クラブ〉の会員だから。今年一番といってもいいほど多額の賭け金だったから、誰でも応じたくなるだろうと」

ソフィーは口の片端を上げた。「そうだった」

「公爵はあなたに無礼を働いたの?」イライザは粘り強く尋ねた。「父はそうだったとしたら、あなたは受け入れざるをえなかったのだろうと心配してた。ソフィー、あなたが評判に傷がつかないように気をつけていて、無謀なことをする人ではないのはわかってる。それにウェア公爵も冷たい堅物だと言われてる。それなのにそんなとんでもない行動に出たから、みんな驚いているのよ。父でさえも」

ジャックは冷たい堅物なんかじゃないとソフィーはまたも胸がちくりとした。「いいえ、無礼なことはされてない」

「公爵があなたに一目惚れしてしまって、あなたの気を惹こうと躍起になって不埒な賭けを持ちかけたのではないかというのが、ジョージアナの仮説」ソフィーがびくっと顔を起こすと、イライザは小さく肩をすくめて、少しだけ冗談っぽく微笑んだ。「ジョージアナと父、どちらの説のほうが真実に近い？」

ソフィーはゆっくりとカップを置いた。もう何分も口をつけずにいたのでお茶は冷めてしまっているだろう。「真実を知ったら、レディ・シドロウがジョージアナに禁じたように、あなたもお父様にわたしに会うことを禁じられてしまうかも」

「父の人を見抜く洞察力はとても鋭い。いいかげんな憶測や悪意のある噂に振りまわされはしない。判断をくだす前に必ず真実を知ろうとする」イライザの声は揺るぎなかった。「きょう、あなたに会いに行くと言っても、反対しなかった」

ソフィーはスカートの皺をきちんと撫でつけて、うなずいた。ミスター・クロスはあの賭けの内容を知っているのに――〈ヴェガ〉の沈黙の掟はその程度のものだったのだ――それでもイライザはこうしてここにやって来た。

「そのせいで不安なの？　哀しいの？　恐れてる？」イライザは推測した。「あなたはぽきんと折れちゃいそうなくらい気を張りつめているように見えるから、楽しいことではなさそうね。もちろん、わたしは死ぬまで秘密にする」友人が口を閉じても、ソフィーは答えられなかった。

話すべきではない。イライザはやさしく善良で、このように破廉恥なことに少しでも経験があるとは思えなかった。ミスター・クロスにどれほどみだらな行為に及んでいるかを知られたら、娘との友人関係は断絶させるだろう。ジョージアナのシャンペロンがすでにそうしたように。ソフィーは親友のふたりを失いたくなかった。

とはいえ、イライザほど自分のことを知ってくれている人はいないし、ほんとうは打ち明けられる人を心から求めていた。少なくともイライザなら思いやりをもって耳を傾けてくれる。十二歳のときから、つねに自分の意見を持っていたはずなのに、今回ばかりは途方に暮れていた。

「あなたの言うとおり――あることが起こった」ソフィーは認めた。「手紙には書けなかった。だから誰にも言わないと誓ってほしい」

「あなたが望むのなら、ジョージアナにも言わない」イライザは誓った。

「どうやって言葉にすればいいのかもわからない！　ほんとうに何もかもが知らないうちに始まって……」ソフィーは顔をゆがめた。「いいえ、たぶんまったく知らないうちにというわけではなかった」

イライザは思いやり深く耳を傾けていた。「まったく知らないうちにではなかったはず。そうでなければ、レディ・シドロウをあそこまで怒らせるほどひどい噂は流れなかったでしょう」

ソフィーは顔を赤らめた。「フィリップ・リンデヴィルへの対応の仕方を間違えたの。ジョージアナが彼のことでわたしをからかったのを憶えてる？　ただの遊び人なのだと思ってた——面白がっているだけで他意はないのだろうと」

「魅力的な人だと言ってたわよね」

「そうだったんだけど、だんだんそうではなくなった」またもソフィーはもっと早くフィリップに冷たい態度をとっていれば、いま苦しめられていることはすべて避けられたのだと思い返した。でも、そうだとしたら、ジャックとも何もないままだったはずで、それならば後悔することはできない。考えるほどに頭が痛くなってくる。「でもわたしは、どんな友人でも、友人を失いたくなくて、友人以上の関係を求めているような彼のそぶりには気づかないふりをしていた」

「こんなことを訊いてごめんなさい」イライザが続けた。「でも、そんなにひどい人だったの？」この世でソフィーの大計画を知っているのはイライザとジョージアナだけで、遠目で見れば、フィリップはその計画の完璧な解決策に見えたはずだった。ハンサムで魅力的で、有力な人々との繫がりには事欠かない。

「ええ」ソフィーは簡潔に答えた。「ひどいどころじゃない。どうしようもない人。向う見ずでも友達としてなら楽しんで付き合えるけれど、夫となれば破滅する。それに最近の彼の行動にはかばう余地はない。そもそも彼に賭けの相手を無理強いされたのが、今回の苦境の始まり。わたしはサイコロ賭博を提案して――」

「サイコロ賭博！」イライザは恐ろしげに声を発した。「あなたはサイコロ賭博なんてしなかったわよね！」

ソフィーは束の間、両手で顔を覆った。「懲らしめになればと思ったの。あの人はむやみに賭けるから、大金を失っていた。負ければ、家に帰って、わたしからさっさと離れてもらえると」

「賭博場は人のいちばんよくないところを引きだすのかも」友人は遠慮がちに言った。

「ジョージアナによれば、彼はとてもすてきでハンサムだと……」

ソフィーはため息をついた。イライザは父親に溺愛され大切に守られて育ったので、夢見がちすぎるのが玉に瑕《きず》だ。けれどソフィーは友人たちが知らない紳士のべつの側面も目にしていた。レディ・ジョージアナ・ルーカスに丁重に礼儀正しく接する男性たちが、隙あらば臆面もなくソフィーの胸もとにいやらしい目を向ける。エドワード・クロスの知り合いで、イライザに不作法なことを少しでもすればその父親に首を切られかねない男性たちが、ソフィーにはカードゲームをしながら平然と卑猥なあてこすりも口にする。「そうね。だけど、あの晩はわたしにギャンブルの相手をするよう無理強いした。そしてわたしは応じた」

「それならどうして公爵様と賭けをすることになったの？」

「フィリップの賭けの債務を払うために〈ヴェガ〉にいらしていた。フィリップは一カ月はクラブを訪れないと約束させられたそうだから、大金だったのでしょうね。その約束を一日も経たずに破ったわけ。公爵様はサイコロ賭博のテーブルについている弟を発見して激怒した。フィリップに〈ヴェガ〉から去れと命じた」

　イライザは目を大きく見開いた。「みなさんの前で？」

「ええ」ソフィーは残念そうに答えた。「賢明なことではないわよね。本人もあとでそれは認めていた」イライザが興味深そうな顔をした。ソフィーは気持ちを引き締めた。「フィリップが反抗し、公爵様がゲームに割って入った。わたし――わたしがちょっと生意気な態度をとってしまったのかもしれない。それで公爵様にフィリップから金を巻き上げるのをやめて、自分と賭けをするよう迫られた。わたしはかっとして受けてしまった」

「ジョージアナなら、その光景を見られなくてきっとがっかりするでしょうね」イライザはつぶやいた。「そうしたいきさつを父はほとんど話してくれなかった」

それが事実ならよかったとソフィーは安堵しながらも、話を先へ進めた。「それで公爵様が大負けをして、今度はあちらがきっとかっとしてたのね。それで、とんでもない賭けを持ちかけてきたから、わたしもまた愚かにも応じてしまった」ソフィーは首を振った。「夢のような話だったのよ——勝ったら五千ポンドももらえたんですもの！　負けたら、わたしの一週間を差しだすのが条件だった。負けることは考えてなかった」

イライザはぽかんと口をあけた。束の間、部屋はしんと静まり返り、炉棚の置時計が鐘を鳴らして時刻を告げ、ふたりともわれに返った。「ソフィー、あなたは何を考えてたの？」

「五千ポンドももらえること」正直に認めた。「勝てると思ってた。あの人はわたしがいままで出会った人のなかで誰よりサイコロ賭博が下手だった」

「それであなたが負けた？　だからあの方と一週間を過ごさなければならなくなったの？」イライザは目を丸くして見つめた。「信じられない。あなたはわたしへの手紙に具合が悪くて寝込んでいると書いていたのに！」

ソフィーは目が潤んで視界がぼやけた。胸が苦しい。カードゲームの〈二十一〉を教えようとしたときの、カードを真剣な目で見つめるジャックが思い浮かんだ。霧雨のなかを乗馬に出かけ、ソフィーが借りた仰々しい帽子が飛ばされてしまったときに笑っていたジャックも。目覚めたら同じベッドの傍らにジャックがのんびり横たわっていて、また雨が降りださないかと言ったときの笑みも。鼻を啜《すす》ると喉がつかえた。

「たしかに最初は噂されているように破廉恥な出来事に過ぎなかったのだけれど、イライザ、聞いて、それ以上に大変なことになってしまったの。わたしはいつの間にか彼に恋に落ちていた。それで、もうどうすればいいのかわからない」

イライザはすばやく腰を上げ、隣に来てソフィーを抱き締めた。「まあ、そうだったのね！　だけどどうしてそれが大変なことなの？　あなたが心を奪われたのなら、噂されているような冷酷で計算高い男性ではないのよね。あなたのことはわかってる

——薄情で冷淡な男性に深く心を寄せるような人じゃない」

「あの人は冷酷でも計算高くもない。誠実でやさしくて、すばらしい人」ソフィーの

声はふるえていた。イライザが差しだしたハンカチをつかんだ。「でもどうにもならない定めなの。あの人は公爵で、わたしは名前を偽って、毎晩賭け事をしていて、有力な親族もいない女性」

「あの方があなたをどれくらい求めているのかによると思うけど」イライザは言った。「どうしても欲しければ、貴族はなんでも手に入れられるというのが父の口癖よ」

ソフィーは目をぬぐった。ソフィーも同じように考えていたけれど、どうやらそれは事実ではないのか、ともかくジャックはそれほど自分を求めてくれてはいないのだろう。「それは励ましにはならない」

「それで、いまはどんな状況なの？」イライザがいつものように鋭い勘を働かせて訊いた。

「男女の関係」ソフィーは小声で打ち明けた。「完全に秘密の。やめるべきだとわかっていても、やめられない。ある晩、あの人が〈ヴェガ〉に来て、またふたりの名が結びつけられたら破滅だとわかっていたのに、貸し馬車に同乗させて、愛してほしいと家に招き入れてしまった」

「なんてこと」イライザが抱き締めてくれていた腕を放した。ソフィーはいまさらながら話しすぎたことに気づいた。「これまでにも——そうしたことを？」

「まさか！」ソフィーはきっぱりと否定した。「ほんとうにわたしらしくないことだった。危険だし、わたしがいままで築いてきたものをすべて失いかねない。それでも、あの人について考えるのをどうしてやめられないの？」

イライザが手を握った。「あなたが彼を愛しているから。恋に落ちると、分別を失うものなのではないかしら。だから思いもしなかったことをしてしまう。彼のことしか考えられなくて、会えるなら、少しでも早く会うためにできることはなんでもしてしまう。愛は、なんでもきっとうまくいく、そうでなければ困ると、人を完全な楽観主義者にさせる。それくらい幸せな気持ちにさせてくれることを退けることなんて、できないわよね？」

話すうちにイライザはまた夢見るような甘い声になり、ソフィーはよけいに切なくなって胸を締めつけられた。イライザはジャックではなく、ヘイスティングス卿について話している。友人の場合には然るべき場で出会い、相手の男性はきちんと適切な求愛の手順を踏んでいる。ソフィーは友人の幸せを心から嬉しく思うものの、いっぽうで自分の境遇がなおさら辛く感じられてきた。

「あなたはどうなることを願ってる？」イライザがヘイスティングス卿のことを頭から振り払ったらしく、核心を突いてきた。「たぶん、あなたの大計画を叶えてくださる方よね」

ソフィーは息を吐いた。「それはどうかしら」ジャックは公爵として引き継ぐものと責任の重みをとても強く感じている。現に、ウェア公爵は愛のために結婚するわけではないと断言していた。以前フィリップも兄はロンドン一つまらない良家の令嬢と結婚するはずだと語っていた。そうだとすれば、自分のような女性と結婚することなど想像すらできないのではないだろうか？　考えられないことだし、少なくともジャックはそうした可能性を一度も口にしていない。

でも一度だけ、アルウィン館での陽が降り注いだ最後の朝に、ひょっとしたらそんなことも考えているのではないかと感じた瞬間があった。ジャックがふたりの関係は身を滅ぼすようなことではないと強い調子で否定したのだ。その言葉にソフィーはもしかしたら彼も自分と同じようにもっと先の関係を望んでいるのではないかと希望を抱いた。けれど慎重にそれはどういうことなのかと問うと、ジャックは背を返して歩きだした。そしてきみはほんとうにこのまま終わらせたいのかとだけ尋ね、ソフィーはほかに選択肢が見つからず、そうだと答えたのだった。

もちろん本心ではなかった。ソフィーはもっと先の関係を望んでいたけれど、ジャックにそう尋ねられたらほかに言えることはない。もう二度と会わず、何もなかったふりをすることにジャックが同意したとき、それでソフィーが知りたかった返答は得られた。まだ良心をかなぐり捨ててでも彼を求め、最後には心打ち砕かれて終わるだけだとしても情事を続けたい気持ちがあっても、それ以上に、彼が自分をもっと深く想ってくれているのだと信じられるような言動を少しでも見せてほしかった。

「そうなってほしいと望んでいるのよね？」イライザが手を握った。「求婚されたら、応じる？」

「ええ」ソフィーは低い声でためらわず答えた。切実な口ぶりに自分でも驚かされたが、イライザはそんなことはないらしく、うなずいていた。

「花婿を見つけるというあなたの計画が成し遂げられる。どうして彼ではいけないの？」

「公爵様だもの」ソフィーはあらためて指摘した。

「あなたは子爵の孫娘だわ」

「人嫌いの子爵に勘当された孫娘」ソフィーは訂正した。「駆け落ちした両親から生まれ、賭け事で勝ちとった財産しかない。メイクピース子爵家との繋がりがあるといっても、父にもそうだったように、祖父にわたしへの感情はいっさいないのだから、なんの意味もない」

「公爵様があなたを愛しているのなら、そんなことは気にならないでしょう」イライザは言いつのった。

「それにわたしは毎晩ギャンブルをしてる」ソフィーも続けた。「あの人はギャンブル嫌いなの」

「彼と結婚したら、もうギャンブルをする必要はない。やめるわよね？」

ソフィーは沈んだ笑みを浮かべた。たまに、ジャックが玄関をノックしてくれるまでの時間つぶしのためだけに〈ヴェガ〉に出かけているように感じるときもある。この二週間は自分の口座すら確認していない。損得勘定の確認をおろそかにするなんて、これまで一度もなかったのに。「ええ。だけど――」

「ソフィー」イライザはまたも友人の手を握る手に力を込めた。「彼を愛しているのなら、正直に伝えるべきだわ」

「愛していると？」

「いいえ、あなたについて。正直にならなくては愛は花開かないし育めない」

ジャックとの情事以上に隠しつづけてきた秘密があるとすれば、それはこれまでの生い立ちだ。ソフィーはイライザに握られていた手を引き戻した。「正直になることが破滅を招きかねない」すぐに立ちあがり、窓辺に歩いていった。「彼がこれ以上の関係を望んでいないとしたらと思うと、怖い。すべて打ち明けたところで、わたしが公爵夫人にはふさわしくないことがはっきりするだけでしょう」すべて打ち明けたら、ジャックがいまの関係すら考え直そうとするかもしれない。内心ではソフィーはなによりもそのことを恐れていた。公爵夫人になれないことはすでに受け入れているけれど、いつか終わる運命でも、すばらしく情熱的な秘密の情事を始めてしまったからには、せめてできるかぎり続けたかった。

「それでも」イライザは思いやりのこもった目を向けた。「知る手立てはひとつしかない。尋ねなければ——自分について正直に打ち明けたあとで」

ソフィーは腕組みをして、窓の向こうの通りを眺めた。ほとんど無意識のうちに、頭はどうなるのか結果の確率を計算しはじめていた。ジャックから家族については一度も尋ねられたことはなかったけれど、子供時代の話にはやさしい笑みを浮かべて耳を傾けてくれていた。それはよい兆しだ。自分も毎晩そこに行かなければいけないからだとしても、〈ヴェガ〉に通っているのを咎めるようなこともいっさい口にしなかった。その事実にも励まされた。しかも、妙なことかもしれないが、情事についてはは対等のように感じられる。〝きみが与えてくれるものならなんでも受け入れるだろう〟ジャックはそう言った。それなら自分のほかのすべてと同じように、心を差しだしたなら？　すべて考えあわせると、たぶん、見込みはそんなに小さくないのかも……。

　衣擦れの音がして、そばにイライザが立った。「ヘイスティングス卿のことを話したとき、あなたは彼がわたしに恋に落ちないはずがないと言ってくれた。あの方のことをあなたは知らないのだから、まったくばかげた話よね。それなのに公爵様があなたに恋しているかもしれないとわたしが言うと、どうしてそんなにあっさり撥ねつけられるの？」

「わたしはあなたみたいに愛らしくない」

「ばからしい」友人は一蹴した。「あなたはわたしより大変な思いをしてきた。ずっと強いし、機知に富み、賢くて――」

「いいえ」ソフィーは否定した。

　イライザは力強くうなずいた。「ずっとどころか、はるかに賢くて、もっと美しい。公爵様もわたしの目に見えているものを同じように見ているはず。チャンスを与えてあげて」

　ソフィーは表情を崩さなかったものの、頭はすでにイライザの言いぶんに同調していた。ジャックは自分をわかってくれている――ぜんぶではなくても、じゅうぶんに。

彼とほんとうに幸せになれる可能性があるとすれば、すべてを打ち明けなくてはいけない。それでもし彼が失望して尻込みし、訪ねてくれなくなったとしたら、そこまで深く想われていなかったという事実を受け入れるしかない。事を終わらせるのを早めるだけになるかもしれない。

それでも、ジャックが動じなかったとしたら……。

「ええ」ソフィーは静かに言った。「あなたの言うとおり」深呼吸をして、こくりとうなずいた。「彼に話すわ」

22

ジャックはその日、ルシンダが自分と婚約しているとほんとうに思っているのかどうかを見きわめなければと考えつづけた。

できるかぎり慎重に確かめなくてはいけない。まず間違いなく母とレディ・ストウが共謀した策略だろうとは思いながらも、それについて本人が何か口に出したといった話が伝われば、誰もが噂はやはりほんとうで、公爵がもうすぐ求婚し、結婚が実現するのだと信じるだろう。もしロンドンじゅうの人々がふたりは婚約しているのだと信じたら、どうすることもできない状況に追い込まれる。婚約していたとの噂があったのに実現しなければ、今度は令嬢が求婚を断わったのか、紳士のほうが心変わりしたのだと憶測が流れるだろう。後者の場合にはルシンダに謂われなき中傷がささやかれるだろうからそれは避けたいが、前者の場合なら、すべてはルシンダの対応しだいということになる。もしほんとうに公爵夫人になるつもりで――なりたくて――少女の頃から心構えをしてきたのだとしたら……高潔な紳士としてはなす術がなく、絶体絶命の窮地に陥る。

ただし、どちらにしてもいまのところ取れる手立てはほとんどない。事務弁護士によれば、正式に婚約が取り決められていなければ、法的には結婚する義務はないという。だが、パーシーから示されたレディ・ストウと娘の〝面倒を見て〟きた記録には、ジャックですらも驚かされた。ジャックはそのつどすべてを承認していたが、七年間にわたる合計額を見て初めてどれほど貢献してきたのかを実感した。

せっぱつまって、ほんの知り合い程度のある男のもとを訪ねた。だいぶ昔、父が亡くなる前、ジャックは自堕落な放蕩者の仲間たちと行動をともにしていた。なかでも放埒だったのがデイヴィッド・リース卿だ。彼に力添えしてもらえるようなことがあるとは思えないが――いまだ荒っぽいところがあって、落ち着いたとはとても言えない――デイヴィッドの兄はまたべつだった。エクセター公爵は上流社会のある淑女と婚約していたはずなのに、突如まったく異なる女性を花嫁として社交界の人々にお披露目したのをジャックはぼんやりと記憶していた。新たな公爵夫人には様々な憶測が掻き立てられた。平民で、田舎の教区牧師の未亡人だったため、エクセターがいったいどうして花嫁に選んだのかはもちろん、どのように出会ったのかについてロンドンじゅうの強い関心が向けられた。

ジャックもいまほとんど同じようなことをしようと考えているので、エクセターがどのように成し遂げたのかをどうしても聞いてみたかった。訪ねると幸運にも公爵は在宅していた。

「立ち入ったことをお尋ねしますが」エクセターの私用の書斎に案内されると切りだした。「いっさい口外はいたしませんので」

エクセターは濃い眉を上げた。「なんとも興味深い」

「だいぶ前に、レディ・ウィロビーと婚約されていたと噂が流れていました」

エクセターは興味を引かれていたような表情を消し、不機嫌そうな顔になった。

「婚約などしていなかった」そっけなく否定した。

ジャックはうなずいた。「事実だと思ってお尋ねしたのではありません。伺いたいのは、その噂のほうでして――具体的には、事実ではないとあきらかになったときに、レディ・ウィロビーはどうなされたのかと」

年上の公爵は睨みつけるように長々と黙ってジャックを見据えた。そういえばデイヴィッド・リースが兄は一瞥で相手をあたふたさせることができると言っていたのをジャックは思い起こし、たしかにそうだろうと思った。だが、どうしても質問の答えを知りたいので、ひたすら黙って待った。ようやくエクセターが口を開いた。「噂に翻弄されては早死にする」

「たしかに」ほかに尋ねられる相手がいればとジャックは切に願った。だがここ数年、友人のほとんどとは付き合いが遠ざかり、気づけばこのようなことを相談できる相手はまるで思い浮かばなかった。「前触れも、みずから働きかけたつもりもなく、同じような苦境に立たされそうになっていなければ、お尋ねしていなかったでしょう」

エクセターがやっと表情をやわらげた。口もとには笑みのようなものすら浮かんでいる。「うむ。ひとつ言えるのは――問題を早く解決したければ、べつの女性と結婚するにかぎる」

その言葉にジャックの胸が躍った。「ですが、あなたの婚約者とされていた女性は……彼女にはどのように話されたのです？」ジャックは自分と結婚しないことでルシンダが激しい憶測に晒されるのは耐えられなかった。もし誰もが――誰かが――ほんとうに彼女と自分が結婚すると考えていたならば。

エクセターは窓のほうを見やった。開き窓がわずかにあいていて、はしゃいでいるような子供の声がかすかに風に乗って静かな書斎に運ばれてきた。「新聞で読んだのだと思う」低い声で答えた。「……申し訳なかったが、先ほども言ったように、ふたりに婚約したという事実はなかった」

ジャックは落胆の息を吐いた。ルシンダにどうしてやることもできないわけか。

「上流社会の人々が私の花嫁にそれほどの関心を寄せることにつねづねばかげていると思っていた」エクセターはもの憂げに続けた。「私の判断が貴族院で英国の針路を決定づけるほど信頼されているわけでもあるまいし、私の妻の選択がロンドンじゅうの人々に承認されなければならない理由があるだろうか」ジャックのほうをちらりと見た。「たしかに貴族社会には、爵位と富を有する者は正統にそれを引き継ぎ、ほかの社会から結婚相手を選ぶことを自分たちへの侮辱と受けとる人々もいる」

「でも、あなたはそうした」ジャックは声を低くして言った。

エクセターは心からの笑みを広げた。机の向こう側で立ちあがった。「そうだ。庭に出ないか？」

不可解に思いながらもジャックは同意のしるしに軽く頭を垂れた。エクセターがきわめて個人的なことを話しかけていたのはあきらかだ。ルシンダに対してどうするかについては助けを得られなかったが、取りざたされてもソフィーを娶《めと》ろうという気持ちは力づけられた。

陽が降り注ぐ庭に出ていくとその気持ちは高まるばかりだった。ロンドンでもとりわけ古く高雅な屋敷のひとつであるエクセター公爵邸は街の真ん中にぽっかり開けた所領のなかにあり、ウェア公爵邸のように近隣の屋敷に取り囲まれているわけではない。屋敷の裏手には幾何学式庭園が広がっていて、ふたりが薔薇の花壇をまわり込むと、金色の長い巻き毛の少女が駆けてきた。「お父様！」

エクセターの変わりようには驚かされた。冷ややかな厳めしさは消え、温かに顔をほころばせて娘を抱き上げた。「モリー、いいかい、お客様にご挨拶しなければ。こちらはウェア公爵閣下だ」娘をおろして立たせた。「ウェア、継娘を紹介しよう、ミス・モリー・プレストンだ」

モリーはいくらかよろめきかけながらも膝を曲げて挨拶した。「お目にかかれて、光栄です」

ジャックは微笑み返し、鏡の前でお辞儀を練習していたもうひとりの少女のことを思いだして胸がいっぱいになった。軽く頭を垂れた。「こちらこそ、ミス・プレストン」

モリーはにっこり笑って、父のほうに向きを変えた。「お母様が蝶を捕まえたの。見に来て！」

エクセターは笑いかけた。「すぐに行く。きょうは蝶がたくさん飛んでいるのか？」

「とってもたくさん！」モリーは大きな声で答えて、くるりと向きを変え、黒っぽい髪の女性のほうへ駆け戻っていった。母親は気品にあふれたドレスをまとっているのに、長い柄の付いた網袋を手にしていた。

「感謝します、エクセター。わかってきたような気がします」ジャックは頭を傾けて別れを告げ、背を翻《ひるがえ》した。

「ウェア」エクセターの声に呼びとめられた。「正しい女性との結婚は取りざたされるくらいの価値はある」年上の公爵は蝶を追う女性のほうに目を向けてぼそりと言った。「何を取りざたされようとだ。それ以上の助言は与えられない。では」エクセターは背を返して虫捕り網を持った夫人と継娘のほうへ歩き去っていった。モリーはベンチに登り、豊かに咲きほころんだ薔薇の上に舞う蝶に手を伸ばしていた。

ジャックは使用人に見送られて屋敷をあとにした。エクセターの顔を頭から振り払えないまま歩きだした。娘が駆けてきたときにも嬉しそうだったが、妻の姿を見たときには……熱烈に深く愛しているのが目に見えてわかった。

たしかに、何を取りざたされようがそれだけの価値はある。

その晩、〈ヴェガ〉の玄関広間でフィリップが兄を待っていた。「親愛なる兄上」わざとらしい愛想のよさで言った。「ちょっとふたりで話せませんか？」

ジャックはため息をこらえた。ソフィーが〈ヴェガ〉に入る前に運よくつかまえられたらと思っていたのだが、これでは無理だ。ルシンダについての解決策はまったく見つからないものの、ソフィーに会いたくてたまらなかった。正しい女性との結婚がほかの女性との婚約の噂に終止符を打つとエクセターから言われ、理に適った選択肢だとジャックは考えはじめていた。もし自分がソフィーを最寄りの教会へ連れ去って、結婚特別許可証によって結婚してしまえば、醜聞《スキャンダル》などという忌々しい問題にさっさと終止符を打てるのではないか。ソフィーにその気があるのかをともかく確かめておきたかった。

とはいえ、このようにフィリップと向き合わざるをえないことも覚悟していた。こちらは四六時中見張る以外に何もしていないが、弟にとっては叱りつけられてギャンブルをやめるよう説教されるよりも、よほど煩わしがっているのは薄々感じていた。

「もちろんだ。案内してくれ」

ふたりは中央大広間を抜けて、いくつものドアが並ぶ廊下を進んだ。フィリップがそのうちのひとつのドアを開いて兄を通し、自分も部屋に入ってドアを閉めた。テーブルがひとつと革張りの椅子が二脚ある小さな部屋で、そばの食器棚にはデカンタが用意され、煙の臭いがこもっていた。大金を賭けたゲームが行なわれる個室なのだろう。

「いったいぼくにどうさせたいんです？」フィリップが強い口調で訊いた。

ジャックは腕組みをした。「たったひとつのことしか要求していないはずだが」

「そのとおりにしてるじゃないですか！」

「そのとおりに」ジャックは繰り返した。

「それなのにどうしてまだここに来るんです？」弟は声を張りあげた。「なんだって子守みたいに、ぼくのあとにくっついてくるんだ？」

「なぜなら、おまえの約束は昔からあてにならないからだ」

フィリップは両手を上げた。「たった一度じゃないか！」ジャックがあてつけがましく見やると、弟は顔を紅潮させた。「手間をかけたのは一度だ」

「おまえは考え違いをしている」ジャックは正した。「おまえが約束を破るたび、私は尻拭いをしてきた。今回もその数多くのうちの一度にすぎない」

「違う」フィリップが唸るように言った。「いままでのことよりも熱心だよな。彼女のせいで」

ジャックの全身が張りつめた。「ばかげたことを」

「ばかげてるよな！」弟は鼻息を吐いた。「それはこっちのせりふだろ、兄さんがサイコロ賭博をするなんて。最初は弟に恥をかかせようとしてやっただけなのかと思っていたが、そんなことはもう考えてもいなかったんだ。自分の評判と損失を危険に晒したくらいだものな。しかも、兄さんはギャンブル嫌いだ！　うるさく小言を聞かされてきたんだから、それについては間違いない。つまり、ソフィーが――キャンベル夫人が欲しかったから、まんまとぼくから彼女を引き離した」

ソフィーはそもそもおまえのものではなかったし、そうなることを望んでもいなかったとジャックは言い返してやりたかった。またしても彼女は自分のものだと宣言したい気持ちに駆られたが、それも胸に押し込めなければならなかった。誓ったことだ。「彼女はそもそもおまえのものではなかった」

フィリップが顔をしかめた。「彼女は――」

「彼女はそもそもおまえのものではなかっただろう」ジャックは語気を強めて繰り返した。「本人に尋ねたんだ、フィリップ。彼女は否定した。どうしてわざわざ私がおまえを慕っている女性を奪おうとするなどと考えるんだ？　私がそんな兄だと思うか？」

「兄さんは彼女が欲しかったんだ！」フィリップが繰り返した。

「仮にそうだったとしよう」危険なことをしようとしているのはジャックにもわかっていたが、すでに腹が煮えくり返っていて、誰かがフィリップに道理を説いてやらなければと思った。「彼女がほんとうにおまえを求めていたのなら、そう簡単にはいかなかっただろう。決めるのは彼女ではないのか？」

弟が睨みつけた。「そのとおりだ」

「それなら彼女はおまえになんと言った？」ジャックは両手のひらを返してみせた。「彼女が好きなところで好きなように過ごすことを阻むものは何もない」

ジャックはソフィーがフィリップに話したことについてはじゅうぶんわかっていた。見込みどおり、フィリップの憤りはいくらか弱まった。床を睨みつけている。「兄さんはぼくを懲らしめるために彼女を連れ去った」

「そうだ」ジャックは簡潔に認めた。「おまえに思い知らせる方法がほかになかった。フィリップ、おまえは破滅と戯れている。キャンベル夫人のことではなく、賭け事のほうだ。いま賭けテーブルにつくのをやめられるのなら、見世物になって彼女と友人づきあいができなくなるくらいはささやかな代償だろう」

「やめるだと！」

「せめて分別のあるやり方をしろ」ジャックは説いた。「おまえのためでもあるが、母上のことも考えろ。おまえを甘やかしていても、母上であろうといつかは堪忍袋の緒が切れる」

「分別だと！」フィリップは不機嫌そうに椅子に腰をおとした。「どういう意味だ？　負けてそこでやめたら、いつまで経っても勝って取り戻せないじゃないか」

「こんなことを言わなければならないとはな」ジャックはソフィーがフィリップのゲームのやり方について話していたことを思い返した。「だがおまえはもっと腕を磨いたほうがよさそうだ。ゲームが下手で、しかも無茶な賭けをするのでは、借金で首が回らなくなるのも当然だ」

弟は呆然と口をあけた。「勉強しろと言ってるのか？　サイコロ賭博と〈二十一〉の？」

「うまく賭けられるように考えろと言ってるんだ」

フィリップは兄に角と尾が生えてきたかのように黙って見つめた。「頭がいかれたのか？　ギャンブルの家庭教師を雇えと？」

「ただだらだらと賭けているだけでは、頭がいかれてるのはおまえのほうじゃないのか？」ジャックは言い返した。「何を考えてるんだ？　下手な賭けを繰り返していても勝って取り戻す機会は訪れないし、損失がどんどん膨らむ。きっぱりやめることも、分別を持って賭けることもできないのなら、せめて少しはうまく賭け事ができるように学べよ！」

慄然とした沈黙が落ちた。このような話の持っていき方はやはり失敗だったのだろうかとジャックが考えはじめたとき、フィリップがつぶやいた。「まあ、ちょっと練習してみるのも悪くないかもな」

ジャックはみずから弟にもっとうまい賭博師になれとけしかけたようなもので、つまりは賭け事の回数を減らすどころか増やしかねないのだという点にはとりあえず目をつむった。「もちろんだ。いいか、しっかりやれ」励ました。「ラテン語を学び直すのとはわけが違う」

その言葉に弟はぷっと噴きだした。「ご忠告はありがたく聞いておく」数週間ぶりに敵意のない目を向けた。「ギャンブルの家庭教師なんてどうやって見つけるんだ?」

ジャックは、サイコロの目が出る確率を根気よく表にして、〈二十一〉でもカードの動きを注意深く見ていたソフィーを思い浮かべた。片側の肩を上げ、ドアのほうを向く。「賭博の強者に訊け」

フィリップは笑い声を立てた。「ひとりだけ心当たりがある！　キャンベル夫人は知り合いの誰より賭け上手だ。彼女に訊いてみよう」

その名を出されてジャックは虚を衝かれた。「だめだ」即座に言った。「ソフィーは」

「間違いない」フィリップは弾かれたように立ちあがった。「彼女が適任だ」

しくじった。彼女の名を聞いて本音をさらけ出してしまった。ジャックはゆっくりとまた弟と向き合った。「だめだ」繰り返した。「彼女とは口を利くな」

フィリップは呆れたような笑いを洩らした。「ぼくはカードのことですら彼女と話すことが許されない――兄さんが毎晩後ろに立って近寄れないように見張ってるからだ。でもそれは兄さんが彼女に関心があるからだろう！　いや、クラブのみんなの前でぼくに屈辱を味わわせておいて、彼女に自分とサイコロ賭博をやるよう迫ったあげく、クラブから連れ去って、彼女が貞節を揶揄《やゆ》されるような状況に追い込んだ」厭わしそうに首を振る。「求めていないふりをするのは勝手だが、求めていないとは言わせない」

「おまえには関わりのないことだ」ジャックは噛みつくように返した。

「そうか？」フィリップは嘲るように続けた。「兄さんが目を付ける前から、ぼくは彼女と友達だった。どうしてぼくよりそんなことを言える権利があるんだ？」

「彼女のことはもういい」ジャックはいまにも癇癪《かんしゃく》を起こしかけていた。踵を返し、ドアに手を伸ばした。

「彼女にはもっとふさわしい相手がいるんだ、ウェア」

ジャックは足をとめた。弟の声は警告の響きを含んでいた。フィリップは足を開き、両手を脇に垂らしてボクシングの試合に臨もうとしているかのようだった。「彼女にふさわしい相手を決めるのはおまえではないだろう」

「兄さんでもない!」

ジャックはあとずさった。

フィリップが睨みつけた。「彼女に関わるのはもうじゅうぶんじゃないのか?」

「なんの話をしてるんだ?」ジャックはむっつりと問い返した。

「サビニ人の女を連れていったローマ人並みに、アルウィン館に彼女を連れてったんだよな?」わずかながらもジャックがびくりとしたのは隠し切れなかった。「兄さんがときどき何日かアルウィン館へ逃げ込む癖があるのを知ってるのは弟だけだとしても、彼女の説明を疑っているのはぼくだけじゃない。人目を忍んで誘惑するには程々に近くて都合のいい場所だ」

ジャックは弟のほうに一歩踏みだした。取っ組み合いをしたのはもうだいぶ昔のことだが、両手を握りこぶしにして、全身の筋肉が張りつめていた。「そのふざけた口を閉じろ」

「ちょっと忠告しといてやる」弟が続けた。「きょうはずいぶんと気前よく話してくれたからな。ソフィー・キャンベルは兄さんの愛人になるつもりはないから、そんな望みは捨てることだ」

「黙れ」ジャックは唸った。

「いや、黙らない」弟はきつく返した。「彼女はあきらめろ。それと頼むから、婚約を発表する前にそうしてくれ」

ジャックは凍りついた。「なんだと？」

弟は嘲りを貼りつけたような顔でかぶりを振った。「母上から聞いたんだ。ソフィーがそれを知ったら、兄さんとはいっさい付き合いはしない。近づいてくる既婚の男はすべて撥ねつけてるんだ」

「婚約などしていない」鼓動が激しく高鳴りはじめ、ジャックは言い返した。

フィリップが疑念をあらわに眉を上げた。「貴族社会では、婚約間近は結婚したも同然なんだ。兄さんだってわかってるだろう」

ばかな。そんなばかな話があるか。母からルシンダへ、さらにソフィーへと考えが跳び移り、ジャックはひたすら深く呼吸しようと努めた——ソフィーがそんな噂を耳にしたら酷い裏切りだと感じるだろう。このまま収拾がつかなくなってからでは遅い。彼女を騙《だま》したのではなく、ルシンダやほかの誰でもなく、彼女を求めていることをなんとしてもわからせる機会を失う前に、このような理不尽な事態には決着をつけなければならない。「くだらない噂を鵜呑《うの》みにするな」冷ややかに告げた。

弟は両手を広げた。「くだらない？　母上がそう言ったんだ。兄さんも最後には必ず母上の好きなように通さざるをえなくなることはわかってるだろう。まだだとすれば、数日のうちに母上はロンドンじゅうにこの知らせを広める。そうすれば、兄さんのことだ、高潔すぎるゆえにルシンダを放りだせなくなる」フィリップはいたって真剣な暗い目をして身を乗りだした。「多少は善意から忠告してるんだ――ソフィーは忘れろ。放っておいてやってくれ。ぼくが彼女とうまくいく見込みを兄さんは――まんまと――つぶしたが、兄さんよりも彼女にはふさわしい相手がいる」

23

イライザの言葉はソフィーの頭のなかで何度も繰り返されていた。

大計画を立てたのは十八、九歳の頃で、レディ・フォックスにお話し相手《コンパニオン》として雇われ、年に二十ポンドで最上のレース網の長手袋を繕いもした。レディ・フォックスの陰に静かに腰かけ、彼女が半分の年齢の殿方たちと戯れて関係を持つ姿を眺めつつ、自分の目標を短い簡潔なリストに絞り込んでいった。安全、交友、家族。老齢の雇用主が死んだらどうやって雨風をしのぐ場所を見つけるのかと心配するのはもういやだ。自分には叶わない定めだと知りながら、同じくらいの年齢の令嬢たちが紳士たちと笑ってダンスを踊り、妻や母親になっていくのをただ眺めているのも。ひとりぼっちになるのも。親友のふたりはすばらしく誠実な女性たちだけれど、イライザとジョージアナが夫と子供たちに恵まれるのがそう先のことではないのは承知している。十二歳でかけがえのない家族を失ってから、自分を好いてくれる夫とひとりかふたりの子供との快適な家での明るい暮らし以上にソフィーが願っているものはなかった。

家族を持つには夫が必要だ。夫を見つけるには、財産がなくてはいけない。財産を得るために、ソフィーはカードテーブルに向かうことにした。そしてこれまではすべて計画どおりに進んでいた……ジャックと出会うまでは。

イライザにジャックが大計画の解決策になるのではと言われた。ソフィーはそんなことはないと否定しつつも、その考えが頭のなかに根づいて花開くまでにたいした励ましは必要なかった。どうしてあの人ではだめだと決めつけていたのだろう？　確率は高くはないかもしれないが、ゼロではない。じゅうぶんにそそられる報酬のためなら、見込みの少ない賭けにも打って出なければならないときもある。

時計が午前一時の鐘を鳴らし、ソフィーは〈ヴェガ〉の〈ホイスト〉のテーブルを立ち、賭け金を集めて、帰るにはまだ早いとの不満の声を笑顔でかわした。ひそやかに大広間を出てマントを取り戻し、ミスター・フォーブスに貸し馬車の手配を頼んで、いつもの晩の手順どおりにクラブを出た。自宅に着き、居間をゆっくりと歩きまわりながら待った。

始まりは最悪――ギャンブルだ――でも、そこから進展した。イライザの言うとおり、彼を信頼できるのならば信頼しなくてはいけないし、信頼できないのならきっぱりと関係を絶つかのどちらかだ。

数分と経たずに玄関扉を軽く打つ音がした。ソフィーは心臓が喉まで跳び上がったような心地で急いで扉を開いた。玄関広間に足を踏み入れたジャックに抱き締められた。

「何時間も時計を見つめていた」ジャックはソフィーの髪に手を差し入れて、ささやいた。「もうずっと一時にならないんじゃないかと思ったよ」

ソフィーの鼓動は激しく打ち鳴らされた。彼の顎を両手で包み込み、口づけて、ゆっくりと唇を触れ合わせた。確率なんてもうどうでもいい。彼を愛している――信じている。イライザは正しい。この先へ進めたいのなら、正直にならなければ。高揚と緊張と期待を同時に抱きながら、彼の胸に手をあてた。「わたしもそう。一日じゅう、あなたと話したくて待っていた」

ジャックがびくりと身体をこわばらせたのが感じとれた。「そうなのか?」

その用心深い口ぶりにソフィーはふとためらったが、迷いは振り払い、思いきって続けた。「あなたに話さなくてはいけないことがあるの。ふたりの関係がこれ以上複雑になってしまう前に」

ジャックは答えずに目を閉じてさらにソフィーを引き寄せて、別れる前のように抱き締めた。「どうしても?」ささやきかけて、額に口づけた。

ソフィーの鼓動は速まり、気持ちが沈んだ。どういうこと? あきらかにジャックは恐れている。「知りたくないの?」

ジャックが静かに胸から深く息を吐き、ソフィーを手放した。「きみが話したいことならなんでも知りたいさ」

ソフィーは動かなかった。「ジャック、どうかした?」

ジャックはソフィーの手をとり、まじまじと眺めて、親指で指関節をなぞった。

「大変な一日だった」苦笑いを浮かべ、ふっとアルウィン館でも見せていたような顔をした。「きみのせいではなく、母上とフィリップだ」

「まあ」ソフィーはほっと息を吐いて、小さく笑った。「ふたりに大変な目に遭わされたのなら、ほんとうにお気の毒」

「いまこうしてきみといられれば、ふたりのことはもうどうでもいい」ジャックはソフィーを抱きすくめ、こめかみにキスをした。それからふたりは居間に入り、片時も離れずにソファに腰を落とした。

「これまであなたはわたしに秘密があるのではと薄々気づいていたはず。そうだとすれば、あなたの推測どおり——その理由についてはたぶんべつだけれど」ソフィーは切りだした。「あなたに話してきたことはすべてほんとうというわけではないの」

ジャックが咳払いをした。「秘密」

「ええ」ソフィーはためらった。「まずひとつめは、わたしの名前はキャンベルではない。だからミスター・キャンベルも架空の人物」ジャックの顔を注意深く見ていたが、恐れや嫌悪のようなものは読みとれなかった。「ロンドンに来て再出発するためにミスター・キャンベルを創作した。未亡人のほうがはるかに許されることが多くなるから」

「再出発」ジャックがおうむ返しに言った。「何からのなのか、訊いてもいいだろうか？」

ソフィーは顔が熱くなった。「わたしはバースで老婦人にお話し相手《コンパニオン》として雇われていたの。遺言で三百ポンドをわたしに遺してくださって、それを元手にロンドンへ来てやり直そうと思った」

「ふむ」ジャックの眉間にうっすらと皺が寄った。

「わたしは自立したかった」ソフィーは説明した。「わたしの家族は……父が母と結婚するときに勘当されたことは話したわよね。父を勘当した父親は――子爵だった。でも、父は長男ではなかったのだけれど、じゅうぶんな財産を相続できるはずだった。

母と恋に落ちて、わたしの祖父は母がオペラ歌手だったことで猛反対したわけ。父はすべてを捨てて母と結婚した」両親のことを思い返すとソフィーの顔に自然と笑みが浮かんだ。「母はヨーロッパのあらゆる宮廷で歌っていた。仕事が入ると、家族三人だけで街から街へ旅をした。戦争が広がるとそれがだんだんむずかしくなって、そのうち母が病気にかかってしまって。

イングランドに帰らざるをえなかった」ソフィーの声はしだいに沈んだ。「母は声を失って、父が生計を立てなければならなかった。それで……」口ごもった。「賭け事のテーブルについた。わたしは父の練習相手を務めた」

「それで、きみはゲームのやり方を学んだんだな」ジャックが低い声で言った。

ソフィーはうなずいた。「わたしは――そうしたあらゆるばかげた才能のなかでも、カードゲームの才に恵まれていた。だからこそ〈ヴェガ〉に通うのは、わたしの計画には欠かせないことだった。わたしがいき遅れそうな未婚女性では入会させてもらえなかったでしょう。そのためにも未亡人になったほうが都合がよかった」

ジャックはしばし間をおいて言った。「〈ヴェガ〉で相当勝ってきたのか？」

ソフィーはうなずいた。「三年間で、損失を差し引いても、四千ポンド近くになった。自立したいから」

ジャックは眉を上げた。ここまでの話はすでに予想していたことをほぼ裏づけるものだった。彼女についての見方を変えるような要素は何もない――むしろ、勇敢さに感心させられたくらいだ。ソフィーは現実的な計画を立てて、それを着々と進めてきた。弟の浮かれ騒ぎとソフィーの計画的な目標の遂行では雲泥の差があることを思わずにはいられなかった。

ソフィーがじっと見つめられて顔を赤らめた。「ほかに生計を立てる方法がないから勝つためにゲームをしてる。あなたに手練《てだ》れの賭博師だと非難された。ほんとうに誰も破産させたくないとはいえ、あなたの言うとおりなのかもしれない。フィリップにもたしかに勝ってきたけれど、それほどたくさんではない。友人を困窮させたくはないし、フィリップについてはことにそう思ってた。それなのに――」

フィリップは独占欲を剝きだしにしてまとわりつきはじめた。ジャックは弟に、いかに自分がこれまで恥知らずな振る舞いをしていたのかわからせるまで繰り返し対峙しなければと思い定めた。信じられないほどに、ジャックは大きな安堵を覚えていた。ソフィーが深刻そうに話しはじめたときには、もっとよくないことを聞かされるのではないかと不安だった。だがこれならば……ポーシャに隠されていたことに比べればなんでもない。ソフィーは思っていたとおりの女性だった。自立心があり、意志が強く、本質的に信頼できる。自分の見方は正しかったのだとわかって心が晴れた。ならばもう何も憂うことなく次の段階に進めるわけで……。

「すばらしく賢明だ」ジャックは話題を変えようとした。

ソフィーが驚きをあらわにした。「賢明！　ほんとうにそう思う？」

ジャックは肩をすくめた。「財産のない状態でどれだけの紳士が同じ計画を立てられるだろう？　むろん、配偶者の創作はべつだが。それに、何かしら働く場所もあるはずだしな」

「ええ、そう、紳士ならまた立場が違うのよね」ソフィーは自嘲ぎみに応じた。「わたしには〈ヴェガ〉に来る男性たちとまったく同じようにすることはできない」

ジャックはその指摘にうなずいた。「ほかに助けは得られなかったのかい？　きみのおじいさんが手を差し伸べてもよさそうなものだが」ソフィーの気難しい老祖父の名を明かしてもらえないものかと期待した。親を亡くした孫娘を放りだした男にきついひと言をぶつけてやりたい。

ソフィーの目が軽蔑を込めて燃え立った。「いいえ、祖父はわたしを助けようなんてみじんも考えはしない。父を勘当したのと同じように完全にわたしを切り捨てた。あの人に助けを求めても待ってるあいだに飢え死にしてしまう――飢えていても手を差し伸べる気はないでしょうけど」

「いとこや、おばはいないのか――きみの母上の親族は――」

ソフィーは小さく首を振った。「いいえ。父にはお兄さんがいるんだけど、祖父と同じで無愛想な人だと聞いてる。知りたいとも思わないし。母の親族とは、イングランドに帰って来て以来、連絡は途絶えてる。どこにいるのかすらわからない。ひとりのほうがかえって気楽」

ジャックはその点について深追いするのはやめた。「たいした問題じゃない。きみはもう大人だ」

「それと、もうひとつ」ソフィーが深呼吸をひとつした。「打ち明けなければいけないことがあって――わたしは花婿を見つけようとしていたの」目をそらして続けた。「快適な住まいと、家族を与えてくれる信頼できる人を」ソフィーの切なげな声に、ジャックはみぞおちを締めつけられた。このように彼女の声を寂しげに沈ませるものは永遠に焼き払ってやりたい。「わたしには十二歳のときから誰もいなかった。祖父――あの人食い鬼――なら誰もいないほうがまし。お金も頼れる人もいない女性が高潔な紳士を惹きつけるのはむずかしいけれど、思ったの、もし、少しはお金を貯められたら、わたしでも……」

ジャックはどうにか唸り声をこらえた。ソフィーは自分がいかに魅力的であるかに気づいていない。そしてふと、〈ヴェガ〉でソフィーを笑わせ、腕に手をかけさせていたジャイルズ・カーターのことをまた思い起こした。あの男は彼女に惹かれているし、四千ポンドの貯えがその理由のひとつとはとうてい考えられなかった。

「知ってほしかったの、あなたが立ち去れるように」ソフィーの言葉にジャックの物思いはさえぎられた。

「私が立ち去ろうとするとでも？」

ソフィーが顔を赤らめた。「わたしは望んではいない」小声で言う。

ジャックはソフィーの手をとって自分の唇に引き寄せ、口をあけて手のひらにキスをした。「きみが奥底にしまっていた秘密というのはそれでぜんぶか？」

「いいえ」手を愛撫されているかのように目を瞠って見つめ、か細い声で続けた。「もうひとつ……」

「話してごらん」ジャックはもう自分の気持ちを変えるようなことをソフィーが言うとはとても思えなかった。

ソフィーが唇を開き、視線を上げて目を合わせた。「あなたを愛してる」

心臓が跳びはね、ジャックは束の間呼吸を忘れた。「ソフィー……」

　ソフィーが手でジャックの唇を押さえた。「あなたも同じ気持ちだと言ってくれることを期待して言ったんじゃない」

「そうなのか？　では同じ気持ちではないことを望んでいると？」ジャックはソフィーの手を自分の顔から離し、彼女を小さなソファに寄りかからせた。

「えっ？　それは――そうではなくて……」ドレスの襟ぐりに一本の指が掛かり、肩から引き下げられると、ソフィーの呼吸は乱れた。

「よかった」ジャックは彼女の上に重心を移した。不運続きの一日が海潮のごとく一変した。ソフィーに愛されている。いまや無敵と思えるほどに勇気づけられ、自分がしようとしていることは正しいのだと確信し、どうしてまだしていなかったのかふしぎなくらいだった。「きみが図書室に飛び込んできて、私を愚か者呼ばわりしたときから、きみに恋に落ちていた。まったくきみの言うとおりで、そうなってしまったのはきみのせいだと言いたかった――ゲーム中にサイコロに投げキスをして、アルウィン館まで雨のなか泥まみれで歩くと言い放ち、私のガウンをまとって素足で私を悩ませたきみに」ジャックはソフィーの肩先の柔らかな肌に唇を押しあてた。「ソフィー、私はそんなきみにいかれていて、それを終わらせたくない」

　ソフィーに髪を探られながら鎖骨へ唇を滑らせた。「いかれるのはなりたくてなるものでは……」

ジャックは頭を起こした。「私にとってはそうなんだ――いかれても、きみに好かれるならば。父は、その父親や祖父やその祖先も間違いなく代々そうしてきたように、冷静に考え抜かれた理由により結婚した。礼節をもってうまくやっていた夫妻もあれば、そうではない夫妻もあっただろうが、そのうちのひとりでも、私がきみといるときのような気持ちを持てた男がいたとは思えない。ソフィー、私と結婚してほしい」

ソフィーがぱっと目を見開いた。

「きみが欲しいんだ」ジャックはささやきかけて、ソフィーの腰を手のひらで撫で上げた。エクセターが苦境を打ち破る方法を示してくれた。ほかの女性との結婚がばかげた婚約の噂に片をつけてくれる。あす、ジャックはルシンダを訪ね、了解も約束も婚約もしていないことをはっきりさせるつもりだった。父に誓ったように、ルシンダが心配なく安全に暮らせるように自分にできるかぎりのことはするが、結婚はできない。いかなる醜聞にもまさる価値がある。エクセターの言葉がジャックの頭のなかで響いた。

そのあとで民法博士会館《ドクターーズコモンズ》に結婚特別許可証の申請に行く。自分とソフィーが結婚するとは誰も想像していないだろうし、たとえ中傷されなかったとしても、ロンドンの多くの人々を驚かせるだろう。だがジャックは人生をともにする相手としてソフィー以外の女性は考えられず、なんとしても自分の人生に、ベッドに、心にも、彼女にいてもらわなければならなかった。

ソフィーはジャックの顔を両手で支え、瞳をのぞき込んだ。「ジャック――いいえ、本気ではないわよね。あなたに差しだせるものが何もないわたしに公爵夫人になる資格があるはずな――」

ジャックの喉が自嘲めいた低い声を洩らした。「公爵だからこそ決定権がある。その私が公爵夫人に求めるものをきみがすべて与えてくれると判断したんだ。与えてくれだろう？」

ソフィーが伸びあがってキスをした。その唇は柔らかで熱かった。ジャックは深々とキスを返し、彼女に舌を舐めとられてぞくりとした。「もちろん」ソフィーがささやいた。「心も魂もすべて」

「それに身体も、と願いたい」スカートを引き上げはじめた。「いまここできみが欲しい」

ソフィーの瞳が欲望の暗いきらめきを湛えた。「ええ」

「知ってたか、ロンドンに戻ってからずっと、また図書室にあった長椅子のようなところできみと愛しあいたいと思っていた」

「ずっと?」ソフィーがゆっくりと目を閉じて、背を反らせて身を押しつけてきた。「毎晩」膝上の靴下留めに手を届かせた。それをほどいて、膝裏に指をかけ、彼女の脚を自分の腰のほうに導いた。

「それなら……ぜひ……毎晩そうして」

息苦しそうなソフィーの返答にジャックは口もとをほころばせた。「それ以上に喜ばしいことはない」ジャックの鼓動は激しく打ち鳴らされ、その響きはソフィーにも伝わっているに違いなかった。この鼓動を感じてほしい。ソフィーと出会うまでこんなふうに鼓動が打ち鳴らされたことはなかったし、もし彼女を失えば完全にとまってしまいかねない。

そのままソファの上で交わり、さらに階上のソフィーのベッドに導いて今度はゆっくりと愛しあった。ソフィーがぐったりと疲れ果て、もたれかかって眠りに落ちたときには、ジャックもたとえ立とうとしても自分を支えられそうにないほど力が抜けきっていた。ソフィーの髪の房を指で絡めとり、夜明け前に家に帰らなければという考えは捨て去った。

ここが自分の居場所だ。そしてそれを誰にも知らしめたかった。

24

レディ・ストウは南側の向かいにバークリー・スクエアの中央の広場を臨む優美な家を賃借していた。ジャックはふと自分はこの家にどれだけ払っているのだろうかと思いめぐらせ、すぐにそんな考えは頭から払いのけた。昨夜、ソフィーの上で動きながら、身体も心も魂も結びついて、愛していると何度もささやかれたあとでは、この通りのすべての家の賃料を払って、しかもレディ・ストウに感謝してもいいくらいの気持ちになっていた。馬を繋いで、ノッカーを扉に打ちつけた。

自分の到着が家のなかでちょっとした騒ぎを引き起こしたらしい。執事に明るい居間に案内されるまでのあいだにも、階上でぱたぱたと足音が響いていた。ジャックはのんびりと窓辺に歩いていき、往来を眺めるふりをしながら、愛するソフィーのことを考えていた。できるかぎりの贅沢をさせてやりたい。結婚式を終えたらまっすぐアルウィン館へ向かい、一カ月は滞在してもいいだろう。

背後でドアが開いた。「公爵様」レディ・ストウが甲高い声で呼びかけた。「お越しくださるなんて光栄ですわ」

ジャックは振り返った。伯爵未亡人はソフィーのなめらかな身ごなしと比べるといささかぎこちなく膝を曲げて挨拶した。「こんにちは、レディ・ストウ。レディ・ルシンダと少しお話ししたくて伺いました」

伯爵未亡人は顔を輝かせた。小柄な女性で、若い頃は淡い金色の髪に大きな青い瞳の美女だったのだろう。いまはその髪が銀色になり、目のまわりには皺が寄ってもいるが、ジャックは惑わされはしなかった。たとえ磁器の人形のように見えても、中身は鋼の意志を持つわが母と同類だ。「娘はすぐに下りてまいりますので。あなたがご訪問くださってどんなに喜んでいることでしょう」誇らしげな笑みを浮かべて部屋のなかに入ってきた。「おかけになりませんこと？」レディ・ストウはソファのほうへ進み、ジャックは勧められた椅子に腰かけた。「お母様の公爵未亡人はお元気でいらっしゃるかしら？」

「元気にしています」母については自分よりずっと詳しいはずだろうにとジャックは思った。しかもルシンダの話が出て以来、こちらは母を避けているのだから。

「それを伺ってほっとしました」レディ・ストウはにこやかに続けた。「家族はとても大事ですもの」

ソフィーは家族を求めていた。十二歳のときから誰も、あれこれ指示したがる母親も無責任な弟すら彼女にはいなかったのだ。これまで家族の義務や責任から逃れられずにきた自分ですら、みずから作る家族についてては期待がふくらんだ。想像すると唇が緩んだ。息子たちはフィリップよりカードゲームがうまくなるだろう。それについては間違いない。娘たちも。ソフィーが見てやるのだから。

「ちょうどいま、夫の弟のストウ卿が街にいらしてますの。もう面識はおありかしら？」

礼儀正しく繕っていた自分の顔が仮面のごとくこわばったように思えた。もしルシンダに求婚することになっていたならば、彼女の後見人の祝福を受けなければならなかったのだろう。だが求婚する気はなく、よってストウ卿と話すつもりもさらさらない。「ありません」

「ストウはルシンダをとても可愛がっていますの」伯爵未亡人は言葉を継いだ。「まるで自分の娘のように！　もう愛する父親のいないあの子にとっては、これ以上の後見人は望めませんわ」

「それはよかった」ジャックはそう返した。話題を変えようと部屋のなかを見まわした。「今シーズンの住まいにご不満はないと秘書のパーシーから聞いています」

「ええ、もちろん」伯爵未亡人はすぐに応じた。「わたしたちにとてもふさわしい住まいです。当然ながら舞踏会を開くには小さすぎるけれど、あなたのお母様――ほんとうにご親切な方！――がルシンダのために舞踏会を開いてくださるというのですもの」少しだけ笑い声を響かせた。「といっても、あなたはもちろん、もうご存じですわよね。ご自宅で開かれるのですから！」

母がその舞踏会で長男とルシンダの婚約を披露する計略をレディ・ストウと企てているのは間違いないとジャックは直感した。「いえ、残念ながら。母から予定をすべて伝えられているわけではありませんし、私はほとんど舞踏会には出席しませんので」

伯爵未亡人は口をつぐみ、ほんの一瞬、不満げな険のある表情をよぎらせたが、すぐに笑顔に戻った。「今回ばかりはご出席されることをお勧めしますわ。ルシンダにとってはもちろん、あなたのお母様にとっても大切な催しに違いありませんから」

ジャックは頭を傾けた。「そうかもしれませんね」ソフィーを公爵夫人として伴ってなら、その舞踏会にも出席してもかまわない。そうでなければ、軍隊であろうとそこへ自分を引きずり込むことはできないだろう。

レディ・ストウが唇をすぼめた。「ルシンダはどうしたのかしら？　いつもは遅れることなどけっしてないんですのよ、公爵様」呼び鈴の紐に手を伸ばし、ぐいと引いた。「公爵様をお待たせして、さぞ胸を痛めていることでしょう」

ドアがさっと開き、ルシンダが頬をほんのり染めて慌てた様子で現れた。足早に部屋のなかに入ってきて、よろめきかけながら膝を曲げて挨拶した。「公爵様、お母様」息を切らして声がくぐもっていた。

「ようやく来たわね。さあ、公爵様のために軽食を運ばせる呼び鈴を」伯爵未亡人は娘に言って、傍らの座面を軽く叩いた。

「できれば」ルシンダが母親の非難がましい言葉に顔を赤らめたところでジャックは口を挟んだ。「レディ・ルシンダと広場を少し一緒に歩かせていただければと。とてもよい天気だ。じつのところ、陽射しが恋しいのです」

レディ・ストウは目を瞬かせ、今度は忍び笑いのようなものを響かせた。「あら、すばらしいご提案だわ！　このところ雨が続いていましたし、新鮮な空気が心地よく感じますものね。広場を歩くのでしたら、わたしもぜひ――」

ジャックは空咳をして、夫人の話をさえぎった。「よろしければ、レディ・ストウ、ルシンダと話しあいたい用件があるので、ふたりだけにさせていただけませんか」

伯爵未亡人は娘に勝ち誇ったような顔を向けた。「もちろん、そうなさってください、公爵様」

だが、ジャックはルシンダも母親と同じように喜んでいるのかを確かめようと見ていた。喜んでいたのだとしても、読みとれなかった。ルシンダは良くも悪くも、表情を変えなかった。喜んでいたのだとしても、読みとれなかった。ジャックは自分が近づいてきただけで顔を輝かせる令嬢たちを目にしていたので、それをよい兆しだと受けとめた。母が言うようにルシンダがほんとうに求婚を心待ちにしていたのなら、喜んでいるらしいそぶりが何かしら見てとれてもいいはずだからだ。それどころかルシンダはいくぶん落ち着かなげにドレスのリボンをいじっている。

ジャックに見られていたのに気づき、リボンを手放し、顔を赤らめた。「ええ、公爵様。ぜひご一緒させてください」また膝を曲げて応じた。

レディ・ストウがすたすたと玄関広間へ出ていき、そこに執事が待機していた。「ウィルクス、レディ・ルシンダが出かけます」執事に告げるとジャックのほうに向き直った。「お戻りになったら軽食をご用意しておきますので」

もうここには戻らずにすむことをジャックは心から願った。ルシンダが泣きだしでもして、母親のもとへ連れ帰るようなことになるのは考えたくもない。ボンネットのリボンを結んでいたルシンダのほうを向き、肘を差しだした。「では行きましょうか、レディ・ルシンダ？」

ふたりはゆっくりと大きな中央の広場へ通りを渡り、鉄柵のあいだの門を入った。ちょうど真向かいに軽食店の〈ガンターズ〉があるので、そばの木陰には何台もの馬車がずらりと並び、公園のベンチにはさらに多くの人々が腰をおろしていた。ジャックはなるべく人目を避けようと、ルシンダを広場のより静かなほうへ導いた。「社交シーズンは楽しめているかな？」まずは自分の務めを思い起こして問いかけた。

「ええ、公爵様」ルシンダは赤毛がくるくるっと巻き上がった、葦《あし》のようにほっそりとした長身の娘だ。いや、赤毛がくるくるっと巻き上がった少女だったというべきだろう。きょうはその髪がしっかりと後ろに引き上げられて編み込まれ、ボンネットの下に隠されている。

「それはよかった」どちらもしばらく黙って歩いた。「散歩に誘ったのは、ちょっと話しづらい用件があったからだ」ジャックは切りだした。

「やめて」ルシンダが唐突に言った。

ジャックは不意を突かれて足をとめた。「どういうことだろう」

ルシンダは顔を濃いピンク色に染めた。「母から、あなたからお尋ねされることを聞いています。それで、大変光栄ではあるのですが、どうしてもお断わりしなくてはならないのです」

「どうしても？」ジャックは逸る思いでつぶやくように訊いた。

ルシンダが肘から手を放し、あとずさって両手を揉み合わせた。「どうしても。あなたが約束されたのは知っています。父が溺死してから、わたしと母にこれまでとてもご親切によくしていただいて、申し訳ないのですが、どうしてもあなたとは結婚できないのです」

「なるほど」ジャックは心からほっとして呆然となった。「できない？」

ルシンダは慌てて口を開いた。「いえ――したくないと申し上げたかったんです！」

ジャックは笑みを広げた。ルシンダはひどく恐縮していて、自分が口にしてしまった言葉に思い至って今度は当惑していた。それでもこちらはこれ以上になく聞きたかったひと言を聞けて、思わず笑いだした。

「ああ、どうか」レディ・ルシンダは蒼白になり、具合が悪いかのように腹部を押さえていた。「どうか、お許しください――してはならない不作法を。どうか、公爵様、説明させてくだ――」

ジャックはどうにか笑いを鎮めて話しだした。「安心してほしい。私は傷ついてはいない。奇遇にも、まったくその反対なんだ。きみと話したかったのはまさにその問題――」ルシンダが低い不安げな呻き声を発した。「――なんだが、きみの返答に驚いてはいない」

ルシンダはきょろきょろと瞳を動かした。「そうなのですか？」

ジャックはうなずいた。「われわれの母親たちが私のまったく関知しないところでふたりの結婚を企てていたんだ。きみの母上はそのことをきみに話したんじゃないか」

「あの」ルシンダは唇をきつく嚙んだ。「ええ……」

だとすればレディ・ストウは今シーズンにそれ以外の話はほとんどしなかったのに違いなかった。「その件について、きみの意見は尋ねられなかったのかい？」

ルシンダは鮮やかなピンク色に顔を染めた。「いいえ」小声で答えた。

「それなら、まったく説明してもらうようなことは何もない」ジャックはあらためて肘を差しだした。「あとは散歩を楽しもうじゃないか？　ほんとうに気持ちのいい日だ」

ルシンダがしばし目を丸くして見つめ返し、それからようやくゆっくりとジャックの肘に手を戻した。「怒ってらっしゃらないの？」

「ご婦人からどうしても結婚したくないと言われるのはいささか不本意ではあるが、怒ってはいない」じつのところ、とてつもなくほっとしていた。

ルシンダが眉根を寄せ、急にいたく真剣に考え込む顔になった。「ほんとうはわたしとの結婚を望んではいらっしゃらなかったのね。母はあなたがそうすると誓ったと言っていたけれど、何年も前のことで、あなたが約束したことをちゃんとわかってらしたとは思えない」

「きみときみの母上の面倒を見るということは固く誓った」ジャックは答えた。「その誓いを破りはしない。結婚については……そういった事柄にまだ何も言えないような若すぎる女性との結婚を誓うとは、男として道義に反するのではないかな。きみがほんの十一歳のときの話だ」

ルシンダが肘をつかんでいた手をぴくりとさせた。「父が死んだとき」

「ああ」

ルシンダはしばし押し黙った。「それなら、あなたはわたしと結婚の約束はしていない」

「そうとも」ジャックは認めた。

ルシンダは大きく息を吐いた。「ほんとうによかった！　ああ、公爵様、こんなほっとすることとってあるかしら。母から、あなたが誓いを守れるように——紳士にとって誓いはきわめて重要なものだから——お受けするのがわたしの義務だと言われていたの。だから、あなたが訪問されるのをずっと恐れていた！　数週間前にあなたが街を出られていたときには、今シーズンは戻ってらっしゃらないかもしれないと期待していたのだけれど、わたしにはどうすることもできなくて」

数週間前、自分はソフィーとこの街を出ていたのだ。ジャックの顔にふっと笑みが浮かんだ。「私もいっそ戻って来たくないと考えていた」

「気にしなくてもよかったのね」ルシンダは邪気なく言った。「母から毎日、公爵夫人になる定めなのだと言い聞かされて、もう恐ろしいこととしか思えなくなってた」

「どうして？」思っていたよりもはるかに愉快な成り行きだった。

ルシンダが鼻に皺を寄せた。「なによりもまず、公爵夫人なんて堅苦しすぎる！　身に着けるものや振る舞いをみなさんに見られているなんてぞっとする。母に見られているだけでも、うんざりしてるのに。それに、あなたはずっと歳がいってて——」

ぴたりと固まり、目を見開いた。「まあ、どうしましょう——あの、けっして——」

ジャックは笑いださずにはいられなかった。十二、三歳の違いとはいえ、ルシンダからすればもはや年寄りに見えるのだろう。「いや、いいんだ、気持ちはよくわかる。

続けてくれ」

「わたしよりはだいぶ年上だと言いたかったの」ルシンダは顔をサクランボ色に染めていた。「もちろん、とてもおやさしくて、母とわたしにほんとうによくしてくださって、でも……」唇を噛んでから言葉をほとばしらせた。「一番大きな問題は、もしわたしが公爵夫人になったら、エジプトへは行けなくなってしまうということ。わたしのどうしても叶えたい夢なんですもの」

公爵夫人ではどうして旅ができないとルシンダが思っているのかジャックにはわからなかったが、そこは聞き流した。「レディ・ルシンダ、きみには驚かされたし、楽しい気分にさせてくれた。アイスクリームでも食べながら、どうしてそれほどエジプトに行きたいのか聞かせてくれないか？」ルシンダはなおも顔を赤らめながらもうなずいたので、ジャックは〈ガンターズ〉のそばのベンチへ導いて、ちょうど近くに停められていた馬車の数人のご婦人に給仕を終えたウェイターを呼んだ。ジャックはルシンダの強い希望でラベンダーアイスなるものを注文し、〈ガンターズ〉がご婦人連れでも求愛しているとは思われずにすむ数少ない場所のひとつであることに、胸のうちで感謝を捧げた。

どうやらルシンダはナポレオンのエジプト侵攻をもとに解説と挿絵により編纂《へんさん》され

た『エジプト誌』を何巻か手に入れたらしい。母親にはフランスにより精通して語学に磨きをかけるためだと説明していた。ルシンダ曰く、巧妙な小さな線画のようだというエジプト文字にとりわけ魅了されているのだそうだ。

「どのような意味があるのだろう？」ジャックはアイスクリームを食べながら尋ねた。

「わたしにわかるはずないわ！　ギリシア語かラテン語を学んでいれば、読み解く手掛かりをつかめていたのかもしれないけれど」ルシンダは表情豊かで、ほとんどじっとしていられなかった。「だけど、ほんとうにふしぎで魅惑的な美しい国なのではないかしら。ぜひいつか訪れて、遺跡や、樹木や緑がまるでない広大な砂漠を見てみたい。これほど雨が降るイングランドではそんな絶景は想像もできないでしょう？」

アルウィン館でソフィーと一週間近くを過ごして以来、ジャックは雨がはるかに好きになっていた。「たしかに」

ルシンダはアイスクリームの残りをすくって食べると皿を置いた。「二十一歳になるまでは行けないわよね。成人しないと母に自由にさせてもらえない。母の頭にあるのは髪形と装い、それにわたしがどれだけ刺繍の腕を上げられるかということだけ。誰もそんなものは気にしていないのに。でもエジプトはとても歴史があって、謎と宝物に満ちていて、新しい世界みたいに感じられる。イングランドとはまるで違う」

「それは間違いない」ジャックは様子を窺っていたウェイターにうなずきで合図し、空いた皿がすぐさま片づけられた。「母上にはどう伝えようと？」

ルシンダは草地に爪先を擦らせた。「エジプトへの旅に賛成してはもらえない」

「そうだろうか？　関心が高まっている場所だし、戦争も終わった。もう旅も安全にできるだろう。信じていれば、いつかきっと行ける」

「ほんとうにそう思う？」

ジャックは微笑んだ。「計画のある女性はけっして見くびれない」

ルシンダの顔がぱっと明るくなった。「そうよね！　家計簿をつけて献立の決め方さえ学んでいればいいと言われてるけれど、もっと知りたいことがたくさんある。知らずにいるなんて耐えられない。学者さんに同行して、探検費用を援助する代わりに授業を受ける手もあるわよね。どなたか心当たりはないかしら？」

「これまで私が出会ってきた学者はみな探検費用を援助してくれる人を求めていた」

ジャックはルシンダが相当な財産の女相続人であることを知っていた。成人すれば、学者に援助できるだけの資金を手にするのは確かだ。

「それなら、行けるわね！」ルシンダがにっこり笑い返し、ふたりはのんびりと家へ向かって歩きだした。「ありがとうございます、公爵様」はにかんで言葉を継いだ。

「どんなにほっとした気持ちか言い表せないくらいです。どうしたらいいのか何週間も思い悩んでいて、これでようやくもっとずっと希望を持てるようになりました」

ジャックも言い表せないほどほっとしていた。ルシンダは自分との結婚を望んではいなかったので、こちらも彼女と結婚する気はないとわざわざ言わずにすんだ。

「まったく同感だ。きみは母上に叱られないだろうか？」

ルシンダが顔をしかめた。不安そうなそぶりはもうまったくなかったが。「それは仕方がないんです。母は何かにつけ叱るので。でも、わたしの気持ちは固まっていて、すでにあなたにちゃんとお伝えしたんですもの、母でも口出しのしようがありません。わたしはこれからエジプトについてできるかぎり勉強することにして、装いや噂話に気を揉むのは母に任せます。人生をかけて何かに取り組みたいから」

「そうできるように祈っている」ジャックは心からそう伝えた。「有名なエジプト探検家になっても私に手紙を書いてくれるだろうか？」

ルシンダは笑った。「もちろんですわ！　何か発見できたら、遺物もお送りします」

「それはありがたい」ジャックはウインクをしてルシンダの手を持ち上げて軽く口づけた。ほんとうに愛らしい女性で、これでやっとだいぶ年上の公爵と結婚しなければならないという恐怖から逃れられたわけだ。「ではまた、レディ・ルシンダ」

ルシンダは礼儀正しく膝を曲げてお辞儀をしたが、こちらまで微笑まずにはいられなくなるような笑みを浮かべていた。「ではまた、公爵様」

ルシンダが家への踏み段を駆けあがり、最後に振り返って手を振ると、ジャックは帽子のつばに触れてそれに応えた。彼女の母親は落胆するだろうが——こちらの母親もだ——ルシンダが幸せそうなことのほうが重要だ。エジプトの石版画と旅行記をルシンダに贈ろうと胸に留め、馬に跨った。

母の失望よりも自分の幸せもまた重要だ。そろそろソフィーに贈る指輪を選ぶとしよう。

25

ソフィーはゆっくりと朝寝坊をして、笑みを浮かべて起きた。

ジャックはいつもよりだいぶ長くとどまっていた。曙光《しょこう》が屋根を照らしはじめた頃、ソフィーは踏み段の上から、今回はふたりの姿も自分の有頂天な笑顔も誰に見られようと気にすることなく、静かな細い通りを歩いていくジャックを見送った。階上に戻って彼のぬくもりが残るベッドにもぐり込んだときも、まだ現実とは思えない夢心地だった。大変な危険を冒して、見果てぬ夢だと思っていたことが叶えられたとは、まだ信じられない。ジャックが自分のみじめな過去にも怯まずに結婚を望んでくれている。誰かに一番大切に思ってもらえるなんて十二年ぶりのことだ。

ソフィーはのんびりと朝食をとり、つい笑みを浮かべては窓の向こうをたまに見やりながら、親友のふたりに幸せな知らせを手紙にしたためていると、コリーンが入ってきた。

「奥様、お客様がお見えです」女中は名刺を手渡した。

ソフィーはその名を目にするなり、はっと息を吸い込んだ。メイクピース子爵。名刺をコリーンに突き返した。「追い払って」

コリーンが目をしばたたかせた。「奥様?」

「その憎らしい老人をわたしの家から追いだしなさい」ソフィーは低い声で言い直した。メイクピースとは二度と会いたくない。何をしに来たというのだろう? 繋がりをいっさい断ち切るために名前すら変えたというのに。

「ですが、老人ではありません」コリーンが指摘した。「それにわたしにはとても感じのよい方でした。よろしいんでしょうか?」

ソフィーは一瞬、間をおいた。「老人ではない?」祖父は八十近くになっているはずだ。コリーンがきょとんと目を丸くして首を振った。「しかも感じがよかったの?」女中はうなずいた。あの祖父が感じよくできるとは思えないし、しかも相手が使用人ならなおさらだ。

喉に手をあてた。父の兄ジョージだとしか考えられない――伯父だ。父からは祖父と同じように冷酷な人物というだけで、いい話は聞かされていない。両親を失い、父の事務弁護士にメイクピース屋敷《マナー》に連れて行かれた恐ろしい春には伯父は不在だったため、顔を合わせたことはなかった。その伯父がメイクピース卿を名乗って現れたのなら、ソフィーには人食い鬼としか思えなかった人でなしが死んだということに違いない。

でも……何をしに来たの？

ソフィーは身構えて居間へ向かった。祖父と同じように非情で意地悪な人ならば、悪意あるよくない用件で訪ねてきたのだろう。これまでまったく連絡を取ろうともしなかったのに。父はメイクピース屋敷から追いだされたとき、過去のほとんどすべてを捨て去った。温かみも愛情もなかった家族についてはあえて話そうともしなかった。父から聞かされて憶えているのは、遺言で娘の後見人に祖父を指名したことくらいだ。父の病は重く、血の気がなくなってしまうのではないかと思うほど吐血しながらも、どうしてそうしたのかを娘に説明しようとした。メイクピースには金がある。家族への義務も承知している。だからお父さんが死んだときにおまえに与えなければならないものはわかっているはずだからだと。

母はその一週間前にすでに亡くなっていて、ソフィーはお父さんが死んだら、自分も死んでふたりと一緒にいたいと啜り泣いた。父に手を握られ、そのようなことはけっして口にしてはならないと言い聞かされたことをこれからも忘れはしないだろう。

「おまえはもう自分のために生きなければいけない」父は衰弱して深みのあるテノールの声を失い、息苦しそうに言った。「それに私のためにも。メイクピースは親切な男ではないが、おまえはあの男より強い。怯んではならない。おまえはグレアム家の令嬢だ。メイクピースにはおまえに然るべき礼を尽くす義務がある」

それなのに。孫娘を育てるつもりはないとただただ睨みつけていただけの祖父をソフィーは思い起こして、唇をきつく引き結んだ。祖父から受けた紛れもない善行と言えば、アプトン夫人の学院に放り込んでくれたことくらいだ。伯父がもし祖父に少しでも似ていたら、コリーンにはいくらいい顔をしていたとしても、追い払おう。対峙する覚悟を決めて、居間のドアの把手をまわし、踏み込んだ。

部屋のなかで待っていた男性が顔を上げた。立ちあがると、父と同じように長身だけれど恰幅がよかった。ただし伯父にしては若すぎる。髪は父のような金色ではなく薄い褐色だが、目は父と同じで――やさしそうだった。ソフィーはたちまち当惑して、その場に固まった。

「キャンベル夫人」男性は軽く頭を垂れて、ためらいがちに小さく笑みを浮かべた。

「メイクピース卿です。あなたのおじと言ったほうがいいのかな」

ソフィーは唇を湿らせた。「どういうことでしょうか？」

「あなたのご両親はリンカンシャーのトマス・グレアムとセシルではありませんか？」問いかけてから、申し訳なさそうに言い添えた。「セシルはフランス人でしたが、姓のほうは失念してしまって」

にわかに空気が薄くなったように感じられた。この人はわたしの両親を知っている。

「はい」ソフィーはどうにか答えた。

男性が顔をくしゃりとさせて笑った。「でしたら私はほぼ間違いなくあなたのおじだ。といっても、あなたを見たとたんに確信しましたが！　あなたはトムに似ている。セシルとは一度しか会ったことがないのですが、髪の色が同じだ」

「なぜこちらに？」ソフィーは落ち着きなく尋ねた。「何年も前にわたしがいた学院の授業料の支払いを子爵に打ち切られてから、あなたの一族とはお付き合いしておりません」

男性がその目にばつの悪そうな表情をよぎらせた。「ええ、たしかに。父は頑固な男でした。父が死んだとき、書類のなかにトムからの手紙の厚い束を見つけたのです。きちんと箱に収められていて、父は一通も返事を書いてはいなかったのでしょう」

鼓動が響きわたりそうなほど激しく打ちだした。父はいったい何を祖父に書き送っていたのだろう？　いつ書いていたの？　メイクピース子爵が妻と娘を快く迎え入れてくれないかぎり、口を利かないと父は固く誓っていたのに。ソフィーはそんな日は来ないのだろうと思っていた。「知りませんでした」くぐもった声で返した。

新たなメイクピース卿がうなずいた。「父とトムは何度か激しくやりあっていました。私はそこまで気性が激しくないので。あの、でも、トムは私にとっていい兄でした。子供がいるのは知っていたんですが、父はあなたについて何も言わなかった。私が最後に尋ねたときには、学校にいたんだが逃げだしたと言われて」困惑ぎみに目を細く狭めた。「元気でおられるか、確かめに来たのです。いまでは私の家族はあなただけになってしまったので」

ソフィーはゆっくりと部屋のなかへ歩を進めた。膝がくずおれそうだった。想像していたような男性ではない。ソファを手ぶりで勧め、叔父が坐り直すと自分も椅子に腰を落とした。「お許しください――父の一族についてはほとんど知らないのです。メイクピース卿にしか会ったことがありませんし、その際も温かい思いやりにあふれた時を過ごせたわけではなかったので。父は一族についてほとんど話しませんでした」

叔父は含み笑いをした。「わかりますよ！　父はなにしろ気性の荒い男でした。ジョージも同じような性分でしたが、トムと私は……」首を振った。「そうはならないといいのですが」

ソフィーは虚を衝かれて男性をまじまじと見た。ジョージ？　ジョージは父の兄で、音楽を勉強する父を小ばかにしてからかい、子供の頃には熊いじめの見物に行くのを拒む弟を嘲笑ってもいたという。ソフィーは必死に記憶を手繰り寄せた。もうずいぶん前のことで、父は多くを語らなかったけれど、かすかに思い当たることがよみがえってきた……「あなたはヘンリー」その名が口をついた。

男性は得意げに笑った。「そうです！　トムは私のことを何か話していたんですね」

「話していました」ソフィーは眉をひそめて額をさすった。ヘンリーは母親違いの弟で、何歳も年下なのだと。父は子供時代の思い出話をしていた。「もう何年も前に……あなたはハリネズミを飼っていた」

「ハンバート」ヘンリーは愛情を込めて言った。

「八歳のときにはポニーから落馬した」細々とした話がよみがえってきて、声に熱がこもった。「それに脚を折った！　あなたがベッドにいるあいだ、父は一カ月も勉強を見てやっていた」

「本人はそのつもりだったんでしょうが」メイクピース卿が笑いながら言った。

ソフィーもつい笑ってしまい、すぐに口に手をあててとめた。「いったい何が……？」

「父？　ジョージ？」叔父は平静な顔になり、うなずいた。「ジョージは数年前に亡くなりました。医師によれば悪性の腫瘍で。父はこの前のクリスマス直後に息を引き取りました。いろいろと片づけるまでに時間がかかり、ようやくミス・グレアムを探す余裕ができた。結婚されていたとは思わなかったな」詫びるように言い添えた。

「わたしを探してくださったんですか？」意外な言葉にソフィーは訊き返した。

「もちろんです」ヘンリーは床を見つめた。「あなたがいた学院の勘定書を見つけて、学院長に手紙を書きました。アプトン夫人という方だ。あなたをとても懐かしんで、バースでの住所を教えてくれたんです。むろん、もうそこにあなたはいなかった。フォックス卿から彼のおばがあなたに少しお金を遺していたと聞いて、ロンドンに向かったのだろうと察しがついた。この街で探すには人を雇わなければなりませんでしたが」

ソフィーは息が止まりかけた。「どうして？」

ヘンリーが唇をすぼめた。「あなたがどのようにされているか、わかればと思って」少しおいてそう答えた。「私には子供がいない――あえて花嫁を見つけようとも考えなかった。何も期待されていない末息子でしたからね。父がトムとセシルの結婚をよく思っていなかったことは知ってますが、私にはどうしようもなかった。青二才ができることと言えば、何度か兄に手紙を書いた程度で、イングランドに戻ってきてから会うことも叶わなかった。ですから、トムのお嬢さんが何か必要としていれば、力になれればと思ったのです」

ソフィーは呆然とかぶりを振った。もし自分に叔父が、それも親身になってくれるかもしれない優しい叔父がいると知っていたら、アプトン夫人の学院を出てもきっと行く当てを見つけられていたのだろう。

「ですが、よかった。あなたがとても元気そうにされていて嬉しいです」ヘンリーは膝に手のひらを擦りつけた。「こういったことには経験がないのですが、もしあなたさえよろしければ、ときどき訪問したいのですが。何か必要とされているものがないか確かめに」肩をすくめた。「お聞きになりたければ、トムについてもお話しします。兄とはだいぶ歳が離れていますが、よく憶えています。私が十二歳のとき、兄はあなたの母上と出会って家を出ていった」

「ええ」ソフィーは静かに応じた。「ぜひ、いらしてください、メイクピース卿」

「よければ、ヘンリー叔父と」気恥ずかしそうに叔父は言った。

ソフィーはにっこり笑った。「そうします」

叔父は顔を赤らめているように見えた。ロンドンでの滞在先を伝えると、立ちあがり、別れの挨拶をして、帽子をかぶった。玄関を出て踏み段を下りていった先には、りっぱな葦毛の馬が待っていた。ソフィーは思いがけないこの訪問にまだ頭がぼんやりとしたまま、あとを追った。叔父が手綱を取ったとき、ソフィーはふっと思いついた。「ヘンリー叔父様」呼びとめた。

叔父が顔を上げて待った。

「メイクピース屋敷には屋根裏部屋がありますか?」ソフィーは尋ねた。「古い家具が詰め込まれていれば、父が子供の頃に使っていた物も何かあるのでは?」

「屋根裏部屋はあります」叔父は意外そうに答えた。「あなたのお父上の物が何かあるかはわかりませんが。よければ……ぜひ探しに来てください」

ソフィーは雨の日の午後にアルウィン館の軒下にのぼったときのことを思いだしていた。こちらの一族の歴史探しにもきっとジャックは一緒に来てくれる。「ありがとうございます。きっと伺います」

ヘンリー叔父は笑みを浮かべて帽子のつばに触れ、馬を駆けさせて去っていった。

ソフィーは玄関扉を閉めて、そのままそこに寄りかかった。家族がいた。叔父ひとりだけだけれど、自分も両親も見下していない、やさしそうな人だ。訪問してもよいかと尋ね、さりげなく支援も申し出てくれた。

息を呑み込んだ。〝家族〟がいた。りっぱな親戚だ。四千ポンドと子爵の叔父がいれば、もう名もない女性ではない。これならきっと……花嫁として認められる。

ジャックが気にしないと言っても、ほかの人々は気にするはずだ。ロンドンの社交界の人々からは、良家の娘でもない女性がウェア公爵を誘惑したと蔑まれることになっていただろう。ジャックを騙して結婚に持ち込んだと邪推されるのをソフィーは恐れていた。ほかの人々にどう思われ、どんな醜聞を立てられようが気にしないと口で言うのはとても簡単だけれど、ただ生き延びるためにしてきたことのせいで、この先数十年も苦しめられなければならないなんて……。

けれどもう、そんなことを心配する必要はない。メイクピース卿の姪で、ささやかな財産もあり、上流社会の一員となる資格はある。公爵夫人になるとしても。今夜ジャックにこのことを伝えられると思うと胸が躍った。

その喜びが続いたのは、それから二時間二十分のあいだだけだった。イライザとジョージアナに叔父の訪問も含めて長々と手紙をしたため、コリーンに投函を頼んだ。ジョージアナへの手紙は、向こうからの手紙の送付もレディ・シドロウに阻止され、望ましくない差出人、すなわちソフィーからの届け物はなんであれ渡してもらえないはずなので、イライザへの手紙に同封した。レディ・シドロウの反感も夏陽に照らされたアイスクリームのようにもうすぐ溶けるのだと、なおさら胸が晴ればれと熱くなった。子爵の姪だというだけでなく、未来の公爵夫人なのだから。またジョージアナに会うのが待ちきれない。

だからこそ騒々しいノックの音を聞いて扉を開き、慌てふためいて顔を紅潮させたジョージアナを見たときには心の底から驚かされた。「どうして――?」啞然として言葉が続かなかった。

「ソフィー、聞いて」友人はずいぶんと急いでいた。「ここに来てはいけないんだけど――レディ・シドロウにここではなくて図書館に行ったことにするために、ナディーンに来月のお小遣いをすべてあげる約束で口止めしたの。イライザがわたしにあなたと公爵のことを書いてきた。あなたはまだあの方に恋してるの?」

ソフィーはその語気の強さに目をぱちくりさせた。「ええ、でもジョージアナ――」

友人は目を閉じた。「卑劣な人よ。もう会ってはだめ、ソフィー、あなたのために。わたしを信じて!」

「どうして?」ソフィーは友人の手をとった。「ちょうどいま、あなたに手紙を書いたところ――あの方について。ジョージアナ、結婚を申し込まれたの。信じられる？」

ジョージアナの瞳が鋭さを帯びた。「いいえ」険しい顔で言う。「信じられない。あ、ここでのお茶会に来ることをレディ・シドロウに阻まれさえしなかったなら！あなたを救えたのに――」

「なんのこと？」ソフィーは唇を噛みしめて顔を険しくゆがめた。「何からわたしを救うの？」

「あの人の手にかからないようによ」数歩後ろでぶらついていた特徴のない顔立ちの女中が空咳をすると、ジョージアナはいらだたしそうに片手で払いのけた。「もうちょっとだから、ナディーン！」ソフィーのほうに向き直る。「ウェアについてはちょっと噂を耳にしてた」早口の低い声で続けた。「レディ・ルシンダ・アフトンと結婚するんだと。彼女のお母様と公爵未亡人はとても仲がいいの――どちらの母親もその縁談を喜んでいるのは周知の事実。でも公爵はほとんど舞踏会には出席されないし、彼女とダンスをするのは誰も見たことがなくて、当然ながらほかにも親しい関係を示すものは何もなかったから、わたしはただの噂だと思ってた。だけど、きょう〈ガンターズ〉に行って、木陰でアイスクリームを食べていたら、あの方がいらしたのよ！」

「ジャックが？」ソフィーは当惑して訊き、ジョージアナがその間に息を吸い込んだ。

「ウェアが！」ジョージアナは心から不服そうな目を向けた。「あの人をジャックだなんて思ってはだめ。まさにきょう、ルシンダ・アフトンの手を肘にかけさせて、バークリー・スクエアにいたんだから」

ソフィーは背筋に不安の寒気を覚えながらも首を振った。「だからって彼女と結婚することにはならないでしょう」

「膝をついて求婚したところを見たわけじゃない」ジョージアナは鋭く返した。「でも、ふたりは腕を取り合っていた。レディ・シドロウの馬車からすぐの広場にあるベンチに坐って、とても仲よさそうにしばらくおしゃべりしていた。あの人が〈ガンターズ〉から彼女にアイスクリームを持ってこさせて。レディ・シドロウの噂好きな友人のひとり、レディ・カペーがわたしたちと一緒にいて、話がとまらなくなってた。彼女曰く、ウェアはとても厳めしくて堅苦しい人なのに、レディ・ルシンダにはあんなふうに微笑んだり笑い声を立てたりするなんてと。レディ・シドロウは婚約発表が近いはずだと言うの。だからわたしはむっとして、どうしてそう思うのか尋ねたわ」

ソフィーは押し黙っていた。寒気は鋭い冷たさに変わっていた。自分を抱き締めるように腕を組んで、耳を傾けながらも、頭のなかでは抗議の叫びをあげていた。

ジャックのことはわかっている。ほかの女性と結婚しようとしているのに自分に求婚するような冷酷無慈悲なことをするような人ではない。その女性がたとえ……同じ上流社会の……良家の令嬢で……社交界の人々も彼の一族もみな心から祝福していたとしても……。

「レディ・シドロウによると、あの人のお父様が、レディ・ルシンダのお父様が命を落とす事故を引き起こしたからだというの」ジョージアナが続けた。「それ以来、アフトン家の母娘は公爵家の庇護を受けてきた。昔からウェアはルシンダと結婚する取り決めがあったというのよ。レディ・シドロウはその話をレディ・ストウから直接聞いたらしくて、ほかの紳士たちが娘に求愛するのを遠まわしに退けていたんだとか。ルシンダは相当な財産を相続する予定で、しかも愛らしいから、彼女の気を惹こうと競い合っている紳士たちも多いはずよね」

「それならどうしてまだ結婚していないの?」ソフィーは疑問を投げかけた。「あの人にその気があるのなら、阻むものは何もないのに」

ジョージアナは憐れむような目を向けた。「ルシンダはあの人よりだいぶ若い。まだ十八よ。ルシンダが成長して宮廷でお披露目されるまで待っていたのではないかしら」

女中のナディーンが今度はもっと大げさに空咳をした。ジョージアナがむっとして腕を払うように伸ばした。「もうちょっとだけ！」ソフィーに向き直る。「もう行かないと――レディ・シドロウの馬車が迎えに戻ってくる前に図書館に着いているためには、ほんとうにもう走らないと。わたしが話したことに耳を傾けてくれるわよね？ソフィー、あなたが辱めを受けて悲しむ姿を見るのは耐えられない」

「わたしはいつでもあなたの助言には耳を傾ける」ソフィーは静かに応じた。「ありがとう、ジョージアナ」

友人はすばやく抱擁した。「それじゃあね。こんなことは言いたくなかったんだけど、じっとしていられなかった。もっと詳しいことがわかったら手紙に書いて、イライザに送ってもらう。じゃあね！」ジョージアナはショールを肩にきゅっと巻き直し、じりじりしていた女中とともに駆けだしていった。

ソフィーは無言でふたりを見送った。ジョージアナの証言は信頼できるし、ほんとうに緊急事態だと思わなければレディ・シドロウの怒りをかう危険を冒してまでやって来なかっただろう。問題は、ソフィーにはどうしてもまだ信じられないことだった。考えられない。ジャックがそんな嘘はつかない。本人の口から認める言葉を聞かないかぎり、それほど無残に裏切られたとは信じることができない。

違う。ソフィーは激しく首を振った。ばかげている。ジョージアナが間違っているのかもしれない。ジャックに求婚され、それからひと晩じゅう愛しあって、ソフィーは彼の腕のなかで眠りに落ちた。ジャックは朝までそばにいて、この家を出るところを誰に見られようと気にかけてもいなかった。ほかの女性と結婚して、捨て去るつもりの女性にそんなことはしないだろう。たとえ——さらに恐ろしい考えが浮かんで自信がぐらついた——初めからレディ・ルシンダと婚約していたのだとしても。

息が荒くなり、ソフィーは玄関扉に背を押しつけて気を鎮めた。あの人を信じている。〈ガンターズ〉でたまたま見られた光景や噂話のせいで、ジャックへの信頼をすべて消し去るなんてどうかしている。

とはいえ……ソフィーはこれまでに多くの嘘つきと出会ってきた。すぐに見抜けたこともあれば、まんまとだし抜かれたこともあったけれど、そのすべての出会いから学んだことがある。ある程度大きな嘘をついてしまったら、たいがいはそれを隠すためにまた嘘をつく。ジャックがもしほんとうにほかの女性と結婚が決まっているのにソフィーの気を惹くために嘘の求婚をしたのだとすれば、もう誠実でいなければと考えるはずもない。レディ・シドロウによればずいぶん昔から決まっていた婚姻で、今シーズンの始まりから噂されていたのだとジョージアナは言っていた。そうだとすれば、当事者以外に裏づけられる誰かがいるはず……。

その人物が浮かんで心が沈んだ。フィリップ。今夜、〈ヴェガ〉でフィリップに尋ねてみるしかない。

26

その晩、ソフィーはいつもより早くクラブへの踏み段を上がった。フィリップが約束どおりソフィーとは距離をおいているので、ジャックがやって来るのはたいがい遅い時間だ。おかげで安心していられたのだけれど、今夜は反対にクラブに入ると目を走らせて、そのフィリップを探した。

ようやく肘掛け椅子でグラスを手にくつろいでいる姿を見つけて、近づいていった。

「こんばんは、フィリップ卿」膝を曲げて丁寧に挨拶した。

フィリップはぴんと背を起こし、それからすぐに立ちあがって、頭を垂れた。

「キャンベル夫人。お目にかかれるのは、このうえない幸せ」そばにいた遊び仲間のひとりが忍び笑いを洩らし、フィリップはその友人にいわくありげなしぐさをして見せた。「ほかの場所で話しましょうか」口もとをゆがめた。「よもや、あなたにまたサイコロ賭博のお相手をさせてもらえるとは思えない」

「サイコロ賭博はもうしません」ソフィーはさらりとかわし、差しだされた肘に手をかけた。「よろしければ、ちょっと内密のお話がしたくて」

「いつでも」フィリップが応じ、ふたりはまだ静かなクラブのなかを通り抜けて空いているソファに行き着いた。ソフィーが腰をおろし、フィリップも腕の長さくらいの距離をとって坐った。「何かお困りのことでも?」

「ふたりの関係を友好的なものにできないかと」ソフィーは言った。

フィリップが眉をひそめた。「交戦状態だったとでも?」

「そんなふうには思ってないわ」ソフィーは正直に伝えた。「少しぴりぴりはしていたけれど」

フィリップはふうと息を吐いて、広間を見渡した。「ぼくはそんなにあなたを不愉快にさせていたんですかね?」

「いえ……ええ」驚いた顔で見られてソフィーは小さくうなずいた。「荒れ模様の雷雲みたいに怖い顔をしてぶつくさ言いながら、わたしについてまわっていた。誰だって神経がすり減らされる」

「それについては申し訳なかった」フィリップは頭を垂れ、手のひらを額に擦りつけた。「兄にきみを連れ去られてとても心配だったんだ――なにしろ、ぼくは兄を知っているが、きみは知らない。きみを戦利品のように持ち去ったのは兄なのに、ぼくがきみを見世物にしたと言われたんだからな」

そこがまさに突きつめたい部分だったが、ソフィーの口はまだ乾ききっていた。唇を湿らせた。「あなたは知っていて、わたしは知らないというのは、どういうこと？」

フィリップが苦々しげにふんと笑った。「ぼくは兄を知ってるだろ！　ぼくが生まれたときから。昔から冒険でも危険なことでも、見事にやってのけるやつだった。たまに、いまでもその性根は同じままなんじゃないかと思うときがあるが、そんなそぶりはまったく見せない」

ソフィーはアルウィン館に掛かっていた子供時代のフィリップが木の上で笑っている鉛筆画を思い起こした。ジャックはいまでも冒険心もやさしさも持ち合わせていて、弟とも衝突ばかりではなく仲良くやりたいと望んでいるのだとかばいたい気持ちをどうにかこらえた。「どうしていまではそうではないと？」

「どう見たって、がちがちの公爵殿だからな」フィリップは目をぎらりとさせた。「ごりっぱすぎて、劇場やボクシングの試合にも足を向けられない。お高くとまって、カードゲームや競技もできないらしい。とんでもなく退屈な男になってしまって――いや、あの晩だけはあきらかに、ご自慢の威厳も礼儀作法も放り捨てて楽しんでいるように見えたが」

「誰もが収入と思いどおりにできる自由があって、気ままに生きられるわけではないわ」フィリップが鋭い眼差しを向けた。ソフィーは邪気なく微笑んだ。「つまりあなたは公爵位の責任を負わずにすんでとても幸運だということ。きっと……大変でしょう。わたしは小さな家を切り盛りすることしか知らない。所領ではやらなければいけない仕事がさぞたくさんあるのでしょうね」

「そうとも」フィリップは深々と息を吐き、膝に両肘をついて身を乗りだした。「ぼくは知ってる。それにきみの言うとおり、ぼくは責任を負うのは苦手だから、公爵じゃなくて幸運だ」口もとにいたずらっぽい笑みを浮かべた。「でも、冒険するのはものすごく得意だけどな」

ソフィーは笑った。「それはわたしもよく知ってる！　賭けテーブルではもう少し控えめにしたほうがいいと思うけれど」

「きみもか」フィリップはソファの上でさらに少しこちらに身を近づけて、脚を伸ばした。「この前も、もっとカードゲームの腕を上げるべきだと言われた。何かいい助言はないかな？　きみはとてもうまくやってるように見える」

「そうねえ」ソフィーは考えるふりで小首をかしげた。「サイコロ賭博は避けたほうがいい。悪魔のゲームだから」フィリップが笑った。「あとは練習。ルールを学んで、ひと賭けごとの確率を計算する。それでカードやサイコロに気持ちを集中させて――対戦相手と戯れない」目顔で締めくくった。

フィリップがまた笑い声をあげた。「ううむ、それでしくじったのか」横目で見やった。「あれではうまくいかないわけだよな？」

ソフィーは口ごもった。フィリップは〈ハザード〉のことを言っているのではない。「ええ。わたしとは」

「きみの気が変わったのは、兄に連れ去られる前とあとのどっちだったんだろう？」

フィリップはさらりと率直に屈託なく尋ねた。

「前」ソフィーは軽い調子で答えた。「ずっと前。あなたは冒険心が行き過ぎて、わたしに挑んできた。わたしもほんとうはものすごく退屈な人間なのかも」

フィリップがじろりと目をくれた。ふとソフィーはどうしてなのかはわからないけれど、フィリップが自分とジャックとの関係を知っているのだと気づいた。「ソフィー、きみはあいつとはまるで違う」

ソフィーは顔が熱くなった。「誰と？」とぼけて訊き返したものの、フィリップが表情を一変させた。ソファに背をもたせかけて、呆れたような目を向けた。

「ウェアと何かあったのはわかってる。この前の晩にぼろを出したから、きみから手を引くよう言っておいた」

ソフィーは沈黙した。言葉が出なかった。

「秘密にしたい気持ちもわかる」フィリップが続けた。「ちなみに、きみがあいつと仲良くやってるのを妬んでるわけでもない。きみから目をつけて誘いかけたんじゃないのは間違いないからな。ただ、きみはやさしいし思慮深い女性だ。それに……つまり、もうぼくとは戯れず、ぼくが賭け金を支払う機会すらなくなっても、きみを大切に思ってる。ウェアの心をつかもうなんて、ばかげたゲームだ」

ソフィーはジャックとのことをそのように口汚く言われてフィリップの顔を平手打ちしたかった。だけど、あなたは何を知ってるの？　まさにそれを知るためにフィリップに声をかけたのだと思い起こした。「なんてこと言うの、フィリップ、それではまるでわたしが狩人で、あなたのお兄様が獲物みたいじゃない」

フィリップが鼻息を吐いた。「あいつのことをそんなふうに思うご婦人はひとりどころじゃないだろう！　うんざりするほど打ち解けないから、ご婦人がたからすると、そこがまた癪にさわって魅力的なのかもな……が、ウェアに愛情なんてものはもうない。何年も前に恋に落ちて――熱烈にのめり込んでいたのだから、同じ男とは思えないだろう――その女性に振られた。戦争の英雄だったか、ともかくそんなような男と駆け落ちされて、いまだにそれを引きずってる」

何年も前に、とソフィーは訊き返したかった。ジャックがいまだに傷心をかかえているのだとしても、そのようなところはまったく窺えなかった。「公爵様は結婚して跡継ぎをもうけなければいけないのでしょうに」会話の切りだし方を間違えてしまったのかもしれない。フィリップはすっかり饒舌になっているけれど、役に立たない話ばかりで、なおさら事を悪化させていた。ジャックは昔の恋人について一度も話してくれたことがなかった。「ああ、結婚する」フィリップがせせら笑った。「だが浮ついた理由からじゃなく、義務でだ」愛のように浮ついた理由ではなく。ソフィーはふるえだした両手を膝の上で握りしめた。「噂は聞いてるわ」できるかぎりさりげない調子で応じた。「レディ・ルシンダ・アフトンとのこと。以前から婚約されていたとか」灰を噛んだようにその言葉は苦く感じられたが、知らなければいけない……。

フィリップがやや驚いたように眉を上げてちらりと目を向けた。「聞いてたのか？まあ、そりゃそうだよな。父の死に際に、兄は彼女の面倒を最後まで見ると誓った。さっきも言ったように、義務だ。ルシンダも少し気の毒なところはあるが、公爵夫人になる心づもりはできてるだろう。賢い令嬢で、子供のときからしっかりと自分の意思を持っていた」

たったそれだけの言葉に、ソフィーは息を奪われた。坐っていてもめまいがして、姿勢を保つためにはクッションをつかんでいなければならなかった。打ちひしがれた目を上げると、フィリップが訳知り顔でこちらを見ていた。「大丈夫かい？」

「母によれば年末までには結婚するそうだ。ルシンダの母親はシーズン一番乗りを望んでいたんだが」

まだ十八歳というジョージアナの声が頭のなかでこだました。「彼は彼女を愛しているの？」ソフィーは藁をもすがる思いで訊いた。

「ルシンダを？」フィリップは意外そうだった。「どうかな。ぼくの一族の男たちは――ともかく跡継ぎは――賢明な結婚をするんだ、ソフィー。ずっとそうだったし、これからもたぶんずっと」気の毒そうに見やった。「かたや愛人や情婦を山ほどかかえるのもみなやめられないんだが、なにしろ結婚しても権力と金がある。きみと話すことを許されていたら、もっと早く忠告できたのに。いまなら兄がぼくにきみと話すのを禁じた理由もわかる」

ソフィーの鼓動は千々に乱れて打ち鳴らされ、頭はぼんやりとしてめまいが続いていた。病気にかかりそうだ。たしかにジャックは〝ウェア公爵は愛のために結婚しない〟と言っていたけれど、昨夜は妻として自分が求めるものをきみがすべて与えてくれるとも言った。結婚してくれと。誰が間違ってるの？　レディ・ルシンダと腕を組んで笑っていたジャックを見たというジョージアナ？　自分には知りようもないジャックや家族のことを知っているフィリップ？　それとも、自分の決めごとを次から次へと破り、ジャックと愛しあい、ロンドンに戻ってからも逢瀬を続け、恋に落ち、衝撃的な求婚をすんなり信じてしまったわたし自身？

「ありがとう、フィリップ」頼りなげな口ぶりで伝えた。「とても参考になったわ」

「ソフィー」立ちあがると同時にフィリップに手をつかまれた。「自分が愚かな振る舞いをしてしまったのはわかってる――きみ自身の選択ではなかったとしても、きみにその身をゆだねさせたウェアに嫉妬していた」フィリップは笑いかけたが、おそらくは気が変になったオフィーリアの激した目のようなものを見て、つと固まった。

「お詫びする。もう二度としない。また友達になってくれるかい？」

ソフィーはつかまれた手を振りほどいた。「たぶん」いいえ、と叫びたかった――あなたの顔を見るたびジャックを思いだしてしまうから。「ではこれで――」向きを変え、どうにか平静な顔を装って、足早に立ち去った。いちばん手前の空き部屋に入り、ドアを閉めて、もたれかかった。

息をするたび胸が焼けつく。ああ、どうして。こんなに自分は愚かだったのだろうか？　それほど劇的に運命が変わるなんてほんとうに信じていたの？　カードを数えて、小金を貯めるために賭け事をしていた女性がウェア公爵夫人になれるとでも？

「ばか」自分につぶやいた。ジャック——ウェアだ——からアルウィン館で最初の晩に素足をじっと見られていたときからわかっていたはずなのに。彼の頭には愛や結婚はもともとなかった。レディ・フォックスにも忠告されていた。殿方が不相応な女性を求めるときには、危険な生き物になるのだと。

けれど自分は彼を求めていたから、愚かにもすべてを信じた。そしてあの束の間のきらめく数日間には、彼は自分のものだと思えた。

焼けているように感じられる目を手の甲でぬぐった。涙はいらない。これまでにも失敗はしてきたのだから、また起き上がって、誇りを取り戻さなくては。ここからまた挽回する。計算違いで、ひと晩で四百ポンド失ったときよりずっと胸が痛い。昔のたったひとりの恋人に振られたときより、はるかにずっとつらい。その人には求婚などされなかったし、お別れの贈り物にとても見事なダイヤモンドのブレスレットをくれただけで終わった。それが二百五十五ポンドで売れ、蓄えをだいぶ増やせた。

今回はあまりに傷が深いので、完全には修復できないかもしれないけれど、前を向いて進もう。選択肢はない。叔父が勧めてくれたように、メイクピース屋敷を訪れて、ささやかな休暇を過ごすのもよさそうだ。暗く恐ろしい記憶がいくつかある程度の場所でも、今度は父が愛のためにすべてを放りだす前の子供時代に使っていた物を何か見つけられるかもしれないし……。

少女の頃は両親の物語はすばらしくロマンチックだと思っていた。いまなら、ほんとうになんて幸運なふたりだったのかがわかる。父は母がしつこい咳で声を失い、もう歌えなくなってしまってもそれまでどおり深く愛していた。母も父が生計を立てられるのにじゅうぶんなほどはカードゲームで勝てなくても愛していた。ふたりの愛は哀しみも苦難も乗り越えて、命尽きる日まで持ちこたえ、ソフィーはいつの間にか、どの愛もそういうものなのだと思い込んでいた。

ソフィーは切なげに思った。父さん、愛がどれほど恐ろしいものになりうるか、忠告しておいてくれたらよかったのに。

ジャックはいつも以上に遅く〈ヴェガ〉に着いたが、気分は浮き立っていた。ポケットに結婚特別許可証が入っている。発行されるまでには数時間を要したが、いかにも公爵然とした態度で書記官たちを急がせて、どうにか手に入れた。

ポケットにはもうひとつ、金の環に完璧なルビーが嵌め込まれた指輪も入っている。ソフィーには赤が似合う。

ここまで到着が遅れたいちばんの要因は、考えをあらためてほしいと叱って泣いて懇願するのを繰り返した母だ。レディ・ストウからまず間違いなく感情的な文面でさっそく知らせが届いていたのだが、ジャックはさらに母の失望の嵐を切り抜けなければならなかった。激しい嵐をどうにかやり過ごしてから、母にレディ・ルシンダとはふたつの理由で結婚できないことを告げた。まずは、ルシンダが自分との結婚を望んでいないこと、もうひとつは、自分にはほかに結婚したい相手がいることだ。

「ルシンダは道理をわきまえているわ」母は階段を下りていく長男にそう叫んで追いすがった。

「彼女はエジプトに行きたがっています」ジャックは熱く夢を語るルシンダを思い起こして笑みを浮かべた。

先代の公爵未亡人は呆然となった。「エジプト？　何をばかなことを。行けるはずがないでしょう。若い令嬢がどうしてそんなことを考えるの？　あの娘はこのイングランドにちゃんととどまって、自分の義務を果たすわ」

〈ヴェガ〉へ出かけようとしていたジャックはブラウンが着せかけてくれた外套に腕

を通した。「彼女の義務にぼくとの結婚は含まれていない」

「でも、あなたの義務は彼女と結婚することなのよ！」

「いや」ジャックはきっぱりと言った。「そうじゃない」母が反論しようと口を開き、ジャックは片手を上げて制した。「ぼくは父上に彼女の面倒を見ると誓ったんです。それは実行している——彼女と母親はつねに快適な家で暮らし、食糧の備蓄もじゅうぶんにあり、最新の流行の衣裳をまとってきた。ですが、ルシンダはいまや成長し、自分自身の考えや希望を持っている。ぼくのようにだいぶ年上で退屈な男との結婚を望んではいない」

「あの娘はまだとても若いのだから、母親の教えに従うわ！」

「いや、もう自分で夫を選ぶ機会を与えられて然るべき若い女性です」ジャックは母に有無を言わせぬ目を向けた。「この件はこれで決着だ」

公爵未亡人は唇をきゅっとつぐみ、一瞬目を閉じた。「軽率な早まった判断で、あなたらしくもないわ、ウェア。平民のトランプ詐欺師のためにルシンダを捨てるなんて！」母は息子から翳った目で見られても大きくうなずいた。「もちろん、あのばかげた賭けについては聞いてるわ——あなたがアルウィン館へその女性を連れ去り、しかもいまだに密会を続けていることも。最近のあなたはまったく人が変わってしまった。わたしはその理由について考え違いはしていない。殿方はあさましい欲求に駆られると、どうしようもないほど、いたってわかりやすい生き物になる。でも、その女性をこの家に連れてくることはあなたのお父様やおじい様や、結婚の重要性を心得て義務を果たしてきた代々の祖先の名誉を汚すことになる」

ジャックはブラウンから帽子と手袋を受けとった。「よい晩を、母上」

「その女性を受け入れることなど認めません」母はまくしたてた。「名も家柄も品位もない女性なんて！」

「名はありますし、ぼくは家柄など気にしませんし、社交界の半数が寄ってたかっても適わない胆力と品位を備えた女性です」ジャックは帽子をかぶり、従僕が玄関扉をさっと開いた。「それに母上が彼女を受け入れたくないというのなら、パーシーに母上のために新たな家を見つけさせます。二週間以内に花嫁をこの家に迎える予定ですので」ジャックは驚きで言葉を失っている母にかまわず玄関を出て、踏み段を下り、待機していた馬車に乗り込んだ。向かいの座席の片側にちらりと目をやり、ソフィーがそこに入るなり慌てて憤慨し、自分を責め立ててきたときのことを呼び起こした。今度彼女をこの馬車に乗せたときにしようとしていることを考えると鼓動が高鳴り、顔はだんだんほころんできた。

大股で〈ヴェガ〉の玄関広間に入っていき、外套と帽子をあずけるときにもほとんど立ちどまらなかった。ソフィーはどこにいる？　今夜はダッシュウッドに承諾させられた約束になどかまってはいられない。今夜以降、噂話でソフィーの名が取りざたされるときには、社交界での新たな地位、ウェア公爵の妻の呼び名が冠されることになる。今夜以降、ダッシュウッドから〈ヴェガ〉への出入りを禁じられるかもしれないが、ジャックはそれでいっこうにかまわなかった。

ところが、クラブをすばやく巡回してみてもソフィーの姿は見当たらなかった。ジャックは眉をひそめてまた中央大広間に戻ってきて、今夜は家にいるのだろうかと考えた。自分の馬車はすでにいったん帰したが、ソフィーの家をいつも訪ねるときのように貸し馬車をまわしてもらえばすむこととはいえ……。

「ぼくならここにいる」弟が目の前に現れて、両腕を広げた。

「おまえを探してるんじゃない」

「そうなのか？」フィリップは大げさに驚いてみせた。「兄さんが〈ヴェガ・クラブ〉に来るのはそれだけが目的だったんじゃないのか？」

ジャックは家族のいないソフィーがうらやましく思えてきた。「フィリップ、いまはそんなことに付き合っていられる気分じゃない」

「なんと」弟が活気づいた。「まさか、カードゲームでもやる気になったのか？　フレーザーとホイットリーならきっとぼくらとテーブルを囲んでくれる」

「そうだろうな」ジャックはそっけなく返した。ファーガス・フレーザーは擦り合わせられるほどの硬貨すら持っていないし、アンガス・ホイットリーはフィリップの誰より役立たずの遊び仲間だ。「また次の機会に。いまは人を探している」

「誰を？」フィリップが傍らについて一緒に歩きだした。「探すのを手伝おう」

ジャックはいぶかしげに狭めた目を向けた。「今夜はどうしてそんなに世話を焼きたがるんだ？」

「兄弟愛の精神が復活した」

「まさか、ほんとうに、どうして？」ジャックは〈ハザード〉のテーブルを通り過ぎた。赤褐色の髪のきらめきは見つからない。

「今夜はたぶん、ぼくが兄さんに目を光らせていることになる」

「なんだと？」フィリップの話などに気を向けてはいられなかった。ソフィーはやはり来ていないのか？　家にいるつもりだったのなら、昨夜教えてくれていたはずだ。

「兄さんとは会いたくない人たちに気まずい思いをさせないように」

ジャックは何を言っているのかと弟に顔を振り向け、ようやくその表情を目にした。

「なんの話だ?」

フィリップが右へ左へと視線を走らせ、声をひそめた。「ソフィーはルシンダについて知っている」

「なんだと?」語気鋭い問い返しに近くのテーブルにいた人々が振り返った。ジャックは声を落とした。「知られて困ることなど何もない!」

フィリップが抗議するように両手を上げた。「ぼくに訊いてきたんだ。誰かから兄さんがルシンダと結婚すると聞いたんだろう。ぼくじゃない」

「それでおまえは違うと言ったのか?」低くきびしい調子で訊いた。「私はルシンダと婚約してはいないし、したこともない。もしおまえが彼女に私が——なんてことを、フィリップ——」

弟は両手をおろした。「違う? 母上からそんな話は聞いてないな。兄さん、ウェア公爵はルシンダと昔から婚約していると誰もが思って——」

ジャックは毒づき、踵を返して歩きだした。フィリップもふたりの会話が人目を引きすぎたと気づいたらしく、ぴたりとあとを追ってきた。静かなほうへたどり着くなり、ジャックは弟を振り返った。「母上が何を望んでいようと、くだらない噂だと、おまえに言ったはずだ」歯の隙間から吐きだすように告げた。「母上とレディ・ストウがでっちあげた架空の婚約話だ。誰もルシンダの意思を確かめていなかったし、私のような退屈な年上の男と結婚するより、古代エジプトの探求に出かけたいと望んでいることが判明した」

フィリップは嬉しそうに笑った。「ルシンダがそう言ったんですか？　ぼくは昔からルシンダを気に入ってたんだ」

「それならぜひともおまえにはエジプトへ行ってもらって、二度と帰ってこなくていい。ソフィーに私がほかの女性と結婚するなどと言ったのならな」ジャックは弟を睨みつけた。「私は彼女を愛しているというのに、どうしてくれるんだ。彼女も私を愛していると言った。それをフィリップ、おまえが台なしにして、彼女にくだらないことを吹き込んで傷つけたのなら……神に誓って、ウェアからはもう硬貨一枚たりとも与えないし、私の所有する場所にはいっさい立ち入らせない」

「愛？」弟は目を剥いた。「兄さんが――愛してるだって？」

ジャックは子供の頃には作り話や怖い話を聞かせても自分を尊敬し信頼してくれていたはずの弟を見つめた。ほかに婚約している女性がいるのに嘘をついてべつの女性を誘惑したと思われているとは、目の前にいるのはあの頃の弟とはまるで別人だ。自分の兄は賭博で弟が大負けするのを厭うこと以外に深い感情など持てない男だと思い込んでいる。実の兄だというのに。

ジャックは低く悪態をついた。フィリップを叱って無駄な時間を費やすよりも、ソフィーを探して、婚約していたなどというのは嘘っぱちで、ふたりのあいだの真実は昨夜話したことだけなのだと納得させるのが先決だ。彼女を愛していて、結婚を望んでいるのだと。母に非難されようと弟に嫌われようと、自分にとって重要なのはソフィーだけだ。「もういい」弟を押しのけ進みだしたが、フィリップが腕をつかんできた。

「ウェア。ジャック」

ジャックは足をとめ、袖にかけられた弟の手を冷ややかに睨んだ。フィリップは手を放し、一歩あとずさった。「知らなかったんだ」

「おまえが彼女を愛人にしようとしているのを私が阻んだとすねていたのだから、わかるはずもない」

弟は痛烈に皮肉られて顔を紅潮させた。「いまさらかもしれないが、ぼくはほんとうに彼女を大切に思ってる。彼女が連れ去られたとき、兄さんがいったいどういうつもりなのかわからなくて、彼女を心配した」

ジャックは蔑みをあらわにした顔で見返した。「おまえの好意と心配の表現の仕方は、ずいぶんと変わっている」

「それはお互い様じゃないのか」フィリップが言い返した。ジャックはくいと顎を上げ、弟をさらに一歩後退させた。「ほんとうに彼女を愛してるのか？」

「どうしようもなく」いったん間をおいた。「私と結婚してくれと伝えた」

フィリップは大きく息を吐いた。「承諾してくれたんだな」ジャックは言葉を継げず、うなずいた。弟は突如気をくじかれたように見えたが、すぐに深呼吸をすると、背筋を伸ばした。「どっちもみじめなことになるくらいなら、力を合わせたほうがよさそうだ。どっちかだけでも幸せになれればいい。さてと、彼女を探すのを手伝うよ」

27

ソフィーはひとりになりたくなかった。

フィリップと話してジョージアナが目にしたことが確かめられたとき、まず考えたのが家に帰ってベッドに入って上掛けをかぶり、今シーズンはもうずっとそうして過ごそうということだった。どうしてジャックをそんなふうに見誤っていたのだろう――これほど愚かに、見事なまでに見誤るなんて。ジャックもどうしてこんなにも鮮やかに嘘をついて騙せたのだろう？　ジャックは弱い部分にうまく働きかけ、こちらの決めごとを次々に覆さざるをえないように完璧に着々と事を進めて、ついにはこれまでソフィーが生きてきた世界を打ち砕いた。いつまで愛していると言いつづけるつもりだったのだろう？　ソフィーはぼんやりとそう考えた。いつまでうっとりとさせるようなそぶりでベッドをともにしつづけるつもりだったの？　ソフィーは胸の下を片手で押さえ、肝心な疑問に思い至った。自分はいつまであの人を信じつづけるつもりだったのか。

けれどどうにかベッドに這い上がれても、よけいにジャックのことを思いだすだけに違いなかった。あそこでどんなふうに抱かれ、愛しているとささやかれたのか。傍らに寝そべった彼の大きな身体がどんなふうに感じられ、自分の上でどんなふうに動いていたのかを思いだすだけで、きっとなおさらみじめな気持ちに沈んでいくだけだ。

解決策は彼について考えずにいられることをするしかない。個室を出ると、心は引き裂かれていても不屈の精神は戻ってきた。ウェイターからワインのグラスを受けとり、部屋を見渡して、ひとりでブランデーグラスを手にして坐っているアンソニー・ハミルトンに目が留まった。

ミスター・ハミルトンは社交界でも悪評高い紳士のひとりだ。伯爵の跡継ぎなのに、儀礼称号の使用を拒んでいる。貴族の半分近くの女性と浮名を流しながら、ふしぎとどの情事についても非難されるようなことには至っていない。誰もが話題にしても実際に話しかけはしない、近寄りがたく、謎めいた男性だ。

だがソフィーにとってなにより好都合なのは、ハミルトンが情け容赦ない賭けをし、それでも彼からすれば怯むような高額にはなりえないことだった。胸をざわつかせながら部屋を抜けてハミルトンに近づいていった。一度は持ち金すべてを、着ていたものまで〈ハザード〉のテーブルで賭けて、しかも勝ったと聞いている。いつもならそこまで危険を冒せる人々との対戦は避けているのだけれど、今夜は気を紛らわせるものがほしい。大勝ちして、大きく引き裂かれた胸の傷をなぐさめられるのか、大負けして、すてきな嘘つきの公爵よりも心配すべき深刻な問題をかかえることになるのかのどちらかだ。

「こんばんは」ソフィーが優美に深く膝を曲げて挨拶すると、ミスター・ハミルトンは顔を起こし、驚いたように濃い眉を上げた。ちょうどそばの〈ハザード〉のテーブルで行なわれている対戦を推し量る目つきで眺めていたところだった。

ハミルトンが立ちあがった。「こんばんは、キャンベル夫人」面と向かって挨拶をしたのは初めてで、ソフィーは自分のことを知っているのだとわかって、またも胸がざわついた。

「厚かましい振る舞いをどうぞお許しください」ソフィーはにっこり微笑みかけた。「ですが、あなたはロンドンでは群を抜いて〈ピケット〉がお上手だとお聞きしたものですから」

ハミルトンが笑みを浮かべた。「おだてられてるのかな？　それとも咎められているのか」

ソフィーは笑い声を立てた。「称賛ですわ！　ほんとうのことですの？」

「お答えしかねるな。ロンドンの全員と対戦したことがあるわけじゃない」ハミルトンはわずかに首を傾けた。「あなたとも」

望みどおりのきっかけを得られた。心は脇を鋭く突いて警告を発している。それでもソフィーはかまわず笑みを広げて話を進めた。「試されてはいかがかしら？」

ハミルトンは面白がっているようだった。苦笑を浮かべながらも目は笑っていない。

「どんな賭けで？」

「一点につき十ギニー」〈ピケット〉の得点方法はとても幅広い。千ポンドを失いかねないことも覚悟しなければ。

とはいえ、〈ピケット〉は父のもっとも得意とするゲームだった。負け越していたのはほかのゲームでのことだ。ソフィーも子供の頃から〈ピケット〉をやっていた。単なる運頼みではなく、戦略と才覚がものをいう複雑なゲームで、集中力が求められる――ソフィーの望むところだった。相当な報酬を得られる見込みもある。

ミスター・ハミルトンが片手を差しだした。「では、お伴しましょう」

ふたりは、〈ヴェガ〉の有名な椰子の鉢植えの列にさえぎられて人目につきにくい広間の奥にある小さなテーブルについた。使用人がトランプカードを一組持ってきて、ソフィーはワインを脇に置いた。

ソフィーがまず高位のカードを引いたので最初の配り手《ディーラー》を選択した。カードは繰り返し混ぜ合わせて切らないと完全にばらけないという父の言葉を胸に、何度かカードを切った。ミスター・ハミルトンはうっすらと面白がるような笑みを浮かべてそれを見ていた。ソフィーがカードを配り、互いに手札を確かめた。

〈ピケットのパルティ〉は六回勝負のゲームだ。出だしこそよくなかったが、五勝負目の終了時には、ほとんど互角に持ち込んだ。ソフィーの見立ては正しかった。ミスター・ハミルトンとの対戦には集中力が求められる。ハミルトンはたいして気にもかけないふうに椅子にのんびり坐っているが、これほど鋼のごとく表情を変えない対戦相手はソフィーにとって初めてだった。

ソフィーが最後の一戦のカードを配ろうとしたとき、従僕がミスター・ハミルトンのそばにすっと近づいてきて、身をかがめて何事か耳打ちした。ハミルトンはぎょっとしたような顔をして、いきなり立ちあがった。「キャンベル夫人、申し訳ない。ちょっと中座しなくてはいけない」

「そうですの」ソフィーはカードを置いた。「決着をつけに戻って来てくださいますわよね？」

ハミルトンはためらった。「たぶん」ちらりと笑みを見せた。「できれば」さっと頭を垂れて歩き去っていった。

ソフィーはワインのグラスを手にした。最後の一戦が、はるかに利益を上げられるのか失うのかの分かれ道だ。こちらの得点はまだ百点に届いていないので、〈パルティ〉のルールにより、もし負けたとしても、どうにか百点を上回って負ければ、損失はだいぶ低く押さえられる。負け勝負はめったにしないものの、そのほうが得策のときもある。確率を頭のなかで計算しているとミスター・ハミルトンが椅子を引いた。

「こんばんは」違う人物の声だった。

ソフィーは椅子の上ではっと姿勢を正した。そこにいたのは戻ってきたミスター・ハミルトンではなく、今夜はずっともう忘れようとしていた男性だった。完璧な夜会服姿で、相変わらずまばゆいほどハンサムだ。笑いかけられ、とんでもない嘘つきだと知ってしまったからには、腹立たしいくらいにすてきなのがかえって切なくなり、息がつかえた。

「きみを探していた」ジャックが言葉を継いだ。

ソフィーは膝を曲げてお辞儀をする代わりにひらりと手を返すだけのしぐさで応じた。「ここにいたのよ。何かご用でも?」

「きみと話したいんだ。ソフィー――」

「やめて」ソフィーはさえぎった。「今夜は話すどころか、あなたの顔も見たくない」

ジャックがひと呼吸おいた。「きみが怒るのも無理はない」

とんでもない誤解が燃え盛る炎に焼きつくされるといった希望が、かすかによぎった。「お引き願えないかしら。わたしはすでにこの時間は先約があるので」とげとげしく言い放ち、嫌みを込めたことが伝わるようにと願った。「約束してあるお相手が、もうすぐ戻ってくるはず。その方と〈ピケット〉の続きをしたいの」

「ハミルトンのことかな？」ジャックがテーブルに片方の肘をついて身を乗りだした。あまりに柔らかな青い瞳を向けられ、ソフィーは目をそらさずにはいられなかった。

「彼は戻ってこない」

「なんですって？」ソフィーは憤然と驚いてジャックの後ろへ目をやった。「どうして？　あの方に何をしたの？」

「何も。フィリップと何か話していた」ジャックはテーブルの真ん中に置かれた一組のトランプに手を伸ばした。「代わりに私がお相手しよう」ちらりと見やった。「ここではそうするものだと聞いている」

ソフィーは顔がほてった。「わたしはけっこうよ」

「どうして？」ジャックはカードを切って混ぜ合わせた。「練習したんだ。今回はぼろ負けはしない」

ソフィーは歯を見せて笑った。「そうはいかないことはよくご存じのはず」

「そうかな？」ジャックは謎めいた目で見据えながらカードをまた切った。「説明してくれ」

ソフィーは懸命に憤りを抑えていた。ここで顔を合わせて、なんの目的で現れたのかわからない彼の相手をしなくてはならないだけでも、ぞっとした。まして彼が公爵夫人にふさわしい家柄の愛らしく優美な花嫁と寄り添う姿が思い浮かんでしまうのでは、恐ろしいだけだった。向き合って坐って、心を刺し抜かれたというのに何もなかったかのようなふりをしていることなんてできない。

耐えられない、いまは。「公爵様、あなたとは関わらないようにとミスター・ダッシュウッドからはっきりと言い渡されています」敬称に語気を強めて、立場を思い起こさせようとした。こちらの立場も。

「やはりか？」ジャックは訳知り顔でうなずいた。「ダッシュウッドは私にもきみについて同じように警告した。だが今回ばかりは口出しできない。心配無用、私のゲームの相手をしたからといって、きみが会員資格を剥奪されることはない」

ソフィーはとっさに許されない行動に出てしまいそうだった——いきなり叫びだすとか、カードをひったくって公爵の顔にぶちまけるとか、泣きだしてすらしまいそうだ。「消えて」一語一語をはっきりと発音した。「お願い」

「どうして？」

「ここはあなたのような高貴な方にふさわしい場所ではない」ソフィーは同じように低くきつい口調で告げた。

ジャックが肩越しに振り返った。「そんなに気になるのなら、こうしているいまも伯爵がサイコロ賭博を楽しんでいるが」

ソフィーは鼻筋を指先で押さえた。「お願い」

「ソフィー」ジャックが静かに呼びかけた。「説明させてほしい。きみが聞いたことは——」

「ジャック」ソフィーは疲れた声でさえぎった。「もう終わり。そのほうがいい」

ジャックが息を吐いた。「それならゲームをしよう」驚くほど手際よく〈ピケット〉用にカードを配った。

「今夜は無理」ソフィーは椅子を後ろに引いて立ちあがった。ミスター・ハミルトンはどこへ行ってしまったのだろう？　近くに自分を救ってくれそうな誰かがいないだろうか。今夜こそジャイルズ・カーターと親交を深めるべきだ。愛していないとしても、善良な男性だ。それこそが自分にとって必要なものなのだろう――ウェア公爵とのむなしい不幸な愛をきっぱり断ち切るために。カーター夫人としての人生の計画に頭と時間を費やすことが気晴らしになるだろう。きっとそうだ。ほかにどうしようもないからだとしても、ジャイルズと結婚したら、彼のことだけを考えて、彼を大切に思えるようになるために全力を尽くそう。ウェア公爵への想いは、どんなふうにキスをされたとか、ふたりで笑いあったこととか、欲望で膝がくずおれそうにさせられた記憶も、すべていっさい断ち切らなければ。

ジャックはマーカーをテーブルの真ん中に積み重ねた。「この勝負に五千ポンド賭ける」

その金額にソフィーはみぞおちが沈んだ。あのときも同じ五千ポンドもの大金を賭けて、ソフィーが負け、しかも結局のところ、ただの賭けでは終わらず、心まで奪われてしまった。

「きみが勝ったら、結婚祝いにしよう」ジャックは続けた。「カーターとでもほかの男とでも、けっこうな結婚準備金になるだろう。裕福な女性にはまた求愛者も増える」

ソフィーは立ち去るべきなのはわかっていたが、そう言おうと口を開くとどういうわけか問いかけの言葉が出た。「負けたら何を？」

ジャックが身を乗りだした。金色の髪がシャンデリアに照らされて輝いている。

「私が勝ったら……約束どおり、私と結婚してもらう」

ソフィーはぽっかり口をあけた。どういうつもり？　レディ・ルシンダ・アフトンと結婚することになっているのに。ジョージアナとフィリップはそう話していた。

「ご了解いただけたかな？」ジャックはやんわりと返事をせかした。

ソフィーはカードを見つめ、それからジャックに視線を移した。この人はわたしを傷つけ、嘘をついて、今度はすべてをゲームに仕立てようとしている。そういうことなら――受けて立つまでだ。〈ピケット〉はむずかしいゲームで、ジャックに何度も経験があるとは思えなかった。灼熱の喜びを味わった晩の翌日にあっさり心を引き裂かれたのだから、五千ポンドくらい頂く資格はあるはずだ。ソフィーは椅子に腰を戻してカードに手を伸ばした。「結婚を賭けるなんて愚か者だけだけれど、あなたが愚かにも五千ポンドも賭けるなら、喜んで頂戴するわ」まじまじと自分のカードの手を確かめた。「五枚交換《カルト・ブランシュ》する」

ジャックはすぐにうなずいた。「私はたしかに愚か者だ。もっと早くルシンダのことを話して――」

ソフィーはほかの女性の名前など聞きたくもなかった。「あなたはカードを何枚交換する？」

ジャックが息を吐いた。「三枚」

「わたしが婚約中の男性とは関係を持つのを拒むと思って、早く言えなかったんでしょう。それは当たってた」ソフィーは手札をぱっとテーブルの上に返して、カルト・ブランシュであることをジャックにも確かめさせてから、カードを寄せ集めてまた手にした。絵札が一枚もなかったおかげで十点獲得した。

「婚約していなかったから言わなかったまでだ」とジャック。

「あら？」ソフィーは手札から五枚を選んで捨て置き、八枚のカードの重なり《タロン》から新たな五枚を引いた。予想どおり良い引きで、高位のカードばかりだ。「あなたのご家族はそう思ってらしたのに、それはちょっと変よね」

ジャックが持ち札から三枚を捨て、残りのタロンを手にした。「母は私がルシンダと結婚することを望んでいたんだが、すべては長年の母の希望だった」

「それなのにどうして〈ガンターズ〉で一緒にアイスクリームを食べていたの？」ソフィーは持ち札を眺めながら目を大きく見開いた。そう簡単には丸め込まれない。

「六点ね」

ジャックが口を引き結んだ。「きみの勝ちだ《グッド》」さらりと言って、六枚続きか、それ以上の続き札も手にしていないことを認めた。

ソフィーはさらに六点加えた。

「じかにちゃんと話をして、ルシンダも婚約を了解してはいないことを確かめておかなければならなかった」ジャックが言葉を継いだ。「彼女は母親から何年も私と結婚するのが義務だと言い聞かされて……」

ソフィーの視界が外側から赤く燃えだした。「シジュエーム」冷ややかに告げた。7からクイーンまでのクラブのカードが六枚そろっていた。

「グッド」ジャックがやや間をおいて、また負けを認めた。六枚以上の続き札《シークエンス》は持っていないということだ。

ソフィーは目を合わせずに微笑んだ。「これでわたしはリピックね」つまりシジュエームの十六点に三十点が上乗せされる。相手が無得点のうちにすでに六十二点を獲得したわけだ。

「尋ねるより早くルシンダは私と結婚したくはないと言った」ジャックは低くせっかちな口ぶりで言った。「数週間前に私が街を出ていたときには、私が二度と帰ってこなければもう会わなくてもすむのにとさえ望んでいたそうだ」ソフィーはうっかり目を向けてしまった。ジャックは蒼ざめているように見えたが、青い瞳は揺るぎなかった。「私だってアルウィン館から帰って来たくなかったとも」

ソフィーの呼気がふるえた。自分もふたりきりでアルウィン館にずっととどまれたならと望んでいた。どうにか持ち札に目を戻した。「でも、わたしたちは帰ってきた」念を押した。「義務のために」

「何が義務だ」ジャックは突如語気を荒らげた。「きみはほんとうに私がルシンダと婚約していたのにきみに求婚したと思ってるのか？」

ソフィーは顎がふるえるのをとめられなかった。「あなたは何年も前から約束していたのだとフィリップが……」

「フィリップは」ジャックは吐き捨てるように言った。「ばかやろうだ」

視界がぼやけるので、ソフィーは瞬きを繰り返した。「何年か前には、あなたは失恋して、それから立ち直れていないとも言ってた。現実的な理由で結婚する人なんだと」

「その点についてだけは正しい」ジャックはカードを置いた。「毎朝起きたときに目にしたい女性と結婚するのはきわめて現実的な理由だからな。その女性は、あらゆる恐るべきことのなかでも、なんとカードゲームで身を立てようとロンドンにやって来たほど勇敢で賢い。その女性は、馬車から降りて雨と泥のなかを一マイルも歩いてたどり着いたところで、地下牢はないのかと尋ねた。私が退屈しきっていても笑わせてくれるから、舞踏会にも夜会にも連れだって行きたい女性だ。私の望みをすべて叶えてくれるのだから、きみと結婚するのはこれまででいちばんの私の名案だと思う。きみを愛してるんだ、ソフィー——きみだけを」

ソフィーは呆然と黙り込んだ。そのおかげで、また頭が働きだした。キスを最初にしたのは彼のほうで、抱いてほしいといざなったのは自分のほうだった。ロンドンに戻って、彼を見つけて、二度と会わないという約束を破ったのは自分だ。フィリップをどうにかしてほしいと助けを求めたときには、ジャックはみずからその解決に乗りだしてくれた。彼がロンドンでまた会おうなどと誘いかけたわけではなく、こちらが貸し馬車に同乗するよう誘い、その晩をともにしたのだった。どれをとっても、自分の求めに彼は応じてくれただけだったのに、その挙句に最低の男性だったのだと信じ込んでしまうなんて。

ソフィーはジャックを見つめた。端整な顔と優雅な装い、まっすぐに自分を見つめる苦悩に満ちた強い眼差しを。ゆっくりとソフィーはカードを置いた。

叔父を思い起こした。何も期待されていないのであえて花嫁を見つけようとも思わなかったと語っていた。花婿として望ましい善良な男性なのに、まだ結婚せずに夜な夜なカードテーブルで時間を過ごしているジャイルズ・カーターのことも。さらに、母に出会って家族も地位も富も捨てて、恨み言はいっさい口にせず、貧困と病に苦しみながらも添い遂げた父のことも。

ジャックほど愛せる人に出会えたのは、千載一遇の幸運だ。ソフィーが運について知っていることがあるとするならば、無駄にしてはいけないということだった。

「あなたの勝ち」片腕を伸ばし、カードとマーカーをテーブルから払い落した。

すべてが床に落ちるより早く、ジャックが椅子から立ってテーブルをまわり込んできた。ソフィーを引っぱり立たせて抱き寄せ、灼けつくようなキスで唇を奪った。

ソフィーはこの場で燃え上がってしまいそうに思えた。同じくらい熱っぽくキスを返せるように両腕を彼の首にまわし、背をそらせた。ジャックが喉の奥から低い声を洩らし、ソフィーの下唇を舐めて口をあけさせた。髪に手を差し入れられてさらに深く口づけを交わすうち、ここがどこなのかすらわからなくなった。この世界にいるのはジャックだけで、彼は自分を、自分だけを愛してくれている。

ようやくジャックが顔を起こし、ソフィーを胸に抱き寄せた。彼の鼓動が速く打ち鳴らされているのをこめかみに感じ、耐えがたいほど胸が苦しくなった。「よし」ジャックは荒い息遣いでつぶやいた。「ここではこのくらいにしておこう」

ジャックはソフィーの腰に腕をまわして自分に寄り添わせ、あのときと同じようにクラブの玄関広間へ向かって歩きだした。今回はソフィーもみずから進んで、ジャックの大股に追いつこうと駆け足のようになり、体勢を保つために彼の上着をつかんだ。薄明かりのなかで人々がこちらを見ているのが感じとれたけれど――それどころか呆気にとられて凝視している――今夜はまるで気にならなかった。勝手に見ていればいい。ふとフィリップとミスター・ハミルトンがポートワインのボトルを置いたテーブルを挟んで坐っているのが目に入った。ミスター・ハミルトンはグラスを掲げてみせたが、フィリップはこちらを向こうともしなかった。

「面倒だな」ジャックがぼそりとつぶやいた。ミスター・ダッシュウッドが非難がましく陰鬱な顔でフォーブスを従えてつかつかと向かってくる。

ソフィーはきつく警告されていたことを思い起こして顔を赤らめた。「叱られるわね」

「たいしたことはない」ジャックは足どりを変えずに答えた。玄関広間に行き着き、目を丸くしているフランクにいかにも公爵らしい命じる眼差しを突きつけた。「キャンベル夫人のマントと私のものをここへ」使用人は唾を呑み込み、指示されたものを取りに走った。

「ジャック、ミスター・ダッシュウッドにあなたとは賭けをしないと約束させられていたの」ソフィーはささやいた。ジャックはなおも手放すのを恐れているかのようにソフィーをしっかりと抱き寄せていた。ソフィーは胸がいっぱいになった。恐れる必要などないのに。たとえミスター・ダッシュウッドに追いだされて、永久にクラブへの出入りを禁じられても、もう二度とジャックのそばから離れはしない。

「そうなのか？　きみがそれを聞き入れないでくれてよかった」ジャックは近づいてきたクラブのオーナーに高らかに呼びかけた。「ダッシュウッド」

「公爵閣下」ダッシュウッドはさっと頭を垂れた。「ちょっとよろしいでしょうか？」

「いや」とジャック。「もう失礼する」

ミスター・ダッシュウッドは不服そうだったが、ジャックの冷ややかな貴族らしい口ぶりに反論の余地はなかった。クラブのオーナーはおそらくは四層もの様々な赤色に染まっているソフィーの顔に視線を移した。「キャンベル夫人、われわれのあいだの取り決めをお忘れになっていたのでは」

「ええ、そうなんです。ですが、ご安心ください。今夜は公爵様との賭けに負けてはいな――」

「それどころか、私は彼女にすべてを勝ちとられてしまった」ジャックはようやくいったんソフィーを手放し、フランクからマントを受けとって、着せかけてくれた。「私の名を会員名簿から削除してもらってかまわない。キャンベル夫人の名も同様だ。どのみち、もし彼女が会員として残ることを希望するならば、新たな敬称、ウェア公爵夫人として書き換えてもらわなければ」

ダッシュウッドがどう答えようとしていたにしろ、その言葉に阻まれた。厳めしさと非難と驚きの入り混じったような顔つきで固まった。ジャックはその背後を見やった。「フォーブス、馬車を頼む。すぐに」

「かしこまりました、公爵閣下」フォーブスは雇い主を見もせずに、ただちに玄関広間の外へ出ていった。

ソフィーは笑みをこしらえた。「ありがとうございます、ミスター・ダッシュウッド。わたしはあなたのクラブの会員になれてほんとうによかった。でも……」ジャックを見上げると、表情をやわらげて見つめ返す顔がそこにあった。「もう賭け事は卒業しようと思うんです」そう締めくくった。「いろいろと騒ぎを引き起こして申し訳ありませんでした」

ミスター・ダッシュウッドはいつもの落ち着きを取り戻した。「あなたはせっかくカードゲームに卓越した才覚をお持ちのようでしたのに。どうかお幸せに」皮肉っぽい一瞥をくれると背を返して去っていった。と同時にフォーブスが急いで戻ってきて、馬車が待機していることを伝えた。フランクからジャックが帽子と外套を受けとり、ふたりは〈ヴェガ〉の玄関扉を出た――ソフィーははっと、たぶん最後になるのだろうと気づいた。公爵夫人にギャンブルは似つかわしくないし、もうお金を貯める必要はない。新たな人生のために学ばなければいけないことがたくさんあるのだろう。

ジャックが手を貸してソフィーを先に貸し馬車に乗せ、自分もその隣に乗り込んだが、馬車が走りだすとすぐに、ジャックはソフィーを膝の上に乗せて抱きかかえた。

「こちらのほうがずっといい」唸るように言い、ソフィーの首に唇を押しつけた。

「破廉恥だと取りざたされる」ソフィーは吐息まじりにそう言いながらも、もう一度してもらおうと首を傾けた。

「大歓迎だ。噂に翻弄されては早死にする」ジャックはソフィーのマントの結び目をほどいて払いのけ、その内側に手を入れて腰を抱いた。

「ジャック」ソフィーは身をよじって振り返った。「叔父が会いに来てくれたの。人食い鬼が死んで、叔父が親交を持ちたいと。その人は……貴族なの――メイクピース子爵」

ジャックはソフィーに貴族の親戚がいると明かされても瞬きひとつしなかった。

「友好的な男であれば歓迎しよう」

「だけど——わかってる？　わたしはもう家族のいない名なしではないということ。祖父が生きていればメイクピースの名を口にすることはけっしてなかったでしょうけど、ヘンリー叔父は——たぶん、父と同じようにやさしそうな人」

ジャックはソフィーの唇に一本の指で触れた。「ソフィー。きみは私を誤解している。きみの家族が王族だろうが、旅回りの賭博師だろうが、どうでもいいんだ。きみが欲しい。きみを愛している。きみの叔父さんや、そのほかの親類や友人たちは、きみが招待したいのなら、喜んで私の家に歓迎しよう」

「旅回りの賭博師？」ソフィーは笑いながらも瞳をぐるりと動かした。「そんな公爵夫人は社交界に受け入れてもらえない」

「そんなやつらは放っておけ」とジャック。「結婚式に着られるようなドレスはあるか——」

「ええと——ええ、でも、もっとちゃんとしたものを——」

「ポケットに結婚特別許可証が入ってる」驚いて息を呑んだソフィーにジャックはう

なずいた。「民法博士会館《ドクターズコモンズ》の事務官たちをいちいちすくみ上がらせて発行させた。あとはもう必要なのは教区牧師と教会だけだ。あすのご都合は？」

「公爵様がそんなに慌ただしく結婚するものではないでしょう！」ソフィーはジャックの胸を押して身を引き、その顔をしっかりと見た。「それに今朝までほかの方と婚約していたと思われていたのよ」

「思われていただけだ」ジャックは強調した。「母の誤った主張のために」

「それでも、先に教えておいてくれればよかったのに」ソフィーは非難がましく言った。「フィリップからその話を聞いて、わたしを苦しめたお返しに、〈ピケット〉であなたを負かして、お金を取ってやろうと思ってたんだから。どうして話してくれなかったの？」

「きみに求めてもらえているのなら、勝てるとわかっていた」ジャックはキスで問いかけをさえぎった。「それにフィリップの言うことなんかに二度と耳を傾けてはだめだ。私はルシンダが子供の頃に父親を亡くしたときに、面倒を見ていくと誓った。私ではなく、母が彼女と結婚すべきだと決めていたんだ」

「フィリップによれば、聡明で愛らしい方だと……」

ジャックは微笑んで、互いの額を触れ合わせた。「そうとも。堅苦しい年寄りの公爵と結婚するより、エジプトへ行って遺物を発掘したいと望んでいるくらい聡明だ」

ソフィーは眉を上げて微笑まずにはいられなかった。「あなたのこと?」

ジャックはいたずらっぽい笑みを浮かべた。どうやらそれが自分だけに見せる、とっておきの笑みなのだとソフィーはだんだんわかってきた。「残念ながら」

ソフィーが笑い声を立てると、ジャックはにやりとして、抱きかかえる姿勢を変えて、ソフィーを自分の胸に寄りかからせて膝を跨がせた。「アルウィン館までのこの長い長い道のりに私が何をしようと思っているか、わかるかな?」首筋にささやきかけた。

「あなたはたしか……」ジャックの手が太腿を撫で上げて腹部にのぼり、乳房のあたりでとどまるとソフィーの声は途切れた。「フィリップを懲らしめたいだけだと……」

「ん? ああ、そうだ。私がきみを誘惑するのを邪魔させないように」ジャックは片手でソフィーのドレスを肩から滑り落とし、大きく口をあけて素肌に熱いキスを落とした。

ソフィーはぞくっとふるえた。「あなたの計略だったってこと?」

「計略?」ジャックはふっと笑った。「計略なんて立てていない。どんなにむずかしそうでも、どうしても頭から振り払えない激しい思いとでも言うべきなんじゃないか？　間違いない。きみは女中の服を着て、頭に蜘蛛の巣をつけていたというのに」

ソフィーは屋根裏部屋でのあの瞬間のことを呼び起こした。ジャックが脇をかすめたとき、全身がまさに燃え立ってしまいそうだった。「あのとき、わたしがもうあなたを求めていたのを知ってた？」ささやいて、彼のみだらな手の動きにうっとりとして頭をのけぞらせた。

ジャックが手をとめた。「アルウィン館で暮らそう」ひと呼吸おいた。「子供たちと笑いと幸福で満たされた場所にする。いつの日か、ふたりの曾孫たちが屋根裏部屋を探検したときに、第九代ウェア公爵夫妻がどれほど深く愛しあっていたのか驚かせるために」ソフィーのうなじに口づけて、そのまま唇をそこにとどめた。「私の未来の公爵夫人」

「ジャック」ソフィーは吐息をついた。「わたしの未来の公爵様」

「いつまでも永遠に」ジャックは請け合った。

エピローグ

六週間後

「じっとしててくれ、ソフィー」

「してるわ」

「いや」ジャックは眉間にいらだたしそうな皺を寄せた。「してない。きみの手が身頃《ボディス》に触れるのが気にかかって仕方ないんだ」

ソフィーはくすりと笑った。「こんなふうに？」自分の胸を撫でるようにしながら背をそらせた。

夫はこの手に目が釘付けになっている。顔からすでに読みとれる欲望に駆られて動きだすのかと思いきや、小さく首を振り、スケッチブックに視線を戻した。「きみが描いてくれと言ったんだぞ」

ソフィーは微笑んだ。たしかにそうだけれど、図書室の長椅子に寄りかかるような芸術性の感じられない艶めかしいポーズを指示したのは夫のほうだ。スカートはめくれあがって素足が見えているし、結わずにおろした髪は長椅子の肘掛けに広がっている。ここに横たわるだけでも、ふたりが初めて愛しあったときのことを思いだしてしまうし、結婚したのだから、また同じようにすることはもうなんの差しさわりもない。

でも、描いてくれるようせがんだのは事実だった。「この一カ月はせっかくアルウィン館でふたりきりで過ごせるのだから描いてほしかったの」ソフィーは説明した。「銀器磨きをしているウィルソンを描きたいのでもないかぎり、あなたのために坐っていられるのはわたしだけ」

「ウィルソンだろうが誰だろうが、銀器磨きを描くことには興味がない」スケッチブック上の何かを消しているジャックの額には金色の前髪がかかっていた。またスケッチを再開するのはけっしてばかげたことではないと夫を説得するのにずいぶんと時間がかかった。けれどいったん絵筆を手にして紙を前にすると、渋っていた表情は消え、真剣に熱中する顔つきに変わった。その姿を目にしてソフィーの胸ははちきれそうなほど満たされた。

「そうなの?」にっこり笑った。「それなら何もまとわずにあなたのお母様の銀製花器《イパーン》を磨こうと計画していたのに、がっかりね」

夫の絵筆の動きがとまった。ジャックは大きく息を吸い込んで、妻を見やった。

「奥様はさぞ夢中になって磨かれることでしょう。そうだとすれば、ほかの誰かに見せられるような絵を描ける望みはまずない」

ソフィーはまたくすりと笑った。脚を組んで、スカートを少し蹴り上げ、夫のほうに爪先をくねらせて見せた。ジャックがスケッチブックと絵筆を床に落とし、大きな一歩でこちら側に来ると、妻のそばに膝をついた。

「血も涙もないふしだら女め」ジャックがつぶやいた。「こんなふうに哀れな夫をからかって……」

ソフィーは夫の首に両腕を巻きつけた。「深くお詫びしますわ。どうしたら償えるかしら？」

「いやいや、報いるのはこちらのほうだ。いいかい、願い事はもっと慎重にするものだ……」ジャックはソフィーの足首に手を届かせ、脚を撫であげた。「きみの裸体を描いていたんだ。だからそろそろ本物を見たい」

ソフィーは驚きの吐息をつき、それから笑い、さらに頭を下げたジャックの唇が脈打つ喉もとに押しつけられると息を呑んだ。無言で彼の頭を胸に抱き寄せ、駆け巡る熱さに身をゆだねた。いまや夫の両手はスカートのなかを這いあがってきて、ソフィーはふるえが走った。結婚して五週間、彼に触れられたい渇望はいっこうに鎮まらない。新たな暮らしのそのほかのことはどれも――夫の母親の冷ややかな態度から、豪華な新しい衣裳や、歩けば次々に使用人たちから頭を下げられることまで――いまだ妙な気がして慣れないけれど、ジャックとふたりきりになれば、すべてが正しいと感じられる。

ドアをノックする音がした。ある朝ジャックが朝食をとっていた部屋でことさら情熱的に妻とキスをしていたところにウィルソンが入ってきてしまったことがあり、いまでは必ずノックをせずには部屋に入らなくなった。生まれたときから使用人がいるのが日常だったジャックにとっては気にならないことでも、ソフィーにはウィルソンの気遣いがありがたかった。

今回はどちらも返事をしなかったが、しばしおいてまたノックされた。ドアが三回叩かれると、ジャックが顔を起こし、いらだたしげに目をぎらつかせて怒鳴った。

「なんだ?」

いまやドレスが緩んで乱れてしまっていたソフィーは見えないようにじっと長椅子に横たわったまま、執事がドアを開く音を聞いた。「旦那様、若いご婦人がどうしても奥様にお目にかかりたいとおっしゃっています。レディ・ジョージアナ・ルーカスと名乗られました」ソフィーははっと息を呑み、ジャックがその胸を軽く押さえてとどめた。

「大変興奮なさっておいでです、旦那様」ウィルソンが続けた。「緊急のご用件だとのことで」

ソフィーはジャックの手首をつかんで言葉にできない不安を伝えた。ジャックが顎をこわばらせた。「青の間にご案内して、公爵夫人はすぐに来られると伝えてくれ」

「承知いたしました」

ドアがかちりと音を立てて閉まり、ソフィーはすぐさまクッションのなかから起き上がった。「ここまで来るなんて、いったいジョージアナに何があったの？」

「まったくだよな」ジャックはボディスを引き上げてボタンを留めはじめた妻を残念そうに見つめた。

ソフィーは首を振った。「ほんとうにとてつもなく急ぎでなければ、先に知らせもせずに来るようなことはしない――ことにここには。何かあるわね？」

「婚約者との揉め事か」ジャックは推測して、しぶしぶ妻がボタンを留めるのを手伝った。

「どうかしら」ソフィーにはそうとは思えなかった。スターリング卿がよほどのことでもしないかぎり、ジョージアナが彼への敬意を失うはずがないし、そんなことをするほど愚かな紳士には見えない。ジャックと結婚してから、ソフィーはようやくその謎の多い子爵と対面していた。思ったとおり、ソフィーのほうが身分が高くなったとたん、レディ・シドロウからの反感は溶けるように消えてしまった。ジョージアナを伴ってウェア公爵邸を訪れたスターリング卿は、人当たりのよい魅力的な男性の見本のような人物だった。ほんの数日の準備でソフィーを教会へ連れ込めたジャックを羨ましがってもいた。かたやジョージアナの兄、ウェイクフィールド伯爵との婚姻契約の取りまとめには永遠に時がかかりそうに思えるというのだ。スターリングはジョージアナの手を握り、いかにも恋に落ちている男性らしかった。

「家族か」ジャックが新たな推測を示した。

ソフィーは首を振った。ジョージアナは自分の家族が変わり者で時には鼻持ちならない人々になるのは承知のうえで、愛情をもって笑い飛ばしていた。「チズィックまで慌ててやって来るほどのことがあるとはとても思えない」

「では、いつまでもきみをここに引き留めてはおけない」ジャックはソフィーの手をとって立たせ、熱烈に口づけた。「行ってきてくれ。私はここでおとなしくスケッチに勤《いそ》しんでいる」

「ポーズをとるわたしがいないのに？」ソフィーはがっかりしたふりをして、髪を捩じり上げて結ってまとめた。

夫がウインクをして手を放した。「どのような絵にするかはもう正確に思い描けている」

「いま、あなたの頭に思い描けているわたしは何か身に着けてるの？」ソフィーは笑いながら尋ねた。

「布のひと切れたりとも」ジャックは絵筆とスケッチブックを手にした。「早く帰ってきて、私の記憶が正しかったか確かめさせてくれよ」

ソフィーはなおも笑って首を振りつつ青の間へと急いだ。初めて来たときとは違って、きょうの青の間は高い窓から射し込む陽光でサファイアのようにきらめいていた。窓の外の庭園もすばらしく色鮮やかで、部屋に入るなり、笑顔になった。けれどジョージアナが振り返ったとたん、その表情はたちまちくすんだ。

「何かあったの？」

ジョージアナが部屋の向こう側から駆け寄ってきた。取り乱した顔で、目を赤く腫らし、一本の三つ編みにした髪は激しく揺れて、ペリースのボタンは掛け違えていた。

「ソフィー、わたしと一緒にロンドンに戻って。イライザが」

ソフィーは鼓動がとまった。イライザなら結婚したばかりの夫と家にいるはずだった。ソフィーがジャックと結婚して二週間後、まばゆいばかりに幸せそうに頬を染め、ヘイスティングス伯爵夫人となったのだ。親友の三人がそれぞれにちょうど恋に落ちるとは、なんてすてきなことだろうかと涙ぐんで至福の時を噛みしめた。十数年前にアプトン夫人の学院で校則違反のカードゲームをしたときには、三人が同時にこれほどの幸せを見つけられるとは想像もしていなかった。「イライザに何があったの?」

「わからないのよ」ジョージアナが泣き声で言い、両手を揉み合わせた。「本人は教えてくれなかったし、レディ・シドロウにひとりで訪ねるのは許してもらえないし。あなたがウェアとロンドンから離れてせっかくくつろいで幸せな時間を過ごしているのを邪魔するのはとても気が引けたんだけれど、相談できる人がほかにいないんだもの! お願いよ、ソフィー。イライザを探さないと」

「探す?」ソフィーは語気鋭く繰り返した。「ジョージアナ、説明して!」

友人は大きく息を吸い込んだ。「二日前にモンゴメリー家の舞踏会でイライザに会ったの。楽しそうに明るく輝いていて、幸せを絵に描いたような姿に見えた。ヘイスティングスともダンスを踊っていたし、たしかに互いに目をきらきらさせて見つめ合っていた。でも今朝——」ジョージアナは言葉を切り、手提げ袋《レティキュール》を探った。「これが届けられて」

ソフィーはくしゃくしゃの書付を受けとり、イライザの筆跡だと確かめた。そこに書かれていたのはほんの二行で、また頭から読み直した。唖然として、ソフィーは友人のほうに目を上げた。

ジョージアナが暗い顔でうなずいた。「イライザは夫のもとを去ったの。そして誰も行方を知らない」

訳者あとがき

英国の摂政時代《リージェンシー》といえば、海外のロマンス小説の舞台になることも多く、当時のロンドンの社交界では華やかな舞踏会が夜ごと開かれ、上流紳士たちが集うクラブも隆盛をきわめていた光景がおなじみのように描かれています。そんななかにあって、〝借りを返し、クラブ内での出来事は他言しない〟という掟さえ守れば、淑女も正会員となれる賭博クラブが、高級住宅街と貧民街のちょうど中間地点のひっそりとした路地に存在していたとしたら……。

ＲＩＴＡ賞（全米ロマンス作家協会）受賞作家キャロライン・リンデンの〝罪作りな賭け（*The Wagers of Sin*）〟シリーズと銘打たれた三部作の第一作は、そんな賭博クラブをおもな舞台に展開する物語です。

女性主人公は、そこで様々な背景を持つ上流紳士たちに交じって着々と賭けの勝利金を積み上げている美貌の若き未亡人、キャンベル夫人。けれどそれは独身のソフィー・グレアムがある計画のため装っている仮の姿でした。その真実を知っているのは、十二歳のときに〈若き淑女の学院〉で知り合って以来の親友、イライザとジョージアナのふたりだけ。ソフィーは順調に計画を進めていたのですが、ある晩、この賭博クラブに弟の借金を返済するため訪れていた堅物と名高いウェア公爵に、当の弟と賭けゲームをしているところを見咎《みとが》められてしまいます。

ウェア公爵からすればソフィーは弟から金を巻き上げようとしている手練《てだ》れの女賭博師で、ソフィーも所領管理のことしか頭にない非情きわまりない公爵だと耳にしていただけに、この最悪な出会いが、互いへの誤解も相まって、大勢の面前での破廉恥なギャンブルに発展します。公爵が負ければ五千ポンド（現在の金額に換算しておよそ三千五百万円！）を、ソフィーが負ければ彼女の一週間を差しだすという運頼みのサイコロ賭博。その出来事が、ふたりの運命を予想外に大きく変えかねない事態へと進みだし――。

一見、まるで違う世界に生きるふたりのようですが、華やかりし時代のロンドンに住みながら、社交の場からはあえて距離をおいているという共通点がありました。父の急逝《きゅうせい》により若くしてウェア公爵位を継いだジャックは責任の重みに縛られ、もはや生きる喜びを忘れかけており、いっぽうのソフィーもじつは子爵家の孫娘ながら、駆け落ち結婚をした両親を病で亡くし、自立しなければならない運命を強《し》いられ、生き延びることを最優先に考える日々を送っていたのです。そんなふたりが出会い、ジャックがどのように本来の姿を取り戻し、ソフィーが感情を解き放つ自由を手に入れるのか。賭けテーブルで展開されるゲームになぞらえた駆け引きも絡《から》めた、ふたりが引き起こす愛の化学反応とも言うべき相互作用が本作の読みどころです。

　というわけで、本作には次々に詳しい説明なしに賭博ゲーム名が登場するので、おおまかに整理しておきます。まず作中、ほぼ運頼みの危険なゲームと描写され、主人公たちが初めて対戦したのが、ふたつのサイコロを同時に放って出る目を当てるのを競う〈ハザード〉。そのほかに登場するのはすべてトランプによるカードゲームで、〈二十一〉〈ホイスト〉〈フェロー〉〈ルー〉〈ピケット〉。ブラックジャックとも呼ばれる〈二十一〉は手札を二十一に近づけることを競うゲームとしてご存じの方も多いでしょう。〈ホイスト〉はソフィーがいつも〈ヴェガ・クラブ〉でジャイルズ・カーターと組んでいることからもわかるように二人ずつ組んで四人で対戦し、〈フェロー〉はカードの組の下のほうから配られる際に出てくる順番に賭ける方式で、〈ルー〉は当時だいたい五人から七人で行なわれていたラウンドゲーム。最後に登場する〈ピケット〉は2から6を抜いたカードで行なわれる二人用のゲームで、六勝負《ディール》で競うものが〈パルティ〉と呼ばれます。〈ピケット〉には細かいルールが多々あるのですが、敗者が百点以上取った場合には勝者に点数の差＋百を支払い、百点に達していなければ両者の合計＋百を支払わなければならないので、たとえ負けても百点を超えてさえいれば損失がまだ少なくすむと本作でも言及されているわけです。

著者の作品の刊行は二見文庫で初めてとなるので経歴も簡単にご紹介しておきます。ハーバード大学で数学を専攻し、プログラマーとして働いたのち、作家に。現在はニューイングランド地方在住で、著作はすでに世界の十七言語に翻訳されています。これまでＲＩＴＡ賞のファイナリストに七度選出され、二〇一二年に〝*I Love the Earl*〟でＲＩＴＡ賞ベストロマンス・ノヴェラ部門賞を受賞。同じく摂政時代を舞台にした作品が人気の作家ジュリア・クインと大学在学中の同時期に同じ寮にいたことを卒業して数年後に互いに知ったとのこと。なんと現在ふたりを担当する編集者は同じだそうで、もちろん同じ出版社から作品が刊行されています。

じつは本作の男性主人公ウェア公爵は、著者のデビュー作『子爵が結婚する条件』、さらには『公爵代理の麗しき災難』（共に原書房）にもすでに登場していました。読者から彼の物語も書いてほしいとの要望が多かったとのことで、実現できた著者の喜びが公式ウェブサイトでも語られています。また、本作でジャックが訪ねるエクセター公爵は『ためらいの誓いを公爵と』の主人公ですし、終盤に危険な賭けをする人物として登場するアンソニー・ハミルトンは『公爵令嬢の恋愛入門』（共に原書房）の主人公ですので、ご記憶にある読者のみなさまも多くおられるのでは。

本作のエピローグはどうやら何か事件が起こったらしい不穏な幕切れとなっていますが、〈若き淑女の学院〉の同窓生三人を主人公とするこの〝罪作りな賭け〟シリーズ三部作の第二作〝*An Earl Like You*〟ではイライザの物語が、第三作〝*When the Marquess Was Mine*〟にはジョージアナの物語が描かれているとのことで、ソフィーに比べ安泰であるかに見えたふたりにいったい何が起こるのか、とても楽しみなところです。

著者キャロライン・リンデンにはＲＩＴＡ賞受賞作も含め、まだ邦訳されていない作品も多くあるので、引き続きご紹介できる機会が得られることを切に願っています。

二〇二一年九月

ザ・ミステリ・コレクション

公爵《こうしゃく》に囚《とら》われた一週間《いっしゅうかん》

2021年 11月 20日　初版発行

著者　キャロライン・リンデン
訳者　村山美雪《むらやまみゆき》

発行所　株式会社 二見書房
東京都千代田区神田三崎町2-18-11
電話 03(3515)2311［営業］
03(3515)2313［編集］
振替 00170-4-2639

印刷　株式会社 堀内印刷所
製本　株式会社 村上製本所

落丁・乱丁本はお取り替えいたします。
定価は、カバーに表示してあります。

ISBN978-4-576-21165-7
https://www.futami.co.jp/

＊の作品は電子書籍もあります。

野獣と呼ばれた公爵の花嫁
アマリー・ハワード
山田香里［訳］

妹の政略結婚を阻止するため、アストリッドはある人物に助けを求める。それは戦争で大怪我を負い〝野獣〟のごとき容貌へと変わってしまったビズウィック公爵だった！

密やかな愛へのいざない ＊
セレステ・ブラッドリー
久賀美緒［訳］

キャリーは元諜報員のレンと結婚するが、心身ともに傷を持つ彼は決して心を開かず…。２０１３年ロマンティック・タイムズ誌、官能ヒストリカル大賞受賞作

戯れの恋は今夜だけ ＊
ジョアンナ・リンジー
辻早苗［訳］

自分が小国ルビニアの王女であることを知らされたアラナは、父王が余命わずかと聞きルビニアに向かう。宮殿の門前でハンサムな近衛兵隊長に自分の正体を耳打ちするが…

愛しているが言えなくて ＊
リンゼイ・サンズ
久賀美緒［訳］

美人だがふくよかな体つきのアヴェリン。許婚と結婚したものの、裸体を見られるのを避けるうちになかなか初夜を迎えることができず……。ホットなラブコメ！

約束のキスを花嫁に
リンゼイ・サンズ
上條ひろみ［訳］
〔新ハイランドシリーズ〕

幼い頃に修道院に預けられたイングランド領主の娘アナベル。ある日、母に姉の代役でスコットランド領主と結婚しろと命じられ…。愛とユーモアたっぷりの新シリーズ開幕！

愛のささやきで眠らせて
リンゼイ・サンズ
上條ひろみ［訳］
〔新ハイランドシリーズ〕

領主の長男キャムは盗賊に襲われた少年ジョーンを助けて共に旅をしていたが、ある日、水浴びする姿を見てジョーンが男装した乙女であることに気づいてしまい⁉

口づけは情事のあとで
リンゼイ・サンズ
上條ひろみ［訳］
〔新ハイランドシリーズ〕

夫を失ったばかりのいとこフェネラを見舞ったサイは、しばらくマクダネル城に滞在することに決めるが、湖で出会った領主グリアと情熱的に愛を交わしてしまい……⁉

恋は宵闇にまぎれて
リンゼイ・サンズ
上條ひろみ〔訳〕
〔新ハイランドシリーズ〕

ギャンブル狂の兄に身売りされそうになったミュアライン。ドゥーガルという男と偽装結婚して逃げようとするが、結婚が本物に変わるころ、新たな危険が…シリーズ第四弾

二人の秘密は夜にとけて
リンゼイ・サンズ
相野みちる〔訳〕
〔新ハイランドシリーズ〕

妹サイに頼まれ、親友エディスの様子を見にいったブキャナン兄弟は、領主らの死は毒を盛られたと確信し犯人探しにとりかかる。その中でエディスとニルスが惹かれ合い…

忘れえぬ夜を抱いて
リンゼイ・サンズ
上條ひろみ〔訳〕
〔新ハイランドシリーズ〕

ブキャナン兄弟の長男オーレイは、顔の傷のせいで婚約者に逃げられた過去を持っていた。ある日、海で女性を救出するが、記憶を失った彼女は彼を夫だと思い込み…

ハイランダー戦士の結婚条件
リンゼイ・サンズ
喜須海理子〔訳〕
〔新ハイランドシリーズ〕

治療士として名高い弟とまちがわれ領主の治療目的のために拉致されたコンラン。領主の娘エヴィーナと運命的な出会いが…。人違いが恋のはじまり!? シリーズ最新刊

危険すぎる男
シャノン・マッケナ
寺下朋子〔訳〕

レストランを開く夢のためカフェで働く有力者の娘デミ。そこへ足繁く通う元海兵隊員エリック。ふたりは求めあう関係になるが……過激ながらも切ない新シリーズ始動！

夜明けまで離さない
シャノン・マッケナ
寺下朋子〔訳〕

7年ぶりに故郷へ戻ったエリックは思いがけずデミと再会。かつて二人を引き裂いた誤解をとき、カルト集団の謎に挑む！『危険すぎる男』に続くシリーズ第2弾

ヴァージンリバー
ロビン・カー
高橋佳奈子〔訳〕

救命医の夫を突如失った看護師のメル。誰も知らないところで過ごそうと、大自然に抱かれた小さな町ヴァージンリバーにやって来るが。Ｎｅｔｆｌｉｘドラマ化原作

＊の作品は電子書籍もあります。

奔流
キャサリン・コールター
守口弥生［訳］〔ＦＢＩシリーズ〕

妊婦を人質に取った立てこもり事件が発生。〝エニグマ〟と名乗る犯人は事件のあと昏睡状態に陥り、さらにはその後生まれた赤ん坊まで誘拐されてしまう。最新作！

あなたとめぐり逢う予感＊
ジュリー・ジェームズ
村岡栞［訳］

殺人事件の容疑者を目撃したことから、ＦＢＩ捜査官のジャックと再会したキャメロン。因縁ある相手だが、ボディガードとして彼がキャメロンの自宅に寝泊まりすることに…

悲しみの夜の向こう＊
アビー・グラインズ
林亜弥［訳］

亡母の治療費のために家も売ったブレア。唯一の肉親である父を頼ってやってきたフロリダで、運命の恋に落ち…。愛と悲劇に翻弄されるヒロインを描く官能ロマンス

時のかなたの恋人＊
ジュード・デヴロー
久賀美緒［訳］

イギリス旅行中、十六世紀から来た騎士ニコラスと恋に落ちたダグラス。時を超えて愛し合う恋人たちを描く、タイムトラベル・ロマンス永遠の名作、待望の新訳！

世界の終わり、愛のはじまり
コリーン・フーヴァー
相山夏奏［訳］

リリーはセックスから始まる情熱的な恋に落ち結婚するが彼は実は心に闇を抱えていて…。ＮＹタイムズベストラー作家が贈る、ホットでドラマチックな愛と再生の物語

プエルトリコ行き４７７便
ジュリー・クラーク
久賀美緒［訳］

暴力的な夫からの失踪に失敗したクレアは空港で見知らぬ女性と身分をチケットを交換する。クレアの乗るはずだった飛行機がフロリダで墜落、彼女は死亡したことに…

ボーイフレンド演じます
アレクシス・ホール
金井真弓［訳］

ロックスターの両親のせいでパパラッチにあられもない姿を撮られてきたルーク。勤務する慈善団体のパトロンを失わないため、まともなボーイフレンドが必要になり…